Fernando de Rojas (1470-1541) nació en La Puebla de Montalbán, Toledo, en el seno de una familia de judíos conversos. Estudió leyes en la Universidad de Salamanca, por cuyas aulas ya circulaban las nuevas corrientes de pensamiento europeo. Al finalizar su formación, se trasladó a Talavera de la Reina, donde residió toda su vida, ejerciendo la abogacía y sirviendo a la comunidad durante unos años como alcalde mayor. Allí escribió la *Celestina*, una obra fundamental dentro del desarrollo de la literatura española y europea, cuya primera versión conocida apareció en 1499 con el título de *Comedia de Calisto y Melibea*, ampliada unos más tarde y rebautizada ya como *Tragicomedia de Calisto y Melibea*.

Santiago López-Ríos es profesor de literatura española en la Universidad Complutense de Madrid, donde se doctoró con mención *cum laude* y obtuvo el premio extraordinario que otorga la universidad. Sus méritos académicos le valieron para trabajar como investigador en las universidades de Oxford y Harvard. A lo largo de su carrera, se ha especializado en el estudio de la literatura española medieval y, en especial, de la célebre obra de Fernando de Rojas, la *Celestina*.

FERNANDO DE ROJAS

La Celestina

Edición de
SANTIAGO LÓPEZ-RÍOS

PENGUIN CLÁSICOS

Penguin
Random House
Grupo Editorial

Serie «Clásicos comentados», dirigida por José María Díez Borque,
Catedrático de Literatura Española de la Universidad Complutense de Madrid

Primera edición en Penguin Clásicos: mayo de 2015
Séptima reimpresión: noviembre de 2022

PENGUIN, el logo de Penguin y la imagen comercial asociada son marcas registradas
de Penguin Books Limited y se utilizan bajo licencia.

© 2002, Santiago López-Ríos, por la introducción, edición y actividades
© J. M. Ollero y Ramos Distribución, S. L., por la colección Clásicos comentados
© 2002, Penguin Random House Grupo Editorial, S. A. U.
Travessera de Gràcia, 47-49. 08021 Barcelona
Diseño e ilustración de la cubierta:: Penguin Random House Grupo Editorial /
Ruxandra Duru

Impreso en Colombia - *Printed in Colombia*

ISBN: 978-84-9105-027-8
Depósito legal: B-9.223-2015

Compuesto en M. I. Maquetación, S. L.

Índice

Introducción

1. Perfiles de la época

La *Celestina* surge en uno de los períodos de mayor trascendencia política, social y cultural de la historia de España, el reinado de los Reyes Católicos, en el que se sientan las bases del estado moderno.

La llegada al trono de Isabel en Castilla se produce a raíz de la muerte de su hermano Enrique IV en 1474. Los derechos de Isabel a la corona castellana fueron inmediatamente contestados por un grupo de nobles que apoyaba la causa de Juana la Beltraneja, hija de la reina Juana –esposa de Enrique IV– y, según rumores nunca confirmados, de un alto personaje de la corte, Beltrán de la Cueva. Sin embargo, esta resistencia a aceptar la autoridad de Isabel fue vencida en la batalla de Toro (1476), victoria en la que resultó determinante la ayuda que la reina recibió de su esposo, don Fernando, heredero del trono aragonés, con quien se había casado en 1469. La victoria de Toro marca el principio del afianzamiento del poder real, después de décadas de intromisión de la nobleza castellana en el gobierno y en los asuntos reales, situación en gran medida propiciada por la debilidad de los propios monarcas.

El control de la nobleza y la pacificación interna del reino permitió a la reina Isabel culminar la Reconquista, el gran asunto pendiente para Castilla en el siglo XV y que no se había podido abordar con anterioridad, en parte, por las luchas civiles que la dividían. La unión de las coronas de Castilla y Aragón en 1479, a raíz de la subida al trono aragonés de Fernando, que sucedió a su padre Juan II, facilitó, por otro lado, el que Isabel pudiera contar con el necesario apoyo militar de su marido para conquistar el reino nazarí. La entrega de Granada en 1492 posee un gran valor simbólico, pues se ponía fin a siglos de presencia musulmana en la Península.

En el mismo año de 1492, algunos meses después de la conquista de Granada, tiene lugar uno de los acontecimientos más significativos de la historia de Occidente, el descubrimiento de América por Cristóbal Colón, un proyecto respaldado, después de grandes titubeos, por Castilla, interesada en hallar una nueva ruta para llegar a las Indias, donde florecía un comercio de especias que interesaba también a los portugueses. La empresa colombina marca el principio de la expansión española en América, que se desarrollará en la centuria siguiente. Si durante el reinado de los Reyes Católicos los intereses expansionistas de Castilla se dirigen hacia nuevos horizontes, los de Aragón continúan centrados en el Mediterráneo. Gracias a hábiles maniobras políticas y a una brillante campaña militar, Fernando el Católico conseguirá que caiga el reino napolitano (1501), que en un principio se divide con Francia, pero que terminará ocupando en su totalidad. La hegemonía española en Italia será objetivo preferente de la política de Carlos V en la primera mitad del siglo XVI.

Aun cuando la unión de las dos coronas no significaba, ni mucho menos, una unidad política de la Península Ibérica, sí hubo factores que contribuyeron a una mayor cohesión de ambos reinos. El más sobresaliente de ellos probablemente sea el establecimiento de la Inquisición, conocida también como el Tribunal del Santo Oficio, creado primero en Castilla en 1478, pero que terminará extendiéndose pronto a toda la Península. Los historiadores han debatido mucho sobre el motivo que llevó a la reina Isabel a solicitar del papa Sixto IV la creación de un tribunal eclesiástico específicamente encargado de velar por la pureza de la fe cristiana y de castigar a los cristianos que se alejaban de la ortodoxia. A pesar de que no hay unanimidad entre los estudiosos, es probable que sean razones de tipo religioso las que expliquen el origen de la Inquisición. Se trataría, en este sentido, de acabar con el problema que para una sociedad profundamente cristiana representaban los conversos judaizantes, es decir, judíos que habían abrazado el cristianismo, pero que, en secreto, permanecían fieles a la fe y a las prácticas judías.

Consecuencia lógica del establecimiento de la Inquisición es una de las decisiones de mayor relevancia del reinado de los Reyes Católicos, la expulsión de los judíos, decretada en 1492. Es cierto que, en especial desde el siglo XIV, había ido creciendo de forma alarmante el sentimiento antisemita en el pueblo, odio que incluso había desembocado en matanzas masivas de judíos (una de las razones, por cierto, por las cuales muchos judíos, deseosos de escapar de estas persecuciones, habían abrazado el cristianismo). Sin embargo, la expulsión de los judíos que se negaron a bautizarse se debe, fundamentalmente, también a razones de tipo religioso. Preocupados por velar por la pureza de la fe, los monarcas entendían que la existencia de una minoría judía significaba una amenaza para la población cristiana y una tentación para los conversos de retornar a su antigua religión.

La homogeneidad en la fe religiosa, la preeminencia del Estado frente al individuo y el centralismo que traen consigo la Inquisición y la expulsión de los judíos anuncian una nueva era. Por otro lado, además del inmenso drama humano con miles de víctimas que significaron, uno y otro acontecimiento supusieron que se empezara a generalizar la preocupación por la "limpieza de sangre", que obsesionaría a la sociedad española en los siglos siguientes.

Por lo que respecta a su política internacional, los Reyes Católicos se distinguieron también por ambiciosos proyectos, sustentados en alianzas matrimoniales que, sin embargo, no aportarían los frutos deseados. El príncipe don Juan moriría al poco tiempo de su boda con Margarita de Austria; su hermana Juana, que se había casado con Felipe el Hermoso, heredaría el trono de Castilla a la muerte de la reina Isabel (1504), pero terminaría siendo recluida y apartada del gobierno por su enajenación mental, que le valdría el sobrenombre de "la Loca". La unión con Portugal se vio frustrada con la muerte de Miguel, el hijo que Isabel, la primogénita de los Reyes Católicos, había tenido con Manuel el Afortunado. Finalmente, Enrique VIII de Inglaterra acabaría divorciándose de Catalina, la hija de los Reyes Católicos con quien se había casado en 1509, lo que provocaría la separación de la Iglesia inglesa de Roma. La unión de las dos coronas quedaría, de todas formas, garantizada, gracias a Carlos, el hijo de Juana la Loca y Felipe el Hermoso, quien heredaría el título de emperador por parte paterna.

El reinado de Isabel y Fernando trajo consigo un florecimiento literario, artístico y musical, contexto en el que hay que situar la aparición de la *Celestina*. Toda una larga serie de rasgos anuncia que la Península está en los albores del Renacimiento. Se potencian los estudios clásicos (especialmente el cultivo del latín), se acoge a humanistas italianos, se crean nuevas universidades (Alcalá de Henares, Valencia, Sevilla) y aumenta el número de lectores y de los bibliófilos que atesoran importantes bibliotecas. Se desarrolla, asimismo, el mecenazgo, actividad en la que destacará el Cardenal Cisneros, que patrocinará la *Biblia Políglota Complutense*.

Revolucionario culturalmente fue el establecimiento de la imprenta, que se extiende pronto por toda la Península y que facilita la difusión de la literatura, transmitida antes sólo de forma manuscrita u oralmente. La imprenta impulsará de manera decisiva el desarrollo de ciertos géneros literarios, incluido el celestinesco. El libro más destacado de la ficción sentimental, *Cárcel de amor* de Diego de San Pedro, una obra indudablemente relacionada con la *Celestina*, ve la luz en Sevilla en 1492. Un nuevo género de ficción que alcanzará extraordinaria popularidad en el siglo XVI es el de los libros de caballerías, el primero de los cuales es el *Amadís de Gaula* (1508), elaborado por Garci Rodríguez de Montalvo a partir de un texto medieval anterior. El auge que había alcanzado la poesía de cancionero durante el siglo XV se prolonga en el XVI con la publicación en 1511 del *Cancionero General* recopilado por Hernando del Castillo y que tendrá sucesivas reediciones.

Es, en fin, durante el reinado de los Reyes Católicos, cuando surge el teatro de Juan del Encina (m. 1534), un teatro nuevo, de ámbito cortesano (el palacio de los Duques de Alba) y vinculado a festividades litúrgicas (Navidad, Semana Santa), que ejercerá una gran influencia posterior.

Desde un punto de vista lingüístico, hay que destacar que, aun cuando no se produce una unificación, el castellano destaca como lengua de cultura entre las otras lenguas habladas en los reinos españoles, si bien en catalán se siguen produciendo obras de gran relevancia, como *Tirant lo Blanc* (1490), un libro de materia caballeresca que Cervantes consideraría entre sus predilectos. Esta importancia del castellano queda patente en la publicación de la *Gramática* de Antonio de Nebrija (1492), la primera que se hace de una lengua vulgar.

2. CRONOLOGÍA

AÑO	AUTOR-OBRA	HECHOS HISTÓRICOS	HECHOS CULTURALES
1465 1475	Márgenes en los que se suele situar el nacimiento de Fernando de Rojas en la Puebla de Montalbán (Toledo).		
1467			Nace Erasmo de Rotterdam.
1469		Boda de la infanta Isabel de Castilla con Fernando de Aragón.	Nace Juan del Encina.
1474		Muerte de Enrique IV. Isabel I, reina de Castilla.	Muere Jorge Manrique.
1476		Victoria de los RR.CC. en la batalla de Toro.	
1478		Establecimiento de la Inquisición.	
1479		Muere Juan II de Aragón. Le sucede su hijo Fernando. Unión de las coronas de Castilla y Aragón.	
1490			*Tirant lo Blanc.*
1492		Conquista de Granada, expulsión de los judíos. Colón descubre América. Alejandro VI, Papa.	

AÑO	AUTOR-OBRA	HECHOS HISTÓRICOS	HECHOS CULTURALES
1496		Boda de don Juan con Margarita de Austria y de doña Juana con Felipe el Hermoso.	*Cancionero* de Juan del Encina.
1497		Muere el príncipe don Juan.	
1497 1499	Probables fechas de composición de la *Comedia de Calisto y Melibea*.		
1498		Vasco de Gama llega a la India.	
1499			Nace Juan de Valdés.
¿1499 1502?	*Comedia de Calisto y Melibea* (Burgos, Fadrique de Basilea).		Universidad de Valencia.
1500	*Comedia de Calisto y Melibea* (Toledo, Pedro Hagembach).		
1501	*Comedia de Calisto y Melibea* (Sevilla, Stanislao Polono).	Fernando el Católico y Luis XII de Francia conquistan Nápoles.	
¿1502?	Primera edición de la *Tragicomedia*.		
1504		Muere Isabel la Católica.	*La Arcadia* de Sannazaro.
1505			Universidad de Sevilla.
1506	Traducción italiana de la *Tragicomedia de Calisto y Melibea* por Alfonso Ordóñez (Roma, Eucharius Siber).	Muere Felipe el Hermoso. Fernando el Católico y el Cardenal Cisneros, regentes en Castilla. Muere Colón.	

AÑO	AUTOR-OBRA	HECHOS HISTÓRICOS	HECHOS CULTURALES
1507	*Tragicomedia de Calisto y Melibea* (Zaragoza, Coci).		
1508	Rojas vecino de Talavera de la Reina, donde vive con Leonor Álvarez de Montalbán, con quien tendrá siete hijos.		Garcí Rodríguez de Montalvo, *Amadís de Gaula*.
1511			*Cancionero General* de Hernando del Castillo, *Elogio de la locura* de Erasmo.
1512		Anexión de Navarra.	
1513	*Égloga de la Tragicomedia de Calisto y Melibea*, de Manuel Jiménez de Urrea.	Vasco de Gama descubre el Pacífico. León X, Papa.	
1514	*Tragicomedia de Calisto y Melibea* (Valencia, Juan Joffre).		*Biblia Políglota Complutense* (patrocinada por Cisneros).
1515			Nace Santa Teresa de Jesús.
1516		Muere Fernando el Católico. Carlos I, rey de España.	*Orlando Furioso*, de Ariosto. *Utopía*, de Tomás Moro.
1519		Carlos V, emperador de Alemania.	Muere Leonardo.
1519 1521		Cortés conquista México.	
1519 1522		Vuelta al mundo de Magallanes y Elcano.	
1520			Lutero es excomulgado.
1520 1521		Sublevación de las Comunidades de Castilla.	

AÑO	AUTOR-OBRA	HECHOS HISTÓRICOS	HECHOS CULTURALES
1521 1523		Sublevación de las Germanías (Valencia).	
1522			Muere Nebrija.
1525	La Inquisición procesa al suegro de Fernando de Rojas, Álvaro de Montalbán, acusado de judaizante.	Batalla de Pavía.	
1526			Encuentro de Juan Boscán con Andrea Navagero en Granada.
1527		Saco de Roma (tropas imperiales saquean Roma). Nace Felipe II.	
1528			*La lozana andaluza*, de Francisco Delicado.
1529		Carlos V y Francisco I firman la Paz de Cambrai.	
1531		Cisma Anglicano. Enrique VIII se proclama jefe de la Iglesia de Inglaterra.	
1534	Feliciano de Silva publica la *Segunda Celestina*.		
1536	*Tercera parte de la Tragicomedia de Celestina*, de Gaspar Gómez de Toledo.		Mueren Garcilaso de la Vega y Erasmo de Rotterdam.
1540			Muere Luis Vives.
1541	Muere Fernando de Rojas en Talavera de la Reina.		Nace el Greco. Se funda la Compañía de Jesús.
1547			Nace Miguel de Cervantes.
1554			*Lazarillo de Tormes*.

AÑO	AUTOR-OBRA	HECHOS HISTÓRICOS	HECHOS CULTURALES
1556		Abdicación de Carlos V. Comienza el reinado de Felipe II.	
1557		Batalla de San Quintín.	
1563			Empieza la construcción de El Escorial.

3. Vida y obra de Fernando de Rojas

Uno de los grandes problemas que presenta la *Celestina* es el de su autoría, y todavía hoy se debate apasionadamente sobre quién escribió la obra. Si atendemos a la información que proporcionan los preliminares de la *Tragicomedia de Calisto y Melibea* (véase apartado 4. La *Celestina:* Estructura y proceso de creación), deducimos que fue un bachiller en leyes, Fernando de Rojas, quien halló el primer acto de la *Celestina* y decidió continuar la obra añadiendo quince actos. Años más tarde, agregaría otros cinco actos, dando forma a la versión definitiva de la obra. Tal es, en efecto, la opinión de un sector mayoritario de la crítica, que, a pesar de que el nombre de Rojas no aparezca en la portada de ninguna de las ediciones antiguas de la *Celestina*, tiende a creer estas afirmaciones, a la luz de estudios lingüísticos y de fuentes que parecen distinguir diferencias significativas entre el primer acto y los restantes. Lo que resulta prácticamente imposible es concretar quién fue el autor de este primer acto y cuándo pudo haberlo compuesto, pues no parece verosímil que pudiera haber sido Juan de Mena o Rodrigo Cota, según se menciona en los preliminares de la *Tragicomedia de Calisto y Melibea*. Por otro lado, desde el siglo XIX hasta la actualidad, no han faltado estudiosos, como Blanco White, Menéndez

Pelayo o Emilio de Miguel Martínez, que han considerado que las declaraciones de los preliminares son un simple tópico literario, y que dada la gran cohesión que hay entre todas las partes de la obra, Rojas fue el único autor. Frente a ellos, se encuentran quienes defienden que Rojas acabó un texto que se extendía más allá del primer acto (Cantalapiedra, García Valdecasas) o los que se muestran partidarios de una autoría múltiple para la obra (Marciales, Sánchez Sánchez-Serrano y Prieto de la Iglesia).

En gran parte, los problemas que plantea la cuestión de la autoría se deben a la escasez de datos sobre la biografía de Fernando de Rojas, a quien, como queda dicho, se le suele atribuir la mayor parte del texto de la *Celestina*. De hecho, las noticias que tenemos sobre su vida resultan insuficientes para hacernos una idea precisa de su formación y actividad como escritor, así como de sus preocupaciones intelectuales, sus intereses literarios o sus propias opiniones acerca de la *Celestina*. Sabemos, a ciencia cierta, que fue natural de la Puebla de Montalbán (Toledo), si bien su año exacto de nacimiento es una incógnita, por lo que se suele situar entre 1465 y 1475, basándose en cálculos relativos a su etapa de estudiante universitario. Es un hecho indudable que Fernando de Rojas era de origen converso, lo cual no significa que él mismo hubiera abandonado el judaísmo. En la época el calificativo de "converso" se aplicaba tanto a los que renunciaban a la fe de Moisés como a sus descendientes, lo cual parece haber sido el caso de Rojas. Para Stephen Gilman y otros estudiosos, la condición de converso de Rojas resulta fundamental para entender la *Celestina*, ya que consideran que la obra es reflejo de una visión trágica y pesimista del mundo, consecuencia de las duras condiciones vitales por las que tuvo que atravesar Rojas en los primeros años de funcionamiento de la

Inquisición. Aun cuando no parece probable, según pretendía Gilman, que el padre de Rojas hubiera sido procesado por la Inquisición y condenado posiblemente a la hoguera por judaizante, sí es cierto que su suegro, Álvaro de Montalbán, fue procesado por el Santo Oficio, aunque se libró de la pena capital. Sin embargo, en la documentación relativa al proceso inquisitorial de Álvaro de Montalbán se menciona que éste solicitó a su yerno como abogado, lo que para muchos es indicativo de que la ortodoxia de Rojas era intachable. De hecho, hoy en día la mayor parte de la crítica se muestra escéptica a la hora de interpretar la *Celestina* desde un presunto judaísmo, y prácticamente nadie da por válidas antiguas lecturas que explicaban tal o cual personaje de la obra a partir de su condición de cristiano nuevo.

Otro dato incuestionable sobre la biografía de Fernando de Rojas es su paso por la universidad, donde obtuvo el título de bachiller en leyes, según se indica en los textos preliminares y confirman documentos de archivo que indican que, en efecto, llegó a ejercer como abogado. Para algunos estudiosos, en muchos pasajes de la *Celestina* se detecta la sólida formación jurídica de su autor.

Tradicionalmente, se suele dar por sentado que fue en Salamanca donde estudió Rojas, dada la importancia de este centro universitario en la Castilla de fines del siglo XV y la afirmación que encontramos en los preliminares de la *Celestina* sobre el hallazgo en Salamanca de una obra inacabada que decide continuar (véase apartado 4. La *Celestina*: estructura y proceso de creación). Aun cuando conviene advertir que el paso de Rojas por la Universidad de Salamanca no pasa de ser una hipótesis, sí hay que reconocer que resulta verosímil. En cualquier caso, lo que parece incuestionable es que, en buena medida, la *Celestina* es reflejo de un ambiente académico universitario y evidencia un conocimiento de una serie de fuentes literarias latinas, comprensible en alguien que, como Rojas, tendría que haber demostrado su competencia en esa lengua antes de iniciar los estudios de Derecho (véase Actividades en torno a la *Celestina*. Estudio y análisis). Por desgracia, carecemos de noticias fidedignas sobre Fernando de Rojas en los años en los que se compone la *Celestina* y salen a la luz las primeras ediciones. Según la explicación tradicional, basada en lo que se afirma en los preliminares, sería durante su etapa de estudiante, o al poco tiempo de obtener el grado de bachiller, cuando Rojas escribiría la *Comedia*.

Aunque, al parecer, Rojas siempre mantuvo vínculos con su pueblo natal, fue en Talavera de la Reina donde se casaría con Leonor Álvarez y desarrollaría su vida profesional como abogado, a partir, más o menos, de 1508. Llegó a ser varias veces alcalde mayor de la ciudad (puesto que en aquel entonces implicaba esencialmente impartir justicia) y letrado de la misma. Todo apunta a que disfrutó de una desahogada posición económica y de una buena reputación entre sus vecinos. Murió en abril de 1541 en Talavera de la Reina, después de haber redactado un testamento en el que hace una declaración de fe cristiana dentro de la más completa ortodoxia. Al poco tiempo de su muerte, se elaboró un inventario de sus bienes, interesante documento porque, por un lado, muestra el grado de riqueza adquirido, y por otra, da cuenta de los libros de su biblioteca. Sabemos, por ejemplo, que, aparte de libros jurídicos, poseyó importantes obras de la literatura castellana medieval (*Proverbios* de Santillana, *Laberinto de Fortuna* de Juan de Mena, *Visión deleitable* de Alfonso de la Torre, *Cárcel de amor* de Diego de San Pedro); libros de gran éxito en el siglo XVI (novelas de caballerías, *Cancionero General* de Hernando del Castillo, *Marco Aurelio* de Antonio de

Guevara....) y textos de autores clásicos (Cicerón, Séneca u Ovidio) o de humanistas italianos (Petrarca, Boccaccio). Sorprendentemente, en el inventario de su biblioteca sólo figura una mención de la *Celestina*, bajo el título de *"Libro de Calisto"*.

El inventario de los libros de Rojas revela, en efecto, un aparente desinterés tanto por la *Celestina*, que era una de las obras más editadas hacia 1541, como por las continuaciones a las que dio lugar (ninguna de las publicadas por entonces aparece en su biblioteca). Esta circunstancia, unida a la escasez de datos que impide reconstruir una biografía intelectual acorde con la del autor de una obra tan compleja como la *Celestina*, el hecho de que no escribiera nada más, el que en las portadas de las ediciones antiguas de la obra nunca figure su nombre, entre otras razones, está llevando en la actualidad a algunos críticos no sólo a descartar la posibilidad de que Rojas fuera el único autor (postura hoy mantenida, de todas formas, por un reducido número de estudiosos), sino a plantear que, tal vez, la participación de Rojas en la elaboración del texto fue menor de la que tradicionalmente se le asigna. La cuestión es muy polémica, ya que otros especialistas insisten en que no hay razón para dudar de lo que se nos dice en los preliminares de la obra, que está avalado por declaraciones de descendientes de Rojas que lo vinculan a menudo con la *Celestina*.

4. La *Celestina*

Estructura y proceso de creación

Antes de adentrarse en las páginas de la *Celestina*, conviene aclarar, en primer lugar, cuestiones fundamentales relativas a su complicado proceso de elaboración, cuestiones que habrá que tener en cuenta también a la hora de leer el estudio final (véase Actividades en torno a la *Celestina*. Estudio y análisis).

La obra que hoy conocemos con el nombre genérico de la *Celestina* se nos ha conservado en dos versiones; una, conocida como *Comedia de Calisto y Melibea*, que consta de dieciséis actos, y otra, más larga (de veintiún actos), que es la que aquí se publica, llamada *Tragicomedia de Calisto y Melibea*.

La *Comedia* se debió de redactar entre 1497 y 1499, aproximadamente. Se suele afirmar que la primera edición fue la estampada en Burgos por Fadrique de Basilea en 1499, de la que sólo ha sobrevivido un ejemplar falto de algunos folios. Sin embargo, en fecha reciente se ha advertido que se podría retrasar la fecha de esta impresión hasta 1502. Sabemos, con seguridad, que hubo más ediciones de la *Comedia*; en concreto, una en Toledo en 1500 y otra en Sevilla en 1501. Estas dos últimas ediciones de la *Comedia* incluyen dos importantes piezas preliminares. La primera de ellas es la "Carta del autor a un su amigo", en la que se declara que el objetivo de la obra es mostrar a los que aman los peligros de la pasión amorosa y se afirma que la obra que se da a la luz es continuación de un texto dramático previo anónimo hallado por el autor. Siguen a esta carta, unas octavas acrósticas tituladas "El autor, excusándose de su yerro en esta obra que escribió, contra sí arguye y compara", en las que se insiste en el propósito moralizante y se desvela que ese texto previo mencionado en la Carta fue encontrado en Salamanca. Se habla de octavas acrósticas, porque, juntando las primeras letras de cada verso de estas estrofas se puede leer, modernizando las grafías: "El bachiller Fernando de Rojas acabó la *Comedia de Calisto y Melibea* y fue nascido en la Puebla de Montalbán". Después de un *íncipit*, en el que se vuelve a subrayar la intención moralizante, y de un argumento general, comienza la obra, toda en forma dialogada y dividida en dieciséis actos, precedido cada uno de ellos de un breve resumen de su contenido.

La trama de la *Comedia de Calisto y Melibea* es sencilla y, en líneas generales, es similar a la de la *Tragicomedia*. Calisto, un joven de alta condición social, declara su amor a la también noble Melibea, quien lo rechaza. Retirado en su casa, Calisto conversa con su criado Sempronio, el cual, tras una dura diatriba misógina, acaba sugiriendo a su amo que contrate los servicios de una vieja alcahueta y hechicera de la misma ciudad llamada Celestina, para que le sirva de intermediaria en sus amores. Sempronio acude a buscar a Celestina, que vive con Elicia, la prostituta de la que es amante el criado. Calisto, pese a las advertencias de su fiel servidor Pármeno, quien desconfía de la vieja, entrega cien monedas de oro a Celestina y le pide que venza la resistencia de Melibea. La alcahueta no duda en aceptar lo que considera un lucrativo negocio, del cual Sempronio espera también sacar beneficio. Con la excusa de vender un poco de hilado (previamente hechizado), Celestina se presenta en casa de Melibea, donde tiene la oportunidad de hablar a solas con la muchacha, puesto que la madre, Alisa, ha tenido que ausentarse de forma precipitada. La doncella en un principio se enfurece al entender el propósito de Celestina, aunque termina suavizando su actitud y entregándole su cordón, cuando la vieja, con gran astucia, le asegura que Calisto, en realidad, padece de dolor de muelas.

Calisto, entusiasmado al ver el cordón de Melibea, le promete a Celestina un manto y una saya. Terminada la conversación, Pármeno acompaña a Celestina a su casa, momento en que la vieja, consciente de que es imprescindible contar con el apoyo de Pármeno, despliega su habitual dialéctica para que deponga su actitud con Calisto y se una a ella y a Sempronio en el negocio de explotar la locura del amo. Celestina le recuerda a Pármeno la amistad que ella tuvo con Claudina, la madre de éste, y sobre todo, le habla de Areúsa, la prima de Elicia, por la que está especialmente interesado el criado. Se dirigen ambos a casa de Areúsa, con quien Pármeno pasa la noche, tras la mediación de Celestina, que vence la resistencia de la joven, aquejada de "dolor de madre".

Al día siguiente, Pármeno y Sempronio, bien provistos con viandas de la despensa de su señor, acuden a almorzar a casa de Celestina, donde se reúnen con Elicia y Areúsa. Durante la comida, llama a la puerta Lucrecia, la criada de Melibea. La noble doncella manda llamar a Celestina para que le devuelva el cordón y "porque se siente muy fatigada de desmayos y de dolor del corazón". En el segundo encuentro de las dos mujeres, Melibea termina reconociendo a Celestina que se siente atraída por Calisto, y acuerda con la alcahueta que esa misma noche el joven acuda a su casa para hablar a través de la puerta. Enterado Calisto de la inminencia del encuentro, entrega a la alcahueta una cadena de oro, que envidian Sempronio y Pármeno, marginados hasta el momento de los regalos que ha recibido la vieja. Acompañado de sus criados, Calisto llega a su cita a casa de Melibea, con quien habla a través de la puerta. Ésta, al principio, se muestra recatada y temerosa de dañar su honra, pero luego acaba descubriéndole su amor a Calisto. Los dos amantes se despiden rápidamente, pues han oído ruidos, pero dejan concertada una nueva cita para la noche siguiente, esta vez para verse en el huerto. Ya de regreso en casa de Calisto, Pármeno y Sempronio deciden ir a la de Celestina a reclamar su parte de la ganancia. Tras una violenta discusión en la que Celestina se niega a darles la cadena, Sempronio mata a Celestina, animado por Pármeno y ante la presencia de Elicia. Al oír que acude el alguacil a los gritos de Celestina, los criados intentan escapar arrojándose por la ventana.

A la mañana siguiente, Sosia, el mozo de espuelas de Calisto, le informa a su amo de la suerte de Celestina y de Pármeno y Sempronio. Los dos criados han sido ajusticiados esa misma mañana por el asesinato de la alcahueta. Aunque Calisto, en un principio, se queja de su deshonra, decide que Sosia y Tristán le acompañen a la cita que tiene esa misma noche con Melibea, en la que se produce el encuentro sexual de los dos amantes. El fin es, sin embargo, trágico, pues Calisto, bajando el muro, cae de la escala, se golpea la cabeza en el suelo y muere. Destrozada por el dolor, Melibea confiesa a Pleberio, su padre, la historia de su amor por Calisto, y después se suicida precipitándose al vacío desde la azotea de su casa. Pleberio informa a Alisa de la desgracia, y pronuncia un doloroso lamento con el que termina la *Comedia*. La obra concluye con seis octavas del humanista que corrigió la impresión, Alonso de Proaza, en las que ensalza los méritos literarios del texto y explica cómo en los versos acrósticos del principio se declara el nombre y el origen del autor de la obra.

Desconocemos en qué año se publicó la *Tragicomedia* por primera vez, si bien se ha sugerido que pudo haber sido en 1502. En 1506 se imprimió en Roma una traducción al italiano de la versión de veintiún actos, y al año siguiente se publicó en español en Zaragoza. Esa edición y la que estampó en Valencia Juan Joffre en 1514 son las más antiguas conocidas de la *Tragicomedia de Calisto y Melibea*, que se convertiría pronto en uno de los grandes éxitos editoriales de los siglos XVI y XVII. Aparte del nuevo título, hay diferencias entre las piezas preliminares que encontramos en ambas versiones de la *Celes-*

tina. En la "Carta del autor a un su amigo" se precisa que la labor del continuador empieza en el segundo acto y se sugiere que el primero pudo haber sido escrito por Juan de Mena o Rodrigo Cota. La mención de estos dos nombres es uno de los cambios añadidos en las octavas acrósticas, la última de las cuales se rehace de nuevo. Finalmente, se añade un nuevo prólogo en el que, después de un amplio preámbulo en el que se describe el mundo como contienda o enfrentamiento, se alude a las distintas opiniones que suscitó la obra y cómo los lectores han solicitado una ampliación, a la que ha accedido el autor, alargando el "proceso de su deleite de estos amantes".

En efecto, en la *Tragicomedia* se intercalan cinco nuevos actos (a partir del XIV) que extienden en un mes la relación de Calisto y Melibea, aunque no serán estos los que tendrán mayor protagonismo en esta adición, sino los personajes bajos. Elicia y Areúsa, al considerar a los dos amantes culpables de la muerte de Sempronio y Pármeno, traman vengarse, y para ello, recurren al rufián Centurio. Sin embargo, éste, incapaz de cumplir su promesa, acuerda que Traso el Cojo y sus compañeros den un buen susto a Calisto. En su última cita con Melibea, acompañan a Calisto Tristán y Sosia. Cuando el joven amante oye las voces de sus criados que se habían enfrentado con Traso el Cojo y sus hombres, sale precipitadamente a socorrerles, pero se resbala en la escala y muere, momento en el que vuelve a retomar el texto de la *Comedia* hasta el final de la obra. Aparte de estos cinco actos interpolados, hay pequeños añadidos y ciertas modificaciones a lo largo de todo el texto. Por último, antes de las octavas de Proaza, se introducen tres estrofas con el título "Concluye el autor, aplicando la obra al propósito por que la hizo", en las que se vuelve a enfatizar el fin moralizante de la obra.

Cuando leemos y estudiamos la *Celestina* es imprescindible tener muy en cuenta esta compleja génesis, mal conocida a causa de la escasez de datos fidedignos sobre cada una de las fases de la elaboración de la obra. No conservamos ejemplares de algunas ediciones y otros testimonios son de compleja datación. Es el caso, por ejemplo, de la *Comedia* impresa por Fadrique de Basilea en Burgos (de la cual sólo nos ha llegado un ejemplar incompleto y manipulado tipográficamente) o el del llamado manuscrito de Palacio, una copia parcial del primer acto, conservada en la Real Biblioteca (Madrid). En un principio, se llegó a pensar que este manuscrito podría ser incluso un traslado del propio Rojas de los "papeles del antiguo autor", conclusión hoy descartada, a pesar de que la crítica no se ha puesto de acuerdo sobre si se trata de una copia de un texto impreso o remite a un estado del texto celestinesco anterior al conocido.

La Celestina *y la posteridad*

Como se ha señalado, la *Celestina* se convirtió en un auténtico éxito editorial al poco tiempo de ver la luz. De hecho, se ha considerado como el gran *best-seller* de los Siglos de Oro, dado que se calcula que debió de haber alrededor de unas cien ediciones de la obra en el XVI y XVII, estampadas no sólo en España, sino también en Italia, Países Bajos, Francia y Portugal. La primera traducción a una lengua extranjera fue al italiano (1506), pero pronto se publicó en alemán, francés, inglés, holandés y latín. Hacia 1560 un jurista cuyo nombre desconocemos redactó un extenso comentario sobre la obra, llamado *Celestina comentada*, el cual, a pesar de que nunca fue impreso en su época, ha llegado hasta nosotros en forma manuscrita. A pesar de lo que pudiera parecer a simple vista, dado el carácter atrevido de muchos pasajes, la *Celestina* no empezó a tener problemas con la Inquisición hasta fecha muy tardía; en 1632 se censuraron algunos fragmentos, a los que se añaden otros a lo largo del siglo XVII. En 1773 fue prohibida en su totalidad por el Santo Oficio.

El personaje más popular, con mucho, fue Celestina, que se terminaría convirtiendo incluso en un personaje proverbial y del folklore y cuyo nombre desplazaría al título de *Tragicomedia de Calisto y Melibea*. En estas circunstancias, no resulta extraño (algo semejante ocurrió con el *Lazarillo de Tormes*) que "Celestina" se convirtiera en el sinónimo por antonomasia de alcahueta en castellano.

La popularidad de la obra explica que fuera objeto de numerosas continuaciones, imitaciones y refundiciones, hasta tal punto que se suele hablar de "literatura celestinesca" o "género celestinesco" para englobar a este tipo de textos. En 1513, Jiménez de Urrea publicó una *Égloga de Calisto y Melibea* en verso, basada en el primer acto de la obra. Un experimento semejante, pero más ambicioso, fue el de Juan Sedeño, quien en 1540 dio a la luz una *Tragicomedia de Calisto y Melibea nuevamente trobada y sacada de prosa en metro castellano*. Otros autores prefirieron continuar el argumento de la obra. Es el caso, por ejemplo, de la *Segunda Celestina* de Feliciano de Silva (1534), donde Celestina vuelve a aparecer, o la *Tercera parte de la Tragicomedia de Celestina* de Gaspar Gómez (1536). El influjo de la *Celestina* se percibe también en una serie de obras de los siglos XVI y XVII: la *Tragicomedia de Lisandro y Roselia* de Sancho Muñón (1542); la *Tragedia Policiana* de Sebastián Fernández (1547) y la *Comedia Selvagia* de Alonso Villegas Selvago (1554). Huellas concretas del texto celestinesco hay también en la *Penitencia de amor* de Jiménez de Urrea (1524); *La lozana andaluza* de Francisco Delicado (1528); ciertas piezas teatrales de Juan del Encina y Torres Naharro, alguna novela pastoril o la *Dorotea* de Lope de Vega. Los ecos de la obra se prolongan más allá de nuestra literatura áurea y hasta se ha detectado una deuda de *La casa de Bernarda Alba* de García Lorca con la *Celestina*, que ha servido también de inspiración en la época contemporánea en las artes plásticas y musicales.

Aparte de los autores que la imitaron, nos consta que la *Celestina* mereció la admiración de escritores como Juan de Valdés o el propio Cervantes, quien en el *Quijote* afirmó que era un "libro divi[no], si encubriera más lo huma[no]", pero hubo quienes, como Fray Antonio de Guevara o Luis Vives, censuraron su lectura por perniciosa.

El éxito alcanzado por la obra en los siglos XVI y XVII se eclipsa en el XVIII. En realidad, hay que esperar hasta 1822 para que se vuelva a imprimir. En el siglo XIX se empieza a desarrollar el interés de la crítica literaria en la *Celestina*, que se consolida en el XX, momento en el que se publican los grandes trabajos sobre la obra. En la actualidad, el número de estudios sobre la obra es altísimo. Baste recordar que la bibliografía de la *Celestina* que próximamente publicará el profesor Joseph Snow y que cubre el período 1899-1999 contendrá unas tres mil entradas. Lo más llamativo de la bibliografía celestinesca, además de sus dimensiones, es que se trate de una bibliografía casi siempre enfrentada. Los críticos parecen lejos de haber llegado a conclusiones coincidentes acerca de los aspectos más sobresalientes de la obra, y hoy por hoy, los especialistas mantienen posturas irreconciliables respecto a cuestiones como la autoría, la finalidad de la obra o el significado de sus personajes. Se coincide, en cambio, en resaltar sus méritos artísticos y en considerar que nos hallamos ante una de las grandes contribuciones de la literatura española a la universal.

5. Opiniones sobre la obra

«También en el trazado de los caracteres se singulariza la *Celestina* por su atención total a la variedad de las criaturas individuales, visible en la minuciosidad de su pintura y en el repudio de la convención literaria y social y de la tipificación abstracta inherente al arte didáctico [...]. En la *Tragicomedia* la fisonomía de cada personaje brota de una sabia superposición de imágenes tomadas desde diversos puntos de vista: presente y pasado, dichos y hechos, realidad y ensueño, palabra exterior e interior, juicio propio y ajeno. Personajes que comparten una relación esencial (los amantes, por ejemplo, los padres, los criados, las mochachas) reaccionan en forma distinta, con la espontaneidad de su temple, no predeterminados por la relación común. [...] No hay personaje que no reúna tachas y virtudes, en íntima cohesión y exhibidas con idéntica imparcialidad [...]. La insólita interferencia de personajes "bajos" y personajes "altos" en la acción perfila la no menos insólita autonomía artística concedida a aquéllos; quizá la faceta más singular de la atención objetiva de la *Celestina* a la realidad sea la detenida pintura de los personajes humildes o viles, en ocasiones contrapuestos con tácita aprobación a los nobles [...], y siempre retratados con entera compenetración. Asombran, en particular, las criaturas del hampa, representadas desde dentro, tal como ellas mismas se ven, no desde un punto de vista sobrepuesto, satírico o moralizante.»

(María Rosa Lida de Malkiel, *La originalidad artística de 'La Celestina'* [1962], Buenos Aires, Eudeba, 1970, pp. 726-727)

«En su infancia, la sociedad le había contado a Rojas una historia de horror compuesta de mil y una anécdotas atroces sobre la persecución de su casta. Y ahora, en *la Celestina*, él, a su vez (lo mismo que el autor del *Lazarillo* habría de hacer unas décadas después), ha contado a la sociedad otra historia de horror. Ha contado a sus oyentes y lectores la historia de un mundo de causa y efecto vertiginosos sin Providencia y sin asilo ni antes ni después de la muerte, un mundo en que la muerte era una bendición a causa del insano y despiadado dinamismo de encontrarse vivo.»

(Stephen Gilman, *La España de Fernando de Rojas. Panorama intelectual y social de 'la Celestina'* [1972], Madrid, Taurus, 1978, p. 368)

«[Hay] algunas conclusiones que [...] parecen contundentes: la explicación del argumento de *la Celestina* como reflejo de un problema racial no se apoya en el más mínimo fundamento; tampoco existe base alguna para pensar que la *Tragicomedia* plantee una protesta social contra la situación de los conversos; la actitud del autor no deja al descubierto ningún flanco de supuesto ataque a la ortodoxia ni a la Inquisición; ningún aspecto de la obra se aclara desde la perspectiva del Rojas converso. Todo ello coincide, en definitiva con lo percibido por los lectores durante siglos, de modo que, si no nos constara documentalmente tal origen del joven bachiller, sería imposible inferirlo de la obra, como atestigua el hecho de que nadie haya sugerido ninguna cuestión de este tipo con anterioridad a 1902.»

(Nicasio Salvador Miguel, "El presunto judaísmo de *La Celestina*", en *The Age of the Catholic Monarcs, 1714-1716, Literary Studies in Memory of Keith Whinnom*, ed. Alan Deyermond e Ian Macpherson, Liverpool, Liverpool University Press, 1989, pp. 162-177 [p. 172])

«Las palabras de Pleberio que dan fin a la obra resumen, por tanto, los acontecimientos de *Celestina* desde la perspectiva del plano interno. De ahí que el pesimismo sea inherente a este plano, sea consecuente con la caracterización y actuación de los personajes y se fundamente en que ninguno es capaz de ver las claras señales de su destrucción. Los lectores, sin embargo, sí vemos estas señales, pues el autor nos las ha ofrecido y nos ha hecho los destinatarios de ellas. Paradójicamente, pues, en el pesimismo de Pleberio está el rayo de esperanza que el autor nos ofrece. Quien se aleje de los errores de los personajes, podrá evitar su final porque será capaz de discernir entre lo verdadero y lo falso, entre los "bienes propios" y los "bienes ajenos". Ésta es precisamente la conclusión a la que llega Petrarca en su *De remediis.*»

Eukene Lacarra Lanz, "Sobre la cuestión del pesimismo y su relación con la finalidad didáctica de *Celestina*" [1987-1988] en *Estudios sobre la 'Celestina'*, ed. Santiago López-Ríos, Madrid, Istmo, 2001, pp. 457-474 [pp. 473-474])

«… los pronunciamientos morales que se encuentran en la obra son demasiado heterogéneos para poder asignarlos a una determinada escuela ética. A complicar esta situación contribuye la sospecha de que en el texto de *La Celestina* se están reproduciendo a nivel paródico ideas y conceptos largamente discutidos en ambientes intelectuales dentro y fuera de Castilla. No me parece arriesgado aventurar la hipótesis de que lo que caracteriza la ética de *La Celestina* es una insidiosa libertad moral, al margen de las discusiones éticas humanísticas, que, sin atenderse a ninguna doctrina específica, tiende a minar valores ético-religiosos comúnmente aceptados para abrir un espacio alternativo al de la certidumbre dogmática. En efecto, entre las burlas y risas que menudean en el primer acto, se están cuestionando principios y creencias pertenecientes a la esfera de lo sagrado, patrimonio cultural que la especulación teológica había defendido durante siglos».

(Ottavio Di Camillo, "Ética y libertinaje en *La Celestina*" [1999], en *Estudios sobre la 'Celestina'*, ed. Santiago López-Ríos, Madrid, Istmo, 2001, pp. 579-598 [p. 593])

«Puede concluirse que la crítica celestinesca debe resignarse a que, en el plano ideológico, no puede haber soluciones definitivas, sólo posibilidades. ¿Será que el gran descubrimiento de los autores de *La Celestina*, herederos de una cultura dogmática, era que el escepticismo no sólo era capaz de desvelar nuevas y fecundas perspectivas y formas literarias? Una edad en que se puede sostener, con Roland Barthes, que la literatura es, por definición, ambigua, verá, desde luego, en la compleja ambigüedad de *La Celestina* una explicación a lo menos parcial de su genialidad, no una señal de un fallo artístico ni una serie de enigmas que es deber del crítico resolver de modo definitivo.»

(Peter Russell, introducción a *La Celestina* [1991], Madrid, Castalia, 2001[3], p. 165)

6. Bibliografía esencial

Ediciones

–*La Celestina. Tragicomedia de Calisto y Melibea*, introducción de Stephen Gilman, ed. Dorothy Severin, Madrid, Alianza Editorial, 1969 (con múltiples reimpresiones).

–*La Celestina*, ed. Dorothy Severin, notas en colaboración con Maite Cabello, Madrid, Cátedra, 1987.

—*La Celestina*, ed. Eukene Lacarra, Barcelona, Ediciones B, 1990.

—*Comedia o Tragicomedia de Calisto y Melibea*, ed. Peter Russell, Madrid, Castalia, 1991.

—*La Celestina*, ed. Julio Rodríguez Puértolas, Madrid, Akal, 1996.

—*La Celestina*, ed. Bienvenido Morros, Barcelona, Vicens Vives, 1996.

—*La Celestina. Tragicomedia de Calisto y Melibea*, ed. Francisco J. Lobera, Guillermo Serés, Paloma Díaz-Mas, Carlos Mota, Íñigo Ruiz Arzálluz y Francisco Rico, Barcelona, Crítica, 2000.

—*La Celestina*, ed. Marta Haro Cortés y Juan Carlos Conde, Madrid, Castalia, Colección Castalia Didáctica, 2002.

Estudios

—BATAILLON, Marcel, *'La Célestine' selon Fernando de Rojas*, París, Didier, 1961.

—BERNDT-KELLEY, Erna, *Amor, muerte y fortuna en 'La Celestina'*, Madrid, Gredos, 1963.

—CASTRO GUISASOLA, F., *Observaciones sobre las fuentes literarias de 'La Celestina'*, Madrid, Revista de Filología Española, anejo V, 1924 (reimpr. 1973).

—*'La Celestina' y su contorno social. Actas del I Congreso Internacional sobre 'La Celestina'*, ed. Manuel Criado de Val, Madrid, Hispam, 1977.

–*Celestinesca* 1(1977).

–*Cinco siglos de 'Celestina': aportaciones interpretativas*, ed. Rafael Beltrán y José Luis Canet, Valencia, Universidad de Valencia, 1997.

–DEYERMOND, Alan, *The Petrarchan Sources of 'La Celestina'*, Londres, Oxford University Press, 1961.

–GARCÍA VALDECASAS, Guillermo, *La adulteración de 'La Celestina'*, Madrid, Castalia, 2000.

–GILMAN, Stephen, *'La Celestina': arte y estructura*, Madrid, Taurus, 1974.

—, *La España de Fernando de Rojas: panorama intelectual y social de 'La Celestina'*, Madrid, Taurus, 1978.

–LACARRA, Eukene, *Cómo leer 'La Celestina'*, Madrid, Júcar, 1990.

–LIDA DE MALKIEL, M.ª Rosa, *La originalidad artística de 'La Celestina'*, Buenos Aires, Eudeba, 1962, 1970 (2.ª ed.).

–LÓPEZ-RÍOS, Santiago (ed.), *Estudios sobre la 'Celestina'*, Madrid, Istmo, 2001.

–MARAVALL, José Antonio, *El mundo social de 'La Celestina'*, Madrid, Gredos, 1973.

–MÁRQUEZ VILLANUEVA, Francisco, *Orígenes y sociología del tema celestinesco*, Barcelona, Anthropos, 1993.

–MIGUEL MARTÍNEZ, Emilio de, *'La Celestina' de Rojas*, Madrid, Gredos, 1996.

–RUSSELL, Peter, *Temas de 'La Celestina' y otros estudios*, Barcelona, Ariel, 1978.

–Severin, Dorothy, *Tragicomedy and Novelistic Discourse in 'Celestina'*, Cambridge, University of Cambridge, 1989.

–Snow, Joseph T., *'Celestina' by Fernando de Rojas: An Annotated Bibliography of World Interest, 1930-1985*, Madison, Hispanic Seminary of Medieval Studies, 1985.

7. La edición

Se publica aquí la edición de la *Tragicomedia de Calisto y Melibea*, impresa en Valencia por Juan Joffre en 1514 (Biblioteca Nacional de Madrid, R-4870), considerada tradicionalmente como un testimonio con pocos errores y bastante cercano a la edición príncipe perdida. Se han corregido erratas evidentes y alguna lectura incorrecta teniendo en cuenta otras ediciones antiguas y modernas de la obra. Además, se han señalado los apartes y se ha dividido el texto en escenas. De acuerdo con los criterios de la serie, la anotación se ha reducido a lo esencial y tiene como objeto aclarar pasajes oscuros o de difícil comprensión. Además del *Diccionario de la lengua española* de la Real Academia (Madrid, Espasa Calpe, 2001), me he servido, en ocasiones y según se indica, de las ediciones de Peter Russell, Eukene Lacarra, Bienvenido Morros y F. Lobera *et alii*, citadas en la bibliografía.

Dado el carácter de esta edición se ha intentado acercar el texto a la lengua actual. Así:

El signo tironiano se ha transcrito como 'y', se han desarrollado las abreviaturas sin indicarlo y se han separado palabras de acuerdo con el uso moderno.

Se han separado las contracciones del tipo 'deste', 'desa', 'esotro'.

Se ha regularizado el uso de u/ v ó b; x/ j ó g; ç/ z ó c.

Se ha simplificado el uso de la —ss- y no se han mantenido grupos cultos como 'th' o 'ph', ni la —rr- en la palabras en las que no se usa ('honra' y no 'honrra').

La 'f-' inicial se transcribe como 'h-', y palabras con una 'h' inicial, indicativa de aspiración en la lengua de la época ('haldas'), se han escrito con 'f' ('faldas'); excepto en el caso de la risa ('hi, hi, hi'), en el que he utilizado 'j' ('ji, ji, ji'). Se ha restaurado la 'h-' inicial en el verbo 'aver'.

Se han modernizado ciertas formas y, por ejemplo, se ha escrito 'ausentes' por 'absentes'; 'conocido' por 'conoscido'; 'pondrán' por 'ponrán'; 'tendrás' por 'tenrás'; 'ahí' por 'ay'; 'tendría' por 'ternía'; 'sido' por 'seído'; '-selo' por '-gelo'; 'oísteis' por 'oístes'; 'ven' por 'veen'; 'huyas' por 'huygas'; 'frágil' por 'frágile'; 'querido' por 'quesido'; 'a escuras' por 'ascuras'; 'victoria' por 'vitoria'; 'holgasteis' por 'holgastes'; 'cojeáis' por 'coxqueáis'; 'veía' por 'vía'; 'vio' por 'vido'; 'extiende' por 'estiende'; 'cautivo' por 'cativo'; 'Magdalena' por 'Madalena'; 'estudio' por 'studio'; 'cuando' por 'quando'; 'ese otro' por 'esotro', etc.

Se han respetado, sin embargo, formas medievales que no dificultan la comprensión: 'agora' (por 'ahora'), 'recebido' (por 'recibido'), 'sotil' (por 'sutil').

Se ha regularizado el uso de mayúsculas, se ha puntuado el texto y se ha acentuado según la normativa vigente, con la excepción de formas verbales agudas con pronombre enclítico, en las que se ha preferido el uso tradicional ('abatióse').

La Celestina

TRAGICOMEDIA DE CALISTO Y MELIBEA,
NUEVAMENTE REVISTA[1] Y ENMENDADA CON ADICIÓN
DE LOS ARGUMENTOS DE CADA UN AUTO EN PRINCIPIO,
LA CUAL CONTIENE, DEMÁS DE SU AGRADABLE Y DULCE ESTILO,
MUCHAS SENTENCIAS FILOSOFALES Y AVISOS MUY NECESARIOS
PARA MANCEBOS, MOSTRÁNDOLES LOS ENGAÑOS QUE
ESTÁN ENCERRADOS EN SIRVIENTES Y ALCAHUETAS.

---

[1] *revista*: revisada.

El autor a un su amigo[2]

Suelen los que de sus tierras ausentes se hallan considerar de qué cosa aquel lugar donde parten mayor inopia[3] o falta padezca, para con la tal servir a los conterráneos[4] de quien en algún tiempo beneficio recebido tienen; y viendo que legítima obligación a investigar lo semejante me compelía para pagar las muchas mercedes de vuestra libre liberalidad recebidas, asaz[5] veces, retraído en mi cámara acostado sobre mi propia mano, echando mis sentidos por ventores[6] y mi juicio a volar, me venía a la memoria no sólo la necesidad que nuestra común patria tiene de la presente obra, por la muchedumbre de galanes y enamorados mancebos que posee, pero aun, en particular, vuestra misma persona, cuya juventud de amor ser presa se me representa haber visto y de él cruelmente

---

[2] Esta carta-prólogo encabeza todas las ediciones conocidas de la *Comedia*, excepto la publicada en Burgos (1499-1502). Se incorporó después a la *Tragicomedia* con cambios significativos. Aunque no falta quien defienda que aquí el autor se dirige, en efecto, a un amigo suyo, parece más bien que se ha recurrido a un tópico literario para presentar la finalidad moral de la obra, en lo que se incide en las octavas acrósticas que siguen a este texto preliminar.

[3] *inopia*: escasez.

[4] *conterráneos*: naturales del mismo lugar.

[5] *asaz*: bastantes.

[6] *ventores*: perros de caza.

lastimada, a causa de le faltar defensivas armas para resistir sus fuegos, las cuales hallé esculpidas en estos papeles, no fabricadas en las grandes herrerías de Milán, mas en los claros ingenios de doctos varones castellanos formadas.[7] Y como mirase su primor, su sotil artificio, su fuerte y claro metal y su modo y manera de labor, su estilo elegante, jamás en nuestra castellana lengua visto ni oído, leílo tres o cuatro veces; y tantas cuantas más lo leía, tanta más necesidad me ponía de releerlo, y tanto más me agradaba, y en su proceso nuevas sentencias sentía. Vi no sólo ser dulce en su principal historia o ficción toda junta, pero aun de algunas sus particularidades salían deleitables fontecicas de filosofía; de otras, agradables donaires; de otras, avisos y consejos contra lisonjeros y malos sirvientes y falsas mujeres hechiceras. Vi que no tenía su firma del autor, el cual, según algunos dicen, fue Juan de Mena, y según otros, Rodrigo Cota; pero, quienquiera que fuese, es digno de recordable memoria por la sotil invención, por la gran copia[8] de sentencias entrejeridas,[9] que so color de donaires[10] tiene. ¡Gran filósofo era! Y pues él, con temor de detractores y nocibles[11] lenguas más aparejadas a reprender que a saber inventar, quiso celar y encubrir su nombre, no me culpéis si en el fin bajo que le pongo no expresare el mío.[12] Mayormente que, siendo jurista yo, aunque obra discreta, es

---

[7] Se utiliza la metáfora de la obra como un arma defensiva contra los males del amor. Las armerías de Milán eran famosas en la época.

[8] *copia*: abundancia.

[9] *entrejeridas*: mezcladas.

[10] *so color de donaires*: bajo apariencia de chistes o dichos graciosos.

[11] *nocibles*: nocivas.

[12] Es frase de interpretación discutida. Para algunos estudiosos quiere decir "no me culpéis si no expreso mi nombre en el final de poco valor que a esta obra pongo". Lobera *et alii* opinan que 'fin' hay que entenderlo como 'propósito' y que 'le' se refiere a 'nombre', es decir, al primer autor.

ajena de mi facultad y quien lo supiese diría que no por recreación de mi principal estudio, del cual yo más me precio, como es la verdad, lo hiciese; antes, distraído de los derechos, en esta nueva labor me entremetiese. Pero aunque no acierten, sería pago de mi osadía. Asimismo pensarían que no quince días de unas vacaciones, mientras mis socios[13] en sus tierras, en acabarlo me detuviese, como es lo cierto, pero aun más tiempo y menos acepto. Para desculpa de lo cual todo, no solo a vos, pero a cuantos lo leyeren, ofrezco los siguientes metros. Y por que[14] conozcáis dónde comienzan mis mal doladas[15] razones, acordé que todo lo del antiguo autor fuese sin división en un auto o cena, incluso hasta el segundo auto, donde dice: "Hermanos míos" etc. *Vale.*[16]

---

[13] *mis socios*: mis compañeros de estudios.

[14] 'Por que' equivale aquí a 'para que'. Es un uso propio de la lengua antigua. Cuando tiene este valor en el texto, se transcribe como dos palabras.

[15] *doladas*: pulidas.

[16] *Vale*: es la forma tradicional de despedida en las cartas en latín.

El autor, excusándose de su yerro en esta obra que escribió, contra sí arguye y compara[17]

El silencio escuda y suele encubrir
la falta de ingenio y torpeza de lenguas;
blasón,[18] que es contrario, publica sus menguas[19]
a quien mucho habla sin mucho sentir.
Como hormiga que deja de ir,
holgando por tierra con la provisión,
jactóse con alas de su perdición;
lleváronla en alto, no sabe dónde ir.

Prosigue

El aire gozando ajeno y extraño,
rapiña es ya hecha de aves que vuelan,
fuertes más que ella, por cebo la llevan;

---

[17] Las octavas que siguen son acrósticas: si se juntan las letras del principio de cada verso se puede leer modernizando las grafías: "El bachiller Fernando de Rojas acabó la *Comedia de Calisto y Melibea*, y fue nascido en la Puebla de Montalbán". Se vuelve a insistir aquí en el objetivo moral de la obra, es decir, en mostrar los peligros del amor y de fiarse de alcahuetas y malos sirvientes.

[18] *blasón*: vanagloria.

[19] *menguas*: faltas.

en las nuevas alas estaba su daño.
Razón es que aplique a mi pluma este engaño,
no despreciando a los que me arguyen;
así que a mí mismo mis alas destruyen,
nublosas y flacas, nacidas de hogaño.

Prosigue

Donde ésta gozar pensaba volando,
o yo de escribir cobrar más honor,
del uno y del otro nació disfavor;
ella es comida y a mí están cortando.[20]
Reproches, revistas[21] y tachas callando
obstara,[22] y los daños de envidia y murmuros.
Insisto remando y los puertos seguros
atrás quedan todos ya cuanto más ando.

Prosigue

Si bien queréis ver mi limpio motivo,
a cuál se endereza de aquestos extremos,
con cuál participa, quién rige sus remos,
Apolo, Diana o Cupido altivo,[23]
buscad bien el fin de aquesto que escribo
o del principio leed su argumento.

---

[20] El autor se compara con una hormiga a la que le crecen alas, emprende el vuelo, y termina siendo víctima de las aves para subrayar cómo él, un escritor joven e inexperto, es objeto de críticas.

[21] *revistas*: revisiones.

[22] *obstara*: impidiera.

[23] Cupido, dios del amor; Diana, símbolo de castidad; Apolo, dios de las artes.

Leedlo y veréis que, aunque dulce cuento,
amantes, que os muestra salir de cautivo.

Comparación

Como el doliente que píldora amarga
o la recela o no puede tragar,
métela dentro de dulce manjar,
engáñase el gusto, la salud se alarga;
de esta manera mi pluma se embarga,[24]
imponiendo dichos lascivos,[25] rientes,
atrae los oídos de penadas gentes,
de grado escarmientan y arrojan su carga.[26]

Vuelve a su propósito

Estando cercado de dudas y antojos,
compuse tal fin que el principio desata.
Acordé dorar con oro de lata
lo más fino tíbar[27] que vi con mis ojos;
y encima de rosas sembrar mil abrojos.[28]
Suplico, pues, suplan discretos mi falta,
teman groseros, y en obra tan alta,
o vean y callen, o no den enojos.

---

[24] *se embarga*: se frena.
[25] *lascivos*: divertidos.
[26] Se recurre aquí a un tópico de honda raigambre literaria. De la misma forma que a veces la medicina amarga que se prepara para el enfermo se esconde en algo agradable, así la enseñanza moral se encierra en una obra jocosa y entretenida.
[27] *tíbar*: tipo de oro de gran calidad.
[28] *abrojos*: malas hierbas.

Prosigue dando razones por
que se movió a acabar esta obra

Yo vi en Salamanca la obra presente;[29]
movíme a acabarla por estas razones:
es la primera que estoy en vacaciones;
la otra, inventarla persona prudente,
y es la final ver ya la más gente
vuelta y mezclada en vicios de amor.
Estos amantes les pondrán temor
a fiar de alcahueta ni falso sirviente.

Y así que esta obra en el proceder
fue tanto breve cuanto muy sotil.
Vi que portaba sentencias dos mil;
en forro de gracias, labor de placer.
No hizo Dédalo, cierto, a mi ver,
alguna más prima entretalladura,[30]
si fin diera en esta su propia escritura
Cota o Mena con su gran saber.

Jamás yo no vide[31] en lengua romana,
después que me acuerdo, ni nadie la vido[32]
obra de estilo tan alto y sobido
en tusca,[33] ni griega, ni en castellana.

---

[29] Esta afirmación es el principal argumento que ha llevado a defender
que Fernando de Rojas hubiera estudiado en Salamanca, de lo que no hay,
por otra parte, constancia documental.

[30] *más prima entretalladura*: más logrado bajorrelieve. Dédalo tenía fama
de consumado artista.

[31] *Vide*: vi.

[32] *Vido*: vio.

[33] *tusca*: toscana, italiana.

No trae sentencia de donde no mana
loable a su autor y eterna memoria,
al cual Jesucristo reciba en su gloria
por su Pasión santa, que a todos nos sana.

Amonesta a los que aman que sirvan a Dios y dejen las vanas cogitaciones[34] y vicios de amor

Vos, los que amáis, tomad este ejemplo,
este fino arnés[35] con que os defendáis,
volved ya las riendas por que no os perdáis,
load siempre a Dios, visitando su templo,
andad sobre aviso, no seáis de ejemplo
de muertos y vivos y propios culpados.
Estando en el mundo, yacéis sepultados.
Muy gran dolor siento cuando esto contemplo.

Fin

¡Oh damas, matronas,[36] mancebos, casados,
notad bien la vida que aquestos hicieron;
tened por espejo su fin cual hubieron,
a otro que amores dad vuestros cuidados!
¡Limpiad ya los ojos, los ciegos errados,
virtudes sembrando con casto vivir,
a todo correr debéis de huir,
no os lance Cupido sus tiros dorados!

---

[34] *cogitaciones*: pensamientos.
[35] *arnés*: armadura.
[36] *matronas*: madres.

[*Prólogo*] [37]

Todas las cosas ser criadas a manera de contienda o batalla, dice aquel gran sabio Heráclito en este modo: "Omnia secundum litem fiunt", sentencia a mi ver digna de perpetua y recordable memoria. Y como sea cierto que toda palabra del hombre sciente [38] esté preñada, [39] de ésta se puede decir que de muy hinchada y llena quiere reventar, echando de sí tan crecidos ramos y hojas, que del menor pimpollo se sacaría harto fruto entre personas discretas. Pero como mi pobre saber no baste a más de roer sus secas cortezas de los dichos aquellos que por claror de sus ingenios merecieron ser aprobados, con lo poco que de allí alcanzare satisfaré al propósito de este breve prólogo.

Hallé esta sentencia corroborada por aquel gran orador y poeta laureado Francisco Petrarca diciendo: "*Sine lite atque ofensione nil genuit natura parens*" ("Sin lid y ofensión [40] nin-

---

[37] Este prólogo aparece sólo en la *Tragicomedia*. A partir de la cita del filósofo presocrático Heráclito, se empieza señalando que el enfrentamiento y la batalla son los principios que rigen el universo y la vida humana. Para muchos críticos en estas palabras están las claves de la visión del mundo del autor. Téngase en cuenta, de todas formas, según señalan otros estudiosos, que esta observación se termina aplicando a las 'diferencias' surgidas entre sus lectores a la hora de juzgar la obra.

[38] *sciente*: sabio.

[39] *esté preñada*: contenga varios sentidos.

[40] *ofensión*: lucha.

guna cosa engendró la natura, madre de todo"). Dice más adelante: "*Sic est enim et sic propemodum universa testantur, rapido stelle obuiant firmamento; contraria invicem elementa confligunt; terrae tremunt; maria fluctuant; aer quatitur; crepant flamme; bellum immortale venti gerunt; tempora temporibus concertant; secum singula; nobiscum omnia*". Que quiere decir: "en verdad así es, y así todas las cosas de esto dan testimonio: las estrellas se encuentran en el arrebatado firmamento del cielo, los adversos elementos unos con otros rompen pelea; tremen[41] las tierras; ondean las mares; el aire se sacude; suenan las llamas; los vientos entre sí traen perpetua guerra, los tiempos con tiempos contienden y litigan entre sí, uno a uno y todos contra nosotros". El verano vemos que nos aqueja con calor demasiado; el invierno, con frío y aspereza; así que esto nos parece revolución temporal. Esto con que nos sostenemos; esto con que nos criamos y vivimos, si comienza a ensoberbecerse más de lo acostumbrado, no es sino guerra. Y cuánto se ha de temer, manifiéstase por los grandes terremotos y torbellinos, por los naufragios e incendios, así celestiales como terrenales, por la fuerza de los aguaduchos,[42] por aquel bramar de truenos, por aquel temeroso ímpetu de rayos, aquellos cursos y recursos[43] de las nubes, de cuyos abiertos movimientos, para saber la secreta causa de que proceden, no es menor la disensión de los filósofos en las escuelas, que de las ondas en la mar. Pues entre los animales ningún género carece de guerra: peces, fieras, aves, serpientes... De lo cual todo una especie a otra persigue: el león, al lobo; el lobo, la cabra; el perro, la liebre y, si no pareciese conseja de tras el

---

[41] *tremen*: tiemblen.
[42] *aguaduchos*: corrientes de agua.
[43] *recursos*: movimientos.

fuego, yo llegaría más al cabo esta cuenta. El elefante, animal tan poderoso y fuerte se espanta, y huye de la vista de un suciuelo ratón y, aun de sólo oírle, toma gran temor. Entre las serpientes, el bajarisco creó la natura tan ponzoñoso y conquistador de todas las otras, que con su silbo las asombra y con su venida las ahuyenta y disparce; con su vista, las mata.[44] La víbora reptilia o serpiente enconada, al tiempo del concebir, por boca de la hembra metida la cabeza del macho y ella con el gran dulzor apriétale tanto que le mata, y quedando preñada, el primer hijo rompe las ijares de la madre, por do todos salen y ella muerta queda; él, casi como vengador de la paterna muerte. ¿Qué mayor lid, qué mayor conquista ni guerra que engendrar en su cuerpo quien coma sus entrañas? Pues no menos disensiones naturales creemos haber en los pescados, pues es cosa cierta gozar la mar de tantas formas de peces, cuantas la tierra y el aire cría de aves y animalias y muchas más. Aristóteles y Plinio cuentan maravillas de un pequeño pez llamado *echeneis*, cuánto sea apta su propiedad para diversos géneros de lides. Especialmente tiene una, que si allega a una nao o carraca,[45] la detiene, que no se puede menear aunque vaya muy recio por las aguas, de lo cual hace Lucano mención, diciendo: "*non pupim retinens, Euro tendente rudientes, in mediis echeneis aquis*" ("No falta allí el pez dicho Echeneis, que detiene las fustas[46] cuando el viento Euro extiende las cuerdas en medio de la mar"). ¡Oh natural contienda, digna de admiración, poder más un pequeño pez que un gran navío con toda la fuerza de los vientos!

---

[44] El basilisco era un animal imaginario al que se le atribuía el poder de matar con su mirada.

[45] *carraca*: barco de gran tamaño.

[46] *fustas*: pequeñas embarcaciones.

Pues si discurrimos por las aves y por sus menudas enemistades, bien afirmaremos ser todas las cosas criadas a manera de contienda. Las más viven de rapiña, como halcones y águilas y gavilanes. Hasta los groseros milanos insultan[47] dentro en nuestras moradas los domésticos pollos y debajo de las alas de sus madres los vienen a cazar. De una ave llamada *rocho*, que nace en el Índico mar de Oriente, se dice ser de grandeza jamás oída y que lleva sobre su pico hasta las nubes no sólo un hombre o diez, pero un navío cargado de todas sus jarcias[48] y gente. Y como los míseros navegantes estén así suspensos en el aire, con el meneo de su vuelo caen y reciben crueles muertes.

¿Pues qué diremos entre los hombres, a quien todo lo sobredicho es sujeto? ¿Quién explanará[49] sus guerras, sus enemistades, sus envidias, sus aceleramientos y movimientos y descontentamientos? ¿Aquel mudar de trajes, aquel derribar y renovar edificios y otros muchos afectos diversos y variedades que de esta nuestra flaca humanidad nos provienen? Y pues es antigua querella y visitada de largos tiempos, no quiero maravillarme si esta presente obra ha sido instrumento de lid o contienda a sus lectores para ponerlos en diferencias, dando cada uno sentencia sobre ella a sabor de su voluntad. Unos decían que era prolija,[50] otros breve, otros agradable, otros escura; de manera que cortarla a medida de tantas y tan diferentes condiciones a solo Dios pertenece. Mayormente pues ella, con todas las otras cosas que al mundo son, van debajo de la bandera de esta notable sentencia, que aun la

---

[47] *insultan*: atacan.
[48] *jarcias*: cuerdas y aparejos de un barco.
[49] *explanará*: explicará.
[50] *prolija*: larga en exceso.

misma vida de los hombres, si bien lo miramos, desde la primera edad hasta que blanquean las canas es batalla. Los niños con los juegos; los mozos, con las letras; los mancebos, con los deleites; los viejos, con mil especies de enfermedades pelean, y estos papeles con todas las edades.[51] La primera los borra y rompe; la segunda, no los sabe bien leer; la tercera, que es la alegre juventud y mancebía, discorda. Unos les roen los huesos que no tienen virtud, que es la historia toda junta, no aprovechándose de las particularidades haciendo la cuenta de camino. Otros pican los donaires y refranes comunes, loándolos con toda atención, dejando pasar por alto lo que hace más al caso y utilidad suya. Pero aquellos para cuyo verdadero placer es todo, desechan el cuento de la historia para contar, coligen la suma para su provecho,[52] ríen lo donoso,[53] las sentencias y dichos de filósofos guardan en su memoria para trasponer en lugares convenibles a sus actos y propósitos. Así que cuando diez personas se juntaren a oír esta comedia en quien quepa esta diferencia de condiciones, como suele acaecer, ¿quién negará que haya contienda en cosa que de tantas maneras se entienda? Que aun los impresores han dado sus punturas, poniendo rúbricas o sumarios al principio de cada auto, narrando en breve lo que dentro contenía; una cosa bien excusada según lo que los antiguos escritores usaron.[54] Otros han litigado sobre el nombre, diciendo que no se ha-

---

[51] *estos papeles con todas las edades*: esta obra ha sido objeto de discusión entre gente de todas las edades.

[52] *coligen la suma para su provecho*: extraen lo más importante para su beneficio.

[53] *donoso*: gracioso.

[54] *una cosa bien excusada según lo que los antiguos escritores usaron*: algo innecesario, según demuestran los antiguos escritores. Es decir, el autor se muestra contrario a los argumentos que hay al principio de cada acto, textos que atribuye a los impresores.

bía de llamar comedia, pues acababa en tristeza, sino que se llamase tragedia. El primer autor quiso darle denominación del principio, que fue placer, y llamóla comedia. Yo, viendo estas discordias, entre estos extremos partí agora por medio la porfía y llaméla tragicomedia. Así que viendo estas conquistas, estos dísonos[55] y varios juicios, miré a donde la mayor parte acostaba[56] y hallé que querían que se alargase en el proceso de su deleite de estos amantes,[57] sobre lo cual fui muy importunado de manera que acordé, aunque contra mi voluntad, meter segunda vez la pluma en tan extraña labor y tan ajena de mi facultad, hurtando algunos ratos a mi principal estudio con otras horas destinadas para recreación, puesto que[58] no han de faltar nuevos detractores a la nueva adición.

---

[55] *dísonos*: discrepantes.

[56] *acostaba*: se inclinaba.

[57] Los cinco actos añadidos que se incluyen en la *Tragicomedia* alargan, en efecto, la relación de los amantes, de una noche a un mes, aunque no son precisamente Calisto y Melibea los que más protagonismo tienen en esta interpolación.

[58] *puesto que*: aunque.

Síguese la Comedia o Tragicomedia de Calisto y Melibea, compuesta en reprensión de los locos enamorados que, vencidos en su desordenado apetito,[59] a sus amigas llaman y dicen ser su Dios. Asimismo hecho en aviso de los engaños de las alcahuetas y malos y lisonjeros sirvientes.

---

[59] *apetito*: lujuria.

Argumento

Calisto fue de noble linaje, de claro ingenio, de gentil disposición, de linda crianza, dotado de muchas gracias, de estado mediano. Fue preso en el amor de Melibea, mujer moza, muy generosa,[60] de alta y serenísima sangre, sublimada en próspero estado, una sola heredera a su padre Pleberio, y de su madre Alisa muy amada. Por solicitud del pungido[61] Calisto, vencido el casto propósito de ella, entreviniendo Celestina, mala y astuta mujer, con dos sirvientes del vencido Calisto, engañados y por ésta tornados desleales, presa su fidelidad con anzuelo de codicia y de deleite, vinieron los amantes y los que les ministraron en amargo y desastrado fin. Para comienzo de lo cual, dispuso el adversa fortuna lugar oportuno donde a la presencia de Calisto se presentó la deseada Melibea.

---

[60] *generosa*: ilustre.
[61] *pungido*: herido de amor.

[I]

Argumento del primer auto de esta comedia

Entrando Calisto en una huerta en pos[62] *de un halcón suyo, halló ahí a Melibea, de cuyo amor preso, comenzóle de hablar; de la cual rigurosamente despedido, fue para su casa muy angustiado. Habló con un criado suyo llamado Sempronio, el cual, después de muchas razones, le enderezó a una vieja llamada Celestina, en cuya casa tenía el mesmo criado una enamorada llamada Elicia, la cual, viniendo Sempronio a casa de Celestina con el negocio de su amo, tenía a otro consigo llamado Crito, al cual escondieron. Entretanto que Sempronio está negociando con Celestina, Calisto está razonando con otro criado suyo por nombre Pármeno, el cual razonamiento dura hasta que llegan Sempronio y Celestina a casa de Calisto. Pármeno fue conocido de Celestina, la cual mucho le dice de los hechos y conocimiento de su madre, induciéndole a amor y concordia de Sempronio.*

PÁRMENO	CELESTINA
CALISTO	ELICIA
MELIBEA	CRITO
SEMPRONIO	

---

[62] *en pos*: detrás.

[Escena I]

CALISTO: En esto veo, Melibea, la grandeza de Dios.

MELIBEA: ¿En qué, Calisto?

CALISTO: En dar poder a natura[63] que de tan perfecta hermosura te dotase, y hacer a mí, inmérito, tanta merced que verte alcanzase, y en tan conveniente lugar, que mi secreto dolor manifestarte pudiese. Sin duda, incomparablemente es mayor tal galardón que el servicio, sacrificio, devoción y obras pías que, por este lugar alcanzar, yo tengo a Dios ofrecido. Ni otro poder mi voluntad humana puede cumplir. ¿Quién vio en esta vida cucrpo glorificado de ningún hombre como agora el mío? Por cierto, los gloriosos santos que se deleitan en la visión divina no gozan más que yo agora en el acatamiento[64] tuyo. Mas, ¡oh triste, que en esto diferimos!, que ellos puramente se glorifican sin temor de caer de tal bienaventuranza, y yo, mixto,[65] me alegro con recelo del esquivo tormento que tu ausencia me ha de causar.

MELIBEA: ¿Por gran premio tienes éste, Calisto?

CALISTO: Téngolo por tanto, en verdad, que, si Dios me

---

[63] *natura*: naturaleza.
[64] *acatamiento*: contemplación.
[65] *mixto*: compuesto de alma y cuerpo.

diese en el cielo silla sobre sus santos,[66] no lo tendría por tanta felicidad.

MELIBEA: Pues aun más igual galardón[67] te daré yo, si perseveras.

CALISTO: ¡Oh bienaventuradas orejas mías que indignamente tan gran palabra habéis oído!

MELIBEA: Mas desaventuradas de que[68] me acabes de oír, porque la paga será tan fiera cual merece tu loco atrevimiento y el intento de tus palabras ha sido, Calisto, como de ingenio de tal hombre como tú, haber de salir para se perder en la virtud de tal mujer como yo.[69] ¡Vete, vete de ahí, torpe, que no puede mi paciencia tolerar que haya subido en corazón humano conmigo el ilícito amor comunicar su deleite!

CALISTO: Iré como aquel contra quien solamente la adversa fortuna pone su estudio[70] con odio cruel.

[Escena II]

CALISTO: ¡Sempronio, Sempronio, Sempronio! ¿Dónde está este maldito?

SEMPRONIO: ¡Aquí soy, señor, curando[71] de estos caballos!

CALISTO: Pues, ¿cómo sales de la sala?

---

[66] *sobre sus santos*: un lugar destacado entre sus santos.

[67] *igual galardón*: justo premio. Melibea se permite una ironía, que no capta Calisto, ciego como está de pasión.

[68] *de que*: en cuanto que.

[69] "Tu propósito, Calisto, ha sido tal como del ingenio de un hombre como tú se tenía que esperar, pero tus palabras sólo salen para echarse a perder ante la virtud de tal mujer como yo" (Peter Russell).

[70] *estudio*: empeño.

[71] *curando*: cuidando.

SEMPRONIO: Abatióse el girifalte[72] y vínele a enderezar en el alcándara.[73]

CALISTO: ¡Así los diablos te ganen, así por infortunio arrebatado perezcas o perpetuo intolerable tormento consigas, el cual en grado incomparablemente a la penosa y desastrada muerte que espero traspasa! ¡Anda, anda, malvado, abre la cámara y endereza la cama!

SEMPRONIO: Señor, luego[74] hecho es.

CALISTO: Cierra la ventana y deja la tiniebla acompañar al triste, y al desdichado la ceguedad. Mis pensamientos tristes no son dignos de luz. ¡Oh bienaventurada muerte aquella que, deseada, a los afligidos viene! ¡Oh si vinieses agora Erasístrato médico sentirías mi mal! ¡O piedad de Seleuco, inspira en el plebérico corazón por que, sin esperanza de salud, no envíe el espíritu perdido con el del desastrado Píramo y el de la desdichada Tisbe![75]

SEMPRONIO: ¿Qué cosa es?

CALISTO: ¡Vete de ahí; no me hables! Si no, quizá ante del tiempo de rabiosa muerte mis manos causarán tu arrebatado fin.

---

[72] *girifalte*: halcón de gran tamaño. Es señal del alto estatus social de Calisto.

[73] *alcándara*: percha donde se colocaban los halcones.

[74] *luego*: inmediatamente.

[75] La exclamación de Calisto presenta notables variantes en las antiguas ediciones de la obra. Parece ser que aquí el joven invoca el nombre de un famoso médico de la Antigüedad, Erasístrato, quien logró averiguar que el hijo del rey Seleuco estaba enfermo por la pasión que sentía por su madrastra. En un gesto de enorme magnanimidad, Seleuco cedió su propia esposa a su hijo, para que éste sanase. De ahí que Calisto aluda a la 'piedad de Seleuco', y pida un comportamiento parecido a Pleberio, si bien 'plebérico corazón' podría referirse también a Melibea. Finalmente, menciona a Píramo y Tisbe, dos amantes de la mitología clásica, como paradigma de los suicidas de amor.

SEMPRONIO: Iré, pues solo quieres padecer tu mal.

CALISTO: Ve con el diablo.

SEMPRONIO (*Aparte*): No creo, según pienso, ir conmigo el que contigo queda.

[Escena III]

SEMPRONIO: ¡Oh desventura! ¡Oh súbito mal! ¿Cuál fue tan contrario acontecimiento, que así tan presto robó el alegría de este hombre, y lo que peor es, junto con ella el seso? ¿Dejarle he solo o entraré allá? Si le dejo, matarse ha; si entro allá matarme ha. Quédese; no me curo;[76] más vale que muera aquel a quien es enojosa la vida, que no yo, que huelgo[77] con ella. Aunque por ál[78] no desease vivir, sino por ver a mi Elicia, me debería guardar de peligros. Pero, si se mata sin otro testigo, yo quedo obligado a dar cuenta de su vida; quiero entrar. Mas, puesto que entre, no quiere consolación ni consejo; asaz es señal mortal no querer sanar. Con todo, quiérole dejar un poco desbrave, madure, que oído he decir que es peligro abrir o apremiar las postemas[79] duras, porque más se enconan.[80] Esté un poco; dejemos llorar al que dolor tiene, que las lágrimas y sospiros mucho desenconan el corazón dolorido. Y aun, si delante me tiene, más conmigo se encenderá, que el sol más arde donde puede reverberar.[81] La vista a quien objeto no se antepone cansa, y cuando aquél es cer-

---

[76] *no me curo*: no me importa.

[77] *huelgo*: disfruto.

[78] *ál*: otra cosa.

[79] *postemas*: absceso de pus.

[80] *enconan*: agravan.

[81] *reverberar*: reflejar.

ca, agúzase. Por eso quiérome sofrir un poco. Si entre tanto se matare, muera; quizá con algo me quedaré que otro no sabe, con que mude el pelo malo,[82] aunque malo es esperar salud en muerte ajena. Y quizá me engaña el diablo, y si muere matar me han, e irán allá la soga y el calderón.[83] Por otra parte, dicen los sabios que es grande descanso a los afligidos tener con quien puedan sus cuitas[84] llorar y que la llaga interior más empece.[85] Pues en estos extremos en que estoy perplejo, lo más sano es entrar y sofrirle y consolarle, porque si posible es sanar sin arte ni aparejo, más ligero es guarecer[86] por arte y por cura.

[Escena IV]

CALISTO: ¡Sempronio!
SEMPRONIO: ¿Señor?
CALISTO: Dame acá el laúd.
SEMPRONIO: Señor, vesle aquí.
CALISTO: ¿Cuál dolor puede ser tal, que se iguale con mi mal?
SEMPRONIO: Destemplado[87] está ese laúd.
CALISTO: ¿Cómo templará el destemplado? ¿Cómo sentirá el armonía aquel que consigo está tan discorde; aquel en quien la voluntad a la razón no obedece; quien tiene dentro

---

[82] *mude el pelo malo*: mejore mi condición.

[83] Sempronio alude a un refrán para decir que la desgracia de Calisto acarrearía la suya propia.

[84] *cuitas*: penas.

[85] *empece*: daña.

[86] *guarecer*: sanar.

[87] *destemplado*: desafinado.

del pecho aguijones, paz, guerra, tregua, amor, enemistad, injurias, pecados, sospechas, todo a una causa?[88] Pero tañe y canta la más triste canción que sepas.

SEMPRONIO: Mira Nero de Tarpeya
    a Roma cómo se ardía;
    gritos dan niños y viejos
    y él de nada se dolía.[89]

CALISTO: Mayor es mi fuego y menor la piedad de quien yo agora digo.

SEMPRONIO (*Aparte*): No me engaño yo, que loco está este mi amo.

CALISTO: ¿Qué estás murmurando, Sempronio?

SEMPRONIO: No digo ,nada.

CALISTO: Di lo que dices; no temas.

SEMPRONIO: Digo que ¿cómo puede ser mayor el fuego que atormenta un vivo, que el que quemó tal ciudad y tanta multitud de gente?

CALISTO: ¿Cómo? Yo te lo diré: mayor es la llama que dura ochenta años que la que en un día pasa, y mayor la que mata un ánima, que la que quemó cien mil cuerpos. Como de la apariencia a la existencia, como de lo vivo a lo pintado, como de la sombra a lo real, tanta diferencia hay del fuego que dices al que me quema. Por cierto, si el de purgatorio es tal, más querría que mi espíritu fuese con los de los brutos animales, que por medio de aquél ir a la gloria de los santos.

SEMPRONIO (*Aparte*): ¡Algo es lo que digo; a más ha de ir este hecho; no basta loco, sino hereje!

---

[88] *todo a una causa*: por una misma razón.

[89] El romance que empieza a cantar Sempronio menciona el incendio de Roma provocado por el emperador Nerón. En cuanto Calisto oye hablar de fuego, lo asocia con su pasión.

CALISTO: ¿No te digo que hables alto cuando hablares? ¿Qué dices?

SEMPRONIO: Digo que nunca Dios quiera tal; que es especie de herejía lo que agora dijiste.

CALISTO: ¿Por qué?

SEMPRONIO: Porque lo que dices contradice la cristiana religión.

CALISTO: ¿Qué a mí?

SEMPRONIO: ¿Tú no eres cristiano?

CALISTO: ¿Yo? Melibeo soy y a Melibea adoro y en Melibea creo y a Melibea amo.

SEMPRONIO: Tú te lo dirás. Como Melibea es grande, no cabe en el corazón de mi amo, que por la boca le sale a borbollones. No es más menester, bien sé de qué pie cojeas; yo te sanaré.

CALISTO: Increíble cosa prometes.

SEMPRONIO: Antes fácil.[90] Que el comienzo de la salud es conocer hombre la dolencia del enfermo.

CALISTO: ¿Cuál consejo puede regir lo que en sí no tiene orden ni consejo?

SEMPRONIO (*Aparte*): ¡Ja, ja, ja! ¿Éste es el fuego de Calisto, éstas son sus congojas? ¡Como si solamente el amor contra él asestara sus tiros! ¡Oh soberano Dios cuán altos son tus misterios; cuánta premia[91] pusiste en el amor, que es necesaria turbación en el amante! Su límite pusiste por maravilla. Parece al amante que atrás queda; todos pasan, todos rompen, pungidos y esgarrochados[92] como ligeros toros; sin freno saltan por las barreras. Mandaste al hombre por la mujer dejar

---

[90] *Antes fácil*: al contrario, fácil.
[91] *premia*: fuerza.
[92] *esgarrochados*: heridos por la garrocha (vara para picar a los toros).

el padre y la madre; agora no sólo aquello, mas a ti y a tu ley desamparan, como agora Calisto, del cual no me maravillo, pues los sabios, los santos, los profetas por él te olvidaron.

CALISTO: ¡Sempronio!

SEMPRONIO: ¿Señor?

CALISTO: No me dejes.

SEMPRONIO (*Aparte*): De otro temple está esta gaita.

CALISTO: ¿Qué te parece de mi mal?

SEMPRONIO: Que amas a Melibea.

CALISTO: ¿Y no otra cosa?

SEMPRONIO: Harto mal es tener la voluntad en un solo lugar cautiva.

CALISTO: Poco sabes de firmeza.

SEMPRONIO: La perseverancia en el mal no es constancia, mas dureza, o pertinacia la llaman en mi tierra. Vosotros los filósofos de Cupido llamadla como quisiéredes.

CALISTO: Torpe cosa es mentir el que enseña a otro, pues que tú te precias de loar a tu amiga Elicia.

SEMPRONIO: Haz tú lo que bien digo y no lo que mal hago.

CALISTO: ¿Qué me repruebas?

SEMPRONIO: Que sometes la dignidad del hombre a la imperfección de la flaca mujer.

CALISTO: ¿Mujer? ¡Oh grosero! ¡Dios, dios!

SEMPRONIO: ¿Y así lo crees? ¿O burlas?

CALISTO: ¿Que burlo? Por dios la creo, por dios la confieso y no creo que hay otro soberano en el cielo; aunque entre nosotros mora.

SEMPRONIO (*Aparte*): ¡Ja, ja, ja! ¿Oísteis qué blasfemia? ¿Visteis qué ceguedad?

CALISTO: ¿De qué te ríes?

SEMPRONIO: Rióme, que no pensaba que había peor invención de pecado que en Sodoma.[93]

CALISTO: ¿Cómo?

SEMPRONIO: Porque aquéllos procuraron abominable uso con los ángeles no conocidos y tú con el que confiesas ser dios.

CALISTO: ¡Maldito seas! Que hecho me has reír, lo que no pensé hogaño.[94]

SEMPRONIO: ¿Pues qué? ¿Toda tu vida habías de llorar?

CALISTO: Sí.

SEMPRONIO: ¿Por qué?

CALISTO: Porque amo a aquella ante quien tan indigno me hallo, que no la espero alcanzar.

SEMPRONIO (*Aparte*): ¡Oh pusilánimo, oh hideputa! ¡Qué Nembrot, qué Magno Alejandre, los cuales no sólo del señorío del mundo, mas del cielo se juzgaron ser dignos![95]

CALISTO: No te oí bien eso que dijiste. Torna, dilo, no procedas.

SEMPRONIO: Dije que tú que tienes más corazón que Nembrot, ni Alejandre, desesperas de alcanzar una mujer, muchas de las cuales en grandes estados constituidas se sometieron a los pechos y resollos de viles acemileros[96] y otras a

---

[93] Referencia a la homosexualidad. Según se cuenta en la Biblia, los ciudadanos de Sodoma intentaron tener relaciones sexuales con dos ángeles, disfrazados de hombres, que había enviado Dios.

[94] Como ha señalado Ottavio Di Camillo, la broma consiste en que Sempronio enreda a Calisto haciéndole ver que ha dicho que quiere mantener relaciones sexuales con quien asegura que es su 'dios', no su 'diosa'.

[95] Nemrod, quien mandó construir la torre de Babel, y Alejandro Magno, emperador de origen macedonio, famoso por sus conquistas y de quien las leyendas decían que había descendido al fondo del mar y volado por el cielo, eran símbolos de soberbia.

[96] *acemileros*: los que conducen los animales de carga.

brutos animales. ¿No has leído de Pasife con el toro; de Minerva con el can?[97]

CALISTO: No lo creo, hablillas son.

SEMPRONIO: Lo de tu abuela con el simio, ¿hablilla fue? Testigo es el cuchillo de tu abuelo.[98]

CALISTO: ¡Maldito sea este necio; y qué porradas[99] dice!

SEMPRONIO: ¿Escocióte? Lee los historiales,[100] estudia los filósofos, mira los poetas: llenos están los libros de sus viles y malos ejemplos y de las caídas que llevaron los que en algo, como tú, las reputaron. Oye a Salomón do dice que las mujeres y el vino hacen a los hombres renegar. Conséjate con Séneca y verás en qué las tiene. Escucha al Aristóteles, mira a Bernardo. Gentiles, judíos, cristianos y moros, todos en esta concordia están. Pero lo dicho y lo que de ellas dijere no te contezca error de tomarlo en común, que muchas hobo y hay santas, virtuosas y notables cuya resplandeciente corona quita el general vituperio. Pero de estas otras, ¿quién te contaría sus mentiras, sus tráfagos,[101] sus cambios, su liviandad, sus lagrimillas, sus alteraciones, sus osadías, que todo lo que piensan, osan sin deliberar,[102] sus disimulaciones, su lengua, su engaño, su olvido, su desamor, su ingratitud, su inconstancia, su testimoniar, su negar, su revolver, su presunción, su

---

[97] Pasifae, la mujer del rey Minos de Creta, tras mantener relaciones con un toro, dio a luz al Minotauro. La referencia de "Minerva con el can" es una de las más oscuras de la obra. Tal vez, haya que leer Vulcano en lugar de can.

[98] La barbaridad que afirma Sempronio (la abuela de Calisto ha tenido relaciones con un mono) plantea problemas de interpretación. Sorprende que Calisto no reaccione ante las palabras infamantes que pronuncia su criado. Hay quien piensa que simio podría tratarse de un término peyorativo para hombre negro o judío. No se ha hado una explicación convincente sobre lo "del cuchillo de tu abuelo".

[99] *porradas*: estupideces.

[100] *historiales*: libros de historia.

[101] *tráfagos*: líos.

[102] *osan sin deliberar*: actúan sin pensar.

vanagloria, su abatimiento, su locura, su desdén, su soberbia, su sujeción, su parlería, su golosina,[103] su lujuria y suciedad, su miedo, su atrevimiento, sus hechicerías, sus embaimientos,[104] sus escarnios, su deslenguamiento, su desvergüenza, su alcahuetería? Considera qué sesito está debajo de aquellas grandes y delgadas tocas;[105] qué pensamientos so[106] aquellas gorgueras,[107] so aquel fausto,[108] so aquellas largas y autorizantes ropas. ¡Qué imperfección, qué albañares[109] debajo de templos pintados! Por ellas es dicho: "arma del diablo, cabeza de pecado, destrucción de paraíso". ¿No has rezado en la festividad de San Juan, do dice: "las mujeres y el vino hacen a los hombres renegar"; do dice: "ésta es la mujer, antigua malicia, que a Adán echó de los deleites de paraíso; ésta el linaje humano metió en el infierno; a ésta menospreció Elías profeta", etc.?[110]

CALISTO: Di, pues, ese Adán, ese Salomón,[111] ese David,[112] ese Aristóteles,[113] ese Virgilio,[114] esos que dices, como se sometieron a ellas, ¿soy más que ellos?

---

[103] *golosina*: glotonería.

[104] *embaimientos*: engaños.

[105] *tocas*: prenda que llevaban las mujeres para cubrir la cabeza.

[106] *so*: bajo.

[107] *gorgueras*: adornos para el cuello.

[108] *fausto*: fasto, lujo.

[109] *albañares*: alcantarillas, cloacas.

[110] Sempronio acaba su diatriba misógina con lugares comunes de la literatura antifemenina.

[111] El rey Salomón, paradigma de sabio, adoró a los dioses paganos, influido por sus mujeres.

[112] El rey David, para deshacerse del marido de la mujer a la que amaba, cometió la vileza de enviarlo a luchar contra sus enemigos en la vanguardia del ejército.

[113] Según las leyendas medievales, Aristóteles fue engatusado por una joven, que llegó a montarse sobre sus espaldas y hacerle caminar a gatas.

[114] Algo parecido a Aristóteles, le sucedió, también según leyendas medievales, a Virgilio: una joven dejó suspendido al poeta en un cesto, artimaña que el filósofo utilizaba para llegar hasta la ventana de la muchacha.

SEMPRONIO: A los que las vencieron querría que remedases,[115] que no a los que de ellas fueron vencidos. Huye de sus engaños. Sabes que hacen cosas que es difícil entenderlas. No tienen modo,[116] no razón, no intención. Por rigor encomienzan el ofrecimiento que de sí quieren hacer. A los que meten por los agujeros denuestan en la calle; convidan, despiden, llaman, niegan, señalan amor, pronuncian enemiga,[117] ensáñanse presto, apacíguanse luego; quieren que adevinen lo que quieren. ¡Oh qué plaga, oh qué enojo, oh qué hastío es conferir[118] con ellas más de aquel breve tiempo que aparejadas son a deleite!

CALISTO: ¿Ves? Mientra más me dices y más inconvenientes me pones, más la quiero. No sé qué se es.

SEMPRONIO: No es este juicio para mozos, según veo, que no se saben a razón someter, no se saben administrar. Miserable cosa es pensar ser maestro el que nunca fue discípulo.

CALISTO: ¿Y tú qué sabes? ¿Quién te mostró esto?

SEMPRONIO: ¿Quién? Ellas que desque[119] se descubren, así pierden la vergüenza, que todo esto y aún más a los hombres manifiestan. Ponte, pues, en la medida de honra, piensa ser más digno de lo que te reputas. Que, cierto, peor extremo es dejarse hombre caer de su merecimiento, que ponerse en más alto lugar que debe.

CALISTO: Pues, ¿quién yo para eso?

SEMPRONIO: ¿Quién? Lo primero eres hombre y de claro ingenio y más, a quien la natura dotó de los mejores bienes que

---

115 *remedases*: imitases.
116 *modo*: moderación.
117 *enemiga*: enemistad.
118 *conferir*: comunicarse.
119 *desque*: desde que.

tuvo, conviene a saber: hermosura, gracia, grandeza de miembros, fuerza, ligereza, y allende[120] de esto, fortuna medianamente partió contigo lo suyo en tal cantidad, que los bienes que tienes de dentro con los de fuera resplandecen. Porque sin los bienes de fuera, de los cuales la fortuna es señora, a ninguno acaece en esta vida ser bienaventurado; y más a constelación[121] de todos eres amado.

CALISTO: Pero no de Melibea; y en todo lo que me has gloriado, Sempronio, sin proporción, ni comparación se aventaja Melibea. ¿Miras la nobleza y antigüedad de su linaje, el grandísimo patrimonio, el excelentísimo ingenio, las resplandecientes virtudes, la altitud e inefable gracia, la soberana hermosura, de la cual te ruego me dejes hablar un poco, por que haya algún refrigerio?[122] Y lo que te dijere será de lo descubierto; que, si de lo oculto yo hablarte supiera, no nos fuera necesario altercar[123] tan miserablemente estas razones.

SEMPRONIO (*Aparte*): ¡Qué mentiras y qué locuras dirá agora este cativo[124] de mi amo!

CALISTO: ¿Cómo es eso?

SEMPRONIO: Dije que digas, que muy gran placer habré de lo oír.

SEMPRONIO (*Aparte*): Así te medre Dios, como me será agradable ese sermón.[125]

CALISTO: ¿Qué?

SEMPRONIO: Que así me medre Dios, como me será gracioso de oír.

---

[120] *allende*: además.

[121] *a constelación*: por influencia de las estrellas.

[122] *refrigerio*: descanso.

[123] *altercar*: disputar.

[124] *cativo*: infeliz.

[125] *Así te medre Dios, como me será agradable ese sermón:* que Dios te ayude tanto como a mí me gustará ponerte atención.

CALISTO: Pues por que hayas placer, yo lo figuraré[126] por partes mucho por extenso.

SEMPRONIO: (*Aparte*) Duelos tenemos. Esto es tras lo que yo andaba. De pasarse habrá ya esta oportunidad.

CALISTO: Comienzo por los cabellos. ¿Ves tú las madejas del oro delgado que hilan en Arabia? Más lindos son y no resplandecen menos; su longura hasta el postrero asiento de sus pies;[127] después crinados[128] y atados con la delgada cuerda, como ella se los pone, no ha más menester para convertir los hombres en piedras.[129]

SEMPRONIO (*Aparte*): ¡Mas en asnos!

CALISTO: ¿Qué dices?

SEMPRONIO: Dije que esos tales no serían cerdas de asno.

CALISTO: ¡Ved qué torpe y qué comparación!

SEMPRONIO (*Aparte*): ¿Tú cuerdo?

CALISTO: Los ojos verdes, rasgados; las pestañas luengas; las cejas delgadas y alzadas; la nariz mediana; la boca pequeña; los dientes menudos y blancos; los labrios colorados y grosezuelos; el torno del rostro poco más luengo que redondo; el pecho alto; la redondez y forma de las pequeñas tetas, ¿quién te la podría figurar? Que se despereza el hombre cuando las mira.[130] La tez lisa, lustrosa; el cuero suyo escurece la nieve; la color mezclada, cual ella la escogió para sí.

SEMPRONIO (*Aparte*): En sus trece está este necio.

CALISTO: Las manos pequeñas, en mediana manera, de dulce carne acompañadas; los dedos luengos; las uñas en ellos

---

[126] *figuraré*: dibujaré.

[127] Es decir, el cabello le llega hasta el suelo.

[128] *crinados*: peinados

[129] Se compara aquí a Melibea con Medusa, un ser fantástico con cabellos de serpientes, que petrificaba a aquellos que la miraban.

[130] Nótese el sentido obviamente obsceno de lo que afirma Calisto.

largas y coloradas que parecen rubíes entre perlas. Aquella proporción que ver yo no pude, no sin duda por el bulto de fuera juzgo incomparablemente ser mejor que la que Paris juzgó entre las tres deesas.[131]

SEMPRONIO: ¿Has dicho?

CALISTO: Cuan brevemente pude.

SEMPRONIO: Puesto que sea todo eso verdad, por ser tú hombre eres más digno.

CALISTO: ¿En qué?

SEMPRONIO: En que ella es imperfecta, por el cual defecto desea y apetece a ti y a otro menor que tú. ¿No has leído el Filósofo[132] do dice: "Así como la materia apetece a la forma, así la mujer al varón"?

CALISTO: ¡Oh triste! ¿Cuándo veré yo eso entre mí y Melibea?

SEMPRONIO: Posible es y aun que la aborrezcas cuanto agora la amas; podrá ser, alcanzándola y viéndola con otros ojos, libres del engaño en que agora estás.

CALISTO: ¿Con qué ojos?

SEMPRONIO: Con ojos claros.

CALISTO: Y agora, ¿con qué la veo?

SEMPRONIO: Con ojos de alinde,[133] con que lo poco parece mucho y lo pequeño grande. Y por que no te desesperes yo quiero tomar esta empresa de complir tu deseo.

CALISTO: ¡Oh, Dios te dé lo que deseas! ¡Qué glorioso me es oírte, aunque no espero que lo has de hacer!

SEMPRONIO: Antes, lo haré cierto.

---

[131] Las tres diosas (deesas) son Hera, Atenea y Afrodita. El joven Paris zanjó la disputa sobre su belleza al decidir que la más hermosa era Afrodita.

[132] *Filósofo*: Aristóteles.

[133] *con ojos de alinde*: con lentes de aumento.

CALISTO: Dios te consuele el jubón de brocado[134] que ayer vestí, Sempronio, vístetelo tú.

SEMPRONIO: Prospérete Dios por éste.

SEMPRONIO (*Aparte*): Y por muchos más que me darás. De la burla yo me llevo lo mejor. Con todo, si de estos aguijones me da, traérsela he hasta la cama. ¡Bueno ando! Hácelo esto que me dio mi amo; que sin merced imposible es obrarse bien ninguna cosa.

CALISTO: No seas agora negligente.

SEMPRONIO: No lo seas tú, que imposible es hacer siervo diligente el amo perezoso.

CALISTO: ¿Cómo has pensado de hacer esta piedad?

SEMPRONIO: Yo te lo diré. Días ha grandes que conozco en fin de esta vecindad una vieja barbuda que se dice Celestina hechicera, astuta sagaz en cuantas maldades hay. Entiendo que pasan de cinco mil virgos[135] los que se han hecho y deshecho por su autoridad en esta ciudad. A las duras peñas promoverá y provocará a lujuria si quiere.

CALISTO: ¿Podríala yo hablar?

SEMPRONIO: Yo te la traeré hasta acá, por eso aparéjate; séle gracioso;[136] séle franco;[137] estudia,[138] mientras voy yo a le decir tu pena, tan bien como ella te dará el remedio.

CALISTO: ¿Y tardas?

SEMPRONIO: Ya voy; quede Dios contigo.

CALISTO: Y contigo vaya. ¡Oh todopoderoso, perdurable Dios, tú que guías los perdidos y los reyes orientales por el estrella precedente a Belén trujiste y en su patria los redujis-

---

[134] *jubón de brocado*: prenda de vestir de seda tejida de oro y plata.
[135] *virgos*: virginidades.
[136] *gracioso*: generoso.
[137] *franco*: dadivoso, generoso.
[138] *estudia*: esfuérzate en pensar.

te, húmilmente te ruego que guíes a mi Sempronio en manera
que convierta mi pena y tristeza en gozo, y yo, indigno, me-
rezca venir en el deseado fin!

[Escena V]

CELESTINA: ¡Albricias,[139] albricias, Elicia! ¡Sempronio,
Sempronio!
ELICIA   (*Aparte*): Ce, ce, ce.[140]
CELESTINA (*Aparte*): ¿Por qué?
ELICIA   (*Aparte*): Porque está aquí Crito.
CELESTINA (*Aparte*): Mét:elo en la camarilla de las escobas
presto; dile que viene tu primo y mi familiar.
ELICIA   (*Aparte*): Crito, ¡retráete ahí: mi primo viene;
perdida soy!
(CRITO)   (*Aparte*): Pláceme, no te congojes.

[Escena VI]

SEMPRONIO: Madre bendita, ¡qué deseo traigo! Gracias a Dios
que te me dejó ver.
CELESTINA: ¡Hijo mío, rey mío, turbado me has! No te puedo hablar; torna y dame otro abrazo. ¿Y tres días podiste estar sin vernos? Elicia, Elicia, cátale aquí.
ELICIA: ¿A quién, madre?
CELESTINA: A Sempronio.
ELICIA: ¡Ay triste, qué saltos me da el corazón! ¿Y qué es
de él?

---

[139] *Albricias*: expresión de gozo para avisar de una buena nueva.
[140] *Ce*: interjección con la que se pide silencio.

CELESTINA: Vesle aquí; vesle; yo me le abrazaré, que no tú.

ELICIA: ¡Ay, maldito seas, traidor! ¡Postema y landre te mate,[141] y a manos de tus enemigos mueras y crímenes dignos de cruel muerte en poder de rigurosa justicia te veas! ¡Ay, ay!

SEMPRONIO: ¡Ji, ji, ji! ¿Qué has, mi Elicia? ¿De qué te congojas?

ELICIA: Tres días ha que no me ves. ¡Nunca Dios te vea, nunca Dios te consuele ni visite! ¡Guay[142] de la triste que en ti tiene su esperanza y el fin de todo su bien!

SEMPRONIO: Calla, señora mía, ¿tú piensas que la distancia del lugar es poderosa de apartar el entrañable amor, el fuego que está en mi corazón? Do yo voy, conmigo vas, conmigo estás. No te aflijas, ni me atormentes más de lo que yo he padecido. Mas di, ¿qué pasos suenan arriba?

ELICIA: ¿Quién? Un mi enamorado.

SEMPRONIO: Pues créolo.

ELICIA: ¡Alahé,[143] verdad es! Sube allá y verlo has.

SEMPRONIO: Voy.

CELESTINA: Anda acá; deja esa loca, que es liviana[144] y turbada de tu ausencia. Sácasla agora de seso; dirá mil locuras. Ven y hablemos; no dejemos pasar el tiempo en balde.

SEMPRONIO: Pues, ¿quién está arriba?

CELESTINA: ¿Quiéreslo saber?

SEMPRONIO: Quiero.

CELESTINA: Una moza, que me encomendó un fraile.

SEMPRONIO: ¿Qué fraile?

CELESTINA: No lo procures.

---

[141] *Postema y landre te mate*: expresión popular para manifestar indignación.

[142] *Guay*: ¡ay!

[143] *Alahé*: ciertamente.

[144] *liviana*: de poco juicio.

SEMPRONIO: Por mi vida, madre, ¿qué fraile?

CELESTINA: ¿Porfías? El ministro, el gordo.

SEMPRONIO: ¡Oh desaventurada y qué carga espera!

CELESTINA: Todo lo llevamos; pocas mataduras[145] has tú visto en la barriga.

SEMPRONIO: Mataduras no; mas petreras,[146] sí.

CELESTINA: ¡Ay burlador!

SEMPRONIO: Deja si soy burlador, muéstramela.

ELICIA: ¡Ah, don malvado! ¿Verla quieres? ¡Los ojos se te salten, que no basta a ti una ni otra! ¡Anda, vela y deja a mí para siempre!

SEMPRONIO: Calla, Dios mío, ¿y enójaste? Que ni quiero ver a ella ni a mujer nacida. A mi madre quiero hablar y quédate a Dios.

ELICIA: ¡Anda, anda; vete, desconocido, y está otros tres años que no me vuelvas a ver!

SEMPRONIO: Madre mía, bien tendrás confianza y creerás que no te burlo. Toma el manto y vamos, que por el camino sabrás lo que si aquí me tardase en decir impediría tu provecho y el mío.

CELESTINA: Vamos. Elicia, quédate a Dios. Cierra la puerta. ¡Adiós paredes!

---

[145] Llaga que tienen los animales de carga por el roce de los aparejos. Tiene aquí un sentido sexual obvio. Celestina se refiere a las llagas que le puede haber producido a la muchacha el fraile gordo durante el acto sexual.

[146] Llaga que produce en el animal de carga la correa que le rodea el pecho. "Es un juego de palabras, ya que la misma Celestina llama a Sempronio *burlador* tras esta réplica. La burla de Sempronio consistiría en insinuar que la buena disposición a sobrellevar toda clase de cargas (esto es: el trato sexual con toda clase de hombres) llega a producir callos en la *barriga* de las mujeres" (Lobera *et alii*).

[Escena VII]

Sempronio: ¡Oh madre mía! Todas cosas dejadas aparte, solamente sé atenta e imagina en lo que te dijere y no derrames tu pensamiento en muchas partes, que quien junto en diversos lugares le pone, en ninguno lo tiene, sino por caso determina lo cierto. Quiero que sepas de mí lo que no has oído y es que jamás pude, después que mi fe contigo puse, desear bien de que no te cupiese parte.

Celestina: Parta Dios, hijo, de lo suyo contigo, que no sin causa lo hará, siquiera porque has piedad de esta pecadora de vieja. Pero di, no te detengas, que la amistad que entre ti y mí se afirma no ha menester preámbulos, ni correlarios,[147] ni aparejos para ganar voluntad. Abrevia y ven al hecho, que vanamente se dice por muchas palabras lo que por pocas se puede entender.

Sempronio: Así es. Calisto arde en amores de Melibea. De ti y de mí tiene necesidad. Pues juntos nos ha menester, juntos nos aprovechemos; que conocer el tiempo y usar el hombre de la oportunidad hace los hombres prósperos.

Celestina: Bien has dicho, al cabo estoy. Basta para mí mecer el ojo.[148] Digo que me alegro de estas nuevas, como los cirujanos de los descalabrados. Y como aquellos dañan en los principios las llagas y encarecen el prometimiento de la salud, así entiendo yo hacer a Calisto. Alargarle he la certinidad[149] del remedio, porque, como dicen, el esperanza luenga aflige el corazón y cuanto él la perdiere, tanto se la promete.[150] ¡Bien me entiendes!

---

[147] *correlarios*: corolarios. Afirmación para la que no se requiere una prueba concreta, ya que se deduce de lo demostrado antes.

[148] *mecer el ojo*: No está del todo claro lo que significa. Podría ser, tal vez, equivalente a 'echar una ojeada' (Lobera *et alii*).

[149] *certinidad*: certeza.

[150] *y cuanto él la perdiere, tanto se la promete*: Posiblemente quiera decir "prométesela tú tanto más cuanto más perdida la vaya teniendo" (Lobera *et alii*).

SEMPRONIO: Callemos, que a la puerta estamos, y como dicen, las paredes han oídos.

CELESTINA: Llama.

SEMPRONIO: Ta, ta, ta.[151]

[Escena VIII]

CALISTO: ¡Pármeno!

PÁRMENO: ¿Señor?

CALISTO: ¿No oyes, maldito sordo?

PÁRMENO: ¿Qué es, señor?

CALISTO: A la puerta llaman, corre.

PÁRMENO: ¿Quién es?

SEMPRONIO: Abre a mí y a esta dueña.

PÁRMENO: Señor, Sempronio y una puta vieja alcoholada[152] daban aquellas porradas.[153]

CALISTO: Calla, calla, malvado, que es mi tía. Corre, corre, abre. Siempre lo vi, que por huir hombre de un peligro, cae en otro mayor. Por encubrir yo este hecho de Pármeno a quien amor o fidelidad o temor pusieran freno, caí en indignación de ésta, que no tiene menor poderío en mi vida que Dios.

PÁRMENO: ¿Por qué, señor, te matas? ¿Por qué, señor, te congojas? ¿Y tú piensas que es vituperio en las orejas de ésta el nombre que la llamé? No lo creas; que así se glorifica en le oír, como tú, cuando dicen: "diestro caballero es Calisto". Y demás de esto, es nombrada y por tal título conocida. Si en-

---

[151] *Ta, ta, ta*: es el sonido para indicar los golpes de la aldaba en la puerta.

[152] *alcoholada*: maquillada.

[153] *porradas*: golpes.

tre cien mujeres va y alguno dice "¡puta vieja!", sin ningún empacho[154] luego vuelve la cabeza y responde con alegre cara. En los convites, en las fiestas, en las bodas, en las cofradías, en los mortuorios, en todos los ayuntamientos de gentes, con ella pasan tiempo. Si pasa por los perros, aquello suena su ladrido; si está cerca las aves, otra cosa no cantan; si cerca los ganados, balando lo pregonan; si cerca las bestias, rebuznando dicen "¡puta vieja!"; las ranas de los charcos otra cosa no suelen mentar. Si va entre los herreros, aquello dicen sus martillos; carpinteros, armeros, herradores, caldereros, arcadores,[155] todo oficio de instrumento forma en el aire su nombre. Cántanla los carpinteros, péinanla los peinadores, tejedores; labradores, en las huertas, en las aradas, en las viñas, en las segadas con ella pasan el afán cotidiano. Al perder en los tableros, luego suenan sus loores. Todas cosas que son hacen a do quiera que ella está, el tal nombre representa. ¡Oh qué comedor de huevos asados era su marido![156] ¿Qué quieres más? Sino que, si una piedra topa con otra, luego suena: "¡puta vieja!".

CALISTO: ¿Y tú cómo lo sabes y la conoces?

PÁRMENO: Saberlo has: días grandes son pasados que mi madre, mujer pobre, moraba en su vecindad, la cual, rogada por esta Celestina, me dio a ella por sirviente, aunque ella no me conoce por lo poco que la serví y por la mudanza que la edad ha hecho.

CALISTO: ¿De qué la servías?

PÁRMENO: Señor, iba a la plaza y traíale de comer y

---

[154] *empacho*: vergüenza.

[155] *arcadores*: los que ahuecan la lana.

[156] *¡Oh qué comedor de huevos asados era su marido!*: enigmática expresión que ha dado pie a diversas interpretaciones. Quizás Pármeno esté llamando cornudo al marido de Celestina.

acompañábala; suplía en aquellos menesteres que mi tierna fuerza bastaba. Pero de aquel poco tiempo que la serví recogía la nueva memoria lo que la vieja no ha podido quitar. Tenía esta buena dueña al cabo[157] de la ciudad, allá cerca de las tenerías,[158] en la cuesta del río, una casa apartada, medio caída, poco compuesta y menos abastada. Ella tenía seis oficios, conviene saber: labrandera,[159] perfumera, maestra de hacer afeites[160] y de hacer virgos, alcahueta, y un poquito hechicera. Era el primero oficio cobertura de los otros, so color del cual muchas mozas de estas sirvientes entraban en su casa a labrarse y a labrar camisas, gorgueras y otras muchas cosas; ninguna venía sin torrezno,[161] trigo, harina, o jarro de vino y de las otras provisiones que podían a sus amas hurtar; y aun otros hurtillos de más cualidad allí se encubrían. Asaz era amiga de estudiantes y despenseros y mozos de abades. A éstos vendía ella aquella sangre inocente de las cuitadillas,[162] la cual ligeramente aventuraban en esfuerzo de la restitución que ella les prometía. Subió su hecho a más, que por medio de aquéllas comunicaba con las más encerradas hasta traer a ejecución su propósito, y aquéstas, en tiempo honesto, como estaciones, procesiones de noche, misas del gallo, misas del alba y otras secretas devociones, muchas encubiertas vi entrar en su casa. Tras ellas hombres descalzos, contritos y rebozados, desatacados, que entraban allí a llorar sus pecados. ¡Qué tráfagos, si piensas, traía!

---

[157] *al cabo*: en el extremo.

[158] *tenerías*: lugar donde se curtían las pieles. Habitualmente, debido al mal olor que producían, se situaban a las afueras de las ciudades.

[159] *labrandera*: costurera. Las labranderas tenían en la época muy mala reputación, y con frecuencia, se las asociaba con las prostitutas.

[160] *afeites*: cosméticos.

[161] *torrezno*: trozo de tocino.

[162] *cuitadillas*: pobrecillas.

Hacíase física de niños,[163] tomaba estambre[164] de unas casas, dábalo a hilar en otras, por achaque de entrar en todas. Las unas, "¡madre acá!"; las otras, "¡madre acullá!", "¡cata la vieja!", "¡ya viene el ama!"; de todas, muy conocida. Con todos estos afanes nunca pasaba sin misa ni vísperas, ni dejaba monasterios de frailes, ni de monjas; esto porque allí hacía ella sus aleluyas y conciertos, y en su casa hacía perfumes, falsaba estoraques, menjuí, ánimes, ámbar, algalia, polvillos, almizcles, mosquetes.[165] Tenía una cámara llena de alambiques, de redomillas, de barrilejos de barro, de vidrio, de alambre, de estaño, hechos de mil faciones.[166] Hacía solimán, afeite cocido, argentadas, bujelladas, cerillas, llanillas, unturillas, lustres, lucentores, clarimientes, albalinos y otras aguas de rostro, de rasuras, de gamones, de cortezas de espantalobos, de taraguncia, de hieles, de agraz, de mosto, destilados y azucarados.[167] Adelgazaba los cueros con zumos de limones, con turbino, con tuétano de corzo y de garza y otras confacciones.[168] Sacaba agua para oler, de rosas, de azahar, de jazmín, de trébol, de madreselva; clavelinas, mosquetadas y almizcladas, polvorizadas con vino. Hacía lejías para enrubiar, de sarmientos, de carrasca, de centeno, de marrubios, con salitre, con alumbre y milifolia y otras diversas cosas. Y los untos y mantecas que tenía es hastío de decir: de vaca, de oso, de caballos y de camellos, de culebra, y de conejo, de ballena, de garza, de alcaraván, de gamo, y de gato montés, y de tejón, de arda, de erizo, de nutria.[169] Aparejos para

---

[163] *física de niños*: médico de niños.
[164] *estambre*: lana.
[165] Diversos tipos de perfumes.
[166] *faciones*: de mil formas.
[167] Enumeración de cosméticos.
[168] *confacciones*: combinaciones de sustancias.
[169] Los untos y mantecas mencionados tenían propiedades medicinales.

baños, esto es una maravilla de las hierbas y raíces que tenía en el techo de su casa colgadas, manzanilla, y romero, malvaviscos, culantrillo, coronillas, flor de saúco, y de mostaza, espliego y laurel blanco, tortarosa, y gramonilla, flor salvaje e higueruela, pico de oro, y hojatinta. Los aceites que sacaba para el rostro no es cosa de creer, de estoraque y de jazmín, de limón, de pepitas, de violetas, de menjuí, de alfócigos, de piñones, de granillo, de azofeifas, de neguilla, de altramuces, de arvejas y de carillas y de hierba pajarera;[170] y un poquillo de bálsamo tenía ella en una redomilla que guardaba para aquel rascuño que tenía por las narices.[171] Esto de los virgos, unos hacía de vejiga y otros curaba de punto.[172] Tenía en un tabladillo, en una cajuela pintada, unas agujas delgadas de pellejeros e hilos de seda encerados y colgados allí raíces de hojaplasma y fuste sanguino, cebolla albarrana y cepacaballo;[173] hacía con esto maravillas: que cuando vino por aquí el embajador francés, tres veces vendió por virgen una criada que tenía.

CALISTO: ¡Así pudiera ciento![174]

PÁRMENO: ¡Sí, santo Dios! Y remediaba por caridad muchas huérfanas y erradas que se encomendaban a ella; y en otro

---

[170] Distintos tipos de productos cosméticos.

[171] Se ha afirmado que el rascuño de Celestina podría ser una marca del diablo que la identificaba como hechicera. Podría tratarse también de una cicatriz característica de una prostituta que ha convivido con rufianes.

[172] "*hacía de vejiga*, porque una forma de disimular la pérdida de la virginidad era introducir en la vagina una bolsita (por ejemplo, la vejiga natatoria de un pez) rellena de sangre; al romperse durante el acto sexual, podía dar la impresión de la ruptura del himen; *de punto*: 'cosiéndolos'" (Lobera *et alii*).

[173] Plantas con efectos medicinales.

[174] "Cómica exclamación de Calisto, que, lejos de asustarse por lo que cuenta Pármeno de las artes de la vieja cuyos servicios va a contratar, se alegra. Subrayan lo inapropiado de su pretensión cortesana al querer poner a Melibea en las manos de tal vieja" (Lacarra).

apartado tenía para remediar amores y para se querer bien. Tenía huesos de corazón de ciervo, lengua de víbora, cabezas de codornices, sesos de asno, tela de caballo, mantillo de niño, haba morisca, guija marina, soga de ahorcado, flor de hiedra, espina de erizo, pie de tejón, granos de helecho, la piedra del nido del águila, y otras mil cosas. Venían a ella muchos hombres y mujeres; y a unos demandaba el pan do mordían; a otros, de su ropa; a otros, de sus cabellos; a otros, pintaba en la palma letras con azafrán; a otros, con bermellón; a otros, daba unos corazones de cera llenos de agujas quebradas, y otras cosas en barro y en plomo hechas, muy espantables al ver. Pintaba figuras, decía palabras en tierra, ¿quién te podrá decir lo que esta vieja hacía?[175] Y todo era burla y mentira.

CALISTO: Bien está, Pármeno. Déjalo para más oportunidad; asaz soy de ti avisado; téngotelo en gracia; no nos detengamos, que la necesidad desecha la tardanza. Oye aquélla viene rogada, espera más que debe; vamos, no sé indigne. Yo temo, y el temor reduce la memoria y a la providencia despierta. ¡Sus! Vamos, proveamos, pero ruégote, Pármeno, la envida de Sempronio, que en esto me sirve y complace, no ponga impedimento en el remedio de mi vida, que si para él hobo jubón, para ti no faltará sayo; ni pienses que tengo en menos tu consejo y aviso que su trabajo y obra, como lo espiritual sepa yo que precede a lo corporal; y, puesto que las bestias corporalmente trabajen más que los hombres, por eso son pensadas[176] y curadas, pero no amigas de ellos. En tal diferencia serás conmigo en respecto de Sempronio, y so secreto sello, postpuesto el dominio, por tal amigo a ti me concedo.

---

[175] Pármeno le explica a Calisto los distintos métodos que utilizaba Celestina como hechicera para inducir a una persona a amar a otra.

[176] *pensadas*: alimentadas.

PÁRMENO: Quéjome, señor, de la duda de mi fidelidad y servicio, por los prometimientos y amonestaciones tuyas. ¿Cuándo me viste, señor, envidiar o por ningún interés ni resabio tu provecho estorcer?[177]

CALISTO: No te escandalices, que sin duda tus costumbres y gentil crianza en mis ojos ante todos los que me sirven están. Mas como en caso tan arduo, do todo mi bien y vida pende, es necesario proveer, proveo a los contecimientos; como quiera que creo que tus buenas costumbres sobre buen natural florecen, como el buen natural sea principio del artificio. Y no más; sino vamos a ver la salud.

[Escena IX]

CELESTINA (*Aparte*): Pasos oigo; acá descienden. Haz, Sempronio, que no lo oyes. Escucha y déjame hablar lo que a ti y a mí me conviene.

SEMPRONIO (*Aparte*): Habla.

CELESTINA: No me congojes, ni me importunes, que sobre cargar el cuidado es aguijar el animal congojoso. Así sientes la pena de tu amo Calisto, que parece que tú eres él, y él tú y que los tormentos son en un mismo sujeto. Pues cree que yo no vine acá por dejar este pleito indeciso o morir en la demanda.

CALISTO: Pármeno, detente. ¡Ce! Escucha qué hablan éstos, veamos en qué vivimos. ¡Oh notable mujer; oh bienes mundanos, indignos de ser poseídos de tan alto corazón; oh fiel y verdadero Sempronio! ¿Has visto, mi Pármeno? ¿Oíste? ¿Tengo razón? ¿Qué me dices, rincón de mi secreto y consejo y alma mía?

PÁRMENO: Protestando mi inocencia en la primera sospe-

---

[177] *estorcer*: impedir.

cha, y cumpliendo con la fidelidad, porque te me concediste, hablaré. Óyeme, y el afecto no te ensorde, ni la esperanza
del deleite ciegue. Tiémplate y no te apresures, que muchos,
con codicia de dar en el fiel, yerran el blanco. Aunque soy
mozo, cosas he visto asaz, y el seso y la vista de las muchas
cosas demuestran la experiencia. De verte o de oírte descender por la escalera, parlan lo que éstos fingidamente han dicho, en cuyas falsas palabras pones el fin de tu deseo.

SEMPRONIO (*Aparte*): Celestina, ruinmente suena lo que
Pármeno dice.

CELESTINA (*Aparte*): Calla, que para mi santiguada,[178] do
vino el asno vendrá el albarda. Déjame tú a Pármeno, que yo
te le haré uno de nos, y de lo que hobiéremos démosle parte; que los bienes, si no son comunicados, no son bienes.
Ganemos todos, partamos todos, holguemos todos. Yo te le
traeré manso y benigno a picar el pan en el puño, y seremos
dos a dos y, como dicen, tres al mohíno.[179]

[Escena X]

CALISTO: ¡Sempronio!

SEMPRONIO: ¿Señor?

CALISTO: ¿Qué haces, llave de mi vida? ¡Abre! ¡Oh
Pármeno, ya la veo, sano soy, vivo soy! ¿Miras qué reveren-
da persona, qué acatamiento? Por la mayor parte, por la
filosomía[180] es conocida la virtud interior. ¡Oh vejez virtuosa, oh virtud envejecida! ¡Oh gloriosa esperanza de mi deseado

---

[178] *para mi santiguada*: por mi fe.

[179] *tres al mohíno*: Celestina quiere decir tres (Pármeno, Sempronio y ella
misma) contra Calisto.

[180] *filosomía*: fisonomía.

fin! ¡Oh fin de mi deleitosa esperanza! ¡Oh salud de mi pasión, reparo de mi tormento, regeneración mía, vivificación de mi vida, resurrección de mi muerte! Deseo llegar a ti, codicio besar esas manos llenas de remedio. La indignidad de mi persona lo embarga. Dende aquí adoro la tierra que huellas y en reverencia tuya la beso.

CELESTINA: (*Aparte*): Sempronio, ¡de aquéllas vivo yo! ¡Los huesos que yo roí piensa este necio de tu amo de darme a comer, pues ál le sueño. Al freír lo verá. Dile que cierre la boca y comience a abrir la bolsa; que de las obras dudo, cuanto más de las palabras. ¡Jo que te estriego, asna coja![181] Más habías de madrugar.

PÁRMENO: (*Aparte*): ¡Guay de orejas que tal oyen! Perdido es quien tras perdido anda. ¡Oh Calisto, desaventurado, abatido, ciego! ¡Y en tierra está adorando a la más antigua puta vieja, que fregaron sus espaldas en todos los burdeles! Deshecho es, vencido es, caído es: no es capaz de ninguna redención, ni consejo, ni esfuerzo.

CALISTO: ¿Qué decía la madre? Paréceme que pensaba que le ofrecía palabras por excusar galardón?

SEMPRONIO: Así lo sentí.

CALISTO: Pues ven conmigo; trae las llaves, que yo sanaré su duda.

SEMPRONIO: Bien harás, y luego vamos; que no se debe dejar crecer la hierba entre los panes, ni la sospecha en los corazones de los amigos; sino limpiarla luego con el escardilla[182] de las buenas obras.

CALISTO: Astuto hablas, vamos y no tardemos.

---

[181] *¡Jo que te estriego, asna coja!*: expresión usada para detener a un animal. Celestina lo aplica a Calisto.

[182] *escardilla*: azada pequeña para limpiar las malas hierbas.

[Escena XI]

CELESTINA: Pláceme, Pármeno, que habemos habido oportunidad para que conozcas el amor mío contigo y la parte que en mí, inmérito, tienes. Y digo inmérito por lo que te he oído decir, de que no hago caso; porque virtud nos amonesta sufrir las tentaciones y no dar mal por mal; y especial, cuando somos tentados por mozos y no bien instrutos en lo mundano, en que con necia lealtad pierdan a sí y a sus amos, como agora tú a Calisto. Bien te oí y no pienses que el oír con los otros exteriores sesos mi vejez haya perdido. Que no solo lo que veo, oyo y conozco, mas aun lo intrínsico con los intelectuales ojos penetro. Has de saber, Pármeno, que Calisto anda de amor quejoso; y no lo juzgues por eso por flaco, que el amor impervio[183] todas las cosas vence. Y sabe, si no sabes, que dos conclusiones son verdaderas. La primera, que es forzoso el hombre amar a la mujer; y la mujer, al hombre. La segunda, que el que verdaderamente ama es necesario que se turbe con la dulzura del soberano deleite, que por el Hacedor de las cosas fue puesto, por que el linaje de los hombres se perpetuase, sin lo cual perecería. Y no sólo en la humana especie, mas en los peces, en las bestias, en las aves, en las reptilias, y en lo vegetativo; algunas plantas han este respecto, si sin interposición de otra cosa en poca distancia de tierra están puestas, en que hay determinación de herbolarios y agricultores, ser machos y hembras. ¿Qué dirás a esto, Pármeno? ¡Neciuelo, loquito, angelico, perlica, simplezico! ¿Lobitos en tal gestico?[184] Llégate acá, putico, que no sabes

---

[183] *impervio*: inaccesible.
[184] Celestina alude a la expresión de la cara de Pármeno.

nada del mundo, ni de sus deleites. ¡Mas rabia mala me mate si te llego a mí, aunque vieja! Que la voz tienes ronca, las barbas te apuntan. Mal sosegadilla debes tener la punta de la barriga.

PÁRMENO: ¡Como cola de alacrán!

CELESTINA: Y aún peor: que la otra muerde sin hinchar y la tuya hincha por nueve meses.

PÁRMENO: ¡Ji, ji, ji!

CELESTINA: ¿Ríeste, landrecilla, hijo?

PÁRMENO: Calla, madre, no me culpes, ni me tengas, aunque mozo por insipiente.[185] Amo a Calisto, porque le debo fidelidad por crianza, por beneficios, por ser de él honrado y bien tratado, que es la mayor cadena que el amor del servidor al servicio del señor prende, cuanto lo contrario aparta. Véole perdido y no hay cosa peor que ir tras deseo sin esperanza de buen fin; y especial, pensando remediar su hecho tan arduo y difícil con vanos consejos y necias razones de aquel bruto Sempronio, que es pensar sacar aradores[186] a pala de azadón. No lo puedo sufrir. ¡Dígolo y lloro!

CELESTINA: Pármeno, ¿tú no ves que es necedad o simpleza llorar por lo que con llorar no se puede remediar?

PÁRMENO: Por eso lloro, que si con llorar fuese posible traer a mi amo el remedio, tan grande sería el placer de la esperanza, que de gozo no podría llorar; pero así, perdida ya toda la esperanza, pierdo el alegría y lloro.

CELESTINA: Lloras sin provecho, por lo que llorando estorbar no podrás ni sanarlo presumas. ¿A otros no ha acontecido esto, Pármeno?

PÁRMENO: Sí, pero a mi amo no le querría doliente.

---

[185] *insipiente*: ignorante.
[186] *aradores*: pequeño ácaro o parásito.

CELESTINA: No lo es; mas aunque fuese doliente, podría sanar.

PÁRMENO: No curo de lo que dices, porque en los bienes mejor es el acto que la potencia y en los malos mejor la potencia que el acto. Así que mejor es ser sano que poderlo ser; y mejor es poder ser doliente que ser enfermo por acto y, por tanto, es mejor tener la potencia en el mal que el acto.

CELESTINA: ¡Oh malvado! ¡Cómo que no se te entiende! ¿Tú no sientes su enfermedad? ¿Qué has dicho hasta agora? ¿De qué te quejas? Pues burla o di por verdad lo falso y cree lo que quisieres, que él es enfermo por acto y el poder ser sano es en mano de esta flaca vieja.

PÁRMENO: ¡Mas de esta flaca puta vieja!

CELESTINA: ¡Putos días vivas, bellaquillo! ¿Y cómo te atreves?

PÁRMENO: Como te conozco...

CELESTINA: ¿Quién eres tú?

PÁRMENO: ¿Quién? Pármeno, hijo de Alberto, tu compadre,[187] que estuve contigo un poco tiempo, que te me dio mi madre, cuando morabas a la cuesta del río, cerca de las tenerías.

CELESTINA: ¡Jesú, Jesú, Jesú! ¿Y tú eres Pármeno, hijo de la Claudina?

PÁRMENO: ¡Alahé, yo!

CELESTINA: ¡Pues fuego malo te queme, que tan puta vieja era tu madre como yo! ¿Por qué me persigues, Pármeno? ¡Él es, él es, por los santos de Dios! Allégate a mí, ven acá, que mil azotes y puñadas[188] te di en este mundo y otros tantos besos. ¿Acuérdaste cuando dormías a mis pies, loquito?

PÁRMENO: Sí, en buena fe. Y algunas veces, aunque era

---

[187] *compadre*: protector.
[188] *puñadas*: puñetazos.

niño, me subías a la cabecera y me apretabas contigo; porque olías a vieja, me huía de ti.

CELESTINA: ¡Mala landre te mate! ¡Y cómo lo dice el desvergonzado! Dejadas burlas y pasatiempos, oye agora, mi hijo, y escucha, que aunque a un fin soy llamada, a otro soy venida y, maguera[189] que contigo me haya hecho de nuevas, tú eres la causa. Hijo, bien sabes cómo tu madre, que Dios haya, te me dio viviendo tu padre, el cual, como de mí te fuiste, con otra ansia no murió, sino con la incertidumbre de tu vida y persona, por la cual ausencia algunos años de su vejez sufrió angustiosa y cuidadosa vida. Y al tiempo que de ella pasó, envió por mí y en su secreto te me encargó y me dijo sin otro testigo, sino Aquel que es testigo de todas las obras y pensamientos y los corazones y entrañas escudriña, al cual puso entre él y mí, que te buscase y llegase y abrigase y, cuando de cumplida edad fueses, tal que en tu vivir supieses tener manera y forma, te descubriese adónde dejó encerrada tal copia de oro y plata, que basta más que la renta de tu amo Calisto. Y porque se lo prometí y con mi promesa llevó descanso, y la fe es de guardar, más que a los vivos, a los muertos, que no pueden hacer por sí, en pesquisa y seguimiento tuyo, yo he gastado asaz tiempo y cuantías, hasta agora, que ha placido a Aquel que todos los cuidados tiene y remedia las justas peticiones y las piadosas obras endereza que te hallase aquí, donde solos ha tres días que sé que moras. Sin duda dolor he sentido, porque has por tantas partes vagado y peregrinado, que ni has habido provecho ni ganado deudo ni amistad; que, como Séneca dice, los peregrinos tienen muchas posadas y pocas amistades, porque en breve tiempo con ninguno no pueden firmar amistad. Y el que está en muchos cabos no está

---

[189] *maguera*: aunque.

en ninguno, ni puede aprovechar el manjar a los cuerpos que en comiendo se lanza, ni hay cosa que más la sanidad impida que la diversidad y mudanza y variación de los manjares. Y nunca la llaga viene a cicatrizar en la cual muchas melecinas se tientan. Ni convalece la planta, que muchas veces es traspuesta, y no hay cosa tan provechosa que en llegando aproveche. Por tanto, mi hijo, deja los ímpetus de la juventud y tórnate con la doctrina de tus mayores a la razón. Reposa en alguna parte. Y ¿dónde mejor que en mi voluntad, en mi ánimo, en mi consejo, a quien tus padres te remetieron? Y yo, así como verdadera madre tuya, te digo, so las maldiciones que tus padres te pusieron si me fueses inobediente, que por el presente sufras y sirvas a este tu amo que procuraste, hasta en ello haber otro consejo mío. Pero no con necia lealtad, proponiendo firmeza sobre lo movible, como son estos señores de este tiempo. Y tú gana amigos, que es cosa durable. Ten con ellos constancia, no vivas en flores; deja los vanos prometimientos de los señores, los cuales desechan la sustancia de sus sirvientes con huecos y vanos prometimientos. Como la sanguijuela saca la sangre, desagradecen, injurian, olvidan servicios, niegan galardón. ¡Guay de quien en palacio envejece! Como se escribe de la probática piscina, que de ciento que entraban, sanaba uno.[190] Estos señores de este tiempo más aman a sí, que a los suyos. Y no yerran. Los suyos igualmente lo deben hacer. Perdidas son las mercedes, las magnificencias, los actos nobles. Cada uno de estos cautiva y mezquinamente procura su interés con los suyos. Pues aquéllos no deben menos hacer, como sean en facultades meno-

---

[190] Alusión a un pasaje bíblico sobre una piscina de Jerusalén a la que se le atribuían propiedades curativas, cuando, a veces, bajaba un ángel y movía las aguas.

res, sino vivir a su ley. Dígolo, hijo Pármeno, porque éste tu amo, como dicen, me parece rompenecios: de todos se quiere servir sin merced. Mira bien, créeme. En su casa cobra amigos, que es el mayor precio mundano, que con él no pienses tener amistad, como por la diferencia de los estados o condiciones pocas veces contezca. Caso es ofrecido, como sabes, en que todos medremos y tú por el presente te remedies; que lo ál que te he dicho, guardado te está a su tiempo. Y mucho te aprovecharás siendo amigo de Sempronio.

PÁRMENO: Celestina todo tremo en oírte. No sé qué haga; perplejo estoy. Por una parte téngote por madre; por otra, a Calisto por amo. Riqueza deseo; pero quien torpemente sube a lo alto, mas aína[191] cae que subió. No querría bienes mal ganados.

CELESTINA: Yo sí. A tuerto o a derecho, nuestra casa hasta el techo.

PÁRMENO: Pues yo con ellos no viviría contento y tengo por honesta cosa la pobreza alegre. Y aún más te digo: que no los que poco tienen son pobres, mas los que mucho desean. Y por esto, aunque más digas, no te creo en esta parte. Querría pasar la vida sin envidia; los yermos y aspereza, sin temor; el sueño, sin sobresalto; las injurias, con repuesta; las fuerzas, sin denuesto;[192] las premias,[193] con resistencia.

CELESTINA: ¡Oh hijo! Bien dicen que la prudencia no puede ser sino en los viejos y tú mucho mozo eres.

PÁRMENO: Mucho segura es la mansa pobreza.

CELESTINA: Mas di, como Marón,[194] que la fortuna ayuda a

---

[191] *aína*: rápido.

[192] *las fuerzas, sin denuesto*: "Que no me sean reprochados los actos de violencia que me vea obligado a hacer" (Lobera *et alii*).

[193] *premias*: coacciones.

[194] Virgilio, el autor de la *Eneida*.

los osados. Y demás de esto, ¿quién es que tenga bienes en la república que escoja vivir sin amigos? Pues, loado Dios, bienes tienes, ¿y no sabes que has menester amigos para los conservar? Y no pienses que tu privanza con este señor te hace seguro; que cuanto mayor es la fortuna, tanto es menos segura. Y por tanto, en los infortunios el remedio es a los amigos. ¿Y adónde puedes ganar mejor este deudo, que donde las tres maneras de amistad concurren, conviene a saber: por bien y provecho y deleite? Por bien: mira la voluntad de Sempronio conforme a la tuya y la gran similitud que tú y él en la virtud tenéis. Por provecho: en la mano está, si sois concordes. Por deleite: semejable es, como seáis en edad dispuestos para todo linaje de placer, en que más los mozos que los viejos se juntan, así como para jugar, para vestir, para burlar, para comer y beber, para negociar amores juntos de compañía. ¡Oh si quisieses, Pármeno, qué vida gozaríamos! Sempronio ama a Elicia, prima de Areúsa.

PÁRMENO: ¿De Areúsa?

CELESTINA: De Areúsa.

PÁRMENO: ¿De Areúsa, hija de Eliso?

CELESTINA: De Areúsa, hija de Eliso.

PÁRMENO: ¿Cierto?

CELESTINA: Cierto.

PÁRMENO: ¡Maravillosa cosa es!

CELESTINA: Pero, ¿bien te parece?

PÁRMENO: No cosa mejor.

CELESTINA: Pues tu buena dicha quiere, aquí está quien te la dará.

PÁRMENO: Mi fe, madre, no creo a nadie.

CELESTINA: Extremo es creer a todos y yerro no creer a ninguno.

PÁRMENO: Digo que te creo, pero no me atrevo; déjame.

CELESTINA: ¡Oh mezquino! De enfermo corazón es no poder sufrir el bien. Da Dios habas a quien no tiene quijadas. ¡Oh simple! Dirás que adonde hay mayor entendimiento hay menor fortuna y donde más discreción, allí es menor la fortuna; dichas son.

PÁRMENO: ¡Oh Celestina! Oído he a mis mayores que un ejemplo de lujuria o avaricia mucho mal hace, y que con aquéllos debe hombre conversar que le hagan mejor, y aquéllos dejar a quien él mejores piensa hacer. Y Sempronio, en su ejemplo, no me hará mejor, ni yo a él sanaré su vicio. Y puesto que yo a lo que dices me incline, sólo yo querría saberlo, por que a lo menos por el ejemplo fuese oculto el pecado. Y si hombre vencido del deleite va contra la virtud, no se atreva a la honestad.

CELESTINA: Sin prudencia hablas, que de ninguna cosa es alegre posesión sin compañía. No te retraigas, ni amargues, que la natura huye lo triste y apetece lo deleitable. El deleite es con los amigos en las cosas sensuales y especial en recontar las cosas de amores y comunicarlas: "esto hice; esto otro me dijo; tal donaire pasamos; de tal manera la tomé; así la besé; así me mordió; así la abracé; así se allegó. ¡Oh qué habla, qué gracia! ¡Oh qué juegos! ¡Oh qué besos! Vamos allá, volvamos acá; ande la música; pintemos los motes;[195] cantemos canciones, invenciones y justemos.[196] ¿Qué cimera[197] sacaremos o qué letra?[198] Ya va a la misa, mañana saldrá. Rondemos su calle, mira su carta, vamos de noche, tenme el escala, aguarda a la puerta. ¿Cómo te fue? Cata el cornudo; sola la deja. Dale otra

---

[195] *motes*: versos sueltos que llevaban los caballeros en ropas y armaduras.
[196] *justemos*: participemos en justas.
[197] *cimera*: parte superior de la armadura.
[198] *letra*: lema.

vuelta; tornemos allá". Y para esto, Pármeno, ¿hay deleite sin compañía? ¡Alahé, alahé! La que las sabe las tañe. Éste es el deleite, que lo ál, mejor lo hacen los asnos en el prado.

PÁRMENO: No querría, madre, me convidases a consejo con amonestación de deleite,[199] como hicieron los que, careciendo de razonable fundamento, opinando hicieron sectas envueltas en dulce veneno para captar y tomar las voluntades de los flacos y con polvos de sabroso afecto cegaron los ojos de la razón.[200]

CELESTINA: ¿Qué es razón, loco? ¿Qué es afecto, asnillo? La discreción, que no tienes, lo determina y de la discreción mayor es la prudencia; y la prudencia no puede ser sin experimento y la experiencia no puede ser más que en los viejos; y los ancianos somos llamados padres; y los buenos padres bien aconsejan a sus hijos, y especial yo a ti, cuya vida y honra más que la mía deseo. ¿Y cuándo me pagarás tú esto? Nunca, pues a los padres y a los maestros no puede ser hecho servicio igualmente.

PÁRMENO: Todo me recelo, madre, de recebir dudoso consejo.

CELESTINA: ¿No quieres? Pues decirte he lo que dice el sabio: "al varón que con dura cerviz al que le castiga menosprecia, arrebatado quebrantamiento le vendrá, y sanidad ninguna le conseguirá". Y así, Pármeno, me despido de ti y de este negocio.

PÁRMENO   (Aparte): Ensañada está mi madre. Duda tengo en su consejo; yerro es no creer y culpa creerlo todo. Mas humano es confiar, mayormente en ésta que interese promete, a do provecho no puede, allende de amor, conseguir. Oído he que

---

[199] *con amonestación de deleite*: con el argumento del placer.
[200] No está claro a qué sectas se refiere Pármeno. Podría tratarse de los musulmanes.

debe hombre a sus mayores creer. Ésta, ¿qué me aconseja? Paz con Sempronio. La paz no se debe negar; que bienaventurados son los pacíficos, que hijos de Dios serán llamados. Amor no se debe rehuir. Caridad a los hermanos, interese pocos le apartan; pues quiérola complacer y oír.

PÁRMENO: Madre, no se debe ensañar el maestro de la ignorancia del discípulo; si no, raras veces, por la ciencia, que es de su natural comunicable, y en pocos lugares, se podría infundir.[201] Por eso, perdóname; háblame, que sólo quiero oírte y creerte, mas en singular merced recebir tu consejo. Y no me lo agradezcas, pues el loor y las gracias de la acción, más al dante, que no al recibiente se deben dar. Por eso, manda, que a tu mandado mi consentimiento se humilla.

CELESTINA: De los hombres es errar, y bestial es la porfía.[202] Por ende,[203] gózome, Pármeno, que hayas limpiado las turbias telas de tus ojos y respondido al reconocimiento, discreción e ingenio sotil de tu padre, cuya persona, agora representada en mi memoria enternece los ojos piadosos, por do tan abundantes lágrimas ves derramar. Algunas veces duros propósitos, como tú, defendía, pero luego tornaba a lo cierto. En Dios y en mi ánima, que en ver agora lo que has porfiado y cómo a la verdad eres reducido, no parece sino que vivo le tengo delante. ¡Oh qué persona! ¡Oh qué hartura! ¡Oh qué cara tan venerable! Pero callemos, que se acerca Calisto y tu nuevo amigo Sempronio, con quien tu conformidad para más oportunidad dejo. Que dos en un corazón viviendo son mas poderosos de hacer y de entender.

---

[201] "(Si el maestro se enojara con la ignorancia del discípulo), [el saber], que es algo comunicable, podría ser transmitido pocas veces y en pocos lugares por la ciencia" (Lobera et alii).

[202] *porfía*: insistencia.

[203] *Por ende*: por tanto.

[Escena XII]

CALISTO: Duda traigo, madre, según mis infortunios, de hallarte viva. Pero más es maravilla, según el deseo, de cómo llego vivo. Recibe la dádiva pobre de aquel que con ella la vida te ofrece.

CELESTINA: Como en el oro muy fino labrado por la mano del sotil artífice la obra sobrepuja a la materia, así se aventaja a tu magnífico dar la gracia y forma de tu dulce liberalidad. Y sin duda la presta dádiva su efecto ha doblado, porque la que tarda el prometimiento muestra negar y arrepentirse del don prometido.

PÁRMENO (*Aparte*): ¿Qué le dio, Sempronio?

SEMPRONIO (*Aparte*): Cien monedas en oro.

PÁRMENO (*Aparte*): ¡Ji, ji, ji!

SEMPRONIO (*Aparte*): ¿Habló contigo la madre?

PÁRMENO (*Aparte*): Calla, que sí.

SEMPRONIO (*Aparte*): ¿Pues cómo estamos?

PÁRMENO (*Aparte*): Como quisieres, aunque estoy espantado.

SEMPRONIO (*Aparte*): Pues calla, que yo te haré espantar dos tanto.[204]

PÁRMENO (*Aparte*): ¡Oh Dios! No hay pestilencia más eficaz que el enemigo de casa para empecer.[205]

CALISTO: Ve agora, madre, y consuela tu casa; y después, ven, consuela la mía, y luego.

CELESTINA: Quede Dios contigo.

CALISTO: Y Él te me guarde.

---

[204] *dos tanto*: dos veces más.
[205] *empecer*: causar daño.

[II]

Argumento del segundo auto

Partida Celestina de Calisto para su casa, queda Calisto hablando con Sempronio, criado suyo, al cual, como quien en alguna esperanza puesto está, todo aguijar le parece tardanza. Envía de sí a Sempronio a solicitar a Celestina para el concebido negocio. Quedan, entre tanto, Calisto y Pármeno juntos razonando.

CALISTO
PÁRMENO
SEMPRONIO

[Escena I]

CALISTO: Hermanos míos, cien monedas di a la madre. ¿Hice bien?

SEMPRONIO: ¡Ay, si hiciste bien! Allende de remediar tu vida, ganaste muy gran honra. ¿Y para qué es la fortuna favorable y próspera, sino para servir a la honra, que es el mayor de los mundanos bienes? Que esto es premio y galardón de la virtud. Y por eso la damos a Dios, porque no tenemos mayor cosa que le dar; la mayor parte de la cual consiste en la liberalidad y franqueza. A ésta los duros tesoros comunicables la escurecen y pierden, y la magnificencia y liberalidad la ganan y subliman. ¿Qué aprovecha tener lo que se niega aprovechar? Sin duda te digo que mejor es el uso de las riquezas que la posesión de ellas. ¡Oh qué glorioso es el dar! ¡Oh qué miserable es el recebir! Cuanto es mejor el acto que la posesión, tanto es más noble el dante que el recibiente. Entre los elementos, el fuego, por ser más activo, es más noble, y en las esferas,[206] puesto en más noble lugar. Y dicen algunos que la nobleza es una alabanza que proviene de los merecimientos y antigüedad de los padres. Yo digo que la ajena luz nunca te hará claro si la propia no tienes. Y, por tanto, no te estimes

---

[206] *esferas*: Sempronio se refiere a las esferas celestes en las que se dividía el universo, según la creencia medieval.

en la claridad de tu padre, que tan magnífico fue, sino en la tuya. Y así se gana la honra, que es el mayor bien de los que son fuera de hombre. De lo cual no el malo, mas el bueno, como tú, es digno que tenga perfecta virtud. Y aun te digo que la virtud perfecta no pone que sea hecho condigno honor. Por ende, goza de haber sido así magnífico y liberal, y de mi consejo tórnate a la cámara y reposa, pues que tu negocio en tales manos está depositado. De donde ten por cierto, pues el comienzo llevó bueno, el fin será muy mejor. Y vamos luego, porque sobre este negocio quiero hablar contigo más largo.

CALISTO: Sempronio, no me parece buen consejo quedar yo acompañado y que vaya sola aquella que busca el remedio de mi mal. Mejor será que vayas con ella y la aquejes;[207] pues sabes que de su diligencia pende mi salud; de su tardanza, mi pena; y de su olvido, mi desesperanza. Sabido[208] eres, fiel te siento, por buen criado te tengo; haz de manera que en sólo verte ella a ti, juzgue la pena que a mí queda y fuego que me atormenta, cuyo ardor me causó no poder mostrarle la tercia parte de esta mi secreta enfermedad, según tiene mi lengua y sentido ocupados y consumidos. Tú, como hombre libre de tal pasión, hablarla has a rienda suelta.

SEMPRONIO: Señor, querría ir por complir tu mandado; querría quedar por aliviar tu cuidado. Tu temor me aqueja; tu soledad me detiene. Quiero tomar consejo con la obediencia que es ir y dar priesa a la vieja. Mas, ¿cómo iré que, en viéndote solo, dices desvaríos, de hombre sin seso, sospirando, gemiendo, maltrovando, holgando con lo escuro, deseando soledad, buscando nuevos modos de pensativo tormento, donde, si perseveras, o de muerto o loco no podrás escapar,

---

[207] *la aquejes*: metas prisa.
[208] *Sabido*: astuto.

si siempre no te acompaña quien te allegue placeres, diga donaires, tanga canciones alegres, cante romances, cuente historias, pinte motes, finja cuentos, juegue a naipes, arme mates;[209] finalmente, que sepa buscar todo género de dulce pasatiempo, para no dejar trasponer[210] tu pensamiento en aquellos crueles desvíos que recebiste de aquella señora en el primer trance de tus amores?

CALISTO: ¿Cómo, simple? ¿No sabes que alivia la pena llorar la causa? ¡Cuánto es dulce a los tristes quejar su pasión! ¡Cuánto descanso traen consigo los quebrantados sospiros! ¡Cuánto relievan[211] y diminuyen los lagrimosos gemidos el dolor! Cuantos escribieron consuelos no dicen otra cosa.

SEMPRONIO: Lee más adelante. Vuelve la hoja; hallarás que dicen que fiar en lo temporal y buscar materia de tristeza que es igual género de locura. Y aquel Macías, ídolo de los amantes, del olvido porque le olvidaba se queja.[212] En el contemplar está la pena de amor; en el olvidar, el descanso. Huye de tirar coces al aguijón;[213] finge alegría y consuelo, y serlo ha; que muchas veces la opinión trae las cosas donde quiere, no para que mude la verdad, pero para moderar nuestro sentido y regir nuestro juicio.

CALISTO: Sempronio, amigo, pues tanto sientes mi soledad, llama a Pármeno y quedará conmigo y de aquí adelante sé, como sueles, leal; que en servicio del criado está el galardón del señor.

---

[209] *arme mates*: juegue al ajedrez.

[210] *trasponer*: que se vaya.

[211] *relievan*: alivian.

[212] El poeta Macías, asesinado por el esposo de su dama, fue el ejemplo del mártir de amor. No se ha logrado localizar, de todas formas, la composición a la que se refiere Sempronio.

[213] *Huye de tirar coces al aguijón*: deja de empeñarte inútilmente.

PÁRMENO: Aquí estoy, señor.

CALISTO: Yo no, pues no te veía. No te partas de ella, Sempronio; ni me olvides a mí, y ve con Dios. Tú, Pármeno, ¿qué te parece de lo que hoy ha pasado? Mi pena es grande, Melibea alta,[214] Celestina sabia y buena maestra de estos negocios; no podemos errar. Tú me la has aprobado con toda tu enemistad; yo te creo; que tanta es la fuerza de la verdad, que las lenguas de los enemigos trae a su mandar. Así que, pues ella es tal, más quiero dar a ésta cien monedas que a otra cinco.

PÁRMENO   (*Aparte*): ¿Ya lloras? Duelos tenemos; en casa se habrán de ayunar estas franquezas.[215]

CALISTO: Pues pido tu parecer, séme agradable, Pármeno. No abajes la cabeza al responder, mas como la envidia es triste, la tristeza sin lengua, puede más contigo su voluntad que mi temor. ¿Qué dijiste, enojoso?

PÁRMENO: Digo, señor, que irían mejor empleadas tus franquezas en presentes y servicios a Melibea, que no dar dineros a aquella que yo me conozco; y lo que peor es, hacerte su cautivo.

CALISTO: ¿Cómo, loco, su cautivo?

PÁRMENO: Porque a quien dices el secreto das tu libertad.

CALISTO   (*Aparte*): Algo dice el necio.

CALISTO: Pero quiero que sepas que cuando hay mucha distancia del que ruega al rogado, o por gravedad de obediencia, o por señorío de estado, o esquividad de género, como

---

[214] *alta*: de elevada condición.

[215] *en casa se habrán de ayunar estas franquezas*: pasaremos estrecheces por esta generosidad.

entre esta mi señora y mí, es necesario intercesor o mediane-
ro que suba de mano en mano mi mensaje hasta los oídos de
aquella a quien yo segunda vez hablar tengo por imposible;
y pues que así es, dime si lo hecho apruebas.

PÁRMENO   (*Aparte*): ¡Apruébelo el diablo!

CALISTO: ¿Qué dices?

PÁRMENO: Digo, señor, que nunca yerro vino desacompa-
ñado y que un inconveniente es causa y puerta de muchos.

CALISTO: El dicho yo le apruebo; el propósito no entiendo.

PÁRMENO: Señor, porque perderse el otro día el neblí[216] fue
causa de tu entrada en la huerta de Melibea a le buscar; la
entrada, causa de la ver y hablar; la habla engendró amor;
el amor parió tu pena; la pena causará perder tu cuerpo y el
alma y hacienda. Y lo que más de ello siento es venir a manos de aquella trotaconventos,[217] después de tres veces
emplumada.[218]

CALISTO: ¡Así, Pármeno, di más de eso, que me agrada!
Pues mejor me parece cuanto más la desalabas; cumpla conmigo y emplúmenla la cuarta. Desentido[219] eres; sin pena hablas, no te duele donde a mí, Pármeno.

PÁRMENO: Señor, más quiero que airado me reprendas porque te doy enojo, que arrepentido me condenes porque no te
di consejo, pues perdiste el nombre de libre cuando cautivaste
tu voluntad.

CALISTO: Palos querrá este bellaco. Di, mal criado, ¿por
qué dices mal de lo que yo adoro? ¿Y tú que sabes de honra?
Dime, ¿qué es amor? ¿En qué consiste buena crianza, que te

---

[216] *neblí*: un tipo de halcón.

[217] *trotaconventos*: alcahueta.

[218] Un castigo que recibían las alcahuetas era el ser emplumadas, es decir, cubrir su cuerpo, previamente untado con miel, de plumas.

[219] *Desentido*: insensible.

me vendes por discreto? No sabes que el primer escalón de locura es creer ser sciente? Si tu sintieses mi dolor, con otra agua rociarías aquella ardiente llaga que la cruel flecha de Cupido me ha causado. Cuanto remedio Sempronio acarrea con sus pies, tanto apartas tú con tu lengua; con tus vanas palabras fingiéndote fiel, eres un terrón de lisonja, bote de malicias, el mismo mesón y aposentamiento de la envidia; que, por difamar la vieja a tuerto o a derecho, pones en mis amores desconfianza, sabiendo que esta mi pena y flutuoso[220] dolor no se rige por razón, no quiere avisos, carece de consejo; y si alguno se le diere, sea tal que no aparte, ni desgozne[221] lo que sin las entrañas no podrá despegarse. Sempronio temió su ida y tu quedada; yo quíselo todo; y así me padezco el trabajo de su ausencia y tu presencia; valiera más solo que mal acompañado.

PÁRMENO: Señor, flaca es la fidelidad que temor de pena la convierte en lisonja, mayormente con señor a quien dolor y afición priva y tiene ajeno de su natural juicio. Quitarse ha el velo de la ceguedad, pasarán estos momentáneos fuegos, conocerás mis agras[222] palabras ser mejores para matar este fuerte cáncer que las blandas de Sempronio que lo ceban, atizan tu fuego, avivan tu amor, encienden tu llama, añaden astillas que tenga que gastar, hasta ponerte en la sepultura.

CALISTO: ¡Calla, calla, perdido! Estoy yo penando y tú filosofando; no te espero más. Saquen un caballo; límpienle mucho; aprieten bien la cincha, por si pasare por casa de mi señora y mi dios.

---

[220] *flutuoso*: lleno de altibajos.
[221] *desgozne*: arranque.
[222] *agras*: agrias.

[Escena III]

PÁRMENO: ¡Mozos! ¿No hay mozo en casa? Yo me lo habré de hacer, que a peor vendremos de esta vez que ser mozos de espuelas. ¡Andar, pase! Mal me quieren mis comadres, etc.[223] ¿Relincháis, don caballo? ¿No basta un celoso en casa, o barruntáis[224] a Melibea?

CALISTO: ¿Viene ese caballo? ¿Qué haces, Pármeno?

PÁRMENO: Señor, vesle aquí; que no está Sosia en casa.

CALISTO: Pues ten ese estribo; abre más esa puerta; y si viniere Sempronio con aquella señora, di que esperen, que presto será mi vuelta.

[Escena IV]

PÁRMENO: ¡Mas nunca sea! ¡Allá irás con el diablo! A estos locos decidles lo que les cumple, no os podrán ver. ¡Por mi ánima, que si agora le diese una lanzada en el calcañar,[225] que saliesen más sesos que de la cabeza! ¡Pues anda que, a mi cargo,[226] que Celestina y Sempronio te espulguen! ¡Oh desdichado de mí, por ser leal padezco mal! ¡Otros se ganan por malos, yo me pierdo por bueno! El mundo es tal; quiero irme al hilo de la gente, pues a los traidores llaman discretos; a los fieles, necios. Si creyera a Celestina con sus seis docenas de años a cuestas, no me maltratara Calisto. Mas esto me pondrá escarmiento de aquí adelante con él; que si dijere "coma-

---

[223] Refrán: "Mal me quieren mis comadres porque digo las verdades".
[224] *barruntáis*: presentís.
[225] *calcañar*: talón.
[226] *a mi cargo*: por lo que a mí toca.

mos", yo también; si quisiere derrocar la casa, aprobarlo; si quemar su hacienda, ir por fuego. Destruya, rompa, quiebre, dañe, dé a alcahuetas lo suyo, que mi parte me cabrá, pues dicen "a río vuelto, ganancia de pescadores". ¡Nunca más perro a molino!

[III]

Argumento del tercero auto

Sempronio vase a casa de Celestina, a la cual reprende por la tardanza. Pónense a buscar qué manera tomen en el negocio de Calisto con Melibea. En fin sobreviene Elicia. Vase Celestina a casa de Pleberio. Queda Sempronio y Elicia en casa.

SEMPRONIO
CELESTINA
ELICIA

[Escena I]

SEMPRONIO (*Aparte*): ¡Qué espacio lleva[227] la barbuda! Menos sosiego traían sus pies a la venida. A dineros pagados, brazos quebrados.[228]

SEMPRONIO: ¡Ce, señora Celestina, poco has aguijado!

CELESTINA: ¿A qué vienes hijo?

SEMPRONIO: Este nuestro enfermo no sabe qué pedir; de sus manos no se contenta; no se le cuece el pan.[229] Teme tu negligencia; maldice su avaricia y cortedad porque te dio tan poco dinero.

CELESTINA: No es cosa más propia del que ama que la impaciencia; toda tardanza les es tormento; ninguna dilación les agrada. En un momento querían poner en efecto sus cogitaciones;[230] antes las querían ver concluidas que empezadas. Mayormente estos novicios amantes, que contra cualquiera señuelo vuelan, sin deliberación,[231] sin pensar el daño que el cebo de su deseo trae mezclado en su ejercicio y negociación para sus personas y sirvientes.

---

[227] *Qué espacio lleva*: qué despacio anda.

[228] *quebrados*: rotos. Es un refrán que indica que cuando, se recibe el pago por adelantado, se pone menos empeño en llevar a término el encargo.

[229] *no se le cuece el pan*: carece de paciencia.

[230] *cogitaciones*: pensamientos.

[231] *sin deliberación*: sin pensárselo.

SEMPRONIO: ¿Qué dices de sirvientes? Parece por tu razón que nos puede venir a nosotros daño de este negocio y quemarnos con las centellas que resultan de este fuego de Calisto. ¡Aun al diablo daría yo sus amores! Al primer desconcierto que vea en este negocio no como más su pan; más vale perder lo servido que la vida por cobrarlo. El tiempo me dirá qué haga, que primero que caiga del todo dará señal, como casa que se acuesta.[232] Si te parece, madre, guardemos nuestras personas de peligro. Hágase lo que se hiciere. Si la hobiere, hogaño; si no, a otro año; si no, nunca; que no hay cosa tan difícil de sufrir en sus principios que el tiempo no la ablande y haga comportable.[233] Ninguna llaga tanto se sintió, que por luengo tiempo no aflojase su tormento, ni placer tan alegre fue que no le amengüe su antigüedad. El mal y el bien, la prosperidad y adversidad, la gloria y pena, todo pierde con el tiempo la fuerza de su acelerado principio. Pues los casos de admiración, y venidos con gran deseo, tan presto como pasados, olvidados. Cada día vemos novedades y las oímos y las pasamos y dejamos atrás, diminúyelas el tiempo, hácelas contingibles.[234] ¿Qué tanto te maravillarías si dijesen: "la tierra tembló", o otra semejante cosa que no olvidases luego? Así como: "helado está el río", "el ciego ve ya", "muerto es tu padre", "un rayo cayó", "ganada es Granada", "el rey entra hoy", "el turco es vencido", "eclipse hay mañana", "la puente es llevada", "aquél es ya obispo", "a Pedro robaron", "Inés se ahorcó". ¿Qué me dirás, sino que a tres días pasados, o a la segunda vista no hay quien de ello se maraville? Todo es así, todo pasa de esta manera, todo se olvida, todo queda atrás.

---

[232] *acuesta*: inclina.

[233] *comportable*: llevadera.

[234] *contingibles*: contingentes.

Pues así será este amor de mi amo: cuanto más fuere andando, tanto más diminuyendo. Que la costumbre luenga amansa los dolores, afloja y deshace los deleites, desmengua las maravillas. Procuremos provecho mientra pendiere la contienda; y si a pie enjuto le pudiéremos remediar, lo mejor mejor es; y si no, poco a poco le soldaremos el reproche o menosprecio de Melibea contra él. Donde no, más vale que pene el amo que no que peligre el mozo.

CELESTINA: Bien has dicho; contigo estoy; agradado me has; no podemos errar. Pero todavía, hijo, es necesario que el buen procurador²³⁵ ponga de su casa algún trabajo, algunas fingidas razones, algunos sofísticos²³⁶ actos, ir y venir a juicio, aunque reciba malas palabras del juez; siquiera por los presentes que lo vieren; no digan que se gana holgando el salario. Y así vendrá cada uno a él con su pleito, y a Celestina con sus amores.

SEMPRONIO: Haz a tu voluntad, que no será éste el primero negocio que has tomado a cargo.

CELESTINA: ¿El primero, hijo? Pocas vírgenes, a Dios gracias, has tú visto en esta ciudad que hayan abierto tienda a vender, de quien yo no haya sido corredora de su primer hilado.²³⁷ En naciendo la mochacha, la hago escribir en mi registro, y esto para que yo sepa cuántas se me salen de la red. ¿Qué pensabas, Sempronio? ¿Habíame de mantener del viento? ¿Heredé otra herencia? ¿Tengo otra casa o viña? ¿Conócesme otra hacienda más de este oficio de que como y bebo, de que visto y calzo? En esta ciudad nacida, en ella criada, manteniendo honra, como todo el mundo sabe, ¿conocida, pues, no soy?

---

²³⁵ *procurador*: abogado.
²³⁶ *sofísticos*: falsos.
²³⁷ *corredora de su primer hilado*: intermediaria en su primera relación sexual.

Quien no supiere mi nombre y mi casa tenle por extranjero.

SEMPRONIO: Dime, madre. ¿Qué pasaste con mi compañero Pármeno cuando subí con Calisto por el dinero?

CELESTINA: Díjele el sueño y la soltura,[238] y cómo ganaría más con nuestra compañía que con las lisonjas que dice a su amo; cómo viviría siempre pobre y baldonado si no mudaba el consejo; que no se hiciese santo a tal perra vieja como yo. Acordéle[239] quién era su madre, por que no menospreciase mi oficio; porque, queriendo de mí decir mal, tropezase primero en ella.

SEMPRONIO: ¿Tantos días ha que le conoces, madre?

CELESTINA: Aquí esta Celestina que le vio nacer y le ayudó a criar. Su madre y yo, uña y carne. De ella aprendí todo lo mejor que sé de mi oficio. Juntas comíamos, juntas dormíamos, juntas habíamos nuestros solaces,[240] nuestros placeres, nuestros consejos y conciertos. En casa y fuera, como dos hermanas. Nunca blanca[241] gané en que no toviese su mitad. Pero no vivía yo engañada, si mi fortuna quisiera que ella me durara. ¡Oh muerte, muerte, a cuántos privas de agradable compañía, a cuántos desconsuela tu enojosa visitación! Por uno que comes con tiempo, cortas mil en agraz,[242] que siendo ella viva, no fueran estos mis pasos desacompañados. ¡Buen siglo haya,[243] que leal amiga y buena compañera me fue! Que jamás me dejó hacer cosa en mi cabo, estando ella presente. Si yo traía el pan, ella la carne; si yo ponía la mesa, ella los manteles. No loca, no fantástica, ni presuntuosa, como las de agora. En mi ánima, descubierta se iba hasta el cabo de

---

[238] *Díjele el sueño y la soltura*: le hablé sin rodeos.

[239] *Acordéle*: le recordé.

[240] *solaces*: diversiones.

[241] *blanca*: moneda de poco valor.

[242] *en agraz*: antes de tiempo.

[243] *Buen siglo haya*: que en paz descanse.

la ciudad, con su jarro en la mano, que en todo el camino no oía peor de "señora Claudina". Y aosadas que otra conocía peor el vino y cualquier mercaduría. Cuando pensaba que no era llegada, era de vuelta. Allá la convidaban según el amor todos le tenían, que jamás volvía sin ocho o diez gustaduras,[244] un azumbre[245] en el jarro y otro en el cuerpo. Así le fiaban dos o tres arrobas[246] en veces, como sobre una taza de plata. Su palabra era prenda de oro en cuantos bodegones había. Si íbamos por la calle, donde quiera que hobiésemos sed, entrábamos en la primera taberna, luego mandaba echar medio azumbre para mojar la boca. Mas, a mi cargo, que no le quitaron la toca por ello, sino cuanto la rayaban en su taja,[247] y andar adelante. Si tal fuese agora su hijo, a mi cargo que tu amo quedase sin pluma[248] y nosotros sin queja. Pero yo lo haré de mi hierro,[249] si vivo; yo lo contaré en el número de los míos.

SEMPRONIO: ¿Cómo has pensado hacerlo, que es un traidor?

CELESTINA: A ese tal, dos alevosos.[250] Haréle haber a Areúsa. Será de los nuestros; darnos ha lugar a tender las redes sin embarazo por aquellas doblas[251] de Calisto.

SEMPRONIO: ¿Pues crees que podrás alcanzar algo de Melibea? ¿Hay algún buen ramo?[252]

---

[244] *sin ocho o diez gustaduras*: sin haber probado el vino ocho o diez veces.

[245] *azumbre*: un poco más de dos litros.

[246] *arroba*: medida de peso, variable según las zonas.

[247] *taja*: tablilla donde se hacían marcas que indicaban el dinero que se dejaba a deber.

[248] *sin pluma*: desplumado.

[249] *yo le haré de mi hierro*: yo le pondré de mi parte.

[250] El comentario de Celestina se basa en un refrán ("A un traidor, dos alevosos"). Lo que quiere decir es que para acabar con un traidor (Pármeno) bastará que se unan dos semejantes a él (Celestina y Sempronio).

[251] *doblas*: monedas de oro.

[252] *¿Hay algún buen ramo?*: ¿hay alguna buena señal?

CELESTINA: No hay cirujano que a la primera cura juzgue la herida. Lo que yo al presente veo te diré. Melibea es hermosa, Calisto loco y franco; ni a él penará gastar, ni a mí andar. Bulla[253] moneda y dure el pleito lo que durare. Todo lo puede el dinero: las peñas quebranta, los ríos pasa en seco. No hay lugar tan alto que un asno cargado de oro no lo suba. Su desatino y ardor basta para perder a sí y ganar a nosotros. Esto he sentido; esto he calado;[254] esto sé de él y de ella; esto es lo que nos ha de aprovechar. A casa voy de Pleberio, quédate a Dios, que, aunque esté brava Melibea, no es ésta, si a Dios ha placido, la primera a quien yo he hecho perder el cacarear.[255] Cosquillosicas[256] son todas, mas después que una vez consienten la silla en el envés del lomo, nunca querrían holgar.[257] Por ellas queda el campo; muertas sí, cansadas no.[258] Si de noche caminan, nunca querrían que amaneciese; maldicen los gallos porque anuncian el día, y el reloj porque da tan apriesa. Requieren las Cabrillas y el Norte,[259] haciéndose estrelleras; ya cuando ven salir el lucero del alba, quiéreseles salir el alma. Su claridad les escurece el corazón. Camino es, hijo, que nunca me harté de andar; nunca me vi cansada; y aun así, vieja como soy, sabe Dios mi buen deseo; ¡cuánto más éstas que hierven sin fuego! Cautívanse del primer abrazo, ruegan

---

[253] *Bulla*: circule.

[254] *calado*: averiguado.

[255] *cacarear*: orgullo.

[256] *Cosquillosicas*: quisquillosicas.

[257] Nótese el sentido obsceno de lo que afirma Celestina.

[258] *Por ellas queda el campo; muertas sí, cansadas no*: "Quedan ellas señoras del campo"; "Se hacen dueñas de su nueva situación por su gran capacidad de resistencia en el campo de batalla sexual, de acuerdo con una expresión muy usada en la poesía de cancionero dentro del género de las *justas de amores*" (Bienvenido Morros).

[259] *las Cabrillas y el Norte*: la constelación de las Pléyades y la estrella polar.

a quien rogó, penan por el penado, hácense siervas de quien eran señoras, dejan el mando y son mandadas. Rompen paredes, abren ventanas, fingen enfermedades. A los chirriadores quicios de las puertas hacen con aceites usar su oficio sin ruido. No te sabré decir lo mucho que obra en ellas aquel dulzor que les queda de los primeros besos de quien aman. Son enemigas del medio; contino[260] están posadas en los extremos.

SEMPRONIO: No te entiendo esos términos, madre.

CELESTINA: Digo que la mujer o ama mucho a aquel de quien es requerida, o le tiene grande odio. Así que si al querer despiden, no pueden tener las riendas al desamor. Y con esto que sé cierto, voy más consolada a casa de Melibea, que si en la mano la toviese, porque sé que, aunque al presente la ruegue, al fin me ha de rogar; aunque al principio me amenace, al cabo me ha de halagar. Aquí llevo un poco de hilado en esta mi faltriquera, con otros aparejos que conmigo siempre traigo para tener causa de entrar donde mucho no soy conocida la primera vez: así como gorgueras, garvines,[261] franjas,[262] rodeos,[263] tenazuelas, alcohol, albayalde[264] y solimán, agujas y alfilcres; que tal hay, que tal quiere,[265] porque donde me tomare la voz[266] me halle apercebida para les echar cebo o requerir de la primera vista.

SEMPRONIO: Madre, mira bien lo que haces, porque cuando el principio se yerra, no puede seguirse buen fin. Piensa en su

---

[260] *contino*: continuamente.

[261] *garvines*: "Cofia hecha de red, que usaron las mujeres como adorno" (*DRAE*).

[262] *franjas*: "Guarnición tejida de hilo de oro, plata, seda, lino o lana, que sirve para adornar y guarnecer los vestidos u otras cosas" (*DRAE*).

[263] *rodeos*: No queda claro a qué se refiere exactamente Celestina. Tal vez se trate de tiras de tela que se colocaban en la parte inferior de los vestidos.

[264] *albayalde*: cosmético para hacer que la piel pareciera más blanca.

[265] *que tal hay, que tal quiere*: hay de todo para todas.

[266] *donde me tomare la voz*: donde me llamen.

padre, que es noble y esforzado;[267] su madre, celosa y brava, tú la misma sospecha. Melibea es única a ellos; faltándoles ella, fáltales todo el bien; en pensarlo tiemblo; no vayas por lana y vengas sin pluma.[268]

CELESTINA: ¿Sin pluma, hijo?

SEMPRONIO: O emplumada, madre, que es peor.

CELESTINA: ¡Alahé, en mal hora a ti he yo menester para compañero, aun si quisieses avisar[269] a Celestina en su oficio! Pues, cuando tú naciste, ya comía yo pan con corteza. ¡Para adalid eres tú bueno, cargado de agüeros y recelo![270]

SEMPRONIO: No te maravilles, madre, de mi temor, pues es común condición humana que lo que mucho se desea, jamás se piensa ver concluido, mayormente que en este caso temo tu pena y mía. Deseo provecho, querría que este negocio hobiese buen fin, no porque saliese mi amo de pena, mas por salir yo de lacería.[271] Y así miro más inconvenientes con mi poca experiencia que no tú como maestra vieja.

[Escena II]

ELICIA: ¡Santiguarme quiero, Sempronio! ¡Quiero hacer una raya en el agua![272] ¿Qué novedad es ésta, venir hoy acá dos veces?

CELESTINA: Calla boba, déjale, que otro pensamiento trae-

---

[267] *esforzado*: de gran corazón y espíritu.

[268] Sobre el refrán "Ir por lana y volver trasquilado" construye un juego de palabras que alude al castigo que recibían las alcahuetas.

[269] *avisar*: aconsejar.

[270] *¡Para adalid eres tú bueno, cargado de agüeros y recelo!*: "Sí que serías tú bueno para jefe militar, con los temores y la desconfianza que tienes" (Lobera *et alii*).

[271] *lacería*: pobreza.

[272] *¡Quiero hacer una raya en el agua!*: Elicia lo dice para expresar su sorpresa.

mos, en que más nos va. Dime, ¿está desocupada la casa? ¿Fuese la moza que esperaba al ministro?[273]

ELICIA: Y aun después vino otra y se fue.

CELESTINA: ¿Sí, que no en balde?

ELICIA: No, en buena fe, ni Dios lo quiera, que aunque vino tarde, más vale a quien Dios ayuda, etc.

CELESTINA: Pues sube presto al sobrado[274] alto de la solana[275] y baja acá el bote del aceite serpentino[276] que hallarás colgado del pedazo de la soga que traje del campo la otra noche cuando llovía y hacía escuro, y abre el arca de los lizos[277] y hacia la mano derecha hallarás un papel escrito con sangre de murciélago, debajo de aquel ala de drago a que sacamos ayer las uñas. Mira no derrames el agua de mayo[278] que me trajeron a confeccionar.

ELICIA: Madre, no está donde dices; jamás te acuerdas a cosa que guardas.

CELESTINA: No me castigues, por Dios, a mi vejez; no me maltrates, Elicia. No enfinjas[279] porque está aquí Sempronio, ni te ensoberbezcas, que más me quiere a mí por consejera que a ti por amiga, aunque tú le ames mucho. Entra en la cámara de los ungüentos y en la pelleja del gato negro donde te mandé meter los ojos de la loba, le hallarás, y baja la sangre del cabrón y unas poquitas de las barbas que tú le cortaste.

ELICIA: Toma, madre, veslo aquí. Yo me subo, y Sempronio, arriba.

---

[273] *ministro*: hombre de Iglesia.

[274] *sobrado*: desván.

[275] *solana*: habitación de la zona de la casa donde da el sol.

[276] *aceite serpentino*: sustancia que se preparaba cociendo víboras y que se creía que poseía propiedades terapéuticas y también mágicas.

[277] *lizos*: hilos que se usaban para tejer.

[278] *agua de mayo*: agua de lluvia (o rocío) recogida en mayo. Se le atribuían poderes curativos y mágicos.

[279] *enfinjas*: presumas.

[Escena III]

CELESTINA: Conjúrote, triste Plutón,[280] señor de la profundidad infernal, emperador de la corte dañada,[281] capitán soberbio de los condenados ángeles, señor de los sulfúreos fuegos que los hirvientes étnicos[282] montes manan, gobernador y veedor[283] de los tormentos y atormentadores de las pecadoras ánimas, regidor de las tres furias, Tesífone, Megera y Aleto,[284] administrador de todas las cosas negras del reino de Estige[285] y Dite,[286] con todas sus lagunas y sombras infernales y litigioso[287] caos, mantenedor de las volantes arpías,[288] con toda la otra compañía de espantables y pavorosas hidras.[289] Yo, Celestina, tu más conocida cliéntula,[290] te conjuro por la virtud y fuerza de estas bermejas letras, por la sangre de aquella nocturna ave con que están escritas, por la gravedad de aquestos nombres y signos que en este papel se contienen, por la áspera ponzoña de las víboras de que este aceite fue hecho, con el cual unto este hilado, vengas sin tardanza a obedecer mi voluntad y en ello te envuelvas, y con ello estés sin un momento te partir, hasta que Melibea con aparejada oportu-

---

[280] *Plutón*: dios del infierno, que Celestina identifica con Satanás. Lo que hace la alcahueta es conjurar al diablo.

[281] *corte dañada*: corte de los condenados.

[282] *étnicos*: del Etna.

[283] *veedor*: supervisor.

[284] *Tesífone, Megera y Aleto*: divinidades infernales que castigaban los crímenes.

[285] *Estige*: río de los infiernos.

[286] *Dite*: dios romano que pronto se identificó con Plutón.

[287] *litigioso*: violento.

[288] *arpías*: seres infernales con cabeza de mujer y cuerpo de ave.

[289] *hidra*: monstruo con siete cabezas que volvían a aparecer después de ser cortadas y que fue destruido por Hércules.

[290] *cliéntula*: cliente. Es decir, el diablo es quien sirve a Celestina.

nidad que haya lo compre, y con ello de tal manera quede
enredada, que cuanto más lo mirare, tanto más su corazón se
ablande a conceder mi petición, y se le abras y lastimes del
crudo y fuerte amor de Calisto, tanto que, despedida toda
honestidad, se descubra a mí y me galardone mis pasos y
mensajes; y esto hecho, pide y demanda de mí a tu voluntad.
Si no lo haces con presto movimiento, tendrásme por capital enemiga; heriré con luz tus cárceles tristes y escuras; acu-
saré cruelmente tus continuas mentiras; apremiaré con mis
ásperas palabras tu horrible nombre. Y otra y otra vez te conjuro. Así, confiando en mi mucho poder me parto para allá,
con mi hilado, donde creo te llevo ya envuelto.[291]

---

[291] Lo que intenta hacer Celestina con este conjuro es una *philocaptio*,
inducir a Melibea a amar a Calisto por medio de la magia. Nótese que
Celestina no renuncia a la fe cristiana ni se somete al demonio (como hacían las brujas), sino que actúa como una hechicera.

[IV]

Argumento del cuarto auto

Celestina, andando por el camino, habla consigo misma hasta llegar a la puerta de Pleberio, onde halló a Lucrecia, criada de Pleberio. Pónese con ella en razones. Sentidas por Alisa, madre de Melibea, y sabido que es Celestina, hácela entrar en casa. Viene un mensajero a llamar a Alisa. Vase. Queda Celestina en casa con Melibea y le descubre la causa de su venida.

LUCRECIA	ALISA
CELESTINA	MELIBEA

[Escena I]

CELESTINA: Agora que voy sola quiero mirar bien lo que Sempronio ha temido de este mi camino, porque aquellas cosas que bien no son pensadas, aunque algunas veces hayan buen fin, comúnmente crían desvariados[292] efectos. Así que la mucha especulación nunca carece de buen fruto. Que, aunque yo he disimulado con él, podría ser que, si me sintiesen en estos pasos de parte de Melibea, que no pagase con pena que menor fuese que la vida, o muy amenguada quedase cuando matar no me quisiesen, manteándome, o azotándome cruelmente. Pues amargas cien monedas serían éstas. ¡Ay cuitada de mí, en qué lazo[293] me he metido! Que por me mostrar solícita y esforzada pongo mi persona al tablero.[294] ¿Qué haré, cuitada, mezquina de mí, que ni el salir afuera es provechoso, ni la perseverancia carece de peligro? ¿Pues iré o tornarme he? ¡Oh dudosa y dura perplejidad! No sé cuál escoja por más sano: en el osar, manifiesto peligro; en la cobardía, denostada[295] pérdida. ¿Adónde irá el

---

[292] *desvariados*: fuera de orden.
[293] *lazo*: trampa.
[294] *pongo mi persona al tablero*: me juego la vida.
[295] *denostada*: vergonzosa.

buey que no are?[296] Cada camino descubre sus dañosos y hondos barrancos. Si con el hurto soy tomada, nunca de muerta o encorozada[297] falto, a bien librar. Si no voy, ¿qué dirá Sempronio? ¿Que todas éstas eran mis fuerzas, saber y esfuerzo, ardid y ofrecimiento, astucia y solicitud? Y su amo Calisto, ¿qué dirá, qué hará, qué pensará sino que hay nuevo engaño en mis pisadas, y que yo he descubierto la celada por haber más provecho de esta otra parte, como sofística prevaricadora?[298] O si no le ofrece pensamiento tan odioso, dará voces como loco, diráme en mi cara denuestos[299] rabiosos, propondrá mil inconvenientes, que mi deliberación presta le puso, diciendo: "tú, puta vieja, ¿por qué acrecentaste mis pasiones con tus promesas? Alcahueta falsa, para todo el mundo tienes pies; para mí, lengua; para todos, obra; para mí, palabras; para todos remedio, para mí, pena; para todos, esfuerzo; para mí faltó; para todos, luz; para mí, tiniebla. Pues, vieja traidora, ¿por qué te me ofreciste? Que tu ofrecimiento me puso esperanza, la esperanza dilató mi muerte, sostuvo mi vivir, púsome título de hombre alegre, pues no habiendo efecto, ni tú carecerás de pena, ni yo de triste desesperación". ¡Pues triste yo, mal acá, mal acullá, pena en ambas partes! Cuando a los extremos falta el medio, arrimarse el hombre al más sano es discreción. Más quiero ofender a Pleberio que enojar a Calisto. Ir quiero, que mayor es la vergüenza de

---

[296] Refrán: "¿Adónde irá el buey que no are? A la carnicería". Celestina quiere decir que no le queda más remedio que seguir adelante con su proyecto.

[297] La coroza era un capirote que se ponía, a modo de castigo infamante, a los condenados por algunos delitos.

[298] *como sofística prevaricadora*: como persona hipócrita que no cumple con sus responsabilidades.

[299] *denuestos*: insultos.

quedar por cobarde que la pena cumpliendo como osada lo que prometí, pues jamás al esfuerzo desayuda la fortuna. Ya veo su puerta; en mayores afrentas me he visto; esfuerza,[300] esfuerza, Celestina, no desmayes, que nunca faltan rogadores para mitigar las penas. Todos los agüeros se aderezan favorables, o yo no sé nada de esta arte: cuatro hombres que he topado, a los tres llaman Juanes y los dos son cornudos; la primera palabra que oí por la calle fue de achaque de amores; nunca he tropezado como otras veces; las piedras parece que se apartan y me hacen lugar que pase, ni me estorban las faldas, ni siento cansancio en andar; todos me saludan; ni perro me ha ladrado, ni ave negra he visto, tordo ni cuervo, ni otras nocturnas.[301] Y lo mejor de todo es que vea a Lucrecia a la puerta de Melibea. Prima es de Elicia; no me será contraria.

[Escena II]

LUCRECIA: ¿Quién es esta vieja que viene haldeando?[302]
CELESTINA: Paz sea en esta casa.
LUCRECIA: Celestina, madre, seas bienvenida, ¿cuál Dios te trajo por aquestos barrios no acostumbrados?
CELESTINA: Hija, mi amor, deseo de todos vosotros, traerte encomiendas[303] de Elicia, y aun ver a tus señoras, vieja y moza, que después que me mudé al otro barrio, no han sido de mí visitadas.

---

[300] *esfuerza*: anímate.

[301] Celestina se fija en lo que se consideraban popularmente agüeros favorables.

[302] *haldeando*: moviendo mucho la falda. Es decir, andando rápidamente.

[303] *encomiendas*: saludos, recuerdos.

LUCRECIA: ¿A eso sólo saliste de tu casa? Maravíllome de ti, que no es esa tu costumbre, ni sueles dar paso sin provecho.

CELESTINA: ¿Más provecho quieres, boba, que cumplir hombre tus deseos? Y también, como a las viejas nunca nos fallecen[304] necesidades, mayormente a mí, que tengo de mantener hijas ajenas, ando a vender un poco de hilado.

LUCRECIA: Algo es lo que yo digo; en mi seso estoy, que nunca metes aguja sin sacar reja.[305] Pero mi señora la vieja urdió[306] una tela; tiene necesidad de ello; tú, de venderlo; entra y espera aquí, que no os desavenireis.[307]

[Escena III]

ALISA: ¿Con quién hablas, Lucrecia?

LUCRECIA: Señora, con aquella vieja de la cuchillada que solía vivir en las tenerías, a la cuesta del río.

ALISA: Agora la conozco menos. Si tú me das a entender lo incógnito por lo menos conocido, es coger agua en cesto.[308]

LUCRECIA: ¡Jesú, señora más conocida es esta vieja que la ruda! No sé cómo no tienes memoria de la que empicotaron por hechicera,[309] que vendía las mozas a los abades y descasaba mil casados.

---

[304] *fallecen*: faltan.

[305] *nunca metes aguja sin sacar reja*: refrán que se usa para expresar cuando se da poco para sacar mucho.

[306] *urdió*: tejió.

[307] *no os desavenireis*: podréis llegar a un acuerdo sin problema.

[308] *es coger agua en cesto*: es inútil.

[309] *la que empicotaron por hechicera*: recibió un castigo público infamante consistente en ponerla en la *picota*, una columna donde se colocaba a algunos delincuentes para vergüenza pública.

ALISA: ¿Qué oficio tiene? Quizá por aquí la conoceré mejor.

LUCRECIA: Señora, perfuma tocas, hace solimán y otros treinta oficios: conoce mucho en hierbas, cura niños y aun algunos la llaman la vieja lapidaria.[310]

ALISA: Todo eso dicho no me la da a conocer. Dime su nombre si le sabes.

LUCRECIA: ¿Si lo sé, señora? No hay niño, ni viejo en toda la ciudad que no le sepa, ¿habíale yo de ignorar?

ALISA: Pues, ¿por qué no le dices?

LUCRECIA: He vergüenza.

ALISA: Anda, boba, dile no me indignes con tu tardanza.

LUCRECIA: Celestina, hablando con reverencia, es su nombre.

ALISA: ¡Ji, ji, ji! ¡Mala landre te mate si de risa puedo estar, viendo el desamor que debes de tener a esa vieja que su nombre has vergüenza nombrar! Ya me voy recordando de ella. Una buena pieza, no me digas más. Algo me vendrá a pedir. Di que suba.

LUCRECIA: Sube, tía.

[Escena IV]

CELESTINA: Señora buena, la gracia de Dios sea contigo y con la noble hija. Mis pasiones y enfermedades han impedido mi visitar tu casa como era razón, mas Dios conoce mis limpias entrañas, mi verdadero amor, que la distancia de las moradas no despega el amor de los corazones; así que lo que mucho deseé la necesidad me lo ha hecho complir. Con mis

---

[310] *lapidaria*: experta en las propiedades curativas de las piedras.

fortunas adversas otras, me sobrevino mengua[311] de dinero; no supe mejor remedio que vender un poco de hilado que para unas toquillas tenía allegado;[312] supe de tu criada que tenías de ello necesidad. Aunque pobre, y no de la merced de Dios, vesle aquí, si de ello y de mí te quieres servir.

ALISA: Vecina honrada, tu razón y ofrecimiento me mueven a compasión y tanto, que quisiera cierto más hallarme en tiempo de poder complir tu falta[313] que menguar tu tela. Lo dicho te agradezco; si el hilado es tal, serte ha bien pagado.

CELESTINA: ¿Tal, señora? Tal sea mi vida y mi vejez y la de quien parte quisiere de mi jura; delgado como el pelo de la cabeza, igual, recio como cuerdas de vihuela, blanco como el copo de la nieve, hilado todo por estos pulgares, aspado y aderezado. Veslo aquí en madejitas; tres monedas me daban ayer por la onza, así goce de esta alma pecadora.

ALISA: Hija Melibea, quédese esta mujer honrada contigo, que ya me parece que es tarde para ir a visitar a mi hermana, su mujer de Cremes, que desde ayer no la he visto, y también que viene su paje a llamarme, que se le arreció desde un rato acá el mal.

CELESTINA (*Aparte*): Por aquí anda el diablo, aparejando oportunidad, arreciando el mal a la otra. ¡Ea, buen amigo, tener recio![314] Agora es mi tiempo, o nunca; no la dejes, llévamela de aquí a quien digo.

---

[311] *mengua*: escasez.

[312] *no supe mejor remedio que vender un poco de hilado que para unas toquillas tenía allegado*: "pícara excusa la de Celestina, considerando lo que se entiende por vender hilado y que lo venda para hacer tocas, atuendo que distinguía a las mujeres vírgenes de las que no lo eran" (Lacarra).

[313] *complir tu falta*: poner remedio a tu necesidad.

[314] *tener recio*: aguanta. Celestina se dirige al demonio, presente, para ella, en el hilado.

ALISA: ¿Qué dices, amiga?

CELESTINA: Señora, que maldito sea el diablo y mi pecado porque en tal tiempo hobo de crecer el mal de tu hermana que no habrá para nuestro negocio oportunidad. ¿Y qué mal es el suyo?

ALISA: Dolor de costado, y tal que, según del mozo supe que quedaba, temo no sea mortal. Ruega tú, vecina, por amor mío, en tus devociones por su salud a Dios.

CELESTINA: Yo te prometo, señora, en yendo de aquí me vaya por estos monesterios, donde tengo frailes devotos míos, y les dé el mismo cargo[315] que tú me das. Y demás de esto, ante que me desayune, dé cuatro vueltas a mis cuentas.

ALISA: Pues, Melibea, contenta a la vecina en todo lo que razón fuere darle por el hilado. Y tú, madre, perdóname, que otro día se vendrá en que más nos veamos.

CELESTINA: Señora, el perdón sobraría donde el yerro falta; de Dios seas perdonada, que buena compañía me queda. Dios la deje gozar su noble juventud y florida mocedad, que es tiempo en que más placeres y mayores deleites se alcanzarán. Que a la mi fe, la vejez no es sino mesón de enfermedades, posada de pensamientos, amiga de rencillas, congoja continua, llaga incurable, mancilla de lo pasado, pena de lo presente, cuidado triste de lo por venir, vecina de la muerte, choza sin rama[316] que se llueve por cada parte, cayado[317] de mimbre que con poca carga se doblega.

---

[315] *cargo*: encargo.
[316] *rama*: tejado.
[317] *cayado*: bastón.

[Escena V]

MELIBEA: ¿Por qué dices, madre, tanto mal de lo que todo el mundo con tanta eficacia[318] gozar y ver desea?

CELESTINA: Desean harto mal para sí; desean harto trabajo; desean llegar allá; porque llegando viven, el vivir es dulce, y viviendo envejecen. Así que el niño desea ser mozo; y el mozo, viejo; y el viejo más, aunque con dolor. Todo por vivir, porque, como dicen, viva la gallina con su pepita.[319] Pero ¿quién te podrá contar, señora, sus daños, sus inconvenientes, sus fatigas, sus cuidados, sus enfermedades, su frío, su calor, su descontentamiento, su rencilla, su pesadumbre, aquel arrugar de cara, aquel mudar de cabellos su primera y fresca color, aquel poco oír, aquel debilitado ver puestos los ojos a la sombra, aquel hundimiento de boca, aquel caer de dientes, aquel carecer de fuerza, aquel flaco andar, aquel espacioso comer? Pues ¡ay, ay señora! si lo dicho viene acompañado de pobreza, allí verás callar todos los otros trabajos cuando sobre la gana y falta la provisión, que jamás sentí peor ahíto[320] que de hambre.

MELIBEA: Bien conozco que hablas de la feria según te va en ella, así que otra canción dirán los ricos.

CELESTINA: Señora hija, a cada cabo hay tres leguas de mal quebranto; a los ricos se les va la gloria y descanso por otros albañares de asechanzas que no se parecen, ladrillados por encima con lisonjas.[321] Aquél es rico que está bien con Dios;

---

[318] *eficacia*: interés.

[319] *viva la gallina con su pepita*: la pepita es un pequeño tumor de las gallinas. La expresión quiere decir que más vale vivir, aunque sea con enfermedades y molestias.

[320] *ahíto*: hartazgo.

[321] *ladrillados por encima con lisonjas*: disimulados con las lisonjas.

más segura cosa es ser menospreciado que temido. Mejor sueño duerme el pobre que no el que tiene de guardar con solicitud lo que con trabajo ganó y con dolor ha de dejar. Mi amigo no será simulado y el del rico sí. Yo soy querida por mi persona; el rico por su hacienda. Nunca oye verdad; todos le hablan lisonjas a sabor de su paladar, todos le han envidia. Apenas hallarás un rico que no confiese que le sería mejor estar en mediano estado o en honesta pobreza. Las riquezas no hacen rico, mas ocupado; no hacen señor, mas mayordomo. Más son los poseídos de las riquezas que no los que las poseen. A muchos trajo la muerte, a todos quita el placer y a las buenas costumbres ninguna cosa es más contraria. ¿No oíste decir: "dormieron su sueño los varones de las riquezas y ninguna cosa hallaron en sus manos"? Cada rico tiene una docena de hijos y nietos que no rezan otra oración, no otra petición, sino rogar a Dios que les saque de medio de ellos. No ven la hora que tener a él so la tierra y lo suyo entre sus manos y darle a poca costa su morada para siempre.

MELIBEA: Madre, gran pena tendrás por la edad que perdiste. ¿Querrías volver a la primera?

CELESTINA: Loco es, señora, el caminante que, enojado del trabajo del día, quisiese volver de comienzo la jornada para tornar otra vez a aquel lugar. Que todas aquellas cosas cuya posesión no es agradable, más vale poseerlas que esperarlas, porque más cerca está el fin de ellas cuanto más andado del comienzo. No hay cosa más dulce ni graciosa al muy cansado que el mesón. Así que, aunque la mocedad sea alegre, el verdadero viejo no la desea, porque el que de razón y seso carece casi otra cosa no ama sino lo que perdió.

MELIBEA: Siquiera por vivir más, es bueno desear lo que digo.

CELESTINA: Tan presto, señora, se va el cordero como el carnero. Ninguno es tan viejo que no pueda vivir un año, ni tan mozo que hoy no pudiese morir. Así que en esto poca ventaja nos lleváis.

MELIBEA: Espantada me tienes con lo que has hablado; indicio me dan tus razones que te haya visto en otro tiempo. Dime, madre, ¿eres tú Celestina, la que solía morar a las tenerías, cabe el río?

CELESTINA: Hasta que Dios quiera.

MELIBEA: Vieja te has parado;[322] bien dicen que los días no van en balde. Así goce de mí, no te conociera sino por esta señaleja de la cara. Figúraseme que eras hermosa; otra pareces, muy mudada estás.

LUCRECIA   (*Aparte*): ¡Ji, ji, ji! ¡Mudada está el diablo! ¡Hermosa era con aquel su Dios os salve[323] que traviesa la media cara!

MELIBEA: ¿Qué hablas, loca? ¿Qué es lo que dices? ¿De qué te ríes?

LUCRECIA: De cómo no conocías a la madre.

CELESTINA: Señora, ten tú el tiempo que no ande, tendré yo mi forma que no se mude. ¿No has leído que dicen: "Vendrá el día que en el espejo no te conozcas"? Pero también yo encanecí temprano y parezco de doblada edad. Que así goce de esta alma pecadora y tú de ese cuerpo gracioso, que de cuatro hijas que parió mi madre yo fui la menor. Mira cómo no soy vieja como me juzgan.

MELIBEA: Celestina, amiga, yo he holgado mucho en verte y conocerte, también hasme dado placer con tus razones. Toma tu dinero y vete con Dios, que me parece que no debes haber comido.

---

[322] *te has parado*: te has vuelto.
[323] *Dios os salve*: cicatriz.

CELESTINA: ¡Oh angélica imagen, oh perla preciosa, y cómo te lo dices! Gozo me toma en verte hablar. ¿Y no sabes que por la divina boca fue dicho, contra aquel infernal tentador, que no de solo pan viviremos? Pues así es que no el solo comer mantiene, mayormente a mí, que me suelo estar uno y dos días negociando encomiendas ajenas ayuna, salvo hacer por los buenos, morir por ellos;[324] esto tuve siempre, querer más trabajar sirviendo a otros, que holgar contentando a mí. Pues si tú me das licencia, diréte la necesitada causa de mi venida, que es otra que la que hasta agora has oído, y tal, que todos perderíamos en me tornar en balde sin que la sepas.

MELIBEA: Di, madre, todas tus necesidades, que si yo las pudiere remediar, de muy buen grado lo haré por el pasado conocimiento y vecindad, que pone obligación a los buenos.

CELESTINA: ¿Mías, señora? Antes ajenas, como tengo dicho; que las mías de mi puerta adentro me las paso sin que las sienta la tierra, comiendo cuando puedo, bebiendo cuando lo tengo. Que con mi pobreza, jamás me faltó, a Dios gracias, una blanca para pan y cuatro para vino, después que enviudé, que antes no tenía yo cuidado de lo buscar, que sobrado estaba en un cuero en mi casa, y uno lleno y otro vacío. Jamás me acosté sin comer una tostada en vino y dos docenas de sorbos, por amor de la madre,[325] tras cada sopa. Agora, como todo cuelga de mí, en un jarrillo mal pegado me lo traen, que no caben dos azumbres. Seis veces al día tengo de salir, por mi pecado, con mis canas a cuestas, a le henchir a la taberna. Mas no muera yo de muerte hasta que me vea con un cuero o tinajica de mis puertas adentro. Que, en mi áni-

---

[324] El sentido de las últimas palabras no se entienden del todo. Parece que hay una laguna en el texto.

[325] *por amor de la madre*: por causa del dolor de matriz (útero).

ma, no hay otra provisión; que, como dicen, "pan y vino anda camino, que no mozo garrido". Así que, donde no hay varón, todo bien fallece. Con mal está el huso cuando la barba no anda de suso.[326] Ha venido esto, señora, por lo que decía de las ajenas necesidades y no mías.

MELIBEA: Pide lo que querrás, sea para quien fuere.

CELESTINA: Doncella graciosa y de alto linaje, tu suave habla y alegre gesto,[327] junto con el aparejo[328] de liberalidad que muestras con esta pobre vieja, me dan osadía a te lo decir. Yo dejo un enfermo a la muerte, que con sola palabra de tu noble boca salida, que lleve metida en mi seno, tiene por fe que sanará, según la mucha devoción tiene en tu gentileza.

MELIBEA: Vieja honrada, no te entiendo, si más no declaras tu demanda. Por una parte, me alteras y provocas a enojo; por otra, me mueves a compasión; no te sabría volver respuesta conveniente, según lo poco que he sentido de tu habla; que yo soy dichosa si de mi palabra hay necesidad para salud de algún cristiano. Porque hacer beneficio es semejar a Dios, y más que el que hace beneficio, le recibe cuando es a persona que le merece. Y el que puede sanar al que padece, no lo haciendo, le mata, así que no ceses tu petición por empacho[329] ni temor.

CELESTINA: El temor perdí mirando, señora, tu beldad, que no puedo creer que en balde pintase Dios unos gestos más perfectos que otros, más dotados de gracias, más hermosas facciones, sino para hacerlos almacén de virtudes, de miseri-

---

[326] *Con mal está el huso cuando la barba no anda de suso*: es un refrán que se usa en sentido obsceno, como explican Lobera *et alii*: "mal está la mujer (*huso*) cuando no tiene a un hombre (*barba*) encima (*de suso*)".

[327] *gesto*: cara.

[328] *aparejo*: disposición.

[329] *empacho*: vergüenza.

cordia, de compasión, ministros de sus mercedes y dádivas, como a ti. Pues como todos seamos humanos, nacidos para morir, sea cierto que no se puede decir nacido el que para sí sólo nació, porque sería semejante a los brutos animales, en los cuales aun hay algunos piadosos, como se dice del unicornio, que se humilla a cualquiera doncella;[330] el perro con todo su ímpetu y braveza, cuando viene a morder, si se echan en el suelo no hace mal; esto de piedad. Pues las aves, ninguna cosa el gallo come que no participe y llame las gallinas a comer de ello. El pelícano rompe el pecho, por dar a sus hijos a comer de sus entrañas. Las cigüeñas mantienen otro tanto tiempo a sus padres viejos en el nido, cuanto ellos le dieron cebo siendo pollitos. Pues tal conocimiento dio la natura a los animales y aves, ¿por qué los hombres habemos de ser más crueles? ¿Por qué no daremos parte de nuestras gracias y personas a los prójimos, mayormente, cuando están envueltos en secretas enfermedades, y tales que, donde está la melecina, salió la causa de la enfermedad?

MELIBEA: Por Dios, sin más dilatar me digas quién es ese doliente, que de mal tan perplejo se siente que su pasión y remedio salen de una misma fuente.

CELESTINA: Bien tendrás, señora, noticia en esta ciudad de un caballero mancebo, gentilhombre, de clara[331] sangre, que llaman Calisto.

MELIBEA: ¡Ya, ya, ya! Buena vieja, no me digas más, no pases adelante. ¿Ése es el doliente por quien has hecho tantas premisas en tu demanda, por quien has venido a buscar la muerte para ti, por quien has dado tan dañosos pasos?

---

[330] *unicornio*: animal fantástico con forma de caballo y un largo cuerno en la frente. Se creía que la única forma de cazarlo era utilizando como reclamo a una mujer virgen.

[331] *clara*: ilustre.

Desvergonzada barbuda, ¿qué siente ese perdido, que con tanta pasión vienes? De locura será su mal. ¿Qué te parece? ¡Si me hallaras sin sospecha de ese loco, ¿con qué palabras me entrabas! No se dice en vano que el más empecible[332] miembro del mal hombre o mujer es la lengua. ¡Quemada seas, alcahueta falsa, hechicera, enemiga de honestidad, causadora de secretos yerros! ¡Jesú, Jesú, quítamela, Lucrecia, de delante, que me fino,[333] que no me ha dejado gota de sangre en el cuerpo! Bien se lo merece esto y más quien a estas tales da oídos. Por cierto, si no mirase a mi honestidad, y por no publicar su osadía de ese atrevido, yo te hiciera, malvada, que tu razón y vida acabaran en un tiempo.

CELESTINA   (*Aparte*): En hora mala acá vine si me falta mi conjuro. ¡Ea, pues, bien sé a quien digo! ¡Ce, hermano, que se va todo a perder!

MELIBEA: ¿Aun hablas entre dientes delante mí para acrecentar mi enojo y doblar tu pena? ¿Querrías condenar mi honestidad por dar vida a un loco, dejar a mí triste por alegrar a él y llevar tú el provecho de mi perdición, el galardón de mi yerro? ¿Perder y destruir la casa y honra de mi padre por ganar la de una vieja maldita como tú? ¿Piensas que no tengo sentidas tus pisadas, y entendido tu dañado mensaje? Pues yo te certifico[334] que las albricias[335] que de aquí saques no sean sino estorbarte de más ofender a Dios, dando fin a tus días. Respóndeme, traidora, ¿cómo osaste tanto hacer?

CELESTINA: Tu temor, señora, tiene ocupada mi desculpa.[336]

---

[332] *empecible*: nocivo.

[333] *fino*: muero.

[334] *certifico*: aseguro.

[335] *albricias*: dones que se daban a los mensajeros de buenas noticias.

[336] *Tu temor, señora, tiene ocupada mi desculpa*: el miedo, señora, me ha impedido disculparme.

Mi inocencia me da osadía, tu presencia me turba en verla irada; y lo que más siento y me pena es recebir enojo sin razón ninguna. Por Dios, señora, que me dejes concluir mi dicho, que ni él quedará culpado, ni yo condenada. Y verás cómo es todo más servicio de Dios que pasos deshonestos, más para dar salud al enfermo que para dañar la fama al médico. Si pensara, señora, que tan de ligero habías de conjeturar de lo pasado nocibles sospechas, no bastara tu licencia para me dar osadía a hablar en cosa que a Calisto, ni a otro hombre tocase.

MELIBEA: ¡Jesú, no oiga yo mentar más ese loco, saltaparedes,[337] fantasma de noche, luengo como cigüeña, figura de paramento[338] mal pintado; si no, aquí me caeré muerta! Éste es el que el otro día me vio y comenzó a desvariar conmigo en razones, haciendo mucho del galán. Dirásle, buena vieja, que si pensó que ya era todo suyo y quedaba por él el campo, porque holgué más de consentir sus necedades que castigar su yerro, quise más dejarle por loco que publicar su atrevimiento. Pues avísale que se aparte de este propósito y serle ha sano. Si no, podrá ser que no haya comprado tan cara habla en su vida. Pues sabe que no es vencido sino el que se cree serlo, y yo quedé bien segura y él, ufano. De los locos es estimar a todos los otros de su calidad. Y tú, tórnate con su mesma razón, que respuesta de mí otra no habrás, ni la esperes; que por demás es ruego a quien no puede haber misericordia. Y da gracias a Dios, pues tan libre vas de esta feria. Bien me habían dicho quién tú eras y avisado de tus propiedades, aunque agora no te conocía.

CELESTINA (*Aparte*): Más fuerte estaba Troya, y aun otras más bravas he yo amansado. Ninguna tempestad mucho dura.

---

[337] *saltaparedes*: joven alocado.
[338] *paramento*: pintura de adorno.

MELIBEA: ¿Qué dices, enemiga? Habla que te pueda oír. ¿Tienes desculpa alguna para satisfacer mi enojo y excusar tu yerro y osadía?

CELESTINA: Mientra viviere tu ira, más dañará mi descargo; que estás muy rigurosa[339] y no me maravillo, que la sangre nueva poca calor ha menester para hervir.

MELIBEA: ¿Poca calor? Poca la puedes llamar, pues quedaste tú viva, y yo quejosa sobre tan gran atrevimiento. ¿Qué palabra podías tú querer para ese tal hombre que a mi bien me estuviese? Responde, pues dices que no has concluido y quizá pagarás lo pasado.

CELESTINA: Una oración, señora, que le dijeron que sabías de Santa Polonia para el dolor de las muelas.[340] Asimesmo tu cordón,[341] que es fama que ha tocado las reliquias que hay en Roma y Jerusalén. Aquel caballero que dije, pena y muere de ellas; ésta fue mi venida, pero, pues en mi dicha estaba tu airada respuesta, padézcase él su dolor en pago de buscar tan desdichada mensajera; que, pues en tu mucha virtud me faltó piedad, también me faltara agua si a la mar me enviara. Pero ya sabes que el deleite de la venganza dura un momento y el de la misericordia para siempre.

MELIBEA: Si eso querrías, ¿por qué luego no me lo expresaste? ¿Por qué me lo dijiste por tales palabras?

CELESTINA: Señora, porque mi limpio motivo me hizo creer que, aunque en otras cualesquier lo propusiera no se había de sospechar mal; que si faltó el debido preámbulo, fue porque

---

[339] *rigurosa*: enfadada.

[340] *Santa Polonia*: santa patrona de los que sufrían dolores de muelas. Fue martirizada arrancándole los dientes. Nótese, además, que tradicionalmente se asociaba el dolor de muelas con la enfermedad de amor.

[341] El cordón (ceñidor) de Melibea tiene enorme importancia en la obra, como símbolo de virginidad de la protagonista.

la verdad no es necesario abundar de muchas colores. Compasión de su dolor, confianza de tu magnificencia ahogaron en mi boca al principio la expresión de la causa. Y pues conoces, señora, que el dolor turba, la turbación desmanda y altera la lengua, la cual había de estar siempre atada con el seso, por Dios, que no me culpes. Y si él otro yerro ha hecho, no redunde en mi daño, pues no tengo otra culpa sino ser mensajera del culpado. No quiebre la soga por lo más delgado; no semejes la telaraña que no muestra su fuerza sino contra los flacos animales; no paguen justos por pecadores. Imita la divina justicia que dijo: "el ánima que pecare, aquélla misma muera"; a la humana, que jamás condena al padre por el delito del hijo, ni al hijo por el del padre. Ni es, señora, razón que su atrevimiento acarree mi perdición, aunque, según su merecimiento, no tendría en mucho que fuese él el delincuente[342] y yo la condenada, que no es otro mi oficio sino servir a los semejantes; de esto vivo, y de esto me arreo. Nunca fue mi voluntad enojar a unos por agradar a otros, aunque hayan dicho a tu merced en mi ausencia otra cosa. Al fin, señora, a la firme verdad, el viento del vulgo no la empece.[343] Una sola soy en este limpio trato; en toda la ciudad, pocos tengo descontentos: con todos cumplo, los que algo me mandan, como si toviese veinte pies y otras tantas manos.

MELIBEA: No me maravillo, que un solo maestro de vicios dicen que basta para corromper un gran pueblo. Por cierto, tantos y tales loores me han dicho de tus falsas mañas que no sé si crea que pedías oración.

CELESTINA: Nunca yo la rece, y si la rezare, no sea oída, si otra cosa de mí se saque, aunque mil tormentos me diesen.

---

[342] *delincuente*: culpable.
[343] *el viento del vulgo no la empece*: los rumores de la gente no la dañan.

MELIBEA: Mi pasada alteración me impide a reír de tu desculpa, que bien sé que ni juramento ni tormento te hará decir verdad, que no es en tu mano.

CELESTINA: Eres mi señora, téngote de callar; hete yo de servir, hasme tú de mandar, tu mala palabra será víspera[344] de una saya.

MELIBEA: Bien lo has merecido.

CELESTINA: Si no la he ganado con la lengua, no la he perdido con la intención.

MELIBEA: Tanto afirmas tu ignorancia que me haces creer lo que puede ser. Quiero, pues, en tu dudosa desculpa tener la sentencia en peso[345] y no disponer de tu demanda al sabor de ligera interpretación.[346] No tengas en mucho, ni te maravilles de mi pasado sentimiento, porque concurrieron dos cosas en tu habla, que cualquiera de ellas era bastante para me sacar de seso: nombrarme ese tu caballero que conmigo se atrevió a hablar, y también pedirme palabra sin más causa; que no se podía sospechar sino daño para mi honra. Pero, pues todo viene de buena parte, de lo pasado haya perdón; que en alguna manera es aliviado mi corazón, viendo que es obra pía y santa sanar los apasionados y enfermos.

CELESTINA: ¡Y tal enfermo, señora! Por Dios, si bien lo conocieses, no le juzgases por el que has dicho y mostrado con tu ira. En Dios y en mi alma, no tiene hiel; gracias, dos mil; en franqueza, Alejandre; en esfuerzo, Héctor;[347] gesto, de un rey; gracioso, alegre; jamás reina en él tristeza. De noble san-

---

[344] *víspera*: anuncio.

[345] *tener la sentencia en peso*: dejar la sentencia en suspenso.

[346] *no disponer de tu demanda al sabor de ligera interpretación*: no darte una respuesta precipitadamente.

[347] Héctor, hijo de Príamo, rey de Troya. Se distinguió en la defensa de su ciudad frente a los griegos.

gre, como sabes; gran justador, pues verlo armado, un San Jorge.[348] Fuerza y esfuerzo no tuvo Hércules[349] tanta. La presencia y facciones, disposición, desenvoltura, otra lengua había menester para las contar. Todo junto semeja ángel del cielo. Por fe tengo que no era tan hermoso aquel gentil Narciso,[350] que se enamoró de su propia figura, cuando se vio en las aguas de la fuente. Agora, señora, tiénele derribado una sola muela, que jamás cesa quejar.

MELIBEA: ¿Y qué tanto tiempo ha?

CELESTINA: Podrá ser, señora, de veintitrés años; que aquí está Celestina que lo vio nacer y lo tomó a los pies de su madre.

MELIBEA: Ni te pregunto eso, ni tengo necesidad de saber su edad, sino qué tanto ha que tiene el mal.

CELESTINA: Señora, ocho días, que parece que ha un año en su flaqueza. Y el mayor remedio que tiene es tomar una vihuela y tañe tantas canciones y tan lastimeras que no creo que fueron otras las que compuso aquel emperador y gran músico Adriano de la partida del ánima, por sufrir sin desmayo la ya vecina muerte. Que aunque yo sé poco de música, parece que hace aquella vihuela hablar. Pues si acaso canta, de mejor gana se paran las aves a le oír, que no aquel antico de quien se dice que movía los árboles y piedras con su canto. Siendo éste nacido, no alabaran a Orfeo.[351] Mira, señora, si una pobre vieja como yo, si se hallara dichosa en dar la vida a quien tales gracias tiene. Ninguna mujer lo ve que no alabe a Dios que así lo pintó. Pues si le habla acaso, no es más

---

[348] Se suele representar a San Jorge armado y matando a un dragón.

[349] *Hércules*: héroe de la mitología griega, paradigma de valor y fuerza.

[350] *Narciso*: según la mitología clásica, el bello Narciso se enamoró de su propia imagen mientras bebía.

[351] *Orfeo*: personaje mitológico cuya música tenía la virtud de amansar a las fieras. Es el arquetipo del músico por excelencia.

señora de sí, de lo que él ordena. Y pues tanta razón tengo, juzga, señora, por bueno mi propósito, mis pasos saludables y vacíos de sospecha.

MELIBEA: ¡Oh cuánto me pesa con la falta de mi paciencia! Porque siendo él ignorante y tú inocente, habéis padecido las alteraciones de mi airada lengua. Pero la mucha razón me relieva[352] de culpa, la cual tu habla sospechosa causa. En pago de tu buen sufrimiento, quiero complir tu demanda y darte luego mi cordón. Y porque para escrebir la oración no habrá tiempo sin que venga mi madre, si esto no bastare, ven mañana por ella muy secretamente.

LUCRECIA   (*Aparte*): Ya, ya, perdida es mi ama. Secretamente quiere que venga Celestina; fraude hay; más le querrá dar que lo dicho.

MELIBEA: ¿Qué dices, Lucrecia?

LUCRECIA: Señora, que baste lo dicho, que es tarde.

MELIBEA: Pues, madre, no le des parte de lo que pasó a ese caballero, por que no me tenga por cruel o arrebatada o deshonesta.

LUCRECIA   (*Aparte*): No miento yo, que mal va este hecho.

CELESTINA: Mucho me maravillo, señora Melibea, de la duda que tienes de mi secreto. No temas que todo lo sé sufrir y encubrir. Que bien veo que tu mucha sospecha echó, como suele, mis razones a la más triste parte. Yo voy con tu cordón tan alegre, que se me figura que está diciéndole allá el corazón la merced que nos hiciste y que lo tengo de hallar aliviado.

MELIBEA: Más haré por tu doliente, si menester fuere, en pago de lo sufrido.

CELESTINA   (*Aparte*): Más será menester y más harás y aunque no se te agradezca.

---

[352] *relieva*: exime.

MELIBEA: ¿Qué dices, madre, de agradecer?

CELESTINA: Digo, señora, que todos lo agradecemos y serviremos y todos quedamos obligados. Que la paga más cierta es, cuando más la tienen de cumplir.

LUCRECIA   (*Aparte*): ¡Trastócame esas palabras![353]

CELESTINA   (*Aparte*): ¡Hija, Lucrecia! ¡Ce! Irás a casa y darte he una lejía con que pares esos cabellos más que el oro.[354] No lo digas a tu señora y aun darte he unos polvos para quitarte ese olor de la boca, que te huele un poco. Que en el reino no lo sabe hacer otro sino yo, y no hay cosa que peor en la mujer parezca.

LUCRECIA   (*Aparte*): ¡Oh, Dios te dé buena vejez, que más necesidad tenía de todo eso que de comer!

CELESTINA   (*Aparte*): ¿Pues, por qué murmuras contra mí, loquilla? Calla, que no sabes si me habrás menester en cosa de más importancia. No provoques a ira a tu señora, más de lo que ella ha estado. Déjame ir en paz.

MELIBEA: ¿Qué le dices, madre?

CELESTINA: Señora, acá nos entendemos.

MELIBEA: Démelo, que me enojo cuando, yo presente, se habla cosa de que no haya parte.

CELESTINA: Señora, que te acuerde la oración para que la mandes escribir, y que aprenda de mí a tener mesura en el tiempo de tu ira. En la cual yo usé lo que se dice: "que del airado es de apartar por poco tiempo; del enemigo, por mucho". Pues tú, señora, tenías ira con lo que sospechaste de mis palabras, no enemistad. Porque, aunque fueran las que tú pensabas, en sí no eran malas, que cada día hay hombres penados por mujeres y mujeres por hombres, y esto obra la

---

[353] *¡Trastócame esas palabras!*: ¡explícate!

[354] *con que pares esos cabellos más que el oro*: para que te los tiñas más rubios que el oro.

natura, y la natura ordenóla Dios, y Dios no hizo cosa mala. Y así quedaba mi demanda, comoquiera que fuese, en sí loable, pues de tal tronco procede, y yo libre de pena. Más razones de éstas te diría si no porque la prolijidad es enojosa al que oye y dañosa al que habla.

MELIBEA: En todo has tenido buen tiento, así en el poco hablar en mi enojo, como con el mucho sufrir.

CELESTINA: Señora, sufríte con temor, porque te airaste con razón, porque con la ira morando poder no es sino rayo. Y por esto pasé tu rigurosa habla, hasta que su almacén hobiese gastado.

MELIBEA: En cargo te es ese caballero.[355]

CELESTINA: Señora, más merece. Y si algo con mi ruego para él he alcanzado, con la tardanza lo he dañado. Yo me parto para él, si licencia me das.

MELIBEA: Mientra más aína la hobieras pedido, más de grado la hobieras recaudado. Ve con Dios, que ni tu mensaje me ha traído provecho, ni de tu ida me puede venir daño.

---

[355] *En cargo te es ese caballero*: está en deuda contigo ese caballero.

[V]

Argumento del quinto auto

Despedida Celestina de Melibea, va por la calle hablando consigo misma entre dientes. Llegada a su casa, halló a Sempronio que la aguardaba. Ambos van hablando hasta llegar a casa de Calisto y, vistos por Pármeno, cuéntalo a Calisto su amo, el cual le mandó abrir la puerta.

CALISTO   SEMPRONIO
PÁRMENO   CELESTINA

[Escena I]

CELESTINA: ¡Oh rigurosos trances, oh cuerda osadía, oh gran sufrimiento! ¡Y qué tan cercana estuve de la muerte, si mi mucha astucia no rigera con el tiempo las velas de la petición![356] ¡Oh amenazas de doncella brava, oh airada doncella, oh diablo, a quien yo conjuro, cómo cumpliste tu palabra en todo lo que te pedí! En cargo te soy. Así amansaste la cruel hembra con tu poder y diste oportuno lugar a mi habla cuanto quise con la ausencia de su madre. ¡Oh vieja Celestina! ¡Vas alegre! Sábete que la mitad está hecha cuando tienen buen principio las cosas. ¡Oh serpentino aceite, oh blanco hilado, cómo os aparejasteis todos en mi favor! ¡O yo rompiera todos mis atamientos[357] hechos y por hacer, ni creyera en hierbas, ni piedras, ni en palabras! Pues alégrate, vieja, que más sacarás de este pleito que de quince virgos que renovaras. ¡Oh malditas faldas, prolijas y largas, cómo me estorbáis de allegar adonde han de reposar mis nuevas! ¡Oh buena fortuna, cómo ayudas a los osados y a los tímidos eres contraria! Nunca huyendo huye la muerte al cobarde. ¡Oh cuántas erraran

---

[356] *si mi mucha astucia no rigera con el tiempo las velas de la petición*: "Si mi mucha astucia no me hubiera guiado en el temporal que me venía encima orientando las velas hacia una petición que lo capeara" (Bienvenido Morros).

[357] *atamientos*: encantamientos.

en lo que yo he acertado! ¿Qué hicieran en tan fuerte estrecho[358] estas nuevas maestras de mi oficio, sino responder algo a Melibea por donde se perdiera cuanto yo con buen callar he ganado? Por esto dicen quien las sabe las tañe y que es más cierto médico el experimentado que el letrado y la experiencia y escarmiento hace los hombres arteros[359] y la vieja, como yo, que alce sus faldas al pasar del vado, como maestra. ¡Ay, cordón, cordón, yo te haré traer por fuerza, si vivo, a la que no quiso darme su buena habla de grado![360]

[Escena II]

SEMPRONIO: O yo no veo bien, o aquélla es Celestina. ¡Válala el diablo, haldear que trae, parlando viene entre dientes!

CELESTINA: ¿De qué te santiguas, Sempronio? Creo que en verme.

SEMPRONIO: Yo te lo diré; la raleza[361] de las cosas es madre de la admiración; la admiración, concebida en los ojos, desciende al ánimo por ellos; el ánimo es forzado descobrirlo por estas exteriores señales. ¿Quién jamás te vio por la calle, abajada la cabeza, puestos los ojos en el suelo, y no mirar a ninguno como agora? ¿Quién te vio hablar entre dientes por las calles y venir aguijando como quien va a ganar beneficio? Cata que todo esto novedad es para se maravillar quien te conoce. Pero esto dejado, dime por Dios, ¿con qué vienes? Dime si tenemos hijo o hija;[362] que, desde que dio la una, te espero aquí y no he sentido mejor señal que tu tardanza.

---

[358] *estrecho*: aprieto.

[359] *arteros*: astutos.

[360] *de grado*: con voluntad y gusto.

[361] *raleza*: rareza.

[362] *Dime si tenemos hijo o hija*: dime si ha ido bien o mal el asunto.

CELESTINA: Hijo, esa regla de bobos no es siempre cierta, que otra hora me pudiera más tardar y dejar allá las narices y otras dos, y narices y lengua. Y así que, mientra más tardase, más caro me costase.

SEMPRONIO: Por amor mío, madre, no pases de aquí sin me lo contar.

CELESTINA: Sempronio, amigo, ni yo me podría parar, ni el lugar es aparejado.[363] Vente conmigo delante Calisto; oirás maravillas; que será desflorar[364] mi embajada comunicándola con muchos. De mi boca quiero que sepa lo que se ha hecho, que aunque hayas de haber alguna partecilla del provecho, quiero yo todas las gracias del trabajo.

SEMPRONIO: ¿Partecilla, Celestina? Mal me parece eso que dices.

CELESTINA: Calla, loquillo, que parte o partecilla, cuanto tú quisieres te daré. Todo lo mío es tuyo; gocémonos, y aprovechémonos, que sobre el partir[365] nunca reñiremos. Y también sabes tú cuánta más necesidad tienen los viejos que los mozos, mayormente tú que vas a mesa puesta.

SEMPRONIO: Otras cosas he menester más que de comer.

CELESTINA: ¿Qué, hijo? ¿Una docena de agujetas,[366] y un torce para el bonete[367] y un arco para andarte de casa en casa, tirando a pájaros y aojando pájaras a las ventanas? Mochachas, digo, bobo, de las que no saben volar, que bien me entiendes; que no hay mejor alcahuete para ellas que un arco que se puede entrar cada uno hecho mostrenco,[368] como dicen en

---

[363] *aparejado*: apropiado.

[364] *desflorar*: deslucir.

[365] *partir*: repartir.

[366] *agujetas*: cordones para sujetar las calzas o pantalones.

[367] *torce para el bonete*: collar para el sombrero.

[368] *hecho mostrenco*: como un vagabundo.

achaque de trama, etc.[369] ¡Mas ay, Sempronio, de quien tiene de mantener honra y se va haciendo vieja como yo!

SEMPRONIO (*Aparte*): ¡Oh lisonjera vieja! ¡Oh vieja llena de mal! ¡Oh codiciosa y avarienta garganta! También quiere a mí engañar como a mi amo, por ser rica. ¡Pues mala medra tiene,[370] no le arriendo la ganancia![371] Que quien con modo torpe sube en alto, más presto cae que sube. ¡Oh, que mala cosa es de conocer el hombre! ¡Bien dicen que ninguna mercadería, ni animal es tan díficil! ¡Mala vieja falsa es ésta! El diablo me metió con ella. Más seguro me fuera huir de esta venenosa víbora que tomarla. Mía fue la culpa. Pero gané harto, que por bien o mal no negará la promesa.

CELESTINA: ¿Qué dices, Sempronio? ¿Con quién hablas? Vienesme royendo las faldas? ¿Por qué no aguijas?[372]

SEMPRONIO: Lo que vengo diciendo, madre Celestina, es que no me maravillo que seas mudable, que sigas el camino de las muchas. Dicho me habías que diferirías[373] este negocio; agora vas sin seso por decir a Calisto cuanto pasa. ¿No sabes que aquello es en algo tenido que es por tiempo deseado, y que cada día que él penase era doblarnos el provecho?

CELESTINA: El propósito muda el sabio, el necio persevera. A nuevo negocio, nuevo consejo se requiere. No pensé yo, hijo Sempronio, que así me respondería mi buena fortuna. De los discretos mensajeros es hacer lo que el tiempo quiere. Así que

---

[369] *En achaque de trama, ¿viste acá a nuestra ama?*: refrán que alude a que, con la excusa de solicitar algo, alguien se mete en un sitio donde no le llaman.

[370] *mala medra tiene*: le va a ir mal.

[371] *no le arriendo la ganancia*: no querría yo obtener lo que ella va a sacar de todo esto. La expresión se usa todavía.

[372] *aguijas*: apresuras.

[373] *diferirías*: prolongarías.

la cualidad de lo hecho no puede encubrir tiempo disimulado. Y más que yo sé que tu amo, según lo que de él sentí, es liberal y algo antojadizo; más dará en un día de buenas nuevas que en ciento que ande penando y yo yendo y viniendo; que los acelerados y súpitos placeres crían alteración; la mucha alteración estorba el deliberar. Pues, ¿en qué podrá parar el bien sino en bien, y el alto linaje, sino en luengas albricias? Calla, bobo, deja hacer a tu vieja.

SEMPRONIO: ¡Pues dime lo que pasó con aquella gentil doncella! ¡Dime alguna palabra de su boca, que, por Dios, así peno por saberla como a mi amo penaría!

CELESTINA: ¡Calla loco! Altérasete la complexión. Yo lo veo en ti que querrías más estar al sabor que al olor de este negocio. Andemos presto, que estará loco tu amo con mi mucha tardanza.

SEMPRONIO: Y aun sin ella se lo está.

[Escena III]

PÁRMENO: ¡Señor, señor!

CALISTO: ¿Qué quieres, loco?

PÁRMENO: A Sempronio y a Celestina veo venir cerca de casa, haciendo paradillas de rato en rato, y cuando están quedos,[374] hacen rayas en el suelo con el espada. No sé qué sea.

CALISTO: ¡Oh desvariado negligente! Veslos venir, ¿no puedes bajar corriendo a abrir la puerta? ¡Oh alto Dios, oh soberana deidad! ¿Con qué vienen? ¿Qué nuevas traen? Que tan grande ha sido su tardanza que ya más esperaba su venida que el fin de mi remedio. ¡Oh tristes oídos, aparejaos a lo que os

---

[374] *cuando están quedos*: cuando se paran.

viniere, que en su boca de Celestina está agora aposentado el alivio o pena de mi corazón! ¡Oh si en sueños se pasase este poco tiempo, hasta ver el principio y fin de su habla! Agora tengo por cierto que es más penoso al delincuente esperar la cruda y capital sentencia que el acto de la ya sabida muerte! ¡Oh espacioso[375] Pármeno, manos de muerto! ¡Quita ya esa enojosa aldaba;[376] entrará esa honrada dueña, en cuya lengua está mi vida!

CELESTINA (*Afuera*): ¿Oyes, Sempronio? De otro temple[377] anda nuestro amo; bien difieren estas razones a las que oímos a Pármeno y a él la primera venida; de mal en bien me parece que va. No hay palabra de las que dice que no vale a la vieja Celestina más que una saya.

SEMPRONIO (*Afuera*): Pues mira que entrando hagas que no ves a Calisto y hables algo bueno.

CELESTINA (*Afuera*): Calla, Sempronio, que aunque haya aventurado mi vida, más merece Calisto y su ruego y tuyo, y más mercedes[378] espero yo de él.

---

[375] *espacioso*: parsimonioso.

[376] *aldaba*: barra de metal o la pieza de madera con que se aseguraban las puertas después de cerrarlas.

[377] *temple*: disposición.

[378] *mercedes*: premios, recompensas.

[VI]

Argumento del sexto auto

Entrada Celestina en casa de Calisto, con grande afición y deseo Calisto le pregunta de lo que le ha acontecido con Melibea. Mientra ellos están hablando, Pármeno, oyendo hablar a Celestina de su parte contra Sempronio,[379] a cada razón le pone un mote,[380] reprendiéndolo Sempronio. En fin la vieja Celestina le descubre todo lo negociado y un cordón de Melibea. Y despedida de Calisto, vase para su casa y con ella Pármeno.

CALISTO	SEMPRONIO
PÁRMENO	CELESTINA

---

[379] *de su parte contra Sempronio*: por su lado, charlando con Sempronio.
[380] *mote*: reparo malicioso.

[Escena I]

CALISTO: ¿Qué dices, señora y madre mía?

CELESTINA: ¡Oh mi señor Calisto! ¿Y aquí estas? ¡Oh mi nuevo amador de la muy hermosa Melibea, y con mucha razón! ¿Con qué pagarás a la vieja que hoy ha puesto su vida al tablero[381] por tu servicio? ¿Cuál mujer jamás se vio en tan estrecha afrenta como yo? Que en tornarlo a pensar se menguan y vacían todas las venas de mi cuerpo de sangre. Mi vida diera por menor precio que agora daría este manto raído y viejo.

PÁRMENO   (*Aparte*): Tú dirás lo tuyo: entre col y col, lechuga.[382] Sobido has un escalón, más adelante te espero a la saya.[383] Todo para ti y no nada de que puedas dar parte. Pelechar[384] quiere la vieja. Tú me sacarás a mí verdadero y a mi amo loco. No le pierdas palabra, Sempronio, y verás cómo no quiere pedir dinero porque es divisible.

SEMPRONIO   (*Aparte*): Calla, hombre desesperado, que te matará Calisto si te oye.

---

[381] *ha puesto su vida al tablero*: se ha jugado la vida.

[382] *entre col y col, lechuga*: Pármeno usa un dicho popular para expresar que Celestina no pierde la oportunidad de solicitar una retribución mientras habla de Melibea.

[383] *más adelante te espero a la saya*: lo siguiente que pedirás es una saya.

[384] *Pelechar*: se emplea en el sentido figurado de mejorar, medrar. Literalmente, quiere decir 'echar pelo los animales'.

CALISTO: Madre mía, o abrevia tu razón, o toma esta espada y mátame.

PÁRMENO (*Aparte*): Temblando está el diablo como azogado;[385] no se puede tener en sus pies; su lengua le querría prestar para que hablase presto. No es mucha su vida; luto habremos de medrar de estos amores.

CELESTINA: ¿Espada, señor, o qué? Espada mala mate a tus enemigos y a quien mal te quiere, que yo la vida te quiero dar con buena esperanza que traigo de aquella que tú amas.

CALISTO: ¿Buena esperanza, señora?

CELESTINA: Buena se puede decir, pues queda abierta puerta para mi tornada,[386] y antes me recibirá a mí con esta saya rota que a otra con seda y brocado.

PÁRMENO (*Aparte*): Sempronio, cóseme esta boca, que no lo puedo sufrir; encajado ha la saya.[387]

SEMPRONIO (*Aparte*): ¡Callarás, por Dios, o te echaré dende con el diablo! Que si anda rodeando su vestido, hace bien, pues tiene de ello necesidad, que el abad de do canta, de allí viste.[388]

PÁRMENO (*Aparte*): Y aun viste como canta. Y esta puta vieja querría en un día, por tres pasos, desechar todo el pelo malo[389] cuanto en cincuenta años no ha podido medrar.

SEMPRONIO (*Aparte*): ¿Y todo eso es lo que te castigó[390] y el conocimiento que os teníades y lo que te crió?

---

[385] *como azogado*: como persona intoxicada por mercurio (enfermedad que se caracteriza por los temblores).

[386] *tornada*: regreso.

[387] *encajado ha la saya*: le ha sacado la saya.

[388] *el abad de do canta, de allí viste*: Sempronio modifica un refrán ("El abad, de donde canta, de allí yanta" –come–), para adaptarlo a sus intereses.

[389] *pelo malo*: pobreza.

[390] *castigó*: enseñó.

PÁRMENO   (*Aparte*): Bien sofriré yo más que pida y pele,[391] pero no todo para su provecho.

SEMPRONIO (*Aparte*): No tiene otra tacha, sino ser codiciosa, pero déjala barde[392] sus paredes, que después bardará las nuestras, o en mal punto[393] nos conoció.

CALISTO: Dime, por Dios, señora, ¿qué hacía? ¿Cómo entraste? ¿Qué tenía vestido? ¿A qué parte de casa estaba? ¿Qué cara te mostró al principio?

CELESTINA: Aquella cara, señor, que suelen los bravos toros mostrar contra los que lanzan las agudas flechas en el coso,[394] la que los monteses puercos[395] contra los sabuesos que mucho los aquejan.

CALISTO: ¿Y a ésas llamas señales de salud? ¿Pues cuáles serían mortales? No, por cierto, la misma muerte, que aquélla alivio sería en tal caso de este mi tormento, que es mayor y duele más.

SEMPRONIO (*Aparte*): ¿Éstos son los fuegos pasados de mi amo?[396] ¿Qué es esto? ¿No tendría este hombre sofrimiento para oír lo que siempre ha deseado?

PÁRMENO   (*Aparte*): ¿Y que calle yo, Sempronio? Pues si nuestro amo te oye, tan bien te castigará a ti como a mí.

SEMPRONIO (*Aparte*): ¡Oh mal fuego te abrase, que tú hablas en daño de todos y yo a ninguno ofendo! ¡Oh, intolerable pestilencia[397] y mortal te consuma, rijoso,[398] envidioso, mal-

---

[391] *pele*: saque dinero.

[392] *barde*: proteja.

[393] *en mal punto*: en mala hora.

[394] *coso*: lugar donde se lidiaban los toros.

[395] *monteses puercos*: jabalíes.

[396] *fuegos pasados de mi amo*: se refiere a la pasión amorosa de Calisto.

[397] *pestilencia*: enfermedad contagiosa.

[398] *rijoso*: propenso a la disputa.

dito! ¿Toda ésta es la amistad que con Celestina y conmigo habías concertado? ¡Vete de aquí a la mala ventura!

CALISTO: Si no quieres, reina y señora mía, que desespere[399] y vaya mi ánima condenada a perpetua pena oyendo esas cosas, certifícame brevemente si no hobo buen fin tu demanda gloriosa, y la cruda y rigurosa muestra de aquel gesto[400] angélico y matador, pues todo eso más es señal de odio que de amor.

CELESTINA: La mayor gloria que al secreto oficio del abeja se da, a la cual los discretos deben imitar, es que todas las cosas por ella tocadas convierte en mejor de lo que son. De esta manera me he habido con las zahareñas[401] razones y esquivas de Melibea; todo su rigor traigo convertido en miel; su ira, en mansedumbre; su aceleramiento, en sosiego. ¿Pues a qué piensas que iba allá la vieja Celestina, a quien tú, demás de su merecimiento, magníficamente galardonaste, sino ablandar su saña, a sofrir su accidente, a ser escudo de su ausencia, a recebir en mi manto los golpes, los desvíos, los menosprecios, desdenes que muestran aquéllas en los principios de sus requerimientos de amor, para que sea después en más tenida su dádiva? Que a quien más quieren, peor hablan, y si así no fuese, ninguna diferencia habría entre las públicas que aman a las escondidas doncellas, si todas dijesen "sí" a la entrada de su primer requerimiento, en viendo que de alguno eran amadas. Las cuales, aunque están abrasadas y encendidas de vivos fuegos de amor, por su honestidad muestran un frío exterior, un sosegado vulto,[402] un aplacible desvío,[403] un constante ánimo y casto propósito, unas palabras agras que la propia

---

[399] *desespere*: me suicide.

[400] *gesto*: rostro.

[401] *zahareñas*: desdeñosas.

[402] *vulto*: rostro.

[403] *aplacible desvío*: rechazo no violento.

lengua se maravilla del gran sofrimiento suyo, que la hacen forzosamente confesar el contrario de lo que sienten. Así que para que tú descanses y tengas reposo, mientra te contare por extenso el proceso de mi habla y la causa que tuve para entrar, sabe que el fin de su razón fue muy bueno.

CALISTO: Agora, señora, que me has dado seguro para que ose esperar todos los rigores de la respuesta, di cuanto mandares y como quisieres, que yo estaré atento. Ya me reposa el corazón, ya descansa mi pensamiento, ya reciben las venas y recobran su perdida sangre, ya he perdido temor, ya tengo alegría. Subamos, si mandas, arriba. En mi cámara me dirás por extenso lo que aquí he sabido en suma.[404]

CELESTINA: Subamos, señor.

[Escena II]

PÁRMENO (*Aparte*): ¡Oh Santa María, y qué rodeos busca este loco por huir de nosotros, para poder llorar a su placer con Celestina de gozo y por descubrirle mil secretos de su liviano y desvariado apetito; por preguntar y responder seis veces cada cosa sin que esté presente quien le pueda decir que es prolijo! ¡Pues mándote yo, desatinado, que tras ti vamos!

CALISTO: Mira, señora, qué hablar trae Pármeno, cómo se viene santiguando de oír lo que has hecho de tu gran diligencia. Espantado está. Por mi fe, señora Celestina, otra vez se santigua. Sube, sube, sube, y asiéntate, señora, que de rodillas quiero escuchar tu suave respuesta. Y dime luego la causa de tu entrada qué fue.

CELESTINA: Vender un poco de hilado, con que tengo caza-

---

[404] *en suma*: de forma resumida.

das más de treinta de su estado, si a Dios ha placido, en este mundo, y algunas mayores.

CALISTO: Eso será de cuerpo, madre, pero no de gentilezas, no de estado, no de gracia y discreción, no de linaje, no de presunción con merecimiento,[405] no en virtud, no en habla.

PÁRMENO   (*Aparte*): Ya escurre eslabones el perdido;[406] ya se desconciertan sus badajadas;[407] nunca da menos de doce; siempre está hecho reloj de medio día. Cuenta, cuenta, Sempronio, que estás desbabado[408] oyéndole a él locuras y a ella mentiras.

SEMPRONIO (*Aparte*): ¡Oh maldiciente venenoso, ¿por qué cierras las orejas a lo que todos los del mundo las aguzan, hecho serpiente que huye la voz del encantador? Que sólo por ser de amores estas razones, aunque mentiras, las habías de escuchar con gana.

CELESTINA: Oye, señor Calisto, y verás tu dicha y mi solicitud qué obraron que, en comenzando yo a vender y poner en precio mi hilado, fue su madre de Melibea llamada para que fuese a visitar una hermana suya enferma; y como le fue necesario ausentarse, dejó en su lugar a Melibea para…

CALISTO: ¡Oh gozo sin par, oh singular oportunidad, oh oportuno tiempo, oh quién estuviera allí debajo de tu manto escuchando qué hablaría sola aquella en quien Dios tan extremadas gracias puso!

CELESTINA: ¿Debajo de mi manto, dices? ¡Ay, mezquina, que fueras visto por treinta agujeros que tiene, si Dios no le mejora!

---

[405] *presunción con merecimiento*: orgullo con fundamento.

[406] *Ya escurre eslabones el perdido*: ya está desvariando.

[407] *ya se desconciertan sus badajadas*: ya dice tonterías.

[408] *estás desbabado*: se te cae la baba, estás atontado.

PÁRMENO   (*Aparte*): Sálgome fuera, Sempronio, ya no digo nada; escúchatelo tú todo. Si este perdido de mi amo no midiese con el pensamiento cuántos pasos hay de aquí a casa de Melibea y contemplase en su gesto y considerase cómo estaría aviniendo el hilado,[409] todo el sentido puesto y ocupado en ella, él vería que mis consejos le eran más saludables que estos engaños de Celestina.

CALISTO: ¿Qué es esto, mozos? Estoy yo escuchando atento, que me va la vida; ¿vosotros susurráis como soléis por hacerme mala obra y enojo? Por mi amor, que calléis; moriréis de placer con esta señora, según su buena diligencia. Di, señora, ¿qué heciste cuando te viste sola?

CELESTINA: Recebí, señor, tanta alteración de placer que cualquiera que me viera me lo conociera en el rostro.

CALISTO: Agora la recibo yo, cuánto más quien ante sí contemplaba tal imagen. Enmudecerías con la novedad incogitada.

CELESTINA: Ante me dio más osadía a hablar lo que quise verme sola con ella. Abrí mis entrañas, díjele mi embajada, cómo penabas tanto por una palabra de su boca salida en favor tuyo para sanar un tan gran dolor. Y como ella estuviese suspensa, mirándome, espantada del nuevo mensaje, escuchando hasta ver quién podía ser el que así por necesidad de su palabra penaba, o a quién pudiese sanar su lengua, en nombrando tu nombre, atajó mis palabras, diose en la frente una gran palmada como quien cosa de grande espanto hobiese oído, diciendo que cesase mi habla y me quitase delante si no quería hacer a sus servidores verdugos de mi postrimería,[410] agravando mi osadía, llamándome hechicera, al-

---

[409] *aviniendo el hilado*: arreglando la compra del hilado.
[410] *postrimería*: muerte.

cahueta, vieja falsa, barbuda, malhechora y otros muchos ignominiosos nombres con cuyos títulos asombran a los niños de cuna. Y empós[411] de esto mil amortecimientos[412] y desmayos, mil milagros y espantos, turbado el sentido, bullendo fuertemente los miembros todos, a una parte y a otra, herida de aquella dorada flecha que del sonido de tu nombre le tocó, retorciendo el cuerpo, las manos enclavijadas[413] como quien se despereza, que parecía que las despedazaba, mirando con los ojos a todas partes, acoceando con los pies el suelo duro. Y yo, a todo esto, arrinconada, encogida, callando, muy gozosa con su ferocidad. Mientra más basqueaba,[414] más yo me alegraba, porque más cerca estaba el rendirse y su caída; pero entretanto que gastaba aquel espumajoso almacén su ira, yo no dejaba mis pensamientos estar vagos ni ociosos, de manera que tove tiempo para salvar lo dicho.

CALISTO: Eso me di, señora madre, que yo he revuelto en mi juicio mientra te escucho y no he hallado desculpa que buena fuese, ni conveniente con que lo dicho se cubriese, ni colorase, sin quedar terrible sospecha de tu demanda, porque conozca tu mucho saber que en todo me pareces más que mujer; que como su respuesta tú pronosticaste, proveíste con tiempo tu réplica. ¿Qué más hacía aquella tusca Adeleta[415] cuya fama, siendo tú viva se perdiera? La cual, tres días ante su fin, prenunció la muerte de su viejo marido y de dos hijos que tenía. Ya creo lo que se dice, que el género flaco de las hembras es más apto para las prestas cautelas que el de los varones.

---

[411] *empós*: después.

[412] *amortecimientos*: desvanecimientos.

[413] *enclavijadas*: entrelazadas.

[414] *basqueaba*: encolerizaba.

[415] *Adeleta*: astróloga toscana ("tusca"), que, como indica Calisto, pronosticó la muerte de su marido y de sus hijos.

CELESTINA: ¿Qué señor? Dije que tu pena era mal de muelas, y que la palabra que de ella querría era una oración que ella sabía muy devota para ellas.

CALISTO: ¡Oh maravillosa astucia! ¡Oh singular mujer en su oficio! ¡Oh cautelosa hembra! ¡Oh melecina presta! ¡Oh discreta en mensajes! ¿Cuál humano seso bastara a pensar tan alta manera de remedio? De cierto creo, si nuestra edad alcanzara aquellos pasados Eneas y Dido, no trabajara tanto Venus para atraer a su hijo el amor de Elisa, haciendo tomar a Cupido ascánica forma para la engañar; antes, por evitar prolijidad, pusiera a ti por medianera.[416] Agora doy por bien empleada la muerte, puesta en tales manos, y creeré que si mi deseo no hobiere efecto cual querría, que no se pudo obrar más, según natura, en mi salud. ¿Qué os parece, mozos? ¿Qué más se pudiera pensar? ¿Hay tal mujer nacida en el mundo?

CELESTINA: Señor, no atajes mis razones; déjame decir, que se va haciendo noche; ya sabes que quien mal hace aborrece la claridad y, yendo a mi casa, podré haber algún mal encuentro.

CALISTO: ¿Qué, qué? Sí, que hachas[417] y pajes hay que te acompañen.

PÁRMENO   (*Aparte*): ¡Sí, sí, por que no fuercen a la niña! Tú irás con ella, Sempronio, que ha temor de los grillos que cantan con lo escuro.

CALISTO: ¿Dices algo, hijo Pármeno?

PÁRMENO: Señor, que yo y Sempronio será bueno que la acompañemos hasta su casa, que hace mucho escuro.

---

[416] Se evoca aquí una historia narrada en la *Eneida* de Virgilio. Cupido, el hijo de Venus, y dios del amor, adoptó "ascánica forma", es decir, la imagen de Ascanio, el hijo de Eneas, con el fin de enamorar a Dido (Elisa).

[417] *hachas*: antorchas.

CALISTO: Bien dicho es, despúes será. Procede en tu habla, y dime: ¿Qué más pasaste? ¿Qué respondió a la demanda de la oración?

CELESTINA: Que la daría de su grado.

CALISTO: ¿De su grado? ¡Oh Dios mío, qué alto don!

CELESTINA: Pues más le pedí.

CALISTO: ¿Qué, mi vieja honrada?

CELESTINA: Un cordón que ella trae contino ceñido, ¡diciendo que era provechoso para tu mal porque había tocado muchas reliquias!

CALISTO: Pues, ¿qué dijo?

CELESTINA: Dame albricias; decírtelo he.

CALISTO: ¡Oh por Dios, toma toda esta casa y cuanto en ella hay y dímelo, o pide lo que querrás!

CELESTINA: Por un manto que des a la vieja, te dará en tus manos el mesmo que en su cuerpo ella traía.

CALISTO: ¿Qué dices de manto? Manto y saya y cuanto yo tengo.

CELESTINA: Manto he menester y éste tendré yo en harto; no te alargues más. No pongas sospechosa duda en mi pedir, que dicen que ofrecer mucho al que poco pide es especie de negar.

CALISTO: Corre, Pármeno, llama a mi sastre y corte luego un manto y una saya de aquel contray[418] que se sacó para frisado.[419]

PÁRMENO   (*Aparte*): ¡Así, así, a la vieja todo porque venga cargada de mentiras como abeja, y a mí que me arrastren! Tras esto anda ella hoy todo el día con sus rodeos.

---

[418] *contray*: lujoso tipo de paño tejido en Contray (Francia).

[419] *para frisado*: "Para ser frisado, es decir, para trabajarlo levantando y rizando el pelo del tejido" (Lobera *et alii*).

CALISTO: ¡De qué gana va el diablo! No hay acierto tan mal servido hombre como yo, manteniendo mozos adevinos, rezongadores, enemigos de mi bien. ¿Qué vas, bellaco, rezando? Envidioso, ¿qué dices, que no te entiendo? Ve donde te mando, presto, y no me enojes, que harto basta mi pena para me acabar; que también habrá para ti sayo en aquella pieza.

PÁRMENO: No digo, señor, otra cosa, sino que es tarde para que venga el sastre.

CALISTO: ¿No digo yo que adevinas? Pues quédese para mañana, y tú, señora, por amor mío te sufras, que no se pierde lo que se dilata. Y mándame mostrar aquel santo cordón que tales miembros fue digno de ceñir. Gozarán mis ojos con todos los otros sentidos, pues juntos han sido apasionados, gozará mi lastimado corazón, aquel que nunca recibió momento de placer, después que aquella señora conoció. Todos los sentidos le llagaron, todos acorrieron a él con sus esportillas de trabajo;[420] cada uno le lastimó cuanto más pudo: los ojos en verla; los oídos, en oírla; las manos, en tocarla.

CELESTINA: ¿Que las has tocado, dices? Mucho me espantas.

CALISTO: Entre sueños, digo.

CELESTINA: ¿Entre sueños?

CALISTO: Entre sueños la veo tantas noches que temo me acontezca como a Alcibíades,[421] que soñó que se veía envuelto en el manto de su amiga y otro día matáronlo, y no hobo quien lo alzase de la calle ni cubriese, sino ella con su manto. Pero en vida o en muerte, alegre me sería vestir su vestidura.

CELESTINA: Asaz tienes pena, pues cuando los otros reposan

---

[420] *esportillas de trabajo*: literalmente espuertas de trabajo. Es decir, que todos los sentidos le hicieron sufrir mucho.

[421] *Alcibíades*: general ateniense del siglo V a. C.

en sus camas, prepararas tú el trabajo para sufrir otro día. Esfuérzate, señor, que no hizo Dios a quien desamparase. Da espacio a tu deseo; toma este cordón, que si yo no me muero, yo te daré a su ama.

CALISTO: ¡Oh nuevo huésped, oh bienaventurado cordón, que tanto poder y merecimiento toviste de ceñir aquel cuerpo que yo no soy digno de servir! ¡Oh nudos de mi pasión, vosotros enlazasteis mis deseos, decidme si os hallasteis presentes en la desconsolada respuesta de aquella a quien vosotros servís y yo adoro, y por más que trabajo noches y días, no me vale ni aprovecha!

CELESTINA: Refrán viejo es, quien menos procura, alcanza más bien. Pero yo te haré, procurando, conseguir lo que siendo negligente no habrías. Consuélate, señor, que en una hora no se ganó Zamora, pero no por eso desconfiaron los combatientes.

CALISTO: ¡Oh desdichado, que las ciudades están con piedras cercadas, y a piedras, piedras las vencen! Pero esta mi señora tiene el corazón de acero; no hay metal que con él pueda; no hay tiro que lo melle. Pues poned escalas en su muro; unos ojos tiene con que echa saetas, una lengua de reproches y desvíos. El asiento tiene en parte que a media legua no le pueden poner cerco.

CELESTINA: Calla, señor, que el buen atrevimiento de un solo hombre ganó a Troya; no desconfíes, que una mujer puede ganar a otra. Poco has tratado mi casa; no sabes bien lo que yo puedo.

CALISTO: Cuanto dijeres, señora, te quiero creer, pues tal joya como ésta me trujiste. ¡Oh mi gloria y ceñidero de aquella angélica criatura, yo te veo y no lo creo! ¡Oh cordón, cordón! ¿Fuésteme tú enemigo? Di lo cierto. Si lo fueste, yo te perdono, que de los buenos es propio las culpas perdonar. No lo creo, que si fueras contrario, no vinieras tan presto a mi poder, salvo si vienes a desculparte. Conjúrote me respondas, por la virtud del gran poder, que aquella señora sobre mí tiene.

CELESTINA: Cesa ya, señor, ese devanear, que me tienes cansada de escucharte y al cordón roto de tratarlo.

CALISTO: ¡Oh mezquino de mí, que asaz bien me fuera del cielo otorgado que de mis brazos fueras hecho y tejido y no de seda como eres, porque ellos gozaran cada día de rodear y ceñir con debida reverencia aquellos miembros que tú, sin sentir ni gozar de la gloria, siempre tienes abrazados! ¡Oh, qué secretos habrás visto de aquella excelente imagen!

CELESTINA: Más verás tú y con más sentido, si no lo pierdes hablando lo que hablas.

CALISTO: Calla, señora, que él y yo nos entendemos. ¡Oh mis ojos, acordaos cómo fuesteis causa y puerta por donde fue mi corazón llagado, y que aquél es visto hacer el daño que da la causa! Acordaos que sois deudores de la salud; remirad[422] la melecina que os viene hasta casa.

SEMPRONIO: Señor, por holgar con el cordón, no querrás gozar de Melibea.

CALISTO: ¿Qué, loco, desvariado, atajasolaces;[423] cómo es eso?

SEMPRONIO: Que mucho hablando matas a ti y a los que te oyen. Y así que perderás la vida o el seso, cualquiera que falte basta para quedarte a escuras. Abrevia tus razones, darás lugar a las de Celestina.

CALISTO: ¿Enójote, madre, con mi luenga razón, o está borracho este mozo?

CELESTINA: Aunque no lo esté, debes, señor, cesar tu razón,

---

[422] *remirad*: fijaos.
[423] *atajasolaces*: aguafiestas.

dar fin a tus luengas querellas, tratar al cordón como cordón porque sepas hacer diferencia de habla cuando con Melibea te veas; no haga tu lengua iguales la persona y el vestido.

CALISTO: ¡Oh mi señora, mi madre, mi consoladora, déjame gozar en este mensajero de mi gloria! ¡Oh lengua mía! ¿Por qué te impides en otras razones, dejando de adorar presente la excelencia de quien por ventura jamás verás en tu poder? ¡Oh mis manos, con qué atrevimiento, con cuán poco acatamiento tenéis y traéis la triaca[424] de mi llaga! Ya no podrán empecer[425] las hierbas que aquel crudo casquillo[426] traía envueltas en su aguda punta. Seguro soy, pues quien dio la herida la cura. ¡Oh, tú, señora, alegría de las viejas mujeres, gozo de las mozas, descanso de los fatigados como yo, no me hagas más penado con tu temor, que me hace mi vergüenza, suelta la rienda a mi contemplación; déjame salir por las calles con esta joya, por que los que me vieren sepan que no hay más bien andante hombre que yo!

SEMPRONIO: No afistoles tu llaga[427] cargándola de más deseo. No es, señor, el solo cordón del que pende tu remedio.

CALISTO: Bien lo conozco, pero no tengo sofrimiento para me abstener de adorar tan alta empresa.

CELESTINA: ¿Empresa? Aquélla es empresa que de grado es dada, pero ya sabes que lo hizo por amor de Dios, para guarecer tus muelas, no por el tuyo, para cerrar tus llagas. Pero si yo vivo, ella volverá la hoja.

CALISTO: ¿Y la oración?

CELESTINA: No se me dio por agora.

---

[424] *triaca*: remedio para un veneno.
[425] *empecer*: dañar.
[426] *casquillo*: punta de hierro de una flecha.
[427] *No afistoles tu llaga*: no agraves la herida.

CALISTO: ¿Qué fue la causa?

CELESTINA: La brevedad del tiempo, pero quedó que si tu pena no aflojase, que tornase mañana por ella.

CALISTO: ¿Aflojar? Entonce aflojará mi pena cuando su crueldad.

CELESTINA: Asaz, señor, basta lo dicho y hecho; obligada queda según lo que mostró a todo lo que para esta enfermedad yo quisiere pedir, según su poder. Mira, señor, si esto basta para la primera vista. Yo me voy; cumple, señor, que si salieres mañana lleves rebozado un paño por que si de ella fueres visto no acuse de falsa mi petición.

CALISTO: Y aun cuatro por tu servicio. Pero dime, por Dios, ¿pasó más? Que muero por oír palabras de aquella dulce boca. ¿Cómo fueste tan osada que, sin la conocer, te mostraste tan familiar en tu entrada y demanda?

CELESTINA: ¿Sin la conocer? Cuatro años fueron mis vecinas, trataba con ellas, hablaba y reía de día y de noche; mejor me conoce su madre que a sus mismas manos, aunque Melibea se ha hecho grande mujer, discreta, gentil.

PÁRMENO   (*Aparte*): ¡Ea! ¡Mira, Sempronio, qué te digo al oído!

SEMPRONIO   (*Aparte*): Dime, ¿qué dices?

PÁRMENO   (*Aparte*): Aquel atento escuchar de Celestina da materia de alargar en su razón a nuestro amo. Llégate a ella, dale del pie, hagámosle de señas que no espere más, sino que se vaya. Que no hay tan loco hombre nacido que solo mucho hable.

CALISTO: ¿Gentil, dices, señora, que es Melibea? ¡Parece que lo dices burlando! ¿Hay nacida su par en el mundo? ¿Crió Dios otro mejor cuerpo? ¿Puédense pintar tales facciones, dechado[428] de hermosura? Si hoy fuera viva Elena, por que

---

[428] *dechado*: paradigma.

tanta muerte hobo de griegos y troyanos,[429] o la hermosa Policena,[430] todas obedecerían a esta señora por quien yo peno. Si ella se hallara presente en aquel debate de la manzana con las tres Diosas, nunca sobrenombre de discordia le pusieran,[431] porque sin contrariar ninguna todas concedieran y vivieran conformes en que la llevara Melibea; así que se llamara manzana de concordia. Pues cuantas hoy son nacidas que de ella tengan noticia, se maldicen, querellan a Dios, porque no se acordó de ellas cuando a esta mi señora hizo. Consumen sus vidas, comen sus carnes con envidia, danles siempre crudos martirios, pensando con artificio igualar con la perfección, que sin trabajo dotó a ella natura. De ellas pelan sus cejas con tenacicas y pegones y a cordelejos.[432] De ellas buscan las doradas hierbas, raíces, ramas y flores para hacer lejías con que sus cabellos semejasen a los de ella, las caras martillando,[433] envistiéndolas en diversos matices, con ungüentos y unturas, aguas fuertes, posturas blancas y coloradas,[434] que por evitar prolijidad no las cuento. Pues la que todo esto halló hecho, mira si merece de un triste hombre como yo ser servida.

CELESTINA (*Aparte*): Bien te entiendo, Sempronio, déjalo, que él caerá de su asno[435] y acabará.

CALISTO: En la que toda la natura se remiró[436] por la ha-

---

[429] Paris, el hijo de Menelao, raptó a Elena, lo que provocó la ofensiva griega sobre Troya.

[430] *Policena*: hija de Príamo, el rey de Troya y de Hécuba. Aquiles, el héroe griego, se enamoró locamente de ella.

[431] Alude a la manzana de la discordia y al juicio de Paris.

[432] *tenacicas y pegones y a cordelejos*: medios de depilación.

[433] *martillando*: maltratando.

[434] *posturas blancas y coloradas*: productos de cosmética.

[435] *él caerá de su asno*: se dará cuenta de que está en un error.

[436] *remiró*: consideró cuidadosamente.

cer perfecta, que las gracias que en todas repartió las juntó en ella. Allí hicieron alarde cuanto más acabadas pudieron allegarse, por que conociesen los que la viesen cuánta era la grandeza de su pintor. Sola una poca de agua clara con un ebúrneo[437] peine basta para exceder a las nacidas en gentileza. Éstas son sus armas; con éstas mata y vence; con éstas me cautivó; con éstas me tiene ligado y puesto en dura cadena.

CELESTINA: Calla y no te fatigues, que más aguda es la lima que yo tengo que fuerte esa cadena que te atormenta; yo la cortaré con ella por que tú quedes suelto. Por ende, dame licencia que es muy tarde y déjame llevar el cordón, porque, como sabes, tengo de él necesidad.

CALISTO: ¡Oh desconsolado de mí, la fortuna adversa me sigue junta! Que contigo o con el cordón o con entrambos quisiera yo estar acompañado esta noche luenga y escura. Pero, pues no hay bien complido en esta penosa vida, venga entera la soledad. ¡Mozos, mozos!

PÁRMENO: ¿Señor?

CALISTO: Acompaña a esta señora hasta su casa, y vaya con ella tanto placer y alegría cuanta conmigo queda tristeza y soledad.

CELESTINA: Quede, señor, Dios contigo. Mañana será mi vuelta, donde mi manto y la respuesta vendrán a un punto, pues hoy no hobo tiempo. Y súfrete señor, y piensa en otras cosas.

CALISTO: Eso no, que es herejía olvidar aquella por quien la vida me aplace.

---

[437] *ebúrneo*: de marfil.

[VII]

Argumento del séptimo auto

Celestina habla con Pármeno, induciéndole a concordia y amistad de Sempronio. Tráele Pármeno a memoria la promesa que le hiciera de le hacer haber a Areúsa,[438] que él mucho amaba. Vanse a casa de Areúsa. Queda ahí la noche Pármeno. Celestina va para su casa; llama a la puerta, Elicia le viene a abrir increpándole su tardanza.

PÁRMENO   AREÚSA
CELESTINA   ELICIA

---

[438] *de le hacer haber a Areúsa*: de tener relaciones sexuales con Areúsa.

[Escena I]

CELESTINA: Pármeno, hijo, después de las pasadas razones, no he habido oportuno tiempo para te decir y mostrar el mucho amor que te tengo, y asimismo cómo de mi boca todo el mundo ha oído hasta agora en ausencia bien de ti. La razón no es menester repetirla porque yo te tenía por hijo a lo menos casi adoptivo, y así que tú imitaras al natural,[439] y tú dasme el pago en mi presencia, pareciéndote mal cuanto digo, susurrando y murmurando contra mí en presencia de Calisto. Bien pensaba yo que, después que concediste en mi buen consejo, que no habías de tornarte atrás. Todavía me parece que te quedan reliquias vanas,[440] hablando por antojo más que por razón. Desechas el provecho por contentar la lengua. Óyeme, si no me has oído y mira que soy vieja, y el buen consejo mora en los viejos, y de los mancebos es propio el deleite. Bien creo que de tu yerro sola la edad tiene culpa; espero en Dios que serás mejor para mí de aquí adelante y mudarás el ruin propósito con la tierna edad, que, como dicen, múdanse costumbres con la mudanza del cabello y variación; digo, hijo, creciendo y viendo cosas nuevas cada día. Porque la mocedad en sólo lo presente se impide y ocupa a

---

[439] *que tú imitaras al natural*: que te comportaras como si fueras mi hijo.
[440] *reliquias vanas*: restos de desconfianza hacia Celestina.

mirar, mas la madura edad no deja presente, ni pasado, ni porvenir. Si tú tovieras memoria, hijo Pármeno, del pasado amor que te tuve, la primera posada que tomaste, venido nuevamente en esta ciudad, había de ser la mía. Pero los mozos curáis poco de los viejos; regísvos a sabor de paladar;[441] nunca pensáis que tenéis ni habéis de tener necesidad de ellos; nunca pensáis en enfermedades; nunca pensáis que os puede esta florecilla de juventud faltar. Pues mira, amigo, que para tales necesidades como éstas, buen acorro[442] es una vieja conocida, amiga, madre, y más que madre; buen mesón para descansar sano, buen hospital para sanar enfermo, buena bolsa para necesidad, buena arca para guardar dinero en prosperidad, buen fuego de invierno rodeado de asadores, buena sombra de verano, buena taberna para comer y beber. ¿Qué dirás, loquillo, a todo esto? Bien sé que estás confuso por lo que hoy has hablado. Pues no quiero más de ti, que Dios no pide más del pecador de arrepentirse y enmendarse. Mira a Sempronio, yo le hice hombre de Dios en ayuso;[443] querría que fuésedes como hermanos, porque estando bien con él, con tu amo y con todo el mundo lo estarías. Mira que es bien quisto,[444] diligente, palanciano,[445] servidor, gracioso.[446] Quiere tu amistad; crecería vuestro provecho dándoos el uno al otro la mano. Y pues sabe que es menester que ames si quieres ser amado, que no se toman truchas, etc.[447] Ni te lo

---

[441] *regísvos a sabor de paladar*: hacéis lo que os apetece.

[442] *acorro*: refugio.

[443] *de Dios en ayuso*: después de Dios. Con un juego de palabras Celestina quiere decir que, gracias a ella, Sempronio se inició sexualmente.

[444] *quisto*: querido.

[445] *palanciano*: cortés.

[446] *gracioso*: con buenas cualidades.

[447] *no se toman truchas, etc.*: el refrán completo es "No se toman truchas a bragas enjutas". Es decir, no hay más remedio que esforzarse si se quiere algo.

debe Sempronio de fuero.[448] Simpleza es no querer amar y esperar de ser amado; locura es pagar el amistad con odio.

PÁRMENO: Madre, mi segundo yerro te confieso, y con perdón de lo pasado quiero que ordenes lo por venir. Pero con Sempronio me parece que es imposible sostenerse mi amistad; él es desvariado,[449] yo mal sofrido;[450] conciértame esos amigos.

CELESTINA: Pues no era ésa tu condición.

PÁRMENO: A la mi fe, mientras más fue creciendo, más la primera paciencia me olvidaba; no soy el que solía y asimismo Sempronio no hay, ni tiene en qué me aproveche.

CELESTINA: El cierto amigo en la cosa incierta se conoce; en las adversidades se prueba; entonces se allega y con más deseo visita la casa que la fortuna próspera desamparó. ¿Qué te diré, hijo, de las virtudes del buen amigo? No hay cosa más amada, ni más rara; ninguna carga rehúsa. Vosotros sois iguales; la paridad de las costumbres y la semejanza de los corazones es la que más la sostiene. Cata, hijo mío, que, si algo tienes, guardado se te está. Sabe tú ganar más, que aquello ganado lo hallaste; buen siglo haya aquel padre que lo trabajó. No se te puede dar hasta que vivas más reposado y vengas en edad complida.

PÁRMENO: ¿A qué llamas reposado, tía?

CELESTINA: Hijo, a vivir por ti, a no andar por casas ajenas; lo cual siempre andarás mientra no te supieres aprovechar de tu servicio; que de lástima que hobe de verte roto, pedí hoy manto, como viste, a Calisto; no por mi manto, pero por que, estando el sastre en casa y tú delante sin sayo, te le diese. Así

---

[448] *de fuero*: por ley.
[449] *desvariado*: alocado.
[450] *mal sofrido*: poco paciente.

que no por mi provecho, como yo sentí que dijiste, mas por el tuyo; que si esperas al ordinario galardón de estos galanes, es tal, que lo que en diez años sacarás, atarás en la manga.[451] Goza tu mocedad, el buen día, la buena noche, el buen comer y beber. Cuando pudieres haberlo, no lo dejes; piérdase lo que se perdiere. No llores tú la hacienda que tu amo heredó, que esto te llevarás de este mundo, pues no le tenemos más de por nuestra vida. ¡Oh hijo mío, Pármeno! Que bien te puedo decir hijo, pues tanto tiempo te crié, toma mi consejo, pues sale con limpio deseo de verte en alguna honra. ¡Oh cuán dichosa me hallaría en que tú y Sempronio estuviésedes muy conformes, muy amigos, hermanos en todo, viéndoos venir a mi pobre casa, a holgar, a verme, y aun a desenojaros[452] con sendas mochachas!

PÁRMENO: ¿Mochachas, madre mía?

CELESTINA: ¡Alahé, mochachas digo, que viejas harto me soy yo! Cual se la tiene Sempronio, y aun sin haber tanta razón, ni tenerle tanta afición como a ti. Que de las entrañas me sale cuanto te digo.

PÁRMENO: Señora, no vives engañada.

CELESTINA: Y aunque lo viva, no me pena mucho; que también lo hago por amor de Dios y por verte solo en tierra ajena, y más por aquellos huesos de quien te me encomendó, que tú serás hombre y vendrás en conocimiento verdadero y dirás la vieja Celestina bien me consejaba.

PÁRMENO: Y aun agora lo siento, aunque soy mozo; que, aunque hoy veías que aquello decía, no era porque me pareciese mal lo que tú hacías, pero porque veía que le consejaba yo lo cierto y me daba malas gracias. Pero de aquí adelante

---

[451] *atarás en la manga*: cabrá en una manga (maleta pequeña).
[452] *desenojaros*: desahogaros.

demos tras él.[453] Haz de las tuyas, que yo callaré; que ya tropecé en no te creer cerca de este negocio con él.

CELESTINA: Cerca de éste y de otros tropezarás y caerás mientra no tomares mis consejos, que son de amiga verdadera.

PÁRMENO: Agora doy por bien empleado el tiempo que siendo niño te serví, pues tanto fruto trae para la mayor edad, y rogaré a Dios por el alma de mi padre, que tal tutriz[454] me dejó, y de mi madre que a tal mujer me encomendó.

CELESTINA: No me la nombres, hijo, por Dios, que se me hinchen los ojos de agua. ¿Y tuve yo en este mundo otra tal amiga, otra tal compañera, tal aliviadora de mis trabajos y fatigas? ¿Quién suplía mis faltas? ¿Quién sabía mis secretos? ¿A quién descubría mi corazón? ¿Quién era todo mi bien y descanso, sino tu madre, más que mi hermana y comadre? ¡Oh qué graciosa era, oh qué desenvuelta, limpia, varonil! Tan sin pena ni temor se andaba a media noche de cimenterio en cimenterio buscando aparejos para nuestro oficio[455] como de día. Ni dejaba cristianos ni moros ni judíos cuyos enterramientos no visitaba. De día los acechaba, de noche los desenterraba. Así se holgaba con la noche escura como tú con el día claro. Decía que aquélla era capa de pecadores.[456] Pues maña no tenía con todas las otras gracias. Una cosa te diré por que veas qué madre perdiste; aunque era para callar, pero contigo todo pasa. Siete dientes quitó a un ahorcado con unas tenacicas de pelar cejas, mientra yo le descalcé los zapatos. Pues entrar en un cerco,[457] mejor que yo y con más esfuerzo,

---

[453] *demos tras él*: vayamos (aprovechémonos) de él.

[454] *tutriz*: tutora.

[455] El "oficio" al que se refiere es la hechicería.

[456] *capa de pecadores*: encubría a los pecadores.

[457] *cerco*: círculo mágico trazado en el suelo desde el cual las brujas invocaban a los demonios.

aunque yo tenía harta buena fama, más que agora; que por mis pecados, todo se olvidó con su muerte. ¿Qué más quieres, sino que los mesmos diablos le habían miedo? Atemorizados y espantados los tenía con las crudas voces que les daba. Así era de ellos conocida como tú en tu casa. Tumbando venían unos sobre otros a su llamado; no le osaban decir mentira, según la fuerza con que los apremiaba. Después que la perdí jamás les oí verdad.

PÁRMENO   (*Aparte*): ¡No la medre Dios más a esta vieja, que ella me da placer con estos loores de sus palabras![458]

CELESTINA: ¿Qué dices, mi honrado Pármeno, mi hijo y más que hijo?

PÁRMENO: Digo que ¿cómo tenía esa ventaja mi madre, pues las palabras que ella y tú decíades eran todas unas?

CELESTINA: ¿Cómo? ¿Y de eso te maravillas? ¿No sabes que dice el refrán que mucho va de Pedro a Pedro?[459] Aquella gracia de mi comadre no la alcanzábamos todas. ¿No has visto en los oficios unos buenos y otros mejores? Así era tu madre, que Dios haya, la prima[460] de nuestro oficio, y por tal era de todo el mundo conocida y querida, así de caballeros como de clérigos, casados, viejos, mozos, y niños. Pues mozas y doncellas, así rogaban a Dios por su vida como de sus mismos padres. Con todos tenía qué hacer, con todos hablaba; si salíamos por la calle, cuantos topábamos, eran sus ahijados. Que fue su principal oficio partera dieciséis años, así que

---

[458] *¡No la medre Dios más a esta vieja, que ella me da placer con estos loores de sus palabras!*: que Dios 'medre' (favorezca) tanto a Celestina como yo siento placer en oírla hablar de mi madre. El comentario es, por supuesto, irónico. Pármeno maldice a Celestina por lo que dice de su madre.

[459] *mucho va de Pedro a Pedro*: puede haber grandes diferencias entre personas semejantes.

[460] *prima*: primera.

aunque tú no sabías sus secretos por la tierna edad que habías, agora es razón que los sepas, pues ella es finada[461] y tú hombre.

PÁRMENO: Dime, señora, cuando la justicia te mandó prender estando yo en tu casa, ¿teníades mucho conocimiento?

CELESTINA: ¿Si teníamos, me dices, como por burla? Juntas lo hecimos, juntas nos sintieron, juntas nos prendieron y acusaron, juntas nos dieron la pena esa vez, que creo fue la primera. Pero muy pequeño eras tú; yo me espanto cómo te acuerdas, que es cosa que más olvidada está en la ciudad. Cosas son que pasan por el mundo; cada día verás quien peque y pague, si sales a ese mercado.

PÁRMENO: Verdad es, pero del pecado lo peor es la perseverancia, que así como el primer movimiento no es mano del hombre, así el primero yerro; do dicen que quien yerra se enmienda, etc.[462]

CELESTINA   (*Aparte*): Lastimásteme, don loquillo; ¿a las verdades nos andamos? Pues espera, que yo te tocaré donde te duela.

PÁRMENO: ¿Qué dices, madre?

CELESTINA: Hijo, digo que, sin aquélla, prendieron cuatro veces a tu madre, que Dios haya, sola. Y aun la una le levantaron que era bruja, porque la hallaron de noche con unas candelillas, cogiendo tierra de una encrucijada,[463] y la tovieron medio día en una escalera en la plaza, puesta uno como rocadero[464] pintado en la cabeza, pero no fue nada: algo han de

---

[461] *es finada*: está muerta.

[462] *quien yerra y se enmienda, etc.*: el refrán completo es "Quien yerra y se enmienda, a Dios se encomienda".

[463] Las encrucijadas eran lugares frecuentados por brujas y hechiceras.

[464] *rocadero*: capirote que se ponía en la cabeza de algunos criminales cuando se les exponía a la vergüenza pública.

sufrir los hombres en este triste mundo para sustentar sus vidas y honras. Y mira en cuán poco lo tuvo con su buen seso, que ni por eso dejó dende en adelante de usar mejor su oficio. Esto ha venido por lo que decías del perseverar en lo que una vez se yerra. En todo tenía gracia, que en Dios y en mi conciencia, aún en aquella escalera estaba y parecía que a todos los de bajo no tenía en una blanca, según su meneo y presencia. Así que los que algo son, como ella, y saben y valen, son los que más presto yerran. Verás quién fue Virgilio y qué tanto supo, mas ya habrás oído cómo estovo en un cesto colgado de una torre, mirándolo toda Roma, pero por eso no dejó de ser honrado ni perdió el nombre de Virgilio.

PÁRMENO: Verdad es lo que dices, pero eso no fue por justicia.

CELESTINA: ¡Calla bobo! Poco sabes de achaque de iglesia[465] y cuánto es mejor por mano de justicia que de otra manera. Sabíalo mejor el cura, que Dios haya, que viniéndola a consolar, dijo que la Santa Escritura tenía que bienaventurados eran los que padecían persecución por la justicia y que aquéllos poseerían el reino de los cielos. Mira si es mucho pasar algo en este mundo por gozar de la gloria del otro. Y más que según todos decían, a tuerto y a sinrazón y con falsos testigos y recios tormentos la hicieron aquella vez confesar lo que no era. Pero con su buen esfuerzo, y como el corazón avezado a sufrir hace las cosas más leves de lo que son, todo lo tuvo en nada. Que mil veces le oía decir: "si me quebré el pie, fue por mi bien, porque soy más conocida que antes". Así que todo esto pasó tu buena madre acá. Debemos creer que le daría Dios buen pago allá, si es verdad lo que nuestro cura nos dijo y con esto me consuelo. Pues séme tú, como ella, amigo ver-

---

[465] *Poco sabes de achaque de iglesia*: no sabes nada de eso.

dadero y trabaja por ser bueno, pues tienes a quien parezcas. Que lo que tu padre te dejó, a buen seguro lo tienes.

PÁRMENO: Agora dejemos los muertos y las herencias; hablemos en los presentes negocios, que nos va más que en traer los pasados a la memoria. Bien se te acordará, no ha mucho que me prometiste que me harías haber a Areúsa, cuando en mi casa te dije cómo moría por sus amores.

CELESTINA: Si te lo prometí, no lo he olvidado, ni creas que he perdido con los años la memoria. Que más de tres jaques[466] he recebido de mí sobre ello en tu ausencia. Ya creo que estará bien madura. Vamos de camino por casa, que no se podrá escapar de mate.[467] Que esto es lo menos, que yo por ti tengo de hacer.

PÁRMENO: Yo ya desconfiaba de la poder alcanzar, porque jamás podía acabar con ella que me esperase a poderle decir una palabra. Y como dicen, mala señal es de amor huir y volver la cara. Sentía en mí gran desfucia[468] de esto.

CELESTINA: No tengo en mucho tu desconfianza, no me conociendo ni sabiendo como agora, que tienes tan de tu mano la maestra de estas labores. Pues agora verás cuánto por mi causa vales, cuánto con las tales puedo, cuánto sé en casos de amor. Anda paso, ¿ves aquí su puerta? Entremos quedo, no nos sientan sus vecinas. Atiende y espera debajo de esta escalera. Subiré yo a ver qué se podrá hacer sobre lo hablado y por ventura haremos más que tú ni yo traemos pensado.

---

466 *jaques*: ataques. Se usa una metáfora del ajedrez.
467 *mate*: del jaque mate, continuando la metáfora anterior.
468 *desfucia*: desconfianza.

[Escena II]

AREÚSA: ¿Quién anda ahí? ¿Quién sube a tal hora en mi cámara?

CELESTINA: Quien no te quiere mal, por cierto; quien nunca da paso, que no piense en tu provecho; quien tiene más memoria de ti que de sí misma; una enamorada tuya, aunque vieja.

AREÚSA (*Aparte*): ¡Válala[469] el diablo a esta vieja, con qué viene como huestantigua[470] a tal hora!

AREÚSA: Tía, señora, ¿qué buena venida es ésta tan tarde? Ya me desnudaba para acostar.

CELESTINA: ¿Con las gallinas, hija?[471] Así se hará la hacienda. ¡Andar, pase! Otro es el que ha de llorar las necesidades, que no tú. Hierba pace quien lo cumple.[472] Tal vida quienquiera se la querría.

AREÚSA: ¡Jesú! Quiérome tornar a vestir que he frío.

CELESTINA: No harás, por mi vida, sino éntrate en la cama, que desde allí hablaremos.

AREÚSA: Así goce de mí, pues que lo he bien menester, que me siento mala hoy todo el día. Así que necesidad más que vicio me hizo tomar con tiempo las sábanas por faldetas.

CELESTINA: Pues no estés asentada; acuéstate, y métete debajo de la ropa, que pareces serena.[473] ¡Ay cómo huele toda la ropa en bulléndote! ¡Aosadas que está todo a punto! Siempre

---

[469] *Válala*: válgala.

[470] *huestantigua*: fantasma.

[471] *¿Con las gallinas, hija?*: expresión de sorpresa ante alguien que se acuesta muy temprano.

[472] *Hierba pace quien lo cumple*: "Sólo consigue comer hierba [como los asnos] quien lleva una vida tan ociosa o viciosa" (Bienvenido Morros).

[473] *serena*: sirena. Celestina lo dice porque Areúsa tiene la parte superior de su cuerpo fuera de las sábanas y la inferior debajo de ellas.

me pagué[474] de tus cosas y hechos, y de tu limpieza y atavío. ¡Fresca que estás! ¡Bendígate Dios! ¡Qué sábanas y colcha! ¡Qué almohadas y qué blancura! Tal sea mi vejez, cual todo me parece. Perla de oro, verás si te quiere bien quien te visita a tales horas. Déjame mirarte toda a mi voluntad, que me huelgo.

AREÚSA: ¡Paso, madre, no llegues a mí, que me haces cosquillas y provócasme a reír y la risa acreciéntame el dolor!

CELESTINA: ¿Qué dolor, mis amores? ¿Búrlaste, por mi vida, conmigo?

AREÚSA: Mal gozo vea de mí, si burlo; sino que ha cuatro horas que muero de la madre, que la tengo sobida en los pechos, que me quiere sacar de este mundo.[475] Que no soy tan vieja como piensas.

CELESTINA: Pues dame lugar, tentaré.[476] Que aun algo sé yo de este mal, por mi pecado, que cada una se tiene su madre y zozobras de ella.

AREÚSA: Más arriba la siento, sobre el estómago.

CELESTINA: ¡Bendígate Dios y señor San Miguel Ángel, y qué gorda y fresca que estás! ¡Qué pechos y qué gentileza! Por hermosa te tenía hasta agora, viendo lo que todos podían ver, pero agora te digo que no hay en la ciudad tres cuerpos tales como el tuyo, en cuanto yo conozco. No parece que hayas quince años. ¡Oh quién fuera hombre y tanta parte alcanzara de ti para gozar tal vista! Por Dios, pecado ganas en no dar parte de estas gracias a todos los que bien te quieren. Que no te las dio Dios para que posasen en balde por el frescor de tu juventud debajo de seis dobleces de paño y lienzo. Cata que

---

[474] *me pagué*: me agradaron.

[475] Areúsa padece dolor de madre (matriz, útero). En la época se creía que la matriz se podía desplazar por el cuerpo de la mujer.

[476] *tentaré*: tocaré.

no seas avarienta de lo que poco te costó. No atesores tu gentileza, pues es de su natura tan comunicable como el dinero. No seas el perro del hortolano.[477] Y pues tú no puedes de ti propia gozar, goce quien puede. Que no creas que en balde fueste criada. Que cuando nace ella nace él, y cuando él, ella. Ninguna cosa hay criada al mundo superflua, ni que con acordada razón no proveyese de ella natura. Mira que es pecado fatigar y dar pena a los hombres podiéndolos remediar.

AREÚSA: Alahé agora, madre, y no me quiere ninguno. Dame algún remedio para mi mal y no estés burlando de mí.

CELESTINA: De este tan común dolor todas somos, mal pecado, maestras. Lo que he visto a muchas hacer y lo que a mí siempre aprovecha te diré. Porque como las calidades de las personas son diversas, así las melecinas hacen diversas sus operaciones y diferentes. Todo olor fuerte es bueno, así como poleo, ruda, ajiensos, humo de plumas de perdiz, de romero, de mosquete, de encienso.[478] Recebido con mucha diligencia, aprovecha y afloja el dolor y vuelve poco a poco la madre a su lugar. Pero otra cosa hallaba yo siempre mejor que todas y ésta no te quiero decir, pues tan santa te me haces.[479]

AREÚSA: ¿Qué, por mi vida, madre? Vesme penada, y encúbresme la salud.

CELESTINA: ¡Anda, que bien me entiendes, no te hagas boba!

AREÚSA: ¡Ya, ya; mala landre me mate, si te entendía! ¿Pero qué quieres que haga? Sabes que se partió ayer aquel mi amigo con su capitán a la guerra. ¿Había de hacerle ruindad?

---

[477] *No seas el perro del hortolano*: alusión al refrán "No seas como el perro del hortelano, que ni come ni deja comer".

[478] Los "olores fuertes", como dice Celestina, se creía que podían hacer volver a la matriz a su lugar, y así aliviar el dolor.

[479] Celestina se refiere, evidentemente, al coito, al que se le atribuían propiedades terapéuticas contra el dolor de madre.

CELESTINA: ¡Verás y qué daño y qué gran ruindad!

AREÚSA: Por cierto, sí sería. Que me da todo lo que he menester, tiéneme honrada, favoréceme y trátame como si fuese su señora.

CELESTINA: Pero aunque todo eso sea, mientra no parieres, nunca te faltará este mal de agora, de lo cual él debe ser causa. Y si no crees en dolor, cree en color y verás lo que viene de su sola compañía.

AREÚSA: No es sino mi mala dicha, maldición mala, que mis padres me echaron. Que no está ya por probar todo eso. Pero dejemos eso, que es tarde, y dime ¿a qué fue tu buena venida?

CELESTINA: Ya sabes lo que de Pármeno te hobe dicho. Quéjaseme que aún verle no le quieres. No sé por qué, sino porque sabes que le quiero yo bien y le tengo por hijo. Pues por cierto, de otra manera miro yo tus cosas, que hasta tus vecinas me parecen bien y se me alegra el corazón cada vez que las veo, porque sé que hablan contigo.

AREÚSA: No vives, tía señora, engañada.

CELESTINA: No lo sé. A las obras creo, que las palabras de balde las venden dondequiera. Pero el amor nunca se paga sino con puro amor y las obras con obras. Ya sabes el deudo[480] que hay entre ti y Elicia, la cual tiene Sempronio en mi casa. Pármeno y él son compañeros, sirven a este señor que tú conoces y por quien tanto favor podrás tener. No niegues lo que tan poco hacer te cuesta. Vosotras, parientas; ellos, compañeros: mira cómo viene mejor medido que lo queremos. Aquí viene conmigo. Verás si quieres que suba

AREÚSA: ¡Amarga de mí, si nos ha oído!

CELESTINA: No, que abajo queda. Quiérole hacer subir. Re-

---

[480] *deudo*: parentesco.

ciba tanta gracia que lo conozcas y hables y muestres buena cara. Y si tal te pareciere, goce él de ti y tú de él. Que, aunque él gane mucho, tú no pierdes nada.

AREÚSA: Bien tengo, señora, conocimiento como todas tus razones, éstas y las pasadas, se enderezan en mi provecho, pero ¿cómo quieres que haga tal cosa, que tengo a quien dar cuenta, como has oído, y si soy sentida, matarme ha? Tengo vecinas envidiosas. Luego lo dirán. Así que, aunque no haya más mal de perderlo, será más que ganaré en agradar al que me mandas.

CELESTINA: Eso que temes, yo lo proveí primero, que muy paso entramos.

AREÚSA: No lo digo por esta noche, sino por otras muchas.

CELESTINA: ¿Cómo y de ésas eres? ¿De esa manera te tratas? Nunca tú harás casa con sobrado.[481] Ausente le has miedo; ¿qué harías si estoviese en la ciudad? En dicha me cabe, que jamás cesó de dar consejos a bobos y todavía hay quien yerre; pero no me maravillo, que es grande el mundo y pocos los experimentados. ¡Ay, ay, hija, si vieses el saber de tu prima y qué tanto le ha aprovechado mi crianza y consejos y qué gran maestra está! Y aun que no se halla ella mal con mis castigos, que uno en la cama y otro en la puerta y otro que sospira por ella en su casa se precia de tener. Y con todos cumple y a todos muestra buena cara y todos piensan que son muy queridos y cada uno piensa que no hay otro y que él sólo es el privado y él sólo es el que le da lo que ha menester. ¿Y tú temes que, con dos que tengas, las tablas de la cama lo han de descobrir? ¿De una sola gotera[482] te mantienes? ¡No te

---

[481] *sobrado*: desván.

[482] *gotera*: fuente. El sentido obsceno es claro.

sobrarán muchos manjares! No quiero arrendar tus escamochos;[483] nunca uno me agradó, nunca en uno puse toda mi afición. Más pueden dos y más cuatro y más dan y más tienen y más hay en qué escoger. No hay cosa más perdida, hija, que el mur[484] que no sabe sino un horado. Si aquel le tapan, no habrá donde se esconda del gato. Quien no tiene sino un ojo, mira a cuánto peligro anda. Una ánima sola, ni canta, ni llora; un solo acto no hace hábito; un fraile solo pocas veces lo encontrarás por la calle; una perdiz sola, por maravilla vuela; un manjar solo, continuo, presto pone hastío; una golondrina no hace verano; un testigo solo no es entera fe; quien sola una ropa tiene presto la envejece. ¿Qué quieres, hija, de este número uno? Más inconvenientes te diré de él que años tengo a cuestas. Ten siquiera dos, que es compañía loable: como tienes dos orejas, dos pies, y dos manos, dos sábanas en la cama, como dos camisas para remudar. Y si más quisieres, mejor te irá, que mientra más moros, más ganancia; que honra sin provecho, no es sino como anillo en el dedo. Y pues entrambos no caben en un saco, acoge la ganancia. Sube, hijo Pármeno.

AREÚSA: ¡No suba, landre me mate, que me fino de empacho![485] Que no le conozco; siempre hobe vergüenza de él.

CELESTINA: Aquí estoy yo que te la quitaré y cobriré y hablaré por entrambos, que otro tan empachado es él.

---

[483] *escamochos*: sobras de comida o bebida. Celestina lo usa en el sentido de 'no te arriendo la ganancia'.

[484] *mur*: ratón.

[485] *me fino de empacho*: me muero de vergüenza.

[Escena III]

PÁRMENO: Señora, Dios salve tu graciosa presencia.

AREÚSA: Gentilhombre, buena sea tu venida.

CELESTINA: Llégate acá, asno. ¿Adónde te vas allá asentar al rincón? No seas empachado, que al hombre vergonzoso el diablo lo trajo a palacio. Oídme entrambos lo que digo. Ya sabes tú, Pármeno amigo, lo que te prometí, y tú, hija mía, lo que te tengo rogado, dejada aparte la dificultad con que me lo has concedido. Pocas razones son necesarias, porque el tiempo no lo padece; él ha siempre vivido penado por ti; pues viendo su pena, sé que no le querrás matar, y aun conozco que él te parece tal que no será malo para quedarse acá esta noche en casa.

AREÚSA: ¡Por mi vida, madre, que tal no se haga! ¡Jesú, no me lo mandes!

PÁRMENO   (*Aparte*): Madre mía, por amor de Dios, que no salga yo de aquí sin buen concierto, que me ha muerto de amores su vista. Ofrécele cuanto mi padre te dejó para mí. Dile que le daré cuanto tengo. ¡Ea, díselo, que me parece que no me quiere mirar!

AREÚSA: ¿Qué te dice ese señor a la oreja? ¿Piensa que tengo de hacer nada de lo que pides?

CELESTINA: No dice, hija, sino que se huelga mucho con tu amistad, porque eres persona tan honrada, en quien cualquier beneficio cabrá bien. ¡Llégate acá, negligente, vergonzoso, que quiero ver para cuánto eres ante que me vaya! ¡Retózala en esta cama!486

AREÚSA: No será él tan descortés que entre en lo vedado sin licencia.

---

486 *¡Retózala en esta cama!*: ¡diviértete con ella en esta cama!

CELESTINA: ¿En cortesías y licencias estás? No espero más aquí, yo fiadora que tú amanezcas sin dolor y él sin color. Mas como es un putillo, gallillo,[487] barbiponiente,[488] entiendo que en tres noches no se le demude la cresta.[489] De éstos me mandaban a mí comer en mi tiempo los médicos de mi tierra cuando tenía mejores dientes.

AREÚSA: ¡Ay, señor mío, no me trates de tal manera! ¡Ten mesura, por cortesía! ¡Mira las canas de aquella vieja honrada que están presentes! ¡Quítate allá, que no soy de aquellas que piensas, no soy de las que públicamente están a vender sus cuerpos por dinero! ¡Así goce de mí, de casa me salga si, hasta que Celestina mi tía sea ida a mi ropa tocas!

CELESTINA: ¿Qué es esto, Areúsa? ¿Qué son estas extrañezas y esquividad, estas novedades y retraimiento? Parece, hija, que no sé yo qué cosa es esto, que nunca vi estar un hombre con una mujer juntos, y que jamás pasé por ello ni gocé de lo que gozas, y que no sé lo que pasan y lo que dicen y hacen. ¡Guay de quien tal oye como yo! Pues avísote de tanto que fui errada como tú y tuve amigos, pero nunca el viejo ni la vieja echaba de mi lado, ni su consejo en público ni en mis secretos. Para la muerte que a Dios debo, más quisiera una gran bofetada en mitad de mi cara. Parece que ayer nací, según tu encubrimiento; por hacerte a ti honesta, me haces a mí necia y vergonzosa y de poco secreto, y sin experiencia, y me amenguas en mi oficio por alzar a ti en el tuyo. Pues de cosario a cosario no se pierden sino los barriles.[490] Más te alabo yo detrás que tú te estimas delante.

---

[487] *gallillo*: diminutivo de gallo, animal asociado con la virilidad.

[488] *barbiponiente*: adolescente, que le está saliendo la barba.

[489] *entiendo que en tres noches no se le demude la cresta*: metáfora obscena relacionada con el apelativo de gallo aplicado a Pármeno.

[490] *cosario*: transportista de mercancías. El refrán quiere decir que los que se dedican al mismo oficio se conocen bien entre sí.

AREÚSA: Madre, si erré, haya perdón, y llégate más acá, y él haga lo que quisiere, que más quiero tener a ti contenta que no a mí; antes me quebraré un ojo que enojarte.

CELESTINA: No tengo ya enojo, pero dígotelo para adelante. Quedaos a Dios, que voyme solo porque me hacéis dentera con vuestro besar y retozar, que aún el sabor en las encías me quedó; no lo perdí con las muelas.

AREÚSA: Dios vaya contigo.

PÁRMENO: Madre, ¿mandas que te acompañe?

CELESTINA: Sería quitar a un santo por poner en otro. Acompáñeos Dios, que yo vieja soy, no he temor que me fuercen en la calle.

[Escena IV]

ELICIA: El perro ladra, ¿si viene este diablo de vieja?

CELESTINA: Ta, ta, ta.

ELICIA: ¿Quién es? ¿Quién llama?

CELESTINA: Bájame abrir, hija.

ELICIA: Éstas son tus venidas; andar de noche es tu placer. ¿Por qué lo haces? ¿Qué larga estada[491] fue ésta, madre? Nunca sales para volver a casa; por costumbre lo tienes; cumpliendo con uno, dejas ciento descontentos; que has sido hoy buscada del padre de la desposada que llevaste el día de Pascua al racionero,[492] que la quiere casar de aquí a tres días y es

---

[491] *estada*: demora.

[492] *racionero*: "Persona que disfruta de una renta (*ración*) en alguna iglesia o catedral. El canónigo celebró el domingo de Pascua de Resurrección manteniendo relaciones sexuales con una moza a la que antes había desvirgado siete veces y que ya estaba prometida en matrimonio (*desposada*)" (Bienvenido Morros).

menester que la remedies, pues que se lo prometiste, para que no sienta su marido la falta de la virginidad.

CELESTINA: No me acuerdo, hija, por quién dices.

ELICIA: ¿Cómo no te acuerdas? Desacordada eres, cierto. ¡Oh cómo caduca la memoria! Pues, por cierto, tú me dijiste cuando la llevabas que la habías renovado siete veces.

CELESTINA: No te maravilles, hija, de quien en muchas partes derrama su memoria en ninguna la puede tener. Pero dime si tornará.

ELICIA: ¡Mira si tornará! Tiénete dado una manilla[493] de oro en prendas de tu trabajo, ¿y no había de venir?

CELESTINA: ¿La de la manilla es? Ya sé por quién dices. ¿Por qué tú no tomabas el aparejo y comenzabas a hacer algo? Pues en aquellas tales te habías de avezar y de probar,[494] de cuantas veces me lo has visto hacer. Si no, ahí te estarás toda tu vida hecha bestia sin oficio ni renta. Y cuando seas de mi edad, llorarás la holgura de agora, que la mocedad ociosa acarrea la vejez arrepentida y trabajosa. Hacíalo yo mejor cuando tu abuela, que Dios haya, me mostraba este oficio, que acabo de un año sabía más que ella.

ELICIA: No me maravillo, que muchas veces, como dicen, al maestro sobrepuja el buen discípulo. Y no va esto sino en la gana con que se aprende; ninguna ciencia es bien empleada en el que no le tiene afición. Yo le tengo a este oficio odio; tú mueres tras ello.

CELESTINA: Tú te lo dirás todo; pobre vejez quieres; ¿piensas que nunca has de salir de mi lado?

ELICIA: Por Dios, dejemos enojo, y al tiempo el consejo; hayamos mucho placer. Mientra hoy toviéremos de comer,

---

[493] *manilla*: pulsera.
[494] *avezar y probar*: ir cogiendo experiencia y aprendiendo.

no pensemos en mañana. También se muere el que mucho allega como el que pobremente vive, y el doctor como el pastor, y el papa como el sacristán, y el señor como el siervo, y el de alto linaje como el de bajo. Y tú con oficio como yo sin ninguno. No habemos de vivir para siempre, gocemos y holguemos que la vejez pocos la ven, y de los que la ven ninguno murió de hambre. No quiero en este mundo sino día y victo[495] y parte en paraíso. Aunque los ricos tienen mejor aparejo para ganar la gloria que quien poco tiene, no hay ninguno contento, no hay quien diga "harto tengo", no hay ninguno que no trocase mi placer por sus dineros. Dejemos cuidados ajenos y acostémonos, que es hora. Que más me engordará un buen sueño sin temor que cuanto tesoro hay en Venecia.

---

[495] *victo*: sustento de cada día.

[VIII]

Argumento del octavo auto

La mañana viene. Despierta Pármeno. Despedido de Areúsa, va para casa de Calisto, su señor. Halló a la puerta a Sempronio. Conciertan su amistad. Van juntos a la cámara de Calisto. Hállanle hablando consigo mismo. Levantado, va a la iglesia.

SEMPRONIO   AREÚSA

PÁRMENO   CALISTO

[Escena I]

PÁRMENO: ¿Amanece o qué es esto, que tanta claridad está en esta cámara?

AREÚSA: ¿Qué amanecer? Duerme, señor, que aún agora nos acostamos.[496] No he yo pegado bien los ojos, ¿ya había de ser de día? Abre, por Dios, esa ventana de tu cabecera y verlo has.

PÁRMENO: En mi seso estoy yo, señora, que es de día claro, en ver entrar luz entre las puertas. ¡Oh traidor de mí, en qué gran falta he caído con mi amo! ¡De mucha pena soy digno![497] ¡Oh qué tarde que es!

AREÚSA: ¿Tarde?

PÁRMENO: ¡Y muy tarde!

AREÚSA: Pues así goce de mi ánima, no se me ha quitado el mal de la madre; no sé cómo pueda ser.

PÁRMENO: ¿Pues qué quieres, mi vida?

AREÚSA: Que hablemos en mi mal.

PÁRMENO: Señora mía, si lo hablado no basta, lo que más es necesario me perdona, porque es ya mediodía. Si voy más tarde, no seré bien recebido de mi amo. Yo vendré mañana y cuantas veces después mandares. Que por eso hizo Dios un día tras otro, porque lo que el uno no bastase, se cumpliese

---

[496] *aún agora nos acostamos*: nos acabamos de acostar.
[497] *¡De mucha pena soy digno!*: merezco un buen castigo.

en otro. Y aun por que más nos veamos, reciba de ti esta gracia, que te vayas hoy a las doce del día a comer con nosotros a su casa de Celestina.

AREÚSA: Que me place de buen grado. Ve con Dios, junta tras ti la puerta.

PÁRMENO: Adiós te quedes.

[Escena II]

PÁRMENO: ¡Oh placer singular, oh singular alegría! ¿Cuál hombre es ni ha sido más bienaventurado que yo? ¿Cuál más dichoso y bienandante? ¡Que un tan excelente don sea por mí poseído y, cuan presto pedido, tan presto alcanzado! Por cierto, si las traiciones de esta vieja con mi corazón yo pudiese sufrir, de rodillas había de andar a la complacer. ¿Con qué pagaré yo esto? ¡Oh alto Dios!, ¿a quién contaría yo este gozo? ¿A quién descubriría tan gran secreto? ¿A quién daré parte de mi gloria? Bien me decía la vieja que de ninguna prosperidad es buena la posesión sin compañía; el placer no comunicado no es placer. ¿Quién sentiría esta mi dicha como yo la siento? A Sempronio veo a la puerta de casa. Mucho ha madrugado. Trabajo tengo con mi amo si es salido fuera. No será, que no es acostumbrado; pero como agora no anda en su seso, no me maravillo que haya pervertido su costumbre.

[Escena III]

SEMPRONIO: Pármeno, hermano, si yo supiese aquella tierra donde se gana el sueldo durmiendo, mucho haría por ir allá, que no daría ventaja a ninguno; tanto ganaría como otro cualquiera. ¿Y cómo, holgazán, descuidado fueste para no tornar? No sé qué crea de tu tardanza, sino que quedaste a escalentar[498] la vieja esta noche o a rascarle los pies, como cuando chiquito.

PÁRMENO: ¡Oh Sempronio, amigo y más que hermano! Por Dios, no corrompas mi placer, no mezcles tu ira con mi sofrimiento, no revuelvas tu descontentamiento con mi descanso, no agües con tan turbia agua el claro licor del pensamiento que traigo, no enturbies con tus envidiosos castigos y odiosas represiones mi placer; recíbeme con alegría y contarte he maravillas de mi buena andanza pasada.

SEMPRONIO: Dilo, dilo. ¿Es algo de Melibea; hasla visto?

PÁRMENO: ¡Qué de Melibea! Es de otra que yo más quiero, y aun tal que, si no estoy engañado, puede vivir con ella en gracia y hermosura. Sí, que no se encerró el mundo y todas sus gracias en ella.

SEMPRONIO: ¿Qué es esto, desvariado? Reírme querría, sino que no puedo. ¿Ya todos amamos? El mundo se va a perder. Calisto a Melibea, yo a Elicia; tú, de envidia, has buscado con quien perder ese poco de seso que tienes.

PÁRMENO: Luego, ¿locura es amar y yo soy loco y sin seso? Pues si la locura fuese dolores, en cada casa habría voces.

SEMPRONIO: Según tu opinión, sí eres, que yo te he oído dar consejos vanos a Calisto y contradecir a Celestina en cuanto habla, y por impedir mi provecho y el suyo, huelgas de no gozar tu parte. Pues a las manos me has venido, donde te podré dañar y lo haré.

PÁRMENO: No es, Sempronio, verdadera fuerza ni poderío dañar y empecer,[499] mas aprovechar y guarecer,[500] y muy

---

[498] *escalentar*: calentar.
[499] *empecer*: perjudicar.
[500] *guarecer*: curar.

mayor quererlo hacer. Yo siempre te tuve por hermano; no se cumpla por Dios en ti lo que se dice que pequeña causa desparte[501] conformes amigos. Muy mal me tratas, no sé dónde nazca este rencor. No me indignes, Sempronio, con tan lastimeras razones. Cata que es muy rara a la paciencia que agudo baldón[502] no penetre y traspase.

SEMPRONIO: No digo mal en esto, sino que se eche otra sardina para el mozo de caballos, pues tú tienes amiga.

PÁRMENO: Estás enojado; quiérote sufrir, aunque más mal me trates, pues dicen que ninguna humana pasión es perpetua ni durable.

SEMPRONIO: Más maltratas tú a Calisto, aconsejando a él lo que para ti huyes, diciendo que se aparte de amar a Melibea, hecho tablilla de mesón,[503] que para sí no tiene abrigo, y dalo a todos. ¡Oh Pármeno, agora podrás ver cuán fácil cosa es reprender vida ajena y cuán duro guardar cada cual la suya! No digo más, pues tú eres testigo, de aquí adelante veremos cómo te has, pues ya tienes tu escudilla como cada cual.[504] Si tú mi amigo fueras, en la necesidad que de ti tuve me habías de favorecer, y ayudar a Celestina en mi provecho, que no hincar un clavo de malicia a cada palabra. Sabe que, como la hez de la taberna despide a los borrachos, así la adversidad o necesidad al fingido amigo. Luego se descubre el falso metal, dorado por encima.

PÁRMENO: Oídolo había decir y por experiencia lo veo, nun-

---

[501] *desparte*: separa.

[502] *baldón*: ofensa.

[503] *tablilla de mesón*: cartel que se colgaba en la entrada de los mesones para indicar que se recibían huéspedes. Según Lacarra, "hay una evidente lectura erótica, pues ellos [Pármeno y Sempronio] traspasan la puerta, en el sentido erótico, pues ya tienen amigas, mientras Calisto queda fuera de ella por culpa de la actitud de Pármeno".

[504] *ya tienes tu escudilla como cada cual*: ya eres como todo el mundo.

ca venir placer sin contraria zozobra en esta triste vida; a los alegres serenos claros soles, nublados escuros y pluvias vemos suceder; a los solaces y placeres, dolores y muertes los ocupan; a las risas y deleites, llantos y lloros y pasiones mortales los siguen. Finalmente, a mucho descanso y sosiego, mucho pesar y tristeza. ¿Quién podrá tan alegre venir como yo agora? ¿Quién tan triste recebimiento padecer? ¿Quién verse, como yo me vi, con tanta gloria alcanzada, con mi querida Areúsa? ¿Quién caer de ella, siendo tan mal tratado tan presto como yo de ti? Que no me has dado lugar a poderte decir cuánto soy tuyo, cuánto te he de favorecer en todo, cuánto soy arrepiso[505] de lo pasado, cuántos consejos y castigos buenos he recebido de Celestina en tu favor y provecho y de todos, cómo, pues este juego de nuestro amo y Melibea está entre las manos, podemos agora medrar o nunca.

SEMPRONIO: Bien me agradan tus palabras, si tales toviésedes las obras, a las cuales espero para haberte de creer. Pero, por Dios, me digas: ¿qué es eso que dijiste de Areúsa? Parece que conoces tú a Areúsa, su prima de Elicia.

PÁRMENO: ¿Pues qué es todo el placer que traigo, sino haberla alcanzado?[506]

SEMPRONIO: ¡Cómo se lo dice el bobo! De risa no puede hablar. ¿A qué llamas haberla alcanzado? ¿Estaba a alguna ventana o qué es eso?

PÁRMENO: A ponerla en duda si queda preñada o no.

SEMPRONIO: Espantado me tienes; mucho puede el continuo trabajo; una continua gotera horada una piedra.

PÁRMENO: Verás qué tan continuo, que ayer lo pensé, ya la tengo por mía.

SEMPRONIO: La vieja anda por ahí.

---

[505] *arrepiso*: arrepentido.
[506] *alcanzado*: conseguido.

PÁRMENO: ¿En qué lo ves?

SEMPRONIO: Que ella me había dicho que te quería mucho y que te la haría haber. Dichoso fueste. No heciste sino llegar y recaudar. Por esto dicen más vale a quien Dios ayuda que quien mucho madruga, pero tal padrino toviste...

PÁRMENO: Di madrina, que es más cierto. Así que quien a buen árbol se arrima... Tarde fue, pero temprano recaudé. ¡Oh hermano, qué te contaría de sus gracias de aquella mujer, de su habla, y hermosura de cuerpo! Pero quede para más oportunidad.

SEMPRONIO: ¿Puede ser sino prima de Elicia? No me dirás tanto cuanto esta otra no tenga más. Todo te lo creo. Pero ¿qué te cuesta? ¿Hasle dado algo?

PÁRMENO: No, cierto, mas aunque hobiera, era bien empleado; de todo bien es capaz. En tanto son las tales tenidas, cuanto caras son compradas; tanto valen cuanto cuestan. Nunca mucho costó poco, si no a mí esta señora; a comer la convidé para casa de Celestina, y si te place vamos todos allá.

SEMPRONIO: ¿Quién, hermano?

PÁRMENO: Tú y ella, y allá está la vieja y Elicia; habremos placer.

SEMPRONIO: ¡Oh Dios, y cómo me has alegrado! Franco eres; nunca te faltaré. Como te tengo por hombre, como creo que Dios te ha de hacer bien, todo el enojo que de tus pasadas hablas tenía se me ha tornado en amor. No dudo ya tu confederación con nosotros ser la que debe; abrazarte quiero; seamos como hermanos. ¡Vaya el diablo para ruin! Sea lo pasado cuestión de San Juan,[507] y así paz para todo el año, que

---

[507] *Sea lo pasado cuestión de San Juan*: olvidemos nuestras diferencias. Se basa en el refrán "Las riñas de por San Juan son paz para todo el año". En la festividad de San Juan era cuando, después de largas disputas, se acordaba el alquiler o se contrataba a los sirvientes.

las iras de los amigos siempre suelen ser reintegración del amor. Comamos y holguemos, que nuestro amo ayunará por todos.

PÁRMENO: ¿Y qué hace el desesperado?

SEMPRONIO: Allí está tendido en el estrado[508] cabe la cama, donde le dejaste anoche, que ni ha dormido, ni está despierto. Si allá entro, ronca; si me salgo, canta, o devanea. No le tomo tiento[509] si con aquello pena o descansa.

PÁRMENO: ¿Qué dices? ¿Y nunca me ha llamado ni ha tenido memoria de mí?

SEMPRONIO: No se acuerda de sí; ¿acordarse ha de ti?

PÁRMENO: Aun hasta en esto me ha corrido buen tiempo. Pues así es, mientra recuerda,[510] quiero enviar la comida, que la aderecen.

SEMPRONIO: ¿Qué has pensado enviar, para que aquellas loquillas te tengan por hombre complido, bien criado y franco?

PÁRMENO: En casa llena, presto se aderaza cena. De lo que hay en la despensa basta para no caer en falta: pan blanco, vino de Monviedro, un pernil de tocino,[511] y más seis pares de pollo que trajeron este otro día los renteros[512] de nuestro amo, que si los pidiere, haréle creer que los ha comido. Y las tórtolas que mandó para hoy guardar diré que hedían. Tú serás testigo, tendremos manera[513] como a él no haga mal lo que de ellas comiere, y nuestra mesa esté como es razón. Y allá hablaremos más largamente en su daño y nuestro provecho con la vieja cerca de estos amores.

---

[508] *estrado*: tarima.

[509] *No le tomo tiento*: no sé.

[510] *recuerda*: despierta.

[511] *pernil de tocino*: jamón.

[512] *renteros*: los que pagaban en dinero (o en especie) por las tierras que arrendaban.

[513] *tendremos manera*: procuraremos.

SEMPRONIO: ¡Más dolores! Que por fe tengo que de muerto o loco no escapa esta vez. Pues que así es, despacha,[514] subamos a ver qué hace.

[Escena IV]

CALISTO: En gran peligro me veo,
             en mi muerte no hay tardanza,
             pues que me pide el deseo
             lo que me niega esperanza.

PÁRMENO (*Aparte*): Escucha, escucha, Sempronio, trovando está nuestro amo.

SEMPRONIO (*Aparte*): ¡Oh hideputa el trovador! ¡El gran Antípater Sidonio,[515] el gran poeta Ovidio, los cuales de improviso se les venían las razones metrificadas a la boca! ¡Sí, sí, de ésos es! ¡Trovará el diablo! ¡Está devaneando entre sueños!

CALISTO: Corazón, bien se te emplea
             que penes y vivas triste,
             pues tan presto te venciste
             del amor de Melibea.

PÁRMENO   (*Aparte*): ¿No digo yo que trova?
CALISTO: ¿Quién habla en la sala? ¡Mozos!
PÁRMENO: ¿Señor?
CALISTO: ¿Es muy noche? ¿Es hora de acostar?
PÁRMENO: Mas ya es señor tarde para levantar.
CALISTO: ¿Qué dices, loco? ¿Toda la noche es pasada?
PÁRMENO: Y aun harta parte del día.

---

[514] *despacha*: venga, rápido
[515] *Antípater Sidonio*: poeta griego (s. II a. C.).

CALISTO: Di, Sempronio, ¿miente ese desvariado que me hace creer que es de día?

SEMPRONIO: Olvida, señor, un poco a Melibea y verás la claridad; que con la mucha que en su gesto contemplas, no puedes ver de encandelado,[516] como perdiz con la calderuela.[517]

CALISTO: Agora lo creo, que tañen a misa. Daca mis ropas; iré a la Magdalena;[518] rogaré a Dios que aderece a Celestina y ponga en corazón a Melibea mi remedio, o dé fin en breve a mis tristes días.

SEMPRONIO: No te fatigues tanto, no lo quieras todo en una hora, que no es de discretos desear con grande eficacia[519] lo que se puede tristemente acabar. Si tú pides que se concluya en un día lo que en un año sería harto, no es mucha tu vida.

CALISTO: ¿Quieres decir que soy como el mozo del escudero gallego?[520]

SEMPRONIO: No mande Dios que tal cosa yo diga, que eres mi señor y demás de esto, sé que, como me galardonas[521] el buen consejo, me castigarías[522] lo mal hablado; aunque dicen que no es igual la alabanza del servicio o buena habla con la reprensión y pena de lo mal hecho o hablado.

CALISTO: No sé quien te avezó[523] tanta filosofía, Sempronio.

SEMPRONIO: Señor, no es todo blanco aquello que de negro no tiene semejanza, ni es todo oro cuanto amarillo reluce. Tus

---

[516] *encandelado*: deslumbrado.

[517] *como perdiz con la calderuela*: la calderuela era una vasija donde se ponía una luz para cazar perdices durante la noche, deslumbrándolas.

[518] *Magdalena*: patrona de los enamorados.

[519] *eficacia*: fuerza.

[520] *como el mozo del escudero gallego*: Calisto se refiere al refrán "El mozo del escudero gallego, que andaba todo el año descalzo, y por un día quería matar al zapatero".

[521] *galardonas*: premias.

[522] *me castigarías*: me reñirías.

[523] *avezó*: enseñó.

acelerados deseos no medidos por razón hacen parecer claros mis consejos. Quisieras tú ayer que te trajeran a la primera habla amanojada y envuelta en su cordón[524] a Melibea, como si hobieras enviado por otra cualquier mercaduría a la plaza, en que no hobiera más trabajo de llegar y pagarla. Da, señor, alivio al corazón, que en poco espacio de tiempo no cabe gran bienaventuranza. Un solo golpe no derriba un roble. Apercíbete con sufrimiento,[525] porque la prudencia es cosa loable y el apercibimiento resiste el fuerte combate.

CALISTO: Bien has dicho, si la cualidad de mi mal lo consintiese.

SEMPRONIO: ¿Para qué, señor, es el seso, si la voluntad priva a la razón?

CALISTO: ¡Oh loco, loco! Dice el sano al doliente: "Dios te dé salud". No quiero consejo, ni esperarte más razones, que más avivas y enciendes las llamas que me consumen. Yo me voy solo a misa y no tornaré a casa hasta que me llaméis pidiéndome albricias de mi gozo con la buena venida de Celestina. Ni comeré hasta entonce, aunque primero sean los caballos de Febo apacentados en aquellos verdes prados que suelen, cuando han dado fin a su jornada.[526]

SEMPRONIO: Deja, señor, esos rodeos; deja esas poesías, que no es habla conveniente la que a todos no es común, la que todos no participan, la que pocos entienden. Di "aunque se ponga el sol" y sabrán todos lo que dices. Y come alguna

---

[524] *amanojada y envuelta en su cordón*: cogida como en un manojo y atada con su cordón.

[525] *Apercíbete con sufrimiento*: prepárate pacientemente.

[526] *primero sean los caballos de Febo apacentados en aquellos verdes prados que suelen, cuando han dado fin a su jornada*: Calisto usa una imagen mitológica para describir la puesta del sol, como explica a continuación Sempronio.

conserva, con que tanto espacio de tiempo te sostengas.

CALISTO: Sempronio, mi fiel criado, mi buen consejero, mi leal servidor, sea como a ti te parece, porque cierto tengo, según tu limpieza de servicio, quieres tanto mi vida como la tuya.

SEMPRONIO (*Aparte*): ¿Creeslo tú, Pármeno? Bien sé que no lo jurarías; acuérdate, si fueres por conserva, apañes un bote para aquella gentecilla que nos va más, y a buen entendedor... En la bragueta cabrá.

CALISTO: ¿Qué dices, Sempronio?

SEMPRONIO: Dije, señor, a Pármeno que fuese por una tajada de diacitrón.[527]

PÁRMENO: Hela aquí, señor.

CALISTO: Daca.

SEMPRONIO (*Aparte*): Verás qué engullir hace el diablo; entero lo quiere tragar por más apriesa hacer.

CALISTO: El alma me ha tornado. Quedaos con Dios, hijos. Esperad la vieja e id por buenas albricias.

PÁRMENO   (*Aparte*): ¡Allá irás con el diablo tú y malos años! ¡Y en tal hora comieses el diacitrón, como Apuleyo el veneno que lo convirtió en asno![528]

---

[527] *diacitrón*: cidra confitada.

[528] En *El asno de oro* de Apuleyo el protagonista se convierte en asno tras untarse con un ungüento.

[IX]

Argumento del noveno auto

Sempronio y Pármeno van a casa de Celestina entre sí hablando. Llegados allá, hallan a Elicia y Areúsa. Pónense a comer y entre comer[529] riñe Elicia con Sempronio. Levántase de la mesa. Tórnanla a apaciguar. Estando ellos todos entre sí razonando, viene Lucrecia, criada de Melibea, a llamar a Celestina que vaya a estar con Melibea.

Sempronio	Celestina
Pármeno	Areúsa
Elicia	Lucrecia

---

[529] *entre comer*: durante la comida.

[Escena I]

SEMPRONIO: Baja, Pármeno, nuestras capas y espadas, si te parece, que es hora que vamos a comer.

PÁRMENO: Vamos presto. Ya creo que se quejarán de nuestra tardanza. No por esta calle, sino por esta otra, porque nos entremos por la iglesia y veremos si hobiere acabado Celestina sus devociones. Llevarla hemos de camino.

SEMPRONIO: A donosa[530] hora ha de estar rezando.

PÁRMENO: No se puede decir sin tiempo hecho lo que en todo tiempo se puede hacer.

SEMPRONIO: Verdad es, pero mal conoces a Celestina. Cuando ella tiene que hacer, no se acuerda de Dios ni cura de santidades; cuando hay que roer en casa, sanos están los santos; cuando va a la iglesia con sus cuentas en la mano,[531] no sobra el comer en casa. Aunque ella te crió, mejor conozco yo sus propiedades que tú. Lo que en sus cuentas reza es los virgos que tiene a cargo y cuántos enamorados hay en la ciudad, y cuántas mozas tiene encomendadas, y qué despenseros[532] le dan ración, y cuál mejor, y cómo les llaman por nombre, porque cuando los encontrare no hable como extraña, y qué canónigo

---

[530] *donosa*: buena.
[531] *con sus cuentas en la mano*: se refiere al rosario.
[532] *despenseros*: criados que tenían a su cargo la despensa.

es más mozo y franco. Cuando menea los labios, es fingir mentiras, ordenar cautelas, para haber dinero: "por aquí le entraré, esto me responderá, esto replicaré". Así vive esta que nosotros mucho honramos.

PÁRMENO: Más que eso sé yo; sino porque te enojaste este otro día, no quiero hablar, cuando lo dije a Calisto.

SEMPRONIO: Aunque lo sepamos para nuestro provecho, no lo publiquemos para nuestro daño. Saberlo nuestro amo es echarla por quien es y no curar de ella. Dejándola, vendrá forzado otra de cuyo trabajo no esperemos parte como de ésta, que de grado o por fuerza nos dará de lo que le diere.

PÁRMENO: Bien has dicho. Calla, que está abierta la puerta. En casa está; llama antes que entres, que por ventura están revueltas,[533] y no querrán ser así vistas.

SEMPRONIO: Entra, no cures, que todos somos de casa. Ya ponen la mesa.

[Escena II]

CELESTINA: ¡Oh mis enamorados, mis perlas de oro! ¡Tal me venga el año cual me parece vuestra venida!

PÁRMENO   (*Aparte*): ¡Qué palabras tiene la noble! ¡Bien ves, hermano, estos halagos fingidos!

SEMPRONIO   (*Aparte*): Déjala, que de eso vive; que no sé quién diablos le mostró tanta ruindad.

PÁRMENO   (*Aparte*): La necesidad y pobreza, la hambre, que no hay mejor maestra en el mundo, no hay menos despertadora y avivadora de ingenios. ¿Quién mostró a las pica-

---

[533] *revueltas*: sin arreglar.

zas[534] y papagayos imitar nuestra propia habla con sus arpadas[535] lenguas nuestro órgano y voz, sino ésta?

CELESTINA: ¡Mochachas, mochachas, bobas, andad acá abajo,
presto! ¡Que están aquí dos hombres que me quieren forzar!

ELICIA: ¡Mas nunca acá vinieran! ¡Y mucho convidar con
tiempo, que ha tres horas que está aquí mi prima! Este perezoso de Sempronio habrá sido causa de la tardanza, que no
ha ojos por do verme.

SEMPRONIO: Calla, mi señora, mi vida, mis amores, que quien
a otro sirve no es libre; así que sujeción me relieva de culpa.
No hayamos enojo; asentémonos a comer.

ELICIA: Así, para asentar a comer muy diligente, a mesa
puesta, con tus manos lavadas y poca vergüenza.

SEMPRONIO: Después reñiremos, comamos agora. Asiéntate,
madre Celestina, tú primero.

CELESTINA: Asentaos vosotros, mis hijos, que harto lugar hay
para todos a Dios gracias. Tanto nos diesen del paraíso cuando allá vamos. Poneos en orden cada uno cabe[536] la suya; yo,
que estoy sola pondré, cabe mí este jarro y taza, que no es más
mi vida de cuanto con ello hablo. Después que me fui haciendo vieja no sé mejor oficio a la mesa que escanciar, porque
quien la miel trata siempre se le pega de ella. Pues de noche
en invierno no hay tal escalentador de cama; que con dos
jarrillos de estos que beba, cuando me quiero acostar, no siento frío en toda la noche. De esto aforro todos mis vestidos
cuando viene la Navidad. Esto me calienta la sangre; esto me
sostiene contino en un ser, esto me hace andar siempre alegre, esto me para[537] fresca. De esto vea yo sobrado en casa,

---

[534] *picazas*: urracas.
[535] *arpadas*: armoniosas.
[536] *cabe*: junto a.
[537] *para*: mantiene.

que nunca temeré el mal año, que un cortezón de pan ratonado me basta para tres días. Esto quita la tristeza del corazón, más que el oro, ni el coral; esto da esfuerzo al mozo, y al viejo fuerza, pone color al descolorido, coraje al cobarde, al flojo diligencia, conforta los celebros, saca el frío del estómago, quita el hedor del anhélito,[538] hace potentes los fríos, hace sufrir los afanes de las labranzas, a los cansados segadores hace sudar toda agua mala, sana el romadizo[539] y las muelas,[540] sostiene sin heder en la mar,[541] lo cual no hace el agua. Más propiedades te diría de ello que todos tenéis cabellos. Así que no sé quién no se goce en mentarlo. No tiene sino una tacha: que lo bueno vale caro y lo malo hace daño. Así que con lo que sana el hígado, enferma la bolsa; pero todavía con mi fatiga busco lo mejor para eso poco que bebo, una sola docena de veces a cada comida; no me harán pasar de allí, salvo sino soy convidada, como agora.

PÁRMENO: Madre, pues tres veces dicen que es bueno y honesto todos los que escribieron.

CELESTINA: Hijo, estará corrupta la letra; por trece, tres.

SEMPRONIO: Tía señora, a todos nos sabe bien, comiendo y hablando; porque después no habrá tiempo para entender en los amores de este perdido de nuestro amo y de aquella graciosa y gentil Melibea.

ELICIA: ¡Apártateme allá, desabrido, enojoso! ¡Mal provecho te haga lo que comes! ¡Tal comida me has dado! ¡Por mi alma, revesar[542] quiero cuanto tengo en el cuerpo de asco

---

[538] *anhélito*: aliento.

[539] *romadizo*: resfriado.

[540] *muelas*: dolor de muelas.

[541] *sostiene sin heder en la mar*: no se estropea cuando se lleva en los barcos.

[542] *revesar*: vomitar.

de oírte llamar a aquélla gentil! ¡Mira quién gentil! ¡Jesú, Jesú, y qué hastío y enojo es ver tu poca vergüenza! ¡A quién, gentil! Mal me haga Dios si ella lo es ni tiene parte de ello, sino que hay ojos que de lagañas se agradan. Santiguarme quiero de tu necedad y poco conocimiento. ¡Oh quién estoviese de gana para disputar contigo su hermosura y gentileza! ¿Gentil es Melibea? Entonces lo es, entonces acertarán, cuando andan a pares los diez mandamientos. Aquella hermosura por una moneda se compra de la tienda. Por cierto, que conozco yo en la calle donde ella vive cuatro doncellas en quien Dios más repartió su gracia, que no en Melibea, que si algo tiene de hermosura es por buenos atavíos que trae. Ponedlos a un palo, también diréis que es gentil. Por mi vida, que no lo digo por alabarme, mas creo que soy tan hermosa como vuestra Melibea.

AREÚSA: Pues no la has tú visto como yo, hermana mía. Dios me lo demande, si en ayunas la topases, si aquel día pudieses comer de asco. Todo el año se está encerrada con mudas de mil suciedades.[543] Por una vez que haya de salir donde pueda ser vista, enviste su cara con hiel y miel, con uvas tostadas e higos pasados, y con otras cosas que por reverencia de la mesa dejo de decir. Las riquezas las hace a éstas hermosas y ser alabadas, que no las gracias de su cuerpo. Que, así goce de mí, unas tetas tiene para ser doncella como si tres veces hobiese parido, no parecen sino dos grandes calabazas. El vientre no se le he visto, pero, juzgando por lo otro, creo que lo tiene tan flojo como vieja de cincuenta años. No sé qué se ha visto Calisto porque deja de amar a otras que más ligeramente podría haber y con quien más él holgase, sino que el gusto dañado muchas veces juzga por dulce lo amargo.

---

[543] *suciedades*: ungüentos asquerosos.

SEMPRONIO: Hermana, paréceme aquí que cada bohonero[544] alaba sus agujas; que el contrario de eso se suena por la ciudad.

AREÚSA: Ninguna cosa es más lejos de la verdad que la vulgar opinión; nunca alegre vivirás si por voluntad de muchos te riges, porque éstas son conclusiones verdaderas, que cualquier cosa que el vulgo piensa es vanidad; lo que habla, falsedad; lo que reprueba es bondad; lo que aprueba, maldad. Y pues éste es su más cierto uso y costumbre, no juzgues la bondad y hermosura de Melibea por eso ser la que afirmas.

SEMPRONIO: Señora, el vulgo parlero no perdona las tachas de sus señores, y así yo creo que, si alguna toviese Melibea, ya sería descubierta de los que con ella más que nosotros tratan. Y aunque lo que dices concediese, Calisto es caballero; Melibea, hijadalgo; así que los nacidos por linaje escogidos búscanse unos a otros. Por ende, no es de maravillar que ame antes a ésta que a otra.

AREÚSA: Ruin sea quien por ruin se tiene; las obras hacen linaje, que al fin todos somos hijos de Adán y Eva. Procure de ser cada uno bueno por sí y no vaya a buscar en la nobleza de sus pasados la virtud.

CELESTINA: Hijos, por mi vida, que cesen esas razones de enojo, y tú Elicia, que te tornes a la mesa y dejes esos enojos.

ELICIA: Con tal que mala pro me hiciese, con tal que reventase en comiéndolo. ¿Había yo de comer con ese malvado, que en mi cara me ha porfiado que es más gentil su andrajo de Melibea que yo?

SEMPRONIO: Calla, mi vida, que tú la comparaste. Toda comparación es odiosa; tú tienes la culpa y no yo.

AREÚSA: Ven, hermana, a comer; no hagas agora ese placer a estos locos porfiados; si no, levantarme he yo de la mesa.

---

[544] *bohonero*: buhonero, vendedor ambulante.

ELICIA: Necesidad de complacerte me hace contentar a ese enemigo mío y usar de virtudes con todos.

SEMPRONIO: ¡Je, je, je!

ELICIA: ¿De qué te ríes? ¡De mal cáncer sea comida esa boca desgraciada y enojosa!

CELESTINA: No le respondas, hijo; si no, nunca acabaremos. Entendamos en lo que hace a nuestro caso. Decidme, ¿cómo quedó Calisto; cómo le dejasteis? ¿Cómo os podistes entrambos descabullir de él?

PÁRMENO: Allá fue a la maldición, echando fuego, desesperado, perdido, medio loco, a misa a la Magdalena a rogar a Dios que te dé gracia, que puedas bien roer los huesos de estos pollos, y protestando de no volver a casa hasta oír que eres venida con Melibea en tu arremango.[545] Tu saya y manto y aun mi sayo, cierto está; lo otro vaya y venga. El cuándo lo dará no lo sé.

CELESTINA: Sea cuando fuere; buenas son mangas pasada la Pascua.[546] Todo aquello alegra que con poco trabajo se gana, mayormente viniendo de parte donde tan poca mella hace, de hombre tan rico que con los salvados de su casa podría yo salir de lacería,[547] según lo mucho le sobra. No les duele a los tales lo que gastan y según la causa por que lo dan. No lo sienten con el embebecimiento del amor. No les pena, no ven, no oyen; lo cual yo juzgo por otros que he conocido menos apasionados y metidos en este fuego de amor que a Calisto veo, que ni comen, ni beben, ni ríen, ni lloran, ni duermen, ni velan, ni hablan, ni callan, ni penan, ni descansan, ni están contentos, ni se quejan, según la perplejidad de aquella dul-

---

[545] *arremango*: pliegue que se forma al remangarse la falda.

[546] *buenas son mangas pasada la Pascua*: refrán que se usa para expresar que, por fin, se logra algo, aunque más tarde de lo que se esperaba.

[547] *lacería*: pobreza.

ce y fiera llaga de sus corazones. Y si alguna cosa de estas la natural necesidad les fuerza a hacer, están en el acto tan olvidados que comiendo se olvida la mano de llevar la vianda a la boca. Pues si con ellos hablan, jamás conveniente respuesta vuelven. Allí tienen los cuerpos; con sus amigas, los corazones y sentidos. Mucha fuerza tiene el amor; no sólo la tierra, mas aun las mares traspasa, según su poder. Igual mando tiene en todo género de hombres; todas las dificultades quiebra. Ansiosa cosa es, temerosa y solícita; todas las cosas mira en derredor. Así que si vosotros buenos enamorados habéis sido, juzgaréis yo decir verdad.

SEMPRONIO: Señora, en todo concedo con tu razón, que aquí está quien me causó algún tiempo andar hecho otro Calisto, perdido el sentido, cansado el cuerpo, la cabeza vana, los días mal dormiendo, las noches todas velando, dando alboradas,[548] haciendo momos,[549] saltando paredes, poniendo cada día la vida al tablero, esperando toros, corriendo caballos, tirando barra,[550] echando lanza, cansando amigos, quebrando espadas, haciendo escalas, vistiendo armas, y otros mil autos de enamorado: haciendo coplas, pintando motes, sacando invenciones... Pero todo lo doy por bien empleado, pues tal joya gané.

ELICIA: ¡Mucho piensas que me tienes ganada! Pues hágote cierto que no has vuelto la cabeza cuando está en casa otro que más quiero, más gracioso que tú, y aun que no ande buscando cómo me dar enojo. ¡A cabo de un año que me vienes a ver, tarde y con mal!

CELESTINA: Hijo, déjala decir, que devanea; mientras más de eso la oyeres, más se confirma en tu amor. Todo es porque habéis

---

[548] *dando alboradas*: cantando a la amada al amanecer.
[549] *haciendo momos*: fiestas y bailes de disfraces que se hacían en la corte.
[550] *tirando barra*: deporte que consistía en lanzar una barra de hierro.

aquí alabado a Melibea; no sabe en otra cosa en que os lo pagar, sino en decir eso, y creo que no ve la hora que haber comido para lo que yo me sé. Pues esa otra su prima yo la conozco. Gozad vuestras frescas mocedades, que quien tiempo tiene y mejor le espera, tiempo viene que se arrepiente, como yo hago agora por algunas horas que deje perder, cuando moza, cuando me preciaba, cuando me querían; que ya, mal pecado, caducado he; nadie no me quiere, que sabe Dios mi buen deseo. Besaos y abrazaos, que a mí no me queda otra cosa, sino gozarme de verlo. Mientra a la mesa estáis, de la cinta arriba todo se perdona; cuando seáis aparte, no quiero poner tasa, pues que el rey no la pone; que yo sé por las mochachas que nunca de importunos os acusen, y la vieja Celestina mascará de dentera con sus botas encías las migajas de los manteles.[551] ¡Bendigaos Dios cómo lo reís y holgáis, putillos, loquillos, traviesos! ¿En esto había de parar el nublado de las cuestioncillas que habéis tenido? ¡Mira no derribéis la mesa!

ELICIA: Madre, a la puerta llaman: el solaz es derramado.[552]

CELESTINA: Mira, hija, quién es; por ventura será quien lo acreciente y allegue.[553]

ELICIA: O la voz me engaña, o es mi prima Lucrecia.

CELESTINA: Ábrele y entre ella y buenos años, que aun a ella algo se le entiende de esto que aquí hablamos, aunque su mucho encerramiento le impide el gozo de su mocedad.

AREÚSA: Así goce de mí, que es verdad, que estas que sir-

---

[551] *y la vieja Celestina mascará de dentera con sus botas encías las migajas de los manteles*: "Se limitará a contemplar (comiendo sólo las *migajas*) con envidia (*dentera*) el acto sexual llevado a cabo sobre los manteles, porque, al carecer de dientes (*botas encías*) por vieja, ya no puede practicarlo (es decir, comer sexualmente el *pan de los manteles*)" (Bienvenido Morros).

[552] *el solaz es derramado*: se terminó el jolgorio.

[553] *allegue*: extienda.

ven a señoras ni gozan deleite, ni conocen los dulces premios de amor. Nunca tratan con parientes, con iguales, a quien puedan hablar tú por tú, con quien digan: "¿Qué cenaste? ¿Estás preñada? ¿Cuántas gallinas crías? Llévame a merendar a tu casa; muéstrame tu enamorado; ¿cuánto ha que no te vio?, ¿cómo te va con él?, ¿quién son tus vecinas?", y otras cosas de igualdad semejantes. ¡Oh tía y qué duro nombre y qué grave y soberbio es "señora" contino en la boca! Por esto me vivo, sobre mí desde que me sé conocer, que jamás me precié de llamar de otrie sino mía, mayormente de estas señoras que agora se usan. Gástase con ellas lo mejor del tiempo, y con una saya rota de las que ellas desechan pagan servicio de diez años. Denostadas, maltratadas las traen, contino sojuzgadas, que hablar delante ellas no osan, y cuando ven cerca el tiempo de la obligación de casarlas, levántanles un caramillo,[554] que se echan con el mozo, o con el hijo; o pídenles celos del marido; o que meten hombres en casa, o que hurtó la taza, o perdió el anillo. Danle un ciento de azotes y échanlas la puerta fuera, las faldas en la cabeza, diciendo: "Allá irás, ladrona, puta, no destruirás mi casa y honra". Así que esperan galardón, sacan baldón; esperan salir casadas, salen amenguadas;[555] esperan vestidos y joyas de boda, salen desnudas y denostadas. Éstos son sus premios, éstos son sus beneficios y pagos. Oblíganse a darles marido, quítanles el vestido. La mejor honra que en sus casas tienen es andar hechas callejeras, de dueña en dueña, con sus mensajes a cuestas. Nunca oyen su nombre propio de la boca de ellas, sino "puta" acá; "puta" acullá. "¿A dó vas, tiñosa? ¿Qué heciste, bellaca? ¿Por qué comiste esto, golosa? ¿Cómo fregaste la sartén, puer-

---

[554] *levántanles un caramillo*: las acusan de algo que es falso.
[555] *salen amenguadas*: con menos cosas.

ca? ¿Por qué no limpiaste el manto, sucia? ¿Cómo dijiste esto, necia? ¿Quién perdió el plato, desaliñada? ¿Cómo faltó el paño de manos,[556] ladrona? A tu rufián le habrás dado. Ven acá, mala mujer; ¿la gallina habada[557] no parece?; pues búscala presto; si no, en la primera blanca de tu soldada la contaré." Y tras esto, mil chapinazos[558] y pellizcos, palos y azotes. No hay quien las sepa contentar, no quien pueda sofrirlas. Su placer es dar voces, su gloria es reñir. De lo mejor hecho menos contentamiento muestran. Por esto, madre, he querido más vivir en mi pequeña casa, exenta[559] y señora, que no en sus ricos palacios, sojuzgada y cautiva.

CELESTINA: En tu seso has estado; bien sabes lo que haces. Que los sabios dicen que vale más una migaja de pan con paz que toda la casa llena de viandas con rencilla. Mas agora cese esta razón, que entra Lucrecia.

[Escena III]

LUCRECIA: Buena pro os haga, tía y la compañía. Dios bendiga tanta gente y tan honrada.

CELESTINA: ¿Tanta hija? ¿Por mucha has ésta? Bien parece que no me conociste en mi prosperidad hoy ha veinte años. ¡Ay, quién me vio y quién me ve agora, no sé cómo no quiebra su corazón de dolor! Yo vi, mi amor, a esta mesa, donde agora están tus primas asentadas, nueve mozas de tus días, que la mayor no pasaba de dieciocho años, y ninguna había me-

---

[556] *paño de manos*: toalla.

[557] *habada*: con plumas de varios colores.

[558] *chapinazos*: golpes con el chapín. El chapín era un tipo de zapato usado por las mujeres.

[559] *exenta*: libre.

nor de catorce. Mundo es, pase, ande su rueda, rodee sus alcaduces,[560] unos llenos otros vacíos. Ley es de fortuna que ninguna cosa en un ser mucho tiempo permanece; su orden es mudanzas. No puedo decir sin lágrimas la mucha honra que entonces tenía, aunque por mis pecados y mala dicha, poco a poco, ha venido en disminución. Como declinaban ya mis días, así se desminuía y menguaba mi provecho. Proverbio es antiguo, que cuanto al mundo es o crece o descrece. Todo tiene sus límites, todo tiene sus grados. Mi honra llegó a la cumbre, según quien yo era; de necesidad es que desmengüe y se abaje. Cerca ando de mi fin. En esto veo que me queda poca vida. Pero bien sé que sobí para descender, florecí para secarme, gocé para entristecerme, nací para vivir, viví para crecer, crecí para envejecer, envejecí para morirme. Y pues esto antes de agora me consta, sofriré con menos pena mi mal, aunque del todo no pueda despedir el sentimiento como sea de carne sentible formada.

LUCRECIA: Trabajo tenías, madre, con tantas mozas; que es ganado muy penoso de guardar.

CELESTINA: ¿Trabajo, mi amor? Antes descanso y alivio. Todas me obedecían; todas me honraban; de todas era acatada; ninguna salía de mi querer; lo que decía era lo bueno; a cada cual daba cobro; no escogían más de lo que yo les mandaba, cojo o tuerto o manco, aquél habían por sano quien más dinero me daba. Mío era el provecho; suyo, el afán. Pues servidores, ¿no tenía por su causa de ellas? Caballeros, viejos, mozos, abades de todas dignidades, desde obispos hasta sacristanes. En entrando por la iglesia, veía derrocar bonetes[561] en

---

[560] *alcaduces*: recipientes que recogen el agua en una noria.

[561] *derrocar bonetes*: saludar, quitándose los bonetes (sombreros que llevaban los eclesiásticos).

mi honor, como si yo fuera una duquesa. El que menos había de negociar conmigo, por más ruin se tenía. De media legua que me viesen dejaban las Horas; uno a uno, dos a dos, venían a donde yo estaba, a ver si mandaba algo; a preguntarme cada uno por la suya. En viéndome entrar, se turbaban que no hacían ni decían cosa a derechas. Unos me llamaban señora; otros, tía; otros, enamorada; otros, vieja honrada. Allí se concertaban sus venidas a mi casa, allí las idas a la suya, allí se me ofrecían dineros, allí promesas, allí otras dádivas, besando el cabo[562] de mi manto; y aun algunos en la cara por me tener más contenta. Agora hame traído la fortuna a tal estado que me digas: "¡buena pro hagan las zapatas!".[563]

SEMPRONIO: Espantados nos tienes con tales cosas como nos cuentas de esa religiosa gente y benditas coronas.[564] ¡Sí que no serían todos!

CELESTINA: No, hijo, ni Dios lo mande que yo tal cosa levante.[565] Que muchos viejos devotos había con quien yo poco medraba, y aun que no me podían ver; pero creo que de envidia de los otros que me hablaban. Como la clerecía era grande, había de todos: unos muy castos; otros que tenían cargo de mantener a las de mi oficio, y aun todavía creo que no faltan, y enviaban sus escuderos y mozos a que me acompañasen; y apenas era llegada a mi casa, cuando entraban por mi puerta muchos pollos y gallinas, ansarones, anadones, perdices, tórtolas, perniles de tocino, tortas de trigo, lechones. Cada cual, como recebía de aquellos diezmos[566] de

---

[562] *el cabo*: la parte inferior.

[563] *zapatas*: zapatos viejos.

[564] *benditas coronas*: hombres de Iglesia.

[565] *levante*: invente.

[566] *diezmos*: impuesto en especie que se pagaba a la Iglesia.

Dios, ansí lo venía luego a registrar para que comiese yo y aquellas sus devotas.[567] ¡Pues vino, no me sobraba! De lo mejor que se bebía en la ciudad, venido de diversas partes: de Monviedro, de Luque, de Toro, de Madrigal, de San Martín, y de otros muchos lugares, y tantos, que, aunque tengo la diferencia de los gustos y sabor en la boca, no tengo la diversidad de sus tierras en la memoria. Que harto es que una vieja como yo, en oliendo cualquiera vino, diga de dónde es. Pues otros, curas sin renta, no era ofrecido el bodigo[568] cuando, en besando el feligrés la estola,[569] era del primero voleo[570] en mi casa. Espesos, como piedras a tablado,[571] entraban muchachos cargados de provisiones por mi puerta. No sé cómo puedo vivir cayendo de tal estado.

AREÚSA: Por Dios, pues somos venidas a haber placer, no llores, madre, ni te fatigues, que Dios remediará todo.

CELESTINA: Harto tengo, hija, que llorar, acordándome de tan alegre tiempo y tal vida como yo tenía, y cuán servida era de todo el mundo; que jamás hobo fruta nueva de que yo primero no gozase, que otros supiesen si era nacida. En mi casa se había de hallar, si para alguna preñada se buscase.

SEMPRONIO: Madre, ningún provecho trae la memoria del buen tiempo si cobrar no se puede, antes tristeza; como a ti agora que nos has sacado el placer de entre las manos. Álce-

---

[567] *devotas*: amantes.

[568] *bodigo*: pan presentado como ofrenda a la Iglesia.

[569] *estola*: banda de tela que lleva el sacerdote al cuello durante la administración de los sacramentos.

[570] *del primer voleo*: con rapidez.

[571] *Espesos, como piedras a tablado*: abundantes, como las piedras que se lanzan contra un tablado. La imagen evoca un juego popular consistente en lanzar piedras contra un tablado en el que había un cántaro con un gallo vivo, premio que obtenía el que lograba alcanzar la vasija.

se la mesa, irnos hemos a holgar, y tú darás respuesta a esta doncella que aquí es venida.

[Escena IV]

CELESTINA: Hija, Lucrecia, dejadas esas razones, querría que me dijieses qué fue agora tu buena venida.

LUCRECIA: Por cierto, ya se me había olvidado mi principal demanda y mensaje con la memoria de ese tan alegre tiempo como has contado, y así me estuviera un año sin comer escuchándote y pensando en aquella vida buena que aquellas mozas gozarían, que me parece y semeja que estoy yo agora en ella. Mi venida, señora, es lo que tú sabrás: pedirte el ceñidero,[572] y demás de esto, te ruega mi señora sea de ti visitada, y muy presto, porque se siente muy fatigada de desmayos y de dolor del corazón.

CELESTINA: Hija, de estos dolorcillos tales más es el ruido que las nueces. Maravillada estoy sentirse del corazón mujer tan moza.

LUCRECIA   (*Aparte*): Así te arrastren, traidora. ¿Tú no sabes qué es? Hace la vieja falsa sus hechizos y vase. Después hácese de nuevas.

CELESTINA: ¿Qué dices, hija?

LUCRECIA: Madre, que vamos presto y me des el cordón.

CELESTINA: Vamos, que yo le llevo.

---

[572] *ceñidero*: cordón.

[X]

Argumento del décimo auto

Mientra andan Celestina y Lucrecia por el camino, está hablando Melibea consigo misma. Llegan a la puerta. Entra Lucrecia primero. Hace entrar a Celestina. Melibea, después de muchas razones, descubre a Celestina arder en amor de Calisto. Ven venir a Alisa, madre de Melibea. Despídense de en uno.[573] Pregunta Alisa a Melibea, su hija, de los negocios de Celestina. Defendióle su mucha conversación.[574]

MELIBEA	CELESTINA
LUCRECIA	ALISA

---

[573] No está claro qué quiere decir aquí 'de en uno'.
[574] *Defendióle su mucha conversación*: le prohibió hablar mucho con ella.

[Escena I]

MELIBEA: ¡Oh lastimada de mí, oh mal proveída[575] doncella! ¿Y no me fuera mejor conceder su petición y demanda ayer
a Celestina cuando de parte de aquel señor, cuya vista me cautivó, me fue rogado, y contentarle a él, y sanar a mí, que no
venir por fuerza a descobrir mi llaga cuando no me sea agra-
decido, cuando ya, desconfiando de mi buena respuesta, haya
puesto sus ojos en amor de otra? ¡Cuánta más ventaja toviera
a mi prometimiento rogado que mi ofrecimiento forzoso![576]
¡Oh mi fiel criada Lucrecia! ¿Qué dirás de mí? ¿Qué pensarás
de mi seso cuando me veas publicar lo que a ti jamás he querido descobrir? ¡Cómo te espantarás del rompimiento de mi
honestidad y vergüenza, que siempre como encerrada doncella acostumbré tener! No sé si habrás barruntado de dónde
proceda mi dolor. ¡Oh si ya vinieses[577] con aquella medianera
de mi salud! ¡Oh soberano Dios, a ti que todos los atribulados
llaman, los apasionados piden remedio, los llagados medicina;
a ti que los cielos, mar, tierra, con los infernales centros obe-
decen; a ti, el cual todas las cosas a los hombres sojuzgaste,

---

[575] *proveída*: precavida.

[576] *¡Cuánta más ventaja toviera a mi prometimiento rogado que mi ofrecimiento forzoso!*: cuánto mejor habría sido haberle prometido algo cuando me
rogaba que no ofrecerme ahora.

[577] *Oh si ya vinieses*: ojalá vinieses.

húmilmente suplico des a mi herido corazón sufrimiento y paciencia, con que mi terrible pasión pueda disimular! No se desdore aquella hoja de castidad que tengo asentada sobre este amoroso deseo, publicando ser otro mi dolor que no el que me atormenta. Pero ¿cómo lo podré hacer, lastimándome tan cruelmente el ponzoñoso bocado que la vista de su presencia de aquel caballero me dio? ¡Oh género femíneo, encogido y frágil! ¿Por qué no fue también a las hembras concedido poder descobrir su congojoso y ardiente amor como a los varones? Que ni Calisto viviera quejoso, ni yo penada.

[Escena II]

LUCRECIA: Tía, detente un poquito cabe esta puerta; entraré a ver con quién está hablando mi señora. Entra, entra, que consigo lo ha.

MELIBEA: Lucrecia, echa esa antepuerta.[578] ¡Oh vieja sabia y honrada, tú seas bienvenida! ¿Qué te parece cómo ha querido mi dicha, y la fortuna ha rodeado que yo tuviese de tu saber necesidad, para que tan presto me hobieses de pagar en la misma moneda el beneficio que por ti me fue demandado para ese gentil hombre que curabas con la virtud de mi cordón?

CELESTINA: ¿Qué es, señora, tu mal, que así muestra las señas de su tormento en las coloradas colores de tu gesto?

MELIBEA: Madre mía, que me comen este corazón serpientes dentro de mi cuerpo.

CELESTINA   (*Aparte*): Bien está; así lo quería yo. Tú me pagarás, doña loca, la sobra[579] de tu ira.

---

[578] *antepuerta*: cortina que cubría las puertas.
[579] *sobra*: exceso.

MELIBEA: ¿Qué dices? ¿Has sentido en verme alguna causa donde mi mal proceda?

CELESTINA: No me has, señora, declarado la calidad del mal. ¿Quieres que adevine la causa? Lo que yo digo es que recibo mucha pena de ver triste tu graciosa presencia.

MELIBEA: Vieja honrada, alégramela tú; que grandes nuevas me han dado de tu saber.

CELESTINA: Señora, el sabidor sólo Dios es. Pero como para salud y remedio de las enfermedades fueron repartidas las gracias en las gentes de hallar las melecinas, de ellas por experiencia, de ellas por arte, de ellas por natural instinto, alguna partecilla alcanzó a esta pobre vieja, de la cual al presente podrás ser servida.

MELIBEA: ¡Oh qué gracioso y agradable me es oírte! Saludable es al enfermo la alegre cara del que le visita. Paréceme que veo mi corazón entre tus manos hecho pedazos, el cual, si tú quisieses con muy poco trabajo juntarías con la virtud de tu lengua, no de otra manera que, cuando vio en sueños aquel grande Alejandre, rey de Macedonia, en la boca del dragón la saludable raíz con que sanó a su criado Tolomeo del bocado de la víbora.[580] Pues, por amor de Dios, te despojes para más diligente entender mi mal y me des algún remedio.

CELESTINA: Gran parte de la salud es desearla, por lo cual creo menos peligroso ser tu dolor. Pero para yo dar, mediante Dios, congrua[581] y saludable melecina es necesario saber de ti tres cosas. La primera, a qué parte de tu cuerpo más declina y aqueja el sentimiento. Otra, si es nuevamente por ti sentido,[582] porque más presto se curan las tiernas enfermedades en

---

[580] Melibea alude a un sueño que tuvo Alejandro Magno en el que veía a un dragón con una raíz en la boca, que le sirvió al macedonio para curar a Ptolomeo, que había sido mordido por una serpiente.

[581] *congrua*: conveniente.

[582] *si es nuevamente por ti sentido*: si no lo has sentido antes.

sus principios que cuando han hecho curso en la perseveración de su oficio; mejor se doman los animales en su primera edad que cuando es su cuero endurecido, para venir mansos a la melena; mejor crecen las plantas que tiernas y nuevas se trasponen que las que fructificando ya se mudan; muy mejor se despide el nuevo pecado que aquel que por costumbre antigua cometemos cada día. La tercera, si procedió de algún cruel pensamiento que asentó en aquel lugar. Y esto sabido, verás obrar mi cura. Por ende, cumple que al médico como al confesor se hable toda verdad abiertamente.

MELIBEA: Amiga Celestina, mujer bien sabia y maestra grande, mucho has abierto el camino por donde mi mal te pueda especificar. Por cierto, tú lo pides como mujer bien experta en curar tales enfermedades. Mi mal es de corazón, la izquierda teta es su aposentamiento; tiende sus rayos a todas partes. Lo segundo, es nuevamente nacido en mi cuerpo, que no pensé jamás que podría dolor privar el seso como éste hace; túrbame la cara, quítame el comer, no puedo dormir, ningún género de risa querría ver. La causa o pensamiento, que es la final cosa por ti preguntada de mi mal, ésta no sabré decirte, porque ni muerte de deudo, ni pérdida de temporales bienes, ni sobresalto de visión, ni sueño desvariado ni otra cosa puedo sentir que fuese, salvo alteración que tú me causaste con la demanda que sospeché de parte de aquel caballero Calisto cuando me pediste la oración.

CELESTINA: ¿Cómo, señora? ¿Tan mal hombre es aquél, tan mal nombre es el suyo que en sólo ser nombrado trae consigo ponzoña su sonido? No creas que sea ésa la causa de tu sentimiento, antes otra que yo barrunto. Y pues que ansí es, si tú licencia me das, yo, señora, te la diré.

MELIBEA: ¿Cómo, Celestina, qué es ese nuevo salario que pides? ¿De licencia tienes tú necesidad para me dar la salud?

¿Cuál médico jamás pidió tal seguro para curar al paciente? Di, di, que siempre la tienes de mí, tal que mi honra no dañes con tus palabras.

CELESTINA: Véote, señora, por una parte quejar el dolor; por otra, temer la melecina. Tu temor me pone miedo; el miedo, silencio; el silencio, tregua entre tu llaga y mi melecina; así que será causa que ni tu dolor cese, ni mi venida aproveche.

MELIBEA: Cuanto más dilatas la cura, tanto más me acrecientas y multiplicas la pena y pasión. O tus melecinas son de polvos de infamia y licor de corrupción, confeccionados con otro más crudo dolor que el que de parte del paciente se siente, o no es ninguno tu saber, porque si lo uno o lo otro no te impidiese, cualquiera remedio otro dirías sin temor, pues te pido le muestres, quedando libre mi honra.

CELESTINA: Señora, no tengas por nuevo ser más fuerte de sofrir al herido la ardiente trementina[583] y los ásperos puntos que lastiman lo llagado y doblan la pasión, que no la primera lisión que dio sobre sano. Pues si tú quieres ser sana y que te descubra la punta de mi sotil aguja sin temor, haz para tus manos y pies una ligadura de sosiego, para tus ojos una cobertura de piedad, para tu lengua un freno de silencio, para tus oídos unos algodones de sofrimiento y paciencia, verás obrar a la antigua maestra de estas llagas.

MELIBEA: ¡Oh, cómo me muero con tu dilatar! Di, por Dios, lo que quisieres, haz lo que supieres, que no podrá ser tu remedio tan áspero que iguale con mi pena y tormento. Agora toque en mi honra, agora dañe mi fama, agora lastime mi cuerpo, aunque sea romper mis carnes para sacar mi dolorido corazón, te doy mi fe ser segura,[584] y si siento alivio, bien galardonada.

---

[583] *trementina*: resina. Se utilizaba en varios medicamentos.
[584] *te doy mi fe de ser segura*: te aseguro que no te pasará nada.

LUCRECIA   (*Aparte*): El seso tiene perdido mi señora. Gran mal es éste; cautivádola ha esta hechicera.

CELESTINA   (*Aparte*): Nunca me ha de faltar un diablo acá y acullá. Escapóme Dios de Pármeno, topóme con Lucrecia.

MELIBEA: ¿Qué dices, amada maestra? ¿Qué te hablaba esa moza?

CELESTINA: No le oí nada, pero diga lo que dijere, sabe que no hay cosa más contraria en las grandes curas delante los animosos cirujanos que los flacos corazones, los cuales con su gran lástima, con sus dolorosas hablas, con sus sentibles meneos, ponen temor al enfermo, hacen que desconfíe de la salud, y al médico enojan y turban, y la turbación altera la mano, rige sin orden la aguja. Por donde se puede conocer claro que es muy necesario para tu salud que no esté persona delante, así que la debes mandar salir. Y tú, hija Lucrecia, perdona.

MELIBEA: ¡Salte fuera presto!

LUCRECIA   (*Aparte*): ¡Ya, ya, todo es perdido!

LUCRECIA: Ya me salgo, señora.

[Escena III]

CELESTINA: Tan bien me da osadía tu gran pena, como ver que con tu sospecha has ya tragado alguna parte de mi cura, pero todavía es necesario traer más clara melecina y más saludable descanso de casa de aquel caballero Calisto.

MELIBEA: Calla, por Dios, madre. No traigas de su casa cosa para mi provecho ni le nombres aquí.

CELESTINA: Sufre, señora, con paciencia, que es el primer punto y principal; no se quiebre, si no, todo nuestro trabajo es perdido. Tu llaga es grande, tiene necesidad de áspera cura; y lo duro con duro se ablanda más eficazmente, y dicen los sabios que la cura del lastimero médico deja mayor señal, y que nunca peligro sin peligro se vence. Ten paciencia, que pocas veces lo molesto sin molestia se cura; y un clavo con otro se expele, y un dolor con otro. No concibas odio ni desamor, ni consientas a tu lengua decir mal de persona tan virtuosa como Calisto, que si conocido fuese…

MELIBEA: ¡Oh, por Dios, que me matas! ¿Y no tengo dicho que no me alabes ese hombre, ni me le nombres en bueno, ni en malo?

CELESTINA: Señora, éste es otro y segundo punto, el cual si tú con tu mal sofrimiento no consientes, poco aprovechará mi venida, y si, como prometiste, lo sufres, tú quedarás sana y sin deuda y Calisto sin queja y pagado. Primero te avisé de mi cura y de esta invisible aguja, que sin llegar a ti, sientes en sólo mentarla en mi boca.

MELIBEA: Tantas veces me nombrarás ese tu caballero, que ni mi promesa baste ni la fe que te di a sufrir tus dichos. ¿De qué ha de quedar pagado? ¿Qué le debo yo a él? ¿Qué le soy en cargo? ¿Qué ha hecho por mí? ¿Qué necesario es él aquí para el propósito de mi mal? Más agradable me sería que rasgases mis carnes y sacases mi corazón, que no traer esas palabras aquí.

CELESTINA: Sin te romper las vestiduras se lanzó en tu pecho el amor; no rasgaré yo tus carnes para le curar.

MELIBEA: ¿Cómo dices que llaman a este mi dolor, que así se ha enseñoreado en lo mejor de mi cuerpo?

CELESTINA: Amor dulce.

MELIBEA: Eso me declara qué es, que en sólo oírlo me alegro.

CELESTINA: Es un fuego escondido, una agradable llaga, un sabroso veneno, una dulce amargura, una deleitable dolencia, un alegre tormento, una dulce y fiera herida, una blanda muerte.

MELIBEA: ¡Ay mezquina de mí! Que si verdad es tu relación, dudosa será mi salud. Porque, según la contrariedad que esos nombres entre sí muestran, lo que al uno fuere provechoso acarreará al otro más pasión.

CELESTINA: No desconfíe, señora, tu noble juventud de salud. Cuando el alto Dios da la llaga, tras ella envía el remedio. Mayormente que sé yo al mundo nacida una flor que de todo esto te delibre.

MELIBEA: ¿Cómo se llama?

CELESTINA: No te lo oso decir.

MELIBEA: Di, no temas.

CELESTINA: Calisto. ¡Oh, por Dios, señora Melibea! ¡Qué poco esfuerzo es éste, qué descaecimiento![585] ¡Oh mezquina yo, alza la cabeza, oh malaventurada vieja, en esto han de parar mis pasos! Si muere, matarme han; aunque viva, seré sentida, que ya no podrá sofrir de no publicar su mal y mi cura. Señora mía Melibea, ángel mío, ¿qué has sentido? ¿Qué es de tu habla graciosa; qué es de tu color alegre? Abre tus claros ojos. ¡Lucrecia, Lucrecia, entra presto acá, verás amortecida a tu señora entre mis manos! ¡Baja presto por un jarro de agua!

MELIBEA: Paso, paso, que yo me esforzaré. No escandalices la casa.

CELESTINA: ¡Oh cuitada de mí! No te descaezcas, señora, háblame como sueles.

MELIBEA: Y muy mejor. Calla, no me fatigues.

CELESTINA: ¿Pues qué me mandas que haga, perla preciosa? ¿Qué ha sido este tu sentimiento? Creo que se van quebrando mis puntos.

---

[585] *descaecimiento*: desvanecimiento.

MELIBEA: Quebróse mi honestidad, quebróse mi empacho, aflojó mi mucha vergüenza, y como muy naturales, como muy domésticos,[586] no pudieran tan livianamente despedirse de mi cara, que no llevasen consigo su color por algún poco espacio, mi fuerza, mi lengua y gran parte de mi sentido. ¡Oh, pues ya, mi buena maestra, mi fiel secretaria, lo que tú tan abiertamente conoces, en vano trabajo por te lo encubrir! Muchos y muchos días son pasados que ese noble caballero me habló en amor. Tanto me fue entonces su habla enojosa, cuanto, después que tú me le tornaste a nombrar, alegre. Cerrado han tus puntos mi llaga, venida soy en tu querer. En mi cordón le llevaste envuelta la posesión de mi libertad. Su dolor de muelas era mi mayor tormento, su pena era la mayor mía. Alabo y loo tu buen sufrimiento, tu cuerda osadía, tu liberal trabajo, tus solícitos y fieles pasos, tu agradable habla, tu buen saber, tu demasiada solicitud, tu provechosa importunidad. Mucho te debe ese señor, y más yo, que jamás pudieron mis reproches aflacar tu esfuerzo y perseverar, confiando en tu mucha astucia. Antes, como fiel servidora, cuando más denostada, más diligente; cuando más disfavor, más esfuerzo; cuando peor respuesta, mejor cara; cuando yo más airada, tú más humilde. Postpuesto todo temor, has sacado de mi pecho lo que jamás a ti ni a otro pensé descobrir.

CELESTINA: Amiga y señora mía, no te maravilles, porque estos fines con efecto me dan osadía a sufrir los ásperos y escrupulosos desvíos de las encerradas doncellas como tú. Verdad es que ante que me determinase, así por el camino, como en tu casa, estuve en grandes dudas si te descubriría mi petición. Visto el gran poder de tu padre, temía; mirando la gen-

---

[586] *domésticos*: propios de mí.

tileza de Calisto, osaba; vista tu discreción, me recelaba; mirando tu virtud y humanidad, me esforzaba. En lo uno hallaba el miedo; en lo otro, la seguridad. Y pues así, señora, has querido descobrir la gran merced que nos has hecho, declara tu voluntad, echa tus secretos en mi regazo, pon en mis manos el concierto de este concierto. Yo daré forma como tu deseo y el de Calisto sean en breve complidos.

MELIBEA: ¡Oh mi Calisto y mi señor! ¡Mi dulce y suave alegría! Si tu corazón siente lo que agora el mío, maravillada estoy cómo la ausencia te consiente vivir. ¡Oh mi madre y mi señora, haz de manera como luego le pueda ver, si mi vida quieres!

CELESTINA: Ver y hablar.

MELIBEA: ¿Hablar? Es imposible.

CELESTINA: Ninguna cosa a los hombres que quieren hacerla es imposible.

MELIBEA: Dime cómo.

CELESTINA: Yo lo tengo pensado y te lo diré: por entre las puertas de tu casa.

MELIBEA: ¿Cuándo?

CELESTINA: Esta noche.

MELIBEA: Gloriosa me serás si lo ordenas. Di, ¿a qué hora?

CELESTINA: A las doce.

MELIBEA: Pues ve, mi señora, mi leal amiga y habla con aquel señor y que venga muy paso[587] y de allí se dará concierto, según su voluntad, a la hora que has ordenado.

CELESTINA: Adiós, que viene hacia acá tu madre.

---

[587] *muy paso*: sigilosamente.

[Escena IV]

MELIBEA: Amiga Lucrecia, mi leal criada y fiel secretaria, ya has visto cómo no ha sido más en mi mano. Cautivóme el amor de aquel caballero. Ruégote, por Dios, se cubra con secreto sello, por que yo goce de tan suave amor. Tú serás de mí tenida en aquel grado que merece tu fiel servicio.

LUCRECIA: Señora, mucho antes de agora tengo sentida tu llaga y callado tu deseo. Hame fuertemente dolido tu perdición. Cuanto más tú me querías encobrir y celar el fuego que te quemaba, tanto más sus llamas se manifestaban en la color de tu cara, en el poco sosiego del corazón, en el meneo de tus miembros, en comer sin gana, en el no dormir. Así que contino se te caían, como de entre las manos, señales muy claras de pena. Pero como en los tiempos que la voluntad reina en los señores o desmedido apetito, cumple a los servidores obedecer con diligencia corporal, y no con artificiales consejos de lengua, sufría con pena, callaba con temor, encobría con fieldad;[588] de manera que fuera mejor el áspero consejo que la blanda lisonja. Pero, pues ya no tiene tu merced otro medio sino morir o amar, mucha razón es que se escoja por mejor aquello que en sí lo es.

[Escena V]

ALISA: ¿En qué andas acá, vecina, cada día?

CELESTINA: Señora, faltó ayer un poco de hilado al peso y vínelo a complir, porque di mi palabra; y traído, voyme. Quede Dios contigo.

---

[588] *fieldad*: fidelidad.

ALISA: Y contigo vaya. Hija Melibea, ¿qué quería la vieja?

MELIBEA: Venderme un poco de solimán.[589]

ALISA: Eso creo yo más que lo que la vieja ruin dijo; pensó que recibiría yo pena de ello y mintióme. Guárdate, hija, de ella; que es gran traidora, que el sotil ladrón siempre rodea[590] las ricas moradas. Sabe ésta con sus traiciones, con sus falsas mercadurías, mudar los propósitos castos. Daña la fama; a tres veces que entra en una casa, engendra sospecha.

LUCRECIA   (*Aparte*): Tarde acuerda[591] nuestra ama.

ALISA: Por amor mío, hija, que si acá tornare sin verla yo, que no hayas por bien su venida, ni la recibas con placer; halle en ti honestidad, en tu respuesta y jamás volverá; que la verdadera virtud más se teme que espada.

MELIBEA: ¿De ésas es? ¡Nunca más! Bien huelgo, señora, de ser avisada, por saber de quién me tengo de guardar.

---

[589] *solimán*: tipo de cosmético.
[590] *rodea*: merodea por.
[591] *acuerda*: se da cuenta.

[XI]

Argumento del onceno auto

Despedida Celestina de Melibea, va por la calle sola hablando. Ve a Sempronio y a Pármeno que van a la Magdalena por su señor. Sempronio habla con Calisto. Sobreviene Celestina. Van a casa de Calisto. Declárale Celestina su mensaje y negocio recaudado con Melibea. Mientra ellos en estas razones están, Pármeno y Sempronio entre sí hablan. Despídese Celestina de Calisto; va para su casa, llama a la puerta. Elicia le viene a abrir. Cenan y vanse a dormir.

CELESTINA   PÁRMENO
SEMPRONIO   ELICIA
CALISTO

[Escena I]

CELESTINA: ¡Ay Dios, si llegase a mi casa con mi mucha alegría a cuestas! A Pármeno y a Sempronio veo ir a la Magdalena; tras ellos me voy, y si ahí estoviere Calisto, pasaremos
a su casa a pedirle albricias de su gran gozo.

[Escena II]

SEMPRONIO: Señor, mira que tu estada es dar a todo el mundo que decir. Por Dios, que huyas de ser traído en lenguas,[592]
que al muy devoto llaman hipócrita. ¿Qué dirán sino que
andas royendo los santos? Si pasión tienes, súfrela en tu casa;
no te sienta la tierra; no descubras tu pena a los extraños, pues
está en manos el pandero que lo sabrá bien tañer.
CALISTO: ¿En qué manos?
SEMPRONIO: De Celestina.
CELESTINA: ¿Qué nombráis a Celestina? ¿Qué decís de esta
esclava de Calisto? Toda la calle del Arcediano vengo a más
andar tras vosotros por alcanzaros y jamás he podido con mis
luengas faldas.
CALISTO: ¡Oh joya del mundo, acorro de mis pasiones, espejo de mi vista! El corazón se me alegra en ver esa honrada

---

[592] *ser traído en lenguas*: levantar rumores.

presencia, esa noble senectud. ¡Dime con qué vienes, qué nuevas traes, que te veo alegre y no sé en que está mi vida!

CELESTINA: En mi lengua.

CALISTO: ¿Qué dices, gloria y descanso mío? Declárame más lo dicho.

CELESTINA: Salgamos, señor, de la iglesia y de aquí a la casa te contaré algo con que te alegres de verdad.

PÁRMENO (*Aparte*): Buena viene la vieja, hermano, recaudado debe de haber.

SEMPRONIO (*Aparte*): Escucha.

CELESTINA: Todo este día, señor, he trabajado en tu negocio, y he dejado perder otros en que harto me iba; muchos tengo quejosos por tener a ti contento. Más he dejado de ganar que piensas, pero todo vaya en buena hora, pues tan buen recuado traigo. Y óyeme, que en pocas palabras te lo diré, que soy corta de razón. A Melibea dejo a tu servicio.

CALISTO: ¿Qué es esto que oigo?

CELESTINA: Que es más tuya que de sí misma; más está a tu mandado y querer que de su padre Pleberio.

CALISTO: Habla cortés, madre, no digas tal cosa; que dirán estos mozos que estás loca. Melibea es mi señora, Melibea es mi Dios, Melibea es mi vida; yo su cautivo, yo su siervo.

SEMPRONIO: Con tu desconfianza, señor, con tu poco preciarte, con tenerte en poco, hablas esas cosas con que atajas su razón. A todo el mundo turbas diciendo desconciertos. ¿De qué te santiguas? Dale algo por su trabajo; harás mejor, que eso esperan esas palabras.

CALISTO: Bien has dicho. Madre mía, yo sé cierto que jamás igualará tu trabajo y mi liviano galardón. En lugar de manto y saya, por que no se dé parte a oficiales,[593] toma esta

---

[593] *oficiales*: los sastres que harían el manto o saya.

cadenilla; ponla al cuello, y procede en tu razón y mi alegría.

PÁRMENO (*Aparte*): ¡Cadenilla la llama! ¿No lo oyes, Sempronio? No estima el gasto. Pues yo te certifico no diese mi parte por medio marco de oro, por mal que la vieja la reparta.

SEMPRONIO (*Aparte*): Oírte ha nuestro amo; tendremos en él que amansar y en ti que sanar,[594] según está hinchado[595] de tu mucho murmurar. Por mi amor, hermano, que oigas y calles, que por eso te dio Dios dos oídos y una lengua sola.

PÁRMENO (*Aparte*): ¡Oirá el diablo! Está colgado de la boca de la vieja, sordo y mudo y ciego, hecho personaje sin son, que aunque le diésemos higas,[596] diría que alzábamos las manos a Dios, rogando por buen fin de sus amores.

SEMPRONIO (*Aparte*): Calla, oye, escucha bien a Celestina. En mi alma, todo lo merece y más que le diese. Mucho dice.

CELESTINA: Señor Calisto, para tan flaca vieja como yo, de mucha franqueza usaste. Pero como todo don o dádiva se juzgue grande o chica respecto del que lo da, no quiero traer a consecuencia mi poco merecer ante quien sobra en cualidad y en cuantidad, mas medirse ha con tu magnificencia, ante quien no es nada. En pago de la cual te restituyo tu salud, que iba perdida; tu corazón, que faltaba; tu seso, que se alteraba. Melibea pena por ti más que tú por ella; Melibea te ama y desea ver; Melibea piensa más horas en tu persona que en la suya; Melibea se llama tuya y esto tiene por título de libertad y con esto amansa el fuego, que más que a ti la quema.

CALISTO: Mozos, ¿estoy yo aquí? Mozos, ¿oigo yo esto? Mozos, mirad si estoy despierto. ¿Es de día o de noche? ¡Oh

---

[594] *tendremos en él que amansar y en ti que sanar*: tendremos que calmarle a él y a ti que curarte (de la paliza que te va a dar).

[595] *hinchado*: harto.

[596] *higas*: gestos de burla.

Señor Dios, Padre Celestial, ruégote que esto no sea sueño! ¡Despierto, pues, estoy! Si burlas, señora, de mí por me pagar en palabras, no temas, di verdad, que para lo que tú de mí has recebido, más merecen tus pasos.

CELESTINA: Nunca el corazón lastimado de deseo toma la buena nueva por cierta, ni la mala por dudosa. Pero si burlo o si no, verlo has, yendo esta noche, según el concierto dejo con ella, a su casa, en dando el reloj doce, a la hablar por entre las puertas; de cuya boca sabrás más por entero mi solicitud y su deseo y el amor que te tiene y quién lo ha causado.

CALISTO: Ya, ya, ¿tal cosa espero? ¿Tal cosa es posible haber de pasar por mí? Muerto soy de aquí allá; no soy capaz de tanta gloria, no merecedor de tan gran merced, no digno de hablar con tal señora de su voluntad y grado.

CELESTINA: Siempre lo oí decir que es más difícil de sufrir la próspera fortuna que la adversa, que la una no tiene sosiego y la otra tiene consuelo. ¿Cómo, señor Calisto, y no mirarías quién tú eres? ¿Y no mirarías el tiempo que has gastado en su servicio? ¿Y no mirarías a quién has puesto entremedias? Y asimismo, que hasta agora siempre has estado dudoso de la alcanzar y tenías sufrimiento; agora que te certifico el fin de tu penar, ¿quieres poner fin a tu vida? Mira, mira, que está Celestina de tu parte, y que aunque todo te faltase lo que en un enamorado se requiere, te vendería por el más acabado galán del mundo, que te haría llanas las peñas para andar, que te haría las más crecidas aguas corrientes pasar sin mojarte. Mal conoces a quien tú das dinero.

CALISTO: Cata, señora, qué me dices, ¿que vendrá de su grado?

CELESTINA: Y aun de rodillas.

SEMPRONIO: No sea ruido hechizo, que nos quieren tomar a

manos a todos.[597] Cata, madre, que así se suelen dar las zarazas[598] en pan envueltas, por que no las sienta el gusto.

PÁRMENO   Nunca te oí decir mejor cosa; mucha sospecha me pone el presto conceder de aquella señora, y venir tan aína en todo su querer de Celestina, engañando nuestra voluntad con sus palabras dulces y prestas, por hurtar por otra parte, como hacen los de Egipto[599] cuando el signo nos catan en la mano.[600] Pues alahé, madre, con dulces palabras están muchas injurias vengadas; el falso boizuelo con su blando cencerrar trae las perdices a la red;[601] el canto de la serena engaña los simples marineros con su dulzor, así ésta con su mansedumbre y concesión presta querrá tomar una manada de nosotros a su salvo.[602] Purgará su inocencia con la honra de Calisto y con nuestra muerte. Así, como corderica mansa que mama su madre y la ajena, ella con su segurar[603] tomará la venganza de Calisto en todos nosotros, de manera que con la mucha gente que tiene, podrá cazar a padres e hijos en una nidada,[604] y tú estarte has rascando a tu fuego,[605] diciendo a salvo está el que repica.

CALISTO: ¡Callad, locos, bellacos, sospechosos; parece que

---

[597] *No sea ruido hechizo, que nos quieren tomar a manos a todos*: no vaya a ser un falso rumor para tendernos una trampa.

[598] *zarazas*: "Masa hecha mezclando vidrio molido, agujas, sustancias venenosas, etc., que se empleaba para matar perros, gatos, ratones u otros animales" (*DRAE*).

[599] *los de Egipto*: gitanos.

[600] *cuando el signo nos catan en la mano*: cuando nos leen la mano.

[601] *el falso boizuelo con su blando cencerrar trae las perdices a la red*: se refiere a una forma de cazar perdices consistente en disfrazarse un hombre con la cabeza de un buey y atraer las aves a una red.

[602] *a su salvo*: sin riesgo.

[603] *segurar*: asegurarse.

[604] *podrá cazar a padres e hijos en una nidada*: tanto Calisto como nosotros sus criados seremos sus víctimas.

[605] *a tu fuego*: en tu casa.

dais a entender que los ángeles sepan hacer mal! Sí, que Melibea ángel disimulado es que vive entre nosotros.

SEMPRONIO (*Aparte*): ¿Todavía te vuelves a tus herejías? Escúchale, Pármeno, no te pene nada, que, si fuere trato doble,[606] él lo pagará; que nosotros buenos pies tenemos.

CELESTINA: Señor, tú estás en lo cierto; vosotros, cargados de sospechas vanas. Yo he hecho todo lo que a mí era a cargo; alegre te dejo. Dios te libre y aderece,[607] pártome muy contenta. Si fuere menester para esto, o para más allí estoy muy aparejada a tu servicio.

PÁRMENO (*Aparte*): ¡Ji, ji, ji!

SEMPRONIO (*Aparte*): ¿De qué te ríes, por tu vida?

PÁRMENO (*Aparte*): De la priesa que la vieja tiene por irse; no ve la hora que haber despegado la cadena de casa, no puede creer que la tenga en su poder, ni que se la han dado de verdad; no se halla digna de tal don, tan poco como Calisto de Melibea.

SEMPRONIO (*Aparte*): ¿Qué quieres que haga una puta vieja alcahueta, que sabe y entiende lo que nosotros callamos, y suele hacer siete virgos por dos monedas, después de verse cargada de oro, sino ponerse en salvo con la posesión, con temor no se la tornen a tomar después que ha cumplido de su parte aquello para que era menester? ¡Pues guárdese del diablo, que sobre el partir no le saquemos el alma!

CALISTO: Dios vaya contigo, madre. Yo quiero dormir y reposar un rato para satisfacer a las pasadas noches y complir con la por venir.

---

[606] *trato doble*: traición, engaño.
[607] *aderece*: te guíe.

[Escena III]

CELESTINA: ¡Ta, ta, ta, ta!

ELICIA: ¿Quién llama?

CELESTINA: Abre, hija Elicia.

ELICIA: ¿Cómo vienes tan tarde? No lo debes hacer, que eres vieja; tropezarás donde caigas y mueras.

CELESTINA: No temo eso, que de día me aviso[608] por dó venga de noche, que jamás me subo por poyo, ni calzada, sino por medio de la calle. Porque, como dicen, no da paso seguro quien corre por el muro, y que aquél va más sano que anda por llano. Más quiero ensuciar mis zapatos con el lodo que ensangrentar las tocas y los cantos. Pero no te duele a ti en ese lugar.

ELICIA: Pues, ¿qué me ha de doler?

CELESTINA: Que se fue la compañía que te dejé y quedaste sola.

ELICIA: Son pasadas cuatro horas después, ¿y habíaseme de acordar de eso?

CELESTINA: Cuanto más presto te dejaron, más con razón lo sentiste. Pero dejemos su ida y mi tardanza; entendamos en cenar y dormir.

---

[608] *me aviso*: adopto precauciones.

[XII]

Argumento del doceno auto

Llegando la media noche, Calisto, Sempronio y Pármeno, armados, van para casa de Melibea. Lucrecia y Melibea están cabe la puerta, aguardando a Calisto. Viene Calisto. Háblale primero Lucrecia. Llama a Melibea. Apártase Lucrecia. Háblanse por entre las puertas Melibea y Calisto. Pármeno y Sempronio en su cabo departen.[609] Oyen gentes por la calle. Apercíbense para huir. Despídese Calisto de Melibea, dejando concertada la tomada para la noche siguiente. Pleberio, al son del ruido que había en la calle, despierta. Llama a su mujer, Alisa. Preguntan a Melibea quién da patadas en su cámara. Responde Melibea a su padre fingiendo que tenía sed. Calisto con sus criados va para su casa hablando. Échase a dormir. Pármeno y Sempronio van a casa de Celestina, demandan su parte de la ganancia; disimula Celestina. Vienen a reñir. Échanle mano a Celestina; mátanla. Da voces Elicia. Viene la justicia y prende a ambos.

CALISTO	PÁRMENO
LUCRECIA	PLEBERIO
MELIBEA	ALISA
SEMPRONIO	CELESTINA
ELICIA	

---

[609] *en su cabo departen*: por su lado hablan.

[Escena I]

CALISTO: Mozos, ¿qué hora da el reloj?

SEMPRONIO: Las diez.

CALISTO: ¡Oh, cómo me descontenta el olvido en los mozos! De mi mucho acuerdo en esta noche y tu descuidar y olvido se haría una razonable memoria y cuidado.[610] ¿Cómo,
desatinado, sabiendo cuánto me va en ser diez u once, me res-
pondías a tiento lo que más aína[611] se te vino a la boca? ¡Oh
cuitado de mí! Si por caso[612] me hobiera dormido y colgara[613]
mi pregunta de la respuesta de Sempronio para hacer de once
diez, y así de doce once, saliera Melibea, yo no fuera ido,
tornárase, de manera que ni mi mal hobiera fin, ni mi deseo
ejecución. No se dice en balde que mal ajeno de pelo cuelga.[614]

SEMPRONIO: Tanto yerro me parece, sabiendo, preguntar,

---

[610] *De mi mucho acuerdo en esta noche y tu descuidar y olvido se haría una
razonable memoria y cuidado*: la afirmación es tan oscura que se ha pensado que el pasaje se ha deturpado en el proceso de transmisión del texto.
Lobera *et alii*, de todas formas, interpretan: "De dos extremos (mi mucha
vigilancia y tu negligencia) se podría obtener un justo medio consistente en
poner la atención adecuada".

[611] *aína*: rápido.

[612] *por caso*: por casualidad.

[613] *colgara*: dependiera.

[614] *mal ajeno de pelo cuelga*: refrán que quiere decir que los problemas
ajenos no nos preocupan.

como, ignorando, responder. Mejor sería, señor, que se gastase esta hora que queda en aderezar armas que en buscar cuestiones.

CALISTO: Bien me dice este necio. No quiero en tal tiempo recebir enojo; no quiero pensar en lo que pudiera venir sino en lo que fue; no en el daño que resultara de su negligencia, sino en el provecho que vendrá de mi solicitud. Quiero dar espacio a la ira, que o se me quitará o se me ablandará. Descuelga, Pármeno, mis corazas y armaos vosotros, y así iremos a buen recaudo, porque, como dicen, el hombre apercebido, medio combatido.[615]

PÁRMENO: Helas aquí, señor.

CALISTO: Ayúdame aquí a vestirlas. Mira tú, Sempronio, si parece alguno por la calle.

SEMPRONIO: Señor, ninguna gente parece, y aunque la hobiese, la mucha escuridad privaría el viso[616] y conocimiento a los que nos encontrasen.

[Escena II]

CALISTO: Pues andemos por esta calle, aunque se rodee alguna cosa, porque más encubiertos vamos. Las doce da ya, buena hora es.

PÁRMENO: Cerca estamos.

CALISTO: A buen tiempo llegamos. Párate tú, Pármeno, a ver si es venida aquella señora por entre las puertas.

PÁRMENO: ¿Yo, señor? Nunca Dios mande que sea en dañar

---

[615] *el hombre apercebido, medio combatido*: refrán que significa que el hombre preparado tiene ganada la mitad de la batalla.

[616] *viso*: vista.

lo que no concerté; mejor será que tu presencia sea su primer encuentro, por que, viéndome a mí, no se turbe de ver que de tantos es sabido lo que tan ocultamente querría hacer, y con tanto temor hace, o porque quizá pensará que la burlaste.

CALISTO: ¡Oh qué bien has dicho! La vida me has dado con tu sotil aviso. Pues no era más menester para me llevar muerto a casa que volverse ella por mi mala providencia.[617] Yo me llego allá; quedaos vosotros en ese lugar.

[Escena III]

PÁRMENO: ¿Qué te parece, Sempronio, cómo el necio de nuestro amo pensaba tomarme por broquel[618] para el encuentro del primer peligro? ¿Qué sé yo quién está tras las puertas cerradas? ¿Qué sé yo si hay alguna traición? ¿Qué sé yo si Melibea anda por que le pague nuestro amo su mucho atrevimiento de esta manera? Y más aun, no somos muy ciertos decir verdad la vieja. No sepas hablar, Pármeno; sacarte han el alma sin saber quién; no seas lisonjero, como tu amo quiere, y jamás llorarás duelos ajenos; no tomes en lo que te cumple el consejo de Celestina, y hallarte has a escuras. Ándate ahí con tus consejos y amonestaciones fieles, darte han de palos. No vuelvas la hoja, y quedarte has a buenas noches.[619] Quiero hacer cuenta que hoy me nací, pues de tal peligro me escapé.

SEMPRONIO: Paso, paso,[620] Pármeno no saltes, ni hagas ese bollicio de placer, que darás causa que seas sentido.

---

[617] *providencia*: precaución.

[618] *broquel*: escudo.

[619] *No vuelvas la hoja, y quedarte has a buenas noches*: o cambias, o te quedarás sin saber qué hacer.

[620] *Paso, paso*: silencio, silencio.

PÁRMENO: Calla, hermano, que no me hallo de alegría.
¡Cómo le hice creer que por lo que a él cumplía dejaba de ir,
y era por mi seguridad! ¿Quién supiera así rodear su provecho como yo? Muchas cosas me verás hacer si estás de aquí
adelante atento, que no las sientan todas personas, así con
Calisto como con cuantos en este negocio suyo se entre-
metieren. Porque soy cierto que esta doncella ha de ser para
el cebo de anzuelo o carne de buitrera,[621] que suelen pagar
bien el escote[622] los que a comerla vienen.

SEMPRONIO: Anda, no te penen a ti esas sospechas, aunque
salgan verdaderas. Apercíbete, a la primera voz que oyeres,
tomar calzas de Villadiego.[623]

PÁRMENO: Leído has donde yo; en un corazón estamos.
Calzas traigo, y aun borceguíes[624] de esos ligeros que tú dices,
para mejor huir que otro. Pláceme que me has, hermano,
avisado de lo que yo no hiciera de vergüenza de ti; que nuestro amo, si es sentido, no temo que escapará de manos de esta
gente de Pleberio, para podernos después demandar cómo lo
hecimos e incursarnos[625] el huir.

SEMPRONIO: ¡Oh Pármeno, amigo, cuán alegre y provechosa
es la conformidad en los compañeros! Aunque por otra cosa
no nos fuera buena Celestina, era harta utilidad la que por su
causa nos ha venido.

PÁRMENO: Ninguno podrá negar lo que por sí se muestra.
Manifiesto es que con vergüenza el uno del otro, por no ser

---

[621] *buitrera*: cebo para cazar buitres.

[622] *pagar bien el escote*: pagar su parte.

[623] *tomar calzas de Villadiego*: huir a toda prisa.

[624] *borceguíes*: "Calzado de cuero, paño o lienzo, que cubre la parte superior del pie y parte de la pierna, a la cual se ajusta con botones, hebillas
o correas" (*DRAE*).

[625] *incursarnos*: acusarnos.

odiosamente acusado de cobarde, esperaremos aquí la muerte con nuestro amo, no siendo más de él merecedor de ella.

SEMPRONIO: Salido debe haber Melibea. Escucha, que hablan quedito.

PÁRMENO: ¡Cómo temo que no sea ella, sino alguna que finja su voz!

SEMPRONIO: Dios nos libre de traidores; no nos hayan tomado la calle por do tenemos de huir, que de otra cosa no tengo temor.

[Escena IV]

CALISTO: Ese bullicio más de una persona lo hace. Quiero hablar sea quien fuere. ¡Ce, señora mía!

LUCRECIA: La voz de Calisto es ésta; quiero llegar. ¿Quién habla? ¿Quién está fuera?

CALISTO: Aquel que viene a complir tu mandado.

LUCRECIA: ¿Por qué no llegas, señora? Llega sin temor acá, que aquel caballero está aquí.

MELIBEA: Loca, habla paso; mira bien si es él.

LUCRECIA: Allégate, señora, que sí es, que yo lo conozco en la voz.

CALISTO: Cierto soy burlado. No era Melibea la que me habló. Bullicio oigo. ¡Perdido soy! Pues viva o muera, que no he de ir de aquí.

MELIBEA: Vete, Lucrecia, acostar un poco. ¡Ce, señor! ¿Cómo es tu nombre? ¿Quién es el que te mandó ahí venir?

CALISTO: Es la que tiene merecimiento de mandar a todo el mundo, la que dignamente servir yo no merezco. No tema tu merced de se descobrir a este cautivo de su gentileza, que el dulce sonido de tu habla jamás de mis oídos se cae, me certifica ser tú mi señora Melibea. Yo soy tu siervo Calisto.

MELIBEA: La sobrada osadía de tus mensajes me ha forzado a haberte de hablar, señor Calisto, que habiendo habido de mí la pasada respuesta a tus razones, no sé qué piensas más sacar de mi amor de lo que entonces te mostré. Desvía estos vanos y locos pensamientos de ti, por que mi honra y persona estén sin detrimento de mala sospecha seguras. A esto fue aquí mi venida, a dar concierto en tu despedida y mi reposo.[626] No quieras poner mi fama en la balanza de las lenguas maldicientes.

CALISTO: A los corazones aparejados con apercibimiento recio contra las adversidades ninguna puede venir que pase de claro en claro la fuerza de su muro, pues el triste que, desarmado y sin proveer los engaños y celadas,[627] se vino a meter por las puertas de tu seguridad, cualquiera cosa que en contrario vea, es razón que le atormente y pase, rompiendo todos los almacenes en que la dulce nueva estaba aposentada.[628] ¡Oh malaventurado Calisto! ¡Oh cuán burlado has sido de tus sirvientes! ¡Oh engañosa mujer Celestina, dejárasme acabar de morir, y no tornaras a vivificar mi esperanza para que tuviese más que gastar el fuego que ya me aqueja! ¿Por qué falsaste[629] la palabra de esta mi señora? ¿Por qué has así dado con tu lengua causa a mi desesperación? ¿A qué me mandaste aquí venir para que me fuese mostrado el disfavor, el entredicho, la desconfianza, el odio por la mesma boca de esta que tiene las

---

[626] *a dar concierto en tu despedida y mi reposo*: a acordar tu despedida y mi reposo. Es decir, Melibea aparenta rechazar a Calisto.

[627] *celadas*: emboscadas.

[628] "Las expresiones 'puertas de seguridad'; 'almacenes en que la dulce espera estaba aposentada' y los verbos 'meter' y 'romper', tienen claros matices eróticos que expresan las intenciones de Calisto" (Lacarra).

[629] *falsaste*: falseaste.

llaves de mi perdición y gloria? ¡Oh enemiga! ¿Y tú no me dijiste que esta mi señora me era favorable? ¿No me dijiste que de su grado mandaba venir este su cautivo al presente lugar, no para me desterrar nuevamente de su presencia, pero para alzar el destierro ya, por otro su mandamiento puesto ante de agora? ¿En quién hallaré yo fe? ¿Adónde hay verdad? ¿Quién carece de engaño? ¿Adónde no moran falsarios? ¿Quién es claro enemigo? ¿Quién es verdadero amigo? ¿Dónde no se fabrican traiciones? ¿Quién osó darme tan cruda esperanza de perdición?

MELIBEA: Cesen, señor mío, tus verdaderas querellas, que ni mi corazón basta para las sufrir, ni mis ojos para lo disimular. Tú lloras de tristeza juzgándome cruel, yo lloro de placer viéndote tan fiel. ¡Oh mi señor y mi bien todo, cuánto más alegre me fuera poder ver tu faz que oír tu voz! Pero, pues no se puede al presente más hacer, toma la firma y sello de las razones que te envié escritas en la lengua de aquella solícita mensajera. Todo lo que te dijo confirmo, todo he por bueno. Limpia, señor, tus ojos; ordena de mí a tu voluntad.

CALISTO: ¡Oh señora mía, esperanza de mi gloria, descanso y alivio de mi pena, alegría de mi corazón! ¿Qué lengua será bastante para te dar iguales gracias a la sobrada e incomparable merced que en este punto, de tanta congoja para mí, me has querido hacer en querer que un tan flaco e indigno hombre pueda gozar de tu suavísimo amor? Del cual, aunque muy deseoso, siempre me juzgaba indigno, mirando tu grandeza, considerando tu estado, remirando tu perfección, contemplando tu gentileza, acatando mi poco merecer y tu alto merecimiento, tus extremadas gracias, tus loadas y manifiestas virtudes. Pues, ¡oh alto Dios!, ¿cómo te podré ser ingrato, que tan milagrosamente has obrado conmigo tus singulares maravillas? ¡Oh cuántos días antes de agora pasados me fue venido ese pensamiento a mi corazón, por imposible lo rechazaba de mi memoria, hasta que ya los rayos ilustrantes de tu muy claro gesto dieron luz en mis ojos, encendieron mi corazón, despertaron mi lengua, extendieron mi merecer, acortaron mi cobardía, destorcieron mi encogimiento,[630] doblaron mis fuerzas, desadormecieron mis pies y manos, finalmente me dieron tal osadía que me han traído con su mucho poder a este sublimado estado en que agora me veo, oyendo de grado tu suave voz, la cual, si ante de agora no conociese y no sintiese tus saludables olores, no podría creer que careciesen de engaño tus palabras! Pero como soy cierto de tu limpieza de sangre y hechos, me estoy remirando si soy yo Calisto, a quien tanto bien se hace.

MELIBEA: Señor Calisto, tu mucho merecer, tus extremadas gracias, tu alto nacimiento han obrado que, después que de ti hobe entera noticia, ningún momento de mi corazón te partieses. Y aunque muchos días he pugnado[631] por lo disimular, no he podido tanto que, en tornándome aquella mujer tu dulce nombre a la memoria, no descubriese mi deseo y viniese a este lugar y tiempo, donde te suplico ordenes y dispongas de mi persona según querrás. Las puertas impiden nuestro gozo, las cuales yo maldigo y sus fuertes cerrojos y mis flacas fuerzas, que ni tú estarías quejoso, ni yo descontenta.

CALISTO: ¿Cómo, señora mía? ¿Y mandas que consienta a un palo impedir nuestro gozo? Nunca yo pensé que, demás de tu voluntad, lo pudiera cosa estorbar. ¡Oh molestas y enojosas puertas, ruego a Dios que tal fuego os abrase como a mí da guerra, que con la tercia parte seríades en un punto quemadas! Pues por Dios, señora mía, permite que llame a mis criados para que las quiebren.

---

[630] *destorcieron mi encogimiento*: acabaron con mi retraimiento.
[631] *pugnado*: luchado.

PÁRMENO: ¿No oyes, no oyes, Sempronio? A buscarnos quiere venir para que nos den mal año; no me agrada cosa esta venida. En mal punto creo que se empezaron estos amores. Yo no espero más aquí.

SEMPRONIO: Calla, calla, escucha, que ella no consiente que vamos allá.

MELIBEA: ¿Quieres, amor mío, perderme a mí y dañar mi fama? No sueltes las riendas a la voluntad. La esperanza es cierta, el tiempo breve cuanto tú ordenares. Y pues tú sientes tu pena sencilla y yo la de entrambos, tú solo dolor, yo el tuyo y el mío, conténtate con venir mañana a esta hora por las paredes de mi huerto; que si agora quebrases las crueles puertas, aunque al presente no fuésemos sentidos, amanecería en casa de mi padre terrible sospecha de mi yerro. Y pues sabes que tanto mayor es el yerro cuanto mayor es el que yerra, en un punto será por la ciudad publicado.

SEMPRONIO: En hora mala acá esta noche venimos; aquí nos ha de amanecer, según del espacio que nuestro amo lo toma. Que aunque más la dicha nos ayude, nos han en tanto tiempo de sentir de su casa o vecinos.

PÁRMENO: Ya ha dos horas que te requiero que nos vamos, que no faltará un achaque.[632]

CALISTO: ¡Oh mi señora y mi bien todo! ¿Por qué llamas yerro a aquello que por los santos de Dios me fue concedido? Rezando hoy ante el altar de la Magdalena me vino con tu mensaje alegre aquella solícita mujer.

PÁRMENO: ¡Desvariar, Calisto, desvariar! Por fe tengo, hermano, que no es cristiano: lo que la vieja traidora con sus pestíferos hechizos ha rodeado y hecho dice que los santos de

---

[632] *achaque*: excusa.

Dios se lo han concedido y impetrado.[633] Y con esta confianza quiere quebrar las puertas, y no habrá dado el primer golpe cuando sea sentido y tomado por los criados de su padre, que duermen cerca.

SEMPRONIO: Ya no temas, Pármeno, que harto desviados estamos; en sintiendo el bollicio, el buen huir nos ha de valer. Déjale hacer, que si mal hiciere, él lo pagará.

PÁRMENO: Bien hablas; en mi corazón estás, así se haga. Huyamos la muerte, que somos mozos, que no querer morir, ni matar no es cobardía sino buen natural. Estos escuderos de Pleberio son locos; no desean tanto comer ni dormir como cuestiones y ruidos. Pues más locura sería esperar pelea con enemigo que no ama tanto la victoria y vencimiento como la contina guerra y contienda. ¡Oh si me vieses, hermano, cómo estoy, placer habrías! A medio lado, abiertas las piernas, el pie izquierdo adelante puesto en huida, las faldas en la cinta, la adarga[634] arrollada y so el sobaco, por que no me empache.[635] ¡Que, por Dios, que creo huyese como un gamo, según el temor tengo de estar aquí!

SEMPRONIO: Mejor estoy yo, que tengo liado el broquel[636] y el espada con las correas, por que no se caigan al correr, y el casquete en la capilla.[637]

PÁRMENO: ¿Y las piedras que traías en ella?

SEMPRONIO: Todas las vertí por ir más liviano, que harto tengo que llevar en estas corazas que me heciste vestir por importunidad, que bien las rehusaba de traer, porque me parecían para huir muy pesadas. Escucha, escucha, ¿oyes, Pármeno? ¡A

---

[633] *impetrado*: conseguido.

[634] *adarga*: escudo.

[635] *empache*: estorbe.

[636] *broquel*: escudo pequeño.

[637] *el casquete en la capilla*: el casco en la capucha.

malas andan! ¡Muertos somos! ¡Bota presto![638] ¡Echa hacia casa de Celestina, no nos atajen por nuestra casa!

PÁRMENO: ¡Huye huye, que corres poco! ¡Oh pecador de mí, si nos han de alcanzar! ¡Deja broquel y todo!

SEMPRONIO: ¿Si han muerto ya a nuestro amo?

PÁRMENO: No sé; no me digas nada. Corre y calla, que el menor cuidado mío es ése.

SEMPRONIO: ¡Ce, ce, Pármeno! Torna, torna callando, que no es sino la gente del alguacil,[639] que pasaba haciendo estruendo por la otra calle.

PÁRMENO: Míralo bien, no te fíes en los ojos, que se antoja muchas veces uno por otro. No me habían dejado gota de sangre; tragada tenía ya la muerte, que me parecía que me iban dando en estas espaldas golpes. En mi vida me acuerdo haber tan gran temor, ni verme en tal afrenta, aunque he andado por casas ajenas harto tiempo y en lugares de harto trabajo; que nueve años serví a los frailes de Guadalupe, que mil veces nos apuñeábamos yo y otros. Pero nunca como esta vez hobe miedo de morir.

SEMPRONIO: ¿Y yo no serví al cura de San Miguel, y al mesonero de la plaza, y a Mollejas el hortelano? Y también yo tenía mis cuestiones con los que tiraban piedras a los pájaros que asentaban en un álamo grande que tenía, porque dañaban la hortaliza. Pero guárdete Dios de verte con armas, que aquél es el verdadero temor. No en balde dicen cargado de hierro y cargado de miedo. Vuelve, vuelve, que el alguacil es, cierto.

---

[638] *¡Bota presto!*: ¡vete rápido!

[639] *alguacil*: oficial de justicia. "Era costumbre que el grupo de hombres de la ronda nocturna de vigilancia por las ciudades fuese haciendo ruido para certificar de su presencia y ahuyentar a los malhechores" (Lobera *et alii*).

[Escena V]

MELIBEA: Señor Calisto, ¿qué es esto que en la calle suena? ¡Parecen voces de gente que van en huida! ¡Por Dios, mírate, que estás a peligro!

CALISTO: Señora, no temas que a buen seguro vengo; los míos deben de ser, que son unos locos y desarman a cuantos pasan, y huiríales alguno.

MELIBEA: ¿Son muchos los que traéis?

CALISTO: No, sino dos; pero, aunque sean seis sus contrarios, no recebirán mucha pena para les quitar sus armas y hacerlos huir, según su esfuerzo. Escogidos son señora, que no vengo a lumbre de pajas.[640] Si no fuese por lo que a tu honra toca, pedazos harían estas puertas. Y si sentidos fuésemos, a ti y a mí librarían de toda la gente de tu padre.

MELIBEA: ¡Oh, por Dios, no se cometa tal cosa! Pero mucho placer tengo que de tan fiel gente andes acompañado; bien empleado es el pan que tan esforzados servientes comen. Por mi amor, señor, pues tal gracia la natura les quiso dar, sean de ti bien tratados y galardonados, por que en todo te guarden secreto. Y cuando sus osadías y atrevimientos les corrigieres, a vueltas del castigo mezcla favor, por que los ánimos esforzados no sean con encogimiento diminutos e irritados en el osar a sus tiempos.

PÁRMENO: ¡Ce, ce, señor, quítate presto dende, que viene mucha gente con hachas y serás visto y conocido, que no hay donde te metas!

CALISTO: ¡Oh mezquino yo, y cómo es forzado, señora, partirme de ti! Por cierto, temor de la muerte no obrara tanto como el de tu honra. Pues que ansí es, los ángeles queden

---

[640] *a lumbre de pajas*: sin la debida precaución.

con tu presencia; mi venida será, como ordenaste, por el huerto.

MELIBEA: Así sea, y vaya Dios contigo.

[Escena VI]

PLEBERIO: Señora mujer, ¿duermes?

ALISA: Señor, no.

PLEBERIO: ¿No oyes bullicio en el retraimiento[641] de tu hija?

ALISA: ¡Sí oigo! ¡Melibea, Melibea!

PLEBERIO: No te oye; yo la llamaré más recio. ¡Hija mía, Melibea!

MELIBEA: ¿Señor?

PLEBERIO: ¿Quién da patadas y hace bullicio en tu cámara?

MELIBEA: Señor, Lucrecia es, que salió por un jarro de agua para mí, que había sed.

PLEBERIO: Duerme, hija, que pensé que era otra cosa.

LUCRECIA: Poco estruendo los despertó, con pavor hablaban.

MELIBEA: No hay tan manso animal que con amor, o temor de sus hijos asperece.[642] ¿Pues qué harían si mi cierta salida supiesen?

[Escena VII]

CALISTO: Cerrad esa puerta, hijos, y tú, Pármeno, sube una vela arriba.

---

[641] *retraimiento*: habitación privada.
[642] *asperece*: irrite.

SEMPRONIO: Debes, señor, reposar y dormir eso que queda de aquí al día.

CALISTO: Pláceme, que bien lo he menester. ¿Qué te parece, Pármeno, de la vieja que tú me desalababas? ¿Qué obra ha salido de sus manos? ¿Qué fuera hecho sin ella?

PÁRMENO: Ni yo sentía tu gran pena, ni conocía la gentileza y merecimiento de Melibea, y así no tengo culpa. Conocía a Celestina y sus mañas; avisábate como a señor, pero ya me parece que es otra, todas las ha mudado.

CALISTO: ¿Y cómo mudado?

PÁRMENO: Tanto que si no lo hobiese visto no lo creería; mas así vivas tú como es verdad.

CALISTO: ¿Pues habéis oído lo que con aquella mi señora he pasado? ¿Qué hacíades, teníades temor?

SEMPRONIO: ¿Temor, señor, o qué? Por cierto, todo el mundo no nos le hiciera tener. ¡Hallado habías los temerosos! ¡Allí estuvimos esperándote muy aparejados y nuestras armas muy a mano!

CALISTO: ¿Habéis dormido algún rato?

SEMPRONIO: ¿Dormir señor? Dormilones son los mozos, nunca me asenté ni aun junté, por Dios, los pies, mirando a todas partes para, en sintiendo, poder saltar presto y hacer todo lo que mis fuerzas me ayudaran. Pues, Pármeno, aunque parecía que no te servía hasta aquí de buena gana, así se holgó cuando vio los de las hachas, como lobo cuando siente polvo de ganado, pensando poder quitárselas, hasta que vio que eran muchos.

CALISTO: No te maravilles, que procede de su natural ser osado, y aunque no fuese por mí, hacíalo porque no pueden los tales venir contra su uso, que aunque muda el pelo la raposa, su natural no despoja.[643] Por cierto, yo dije a mi seño-

---

[643] *su natural no despoja*: no se desprende de su verdadera condición.

ra Melibea lo que en vosotros hay, y cuán seguras tenía mis espaldas con vuestra ayuda y guarda. Hijos, en mucho cargo vos soy; rogad a Dios por salud, que yo os galardonaré más complidamente vuestro buen servicio. Id con Dios a reposar.

[Escena VIII]

PÁRMENO: ¿Adónde iremos, Sempronio? ¿A la cama a dormir o a la cocina a almorzar?

SEMPRONIO: Ve tú donde quisieres, que, antes que venga el día, quiero yo ir a Celestina, a cobrar mi parte de la cadena; que es una puta vieja. No le quiero dar tiempo en que fabrique alguna ruindad con que nos excluya.

PÁRMENO: Bien dices, olvidado lo había. Vamos entrambos, y si en eso se pone espantémosla de manera que le pese; que sobre dinero no hay amistad.

[Escena IX]

SEMPRONIO: ¡Ce, ce! Calla, que duerme cabe esta ventanilla. ¡Ta, ta! ¡Señora Celestina, ábrenos!

CELESTINA: ¿Quién llama?

SEMPRONIO: Abre, que son tus hijos.

CELESTINA: No tengo yo hijos que anden a tal hora.

SEMPRONIO: Ábrenos a Pármeno y a Sempronio, que nos venimos acá almorzar contigo.

CELESTINA: ¡Oh locos, traviesos, entrad, entrad! ¿Cómo venís a tal hora, que ya amanece? ¿Qué habéis hecho? ¿Qué os ha pasado? ¿Dispidióse la esperanza de Calisto o vive todavía con ella, o cómo queda?

SEMPRONIO: ¿Cómo, madre? Si por nosotros no fuera, ya anduviera su alma buscando posada para siempre; que si estimarse pudiese a lo que de allí nos queda obligado, no sería su hacienda bastante a complir la deuda, si verdad es lo que dicen, que la vida y persona es más digna y demás valor que otra cosa ninguna.

CELESTINA: ¡Jesú! ¿Qué en tanta afrenta os habéis visto? Cuéntamelo, por Dios.

SEMPRONIO: Mira que tanta, que por mi vida la sangre me hierve en el cuerpo en tornarlo a pensar.

CELESTINA: Reposa, por Dios y dímelo.

PÁRMENO: Cosa larga le pides, según venimos alterados y cansados del enojo que habemos habido. Harías mejor en aparejarnos a él y a mí de almorzar; quizá nos amansaría algo la alteración que traemos, que cierto te digo que no querría ya topar hombre que paz quisiese. Mi gloria sería agora hallar en quien vengar la ira que no pude en los que nos la causaron por su mucho huir.

CELESTINA: Landre me mate si no me espanto en verte tan fiero; creo que burlas. Dímelo agora, Sempronio, tú, por mi vida, ¿qué os ha pasado?

SEMPRONIO: Por Dios, sin seso vengo, desesperado, aunque para contigo, por demás es no templar la ira y todo enojo, y mostrar otro semblante que con los hombres.[644] Jamás me mostré poder mucho con los que poco pueden. Traigo, señora, todas las armas despedazadas; el broquel sin aro; la espada como sierra, el casquete abollado en la capilla, que no ten-

---

[644] *aunque para contigo, por demás es no templar la ira y todo enojo, y mostrar otro semblante que con los hombres:* "aunque para contigo estaría de más no templar la ira y todo enojo, mostrándote otro semblante que el que mostramos a los hombres" (Peter Russell).

go con qué salir un paso con mi amo cuando menester me haya, que quedó concertado de ir esta noche que viene a verse por el huerto. Pues comprarlo de nuevo, no mando[645] un maravedí, aunque caiga muerto.

CELESTINA: Pídelo, hijo, a tu amo, pues en su servicio se gastó y quebró, pues sabes que es persona que luego lo complirá, que no es de los que dicen "vive conmigo y busca quien te mantenga". Él es tan franco que te dará para eso y para más.

SEMPRONIO: ¡Ja! Trae también Pármeno perdidas las suyas; a este cuento,[646] en armas se le irá su hacienda. ¿Cómo quieres que le sea tan importuno en pedirle más de lo que él de su propio grado hace, pues es harto? No digan por mí que dándome un palmo pido cuatro. Dionos las cien monedas, dionos después la cadena; a tres tales aguijones no tendrá cera en el oído.[647] Caro le costaría este negocio; contentémonos con lo razonable, no lo perdamos todo por querer más de la razón, que quien mucho abarca, poco suele apretar.

CELESTINA: ¡Gracioso es el asno! Por mi vejez, que si sobre comer fuera, que dijera que habíamos todos cargado demasiado.[648] ¿Estás en tu seso, Sempronio? ¿Qué tiene que hacer tu galardón con mi salario, tu soldada con mis mercedes? ¿Soy yo obligada a soldar vuestras armas, a complir vuestras faltas? Aosadas[649] que me maten, si no te has asido a una palabrilla que te dije el otro día viniendo por la calle, que cuanto yo tenía era tuyo y que en cuanto pudiese con mis pocas fuer-

---

[645] *no mando*: no dejo en herencia.

[646] *a este cuento*: de esta manera.

[647] *a tres tales aguijones no tendrá cera en el oído*: tres peticiones de este tipo le dejan sin nada.

[648] *si sobre comer fuera, que dijera que habíamos todos cargado demasiado*: si estuviéramos comiendo, diría que todos habíamos bebido demasiado.

[649] *Aosadas*: en verdad.

zas, jamás te faltaría, y que si Dios me diese buena man-derecha[650] con tu amo, que tú no perderías nada. Pues ya sabes, Sempronio, que estos ofrecimientos estas palabras de buen amor no obligan. No ha de ser oro cuanto reluce; si no, más barato valdría. Dime, ¿estoy en tu corazón, Sempronio? Verás si, aunque soy vieja, si acierto lo que tú puedes pensar. Tengo, hijo, en buena fe, más pesar que se me quiere salir esta alma de enojo. Di a esta loca de Elicia, como vine de tu casa, la cadenilla que traje para que se holgase con ella, y no se puede acordar dónde la puso, que en toda esta noche ella ni yo no habemos dormido sueño de pesar, no por su valor de la cadena, que no era mucho, pero por su mal cobro de ella y de mi mala dicha. Entraron unos conocidos y familiares míos en aquella sazón aquí; temo no lo hayan llevado, dicien-do: "si te vi, burléme", etc.[651] Así que, hijos, agora que quie-ro hablar con entrambos, si algo vuestro amo a mí me dio debéis mirar que es mío. Que de tu jubón de brocado no te pedí yo parte, ni la quiero. Sirvamos todos, que a todos dará según viere que lo merecen; que si me ha dado algo, dos ve-ces he puesto por él mi vida al tablero. Más herramienta se me ha embotado[652] en su servicio que a vosotros, más materiales he gastado. Pues habéis de pensar, hijos, que todo me cuesta dinero, aun mi saber, que no lo he alcanzado holgando, de lo cual fuera buen testigo su madre de Pármeno, Dios haya su alma. Esto trabajé yo; a vosotros se os debe esto otro. Esto tengo yo por oficio y trabajo, vosotros por recreación y delei-te. Pues así no habéis vosotros de haber igual galardón de

---

[650] *manderecha*: suerte.

[651] *si te vi burléme, etc.*: el refrán completo es "Si me viste, burléme; si no me viste, calléme". Se refiere a los ladrones, que si son descubiertos, disimu-lan y alegan como disculpa estar gastando una broma, pero si no, se callan.

[652] *embotado*: desgastado.

holgar, que yo de penar. Pero aun con todo lo que he dicho, no os despidáis, si mi cadena parece, de sendos pares de calzas de grana, que es el hábito que mejor en los mancebos parece. Y si no, recebid la voluntad, que yo me callaré con mi pérdida. Y todo esto de buen amor, porque holgasteis que hobiese yo antes el provecho de estos pasos que otra. Y si no os contentardes, de vuestro daño haréis.

SEMPRONIO: No es esta la primera vez que yo he dicho cuánto en los viejos reina este vicio de codicia: cuando pobre, franca; cuando rica, avarienta. Así que, adquiriendo, crece la codicia; y la pobreza, codiciando, y ninguna cosa hace pobre al avariento, sino la riqueza. ¡Oh Dios, y cómo crece la necesidad con la abundancia! ¿Quién la oyó esta vieja decir que me llevase yo todo el provecho si quisiese de este negocio, pensando que sería poco? Agora que lo ve crecido, no quiere dar nada, por complir el refrán de los niños que dicen: "de lo poco, poco; de lo mucho, nada".

PÁRMENO: Déte lo que prometió o tomémoselo todo. Harto te decía yo quién era esta vieja, si tú me creyeras.

CELESTINA: Si mucho enojo traéis con vosotros o con vuestro amo o armas, no lo quebréis en mí,[653] que bien sé dónde nace esto. Bien sé y barrunto de qué pie cojeáis, no cierto de la necesidad que tenéis de lo que me pedís, ni aun por la mucha codicia que lo tenéis, sino, pensando que os he de tener toda vuestra vida atados y cautivos con Elicia y Areúsa, sin quereros buscar otras, movéisme estas amenazas de dinero, ponéisme estos temores de la partición. Pues callad, que quien éstas os supo acarrear os dará otras diez, agora que hay más conocimiento y más razón y más merecido de vuestra parte. Y si sé complir lo que se promete en este caso, dígalo

---

[653] *no lo quebréis en mí*: no me lo hagáis pagar a mí.

Pármeno. Dilo, dilo, no hayas empacho de contar cómo nos pasó cuando a la otra dolía la madre.

SEMPRONIO: Yo dígole que se vaya y abájase las bragas.[654] No ando por lo que piensas; no entremetas burlas a nuestra demanda, que con ese galgo no tomarás, si yo puedo, más liebres. Déjate conmigo de razones; a perro viejo no cuz cuz.[655] Danos las dos partes por cuenta de cuanto de Calisto has recebido, no quieras que se descubra quién tú eres. ¡A los otros, a los otros, con esos halagos, vieja!

CELESTINA: ¿Quién soy yo, Sempronio? ¿Quitásteme de la putería?[656] Calla tu lengua, no amengües mis canas,[657] que soy una vieja cual Dios me hizo, no peor que todas. Vivo de mi oficio como cada cual oficial del suyo, muy limpiamente. A quien no me quiere, no le busco. De mi casa me vienen a sacar, en mi casa me ruegan. Si bien o mal vivo, Dios es el testigo de mi corazón. Y no pienses con tu ira maltratarme, que justicia hay para todos, y a todos es igual. Tan bien seré oída, aunque mujer, como vosotros muy peinados. Déjame en mi casa con mi fortuna. Y tú, Pármeno, no pienses que soy tu cautiva por saber mis secretos y mi vida pasada y los casos que nos acaecieron a mí y a la desdichada de tu madre; aun así me trataba ella cuando Dios quería.

PÁRMENO: ¡No me hinches las narices con esas memorias! Si no, enviarte con nuevas a ella, donde mejor te puedas quejar!

CELESTINA: ¡Elicia, Elicia, levántate de esa cama, dacá[658] mi

---

[654] *Yo dígole que se vaya y abájase las bragas*: le digo una cosa y hace lo que le da la gana.

[655] *a perro viejo no cuz cuz*: el refrán significa que al que tiene experiencia no se le puede engañar.

[656] *putería*: prostitución.

[657] *no amengües mis canas*: ten respeto a mi edad.

[658] *dacá*: trae acá.

manto presto, que, por los santos de Dios, para aquella justicia me vaya bramando como una loca! ¿Qué es esto? ¿Qué quieren decir tales amenazas en mi casa? ¿Con una oveja mansa tenéis vosotros manos y braveza? ¿Con una gallina atada? ¿Con una vieja de sesenta años? ¡Allá, allá, con los hombres como vosotros! Contra los que ciñen espada mostrad vuestras iras, no contra mi flaca rueca. Señal es de gran cobardía acometer a los menores y a los que poco pueden. Las sucias moscas nunca pican sino los bueyes magros y flacos; los guzques[659] ladradores a los pobres peregrinos aquejan con mayor ímpetu. Si aquella que allí está en aquella cama me hobiese a mí creído, jamás quedaría esta casa de noche sin varón, ni dormiríemos a lumbre de pajas. Pero por aguardarte, por serte fiel, padecemos esta soledad, y como nos veis mujeres, habláis y pedís demasías, lo cual si hombre sintiésedes en la posada, no haríades; que, como dicen, el duro adversario entibia las iras y sañas.

SEMPRONIO: ¡Oh vieja avarienta, muerta de sed por dinero! ¿No serás contenta con la tercia parte de lo ganado?

CELESTINA: ¿Qué tercia parte? Vete con Dios de mi casa, tú y este otro no dé voces, no allegue la vecindad. No me hagáis salir de seso, no queráis que salgan a plaza las cosas de Calisto y vuestras.

SEMPRONIO: Da voces o gritos, que tú complirás lo que prometiste o complirás hoy tus días.

ELICIA: ¡Mete, por Dios, el espada! ¡Tenlo, Pármeno, tenlo, no la mate ese desvariado!

CELESTINA: ¡Justicia, justicia, señores vecinos! ¡Justicia, que me matan en mi casa estos rufianes!

---

[659] *guzques*: perros pequeños.

SEMPRONIO: ¿Rufianes, o qué? Espera, doña hechicera, que yo te haré ir al infierno con cartas.[660]

CELESTINA: ¡Ay, que me ha muerta! ¡Ay, ay, confesión, confesión!

PÁRMENO: ¡Dale, dale, acábala pues comenzaste, que nos sentirán! ¡Muera, muera, de los enemigos los menos!

CELESTINA: ¡Confesión!

ELICIA: ¡Oh crueles enemigos, en mal poder os veáis y para quién tovisteis manos! ¡Muerta es mi madre y mi bien todo!

SEMPRONIO: ¡Huye, huye, Pármeno, que carga[661] mucha gente! ¡Guarte,[662] guarte, que viene el alguacil!

PÁRMENO: ¡Oh pecador de mí, que no hay por do nos vamos, que está tomada la puerta!

SEMPRONIO: ¡Saltemos de estas ventanas! ¡No muramos en poder de justicia!

PÁRMENO: Salta, que yo tras ti voy.

---

[660] *yo te haré ir al infierno con cartas*: la ironía de Sempronio es atroz. Las cartas son, por supuesto, cartas de recomendación.

[661] *carga*: viene.

[662] *Guarte*: guárdate.

[XIII]

Argumento del treceno auto

*Despertado Calisto de dormir, está hablando consigo mismo.
Dende a un poco está llamando a Tristán y otros sus criados.
Torna a dormir Calisto. Pónese Tristán a la puerta. Viene So-
sia llorando. Preguntado de Tristán, Sosia cuéntale la muerte de
Sempronio y Pármeno. Van a decir las nuevas a Calisto, el cual
sabiendo la verdad, hace gran lamentación.*

CALISTO   TRISTÁN
SOSIA

[Escena I]

CALISTO: ¡Oh, cómo he dormido tan a mi placer después de aquel azucarado rato, después de aquel angélico razonamiento! Gran reposo he tenido; ¿el sosiego y descanso proceden de mi alegría o lo causó el trabajo corporal, mi mucho dormir, o la gloria y placer del ánimo? Y no me maravillo que lo uno y lo otro se juntasen a cerrar los candados de mis ojos, pues trabajé con el cuerpo y persona y holgué con el espíritu y sentido la pasada noche. Muy cierto es que la tristeza acarrea pensamiento y el mucho pensar impide el sueño, como a mí estos días es acaecido con la desconfianza que tenía de la mayor gloria que ya poseo. ¡Oh señora y amor mío, Melibea! ¿Qué piensas agora? ¿Si duermes o estás despierta? ¿Si piensas en mí o en otro? ¿Si estás levantada o acostada? ¡Oh dichoso y bienandante[663] Calisto, si verdad es que no ha sido sueño lo pasado! ¿Soñélo o no? ¿Fue fantaseado[664] o pasó en verdad? Pues no estuve solo, mis criados me acompañaron. Dos eran; si ellos dicen que pasó en verdad, creerlo he según derecho. Quiero mandarlos llamar para más confirmar mi gozo. ¡Tristanico, mozos! ¡Tristanico, levanta de ahí!

---

[663] *bienandante*: afortunado.
[664] *fantaseado*: imaginado.

TRISTÁN:	Señor, levantado estoy.
CALISTO:	Corre, llámame a Sempronio y a Pármeno.
TRISTÁN:	Ya voy, señor.
CALISTO:	Duerme y descansa, penado,
	desde agora, pues te ama tu señora
	de su grado.
	Vence placer al cuidado,
	y no te vea, pues te ha hecho su privado
	Melibea.
TRISTÁN:	Señor, no hay ningún mozo en casa.
CALISTO:	Pues abre esas ventanas, verás qué hora es.
TRISTÁN:	Señor, bien de día.
CALISTO:	Pues tórnalas a cerrar y déjame dormir hasta que

sea hora de comer.

[Escena II]

TRISTÁN: Quiero bajarme a la puerta por que duerma mi amo sin que ninguno le impida, y a cuantos le buscaren se le negaré. ¡Oh qué grita[665] suena en el mercado! ¿Qué es esto? Alguna justicia se hace o madrugaron a correr toros. No sé que me diga de tan grandes voces como se dan. De allá viene Sosia el mozo de espuelas; él me dirá qué es esto. Desgreñado viene el bellaco; en alguna taberna se debe haber revolcado, y si mi amo le cae en el rastro, mandarle ha dar dos mil palos, que, aunque es algo loco, la pena le hará cuerdo. Parece que viene llorando. ¿Qué es esto, Sosia? ¿Por qué lloras? ¿De dó vienes?

SOSIA: ¡Oh malaventurado yo! ¡Oh qué pérdida tan

---

[665] *grita*: griterío.

grande! ¡Oh deshonra de la casa de mi amo! ¡Oh qué mal día amaneció éste! ¡Oh desdichados mancebos!

TRISTÁN: ¿Qué es? ¿Qué has? ¿Por qué te matas? ¿Qué mal es éste?

SOSIA: ¡Sempronio y Pármeno!

TRISTÁN: ¿Qué dices? ¿Sempronio y Pármeno? ¿Qué es esto, loco? ¡Aclárate más que me turbas!

SOSIA: ¡Nuestros compañeros, nuestros hermanos!

TRISTÁN: O tú estás borracho, o has perdido el seso, o traes alguna mala nueva. ¿No me dices que es eso que dices de esos mozos?

SOSIA: Que quedan degollados en la plaza.

TRISTÁN: ¡Oh mala fortuna la nuestra si es verdad! ¿Vístelos cierto, o habláronte?

SOSIA: Ya sin sentido iban, pero el uno con harta dificultad, como me sintió que con lloro le miraba, hincó los ojos en mí, alzando las manos al cielo, casi dando gracias a Dios, y como preguntando si me sentía de su morir; y en señal de triste despedida abajó su cabeza con lágrimas en los ojos, dando bien a entender que no me había de ver más hasta el día del gran Juicio.

TRISTÁN: No sentiste bien, que sería preguntarte si estaba presente Calisto. Y pues tan claras señas traes de este cruel dolor, vamos presto con las tristes nuevas a nuestro amo.

[Escena III]

SOSIA: ¡Señor, señor!

CALISTO: ¿Qué es eso, locos? ¿No os mandé que no me recordásedes?

SOSIA: Recuerda y levanta, que si tú no vuelves por los tuyos, de caída vamos.[666] Sempronio y Pármeno quedan descabezados en la plaza, como públicos malhechores, con pregones que manifestaban su delito.

CALISTO: ¡Oh válasme Dios! ¿Y qué es esto que me dices? No sé si te crea tan acelerada[667] y triste nueva. ¿Vístelos tú?

SOSIA: Yo los vi.

CALISTO: Cata, mira qué dices, que esta noche han estado conmigo.

SOSIA: Pues madrugaron a morir.

CALISTO: ¡Oh mis leales criados, oh mis grandes servidores, oh mis fieles secretarios y consejeros! ¿Puede ser tal cosa verdad? ¡Oh amenguado Calisto, deshonrado quedas para toda tu vida! ¿Qué será de ti, muertos tal par de criados? Dime, por Dios, Sosia, ¿qué fue la causa? ¿Qué decía el pregón? ¿Dónde los tomaron? ¿Qué justicia lo hizo?

SOSIA: Señor, la causa de su muerte publicaba el cruel verdugo a voces diciendo: "¡manda la justicia mueran los violentos matadores!".

CALISTO: ¿A quién mataron, cómo se llamaba el muerto?

SOSIA: Señor, una mujer que se llamaba Celestina.

CALISTO: ¿Qué me dices?

SOSIA: Esto que oyes.

CALISTO: Pues si eso es verdad, mata tú a mí; yo te perdono, que más mal hay que viste ni puedes pensar si Celestina, la de la cuchillada, es la muerta.

SOSIA: Ella mesma es; de más de treinta estocadas la vi llagada, tendida en su casa, llorándola una su criada.

---

[666] *si tú no vuelves por los tuyos, de caída vamos*: si tú no defiendes a los tuyos, quedaremos deshonrados.

[667] *acelerada*: imprevista.

CALISTO: ¡Oh tristes mozos! ¿Cómo iban? ¿Viéronte? ¿Habláronte?

SOSIA: ¡Oh señor, que si los vieras, quebraras el corazón de dolor! El uno llevaba todos los sesos de la cabeza fuera sin ningún sentido. El otro quebrados entrambos brazos y la cara magullada, todos llenos de sangre, que saltaron de unas ventanas muy altas, por huir del alguacil, y así casi muertos les cortaron las cabezas, que creo que ya no sintieron nada.

CALISTO: Pues yo bien siento mi honra. Pluguiera a Dios que fuera yo ellos y perdiera la vida y no la honra, y no la esperanza de conseguir mi comenzado propósito, que es lo que más en este caso desastrado siento. ¡Oh mi triste nombre y fama, cómo andas al tablero, de boca en boca! ¡Oh mis secretos más secretos, cuán públicos andaréis por las plazas y mercados! ¿Qué será de mí? ¿Adónde iré? Que salga allá, a los muertos no puedo ya remediar, que me esté aquí parecerá cobardía. ¿Qué consejo tomaré? Dime, Sosia, ¿qué era la causa por que la mataron?

SOSIA: Señor, aquella su criada dando voces, llorando su muerte la publicaba a cuantos la querían oír, diciendo que porque no quiso partir con ellos una cadena de oro que tú le diste.

[Escena IV]

CALISTO: ¡Oh día de congoja, o fuerte tribulación, y en qué anda mi hacienda de mano en mano y mi nombre de lengua en lengua! Todo será público cuanto con ella y con ellos hablaba, cuanto de mí sabían, el negocio en que andaban. No osaré salir ante gentes. ¡Oh pecadores de mancebos, padecer por tan súbito desastre! ¡Oh mi gozo, cómo te vas diminuyendo! Proverbio es antiguo, que de muy alto grandes caídas se dan. Mucho había anoche alcanzado; mucho tengo hoy perdido. Rara es la bonanza en el piélago.[668] Yo estaba en título de alegre si mi ventura quisiera tener quedos los ondosos[669] vientos de mi perdición. ¡Oh fortuna, cuánto y por cuántas partes me has combatido! Pues por más que sigas mi morada y seas contraria a mi persona, las adversidades con igual ánimo se han de sufrir y en ellas se prueba el corazón recio o flaco. No hay mejor toque para conocer qué quilates de virtud o esfuerzo tiene el hombre. Pues por más mal y daño que me venga, no dejaré de complir el mandado de aquella por quien todo esto se ha causado; que más me va en conseguir la ganancia de la gloria que espero, que en la pérdida de morir los que morieron. Ellos eran sobrados y esforzados; agora o en otro tiempo de pagar habían. La vieja era mala y falsa, según parece que hacía trato con ellos, y así que riñeron sobre la capa del justo. Permisión fue divina que así acabase en pago de muchos adulterios que por su intercesión o causa son cometidos. Quiero hacer aderezar a Sosia y a Tristanico; irán conmigo este tan esperado camino; llevarán escalas, que son altas las paredes. Mañana haré que vengo de fuera, si pudiere vengar estas muertes; si no, purgaré mi inocencia[670] con mi fingida ausencia, o me fingiré loco por mejor gozar de este sabroso deleite de mis amores, como hizo aquel gran capitán Ulises por evitar la batalla troyana y holgar con Penélope su mujer.[671]

---

[668] *bonanza en el piélago*: buen tiempo en el mar.

[669] *ondosos*: agitados.

[670] *purgaré mi inocencia*: probaré mi inocencia.

[671] Según algunos relatos, Ulises se hizo pasar por loco para evitar ser reclutado e ir a la guerra de Troya. Sin embargo, fue descubierto y no le quedó más remedio que dejar Ítaca.

[XIV]

Argumento del cuatorceno auto

Está Melibea muy afligida hablando con Lucrecia sobre la tardanza de Calisto, el cual le había hecho voto[672] de venir en aquella noche a visitarla, lo cual cumplió, y con él vinieron, Sosia y Tristán. Y después que cumplió su voluntad,[673] volvieron todos a la posada. Y Calisto se retrae en su palacio y quéjase por haber estado tan poca cantidad de tiempo con Melibea, y ruega a Febo que cierre sus rayos para huber de restaurar su deseo.

MELIBEA	TRISTÁN
LUCRECIA	CALISTO
SOSIA	

---

[672] *hecho voto*: prometido.
[673] *cumplió su voluntad*: dio satisfacción a su apetito sexual.

[Escena I]

MELIBEA: Mucho se tarda aquel caballero que esperamos. ¿Qué crees tú o sospechas de su estada, Lucrecia?

LUCRECIA: Señora, que tiene justo impedimento y que no es en su mano venir más presto.

MELIBEA: Los ángeles sean en su guarda, su persona esté sin peligro; que su tardanza no me da pena. Mas, cuitada, pienso muchas cosas que desde su casa acá le podrían acaecer. ¿Quién sabe si él, con voluntad de venir al prometido plazo en la forma que los tales mancebos a las tales horas suelen andar, fue topado de los alguaciles nocturnos, y sin le conocer, le han acometido, el cual por se defender los ofendió[674] o es de ellos ofendido? ¿O si por caso los ladradores perros con sus crueles dientes, que ninguna diferencia saben hacer ni acatamiento[675] de personas, le hayan mordido? ¿O si ha caído en alguna calzada o hoyo, donde algún daño le viniese? Mas, ¡oh mezquina de mí!, ¿qué son estos inconvenientes que el concebido amor me pone delante y los atribulados[676] imaginamientos me acarrean? No plega a Dios que ninguna de estas cosas sea; antes esté cuanto le placerá sin verme. Mas

---

[674] *ofendió*: atacó.
[675] *acatamiento*: distinción.
[676] *atribulados*: acongojados.

oye, oye, que pasos suenan en la calle, y aun parece que hablan de esta otra parte del huerto.

[Escena II]

SOSIA: Arrima esa escala, Tristán, que éste es el mejor lugar, aunque alto.

TRISTÁN: Sube, señor; yo iré contigo, porque no sabemos quién está dentro. Hablando están.

CALISTO: Quedaos, locos, que yo entraré solo, que a mi señora oigo.

[Escena III]

MELIBEA: Es tu sierva, es tu cautiva, es la que más tu vida que la suya estima. ¡Oh, mi señor, no saltes de tan alto, que me moriré en verlo! ¡Baja, baja, poco a poco por el escala! ¡No vengas con tanta presura!

CALISTO: ¡Oh angélica imagen, oh preciosa perla, ante quien el mundo es feo! ¡Oh mi señora y mi gloria! ¡En mis brazos te tengo y no lo creo! Mora en mi persona tanta turbación de placer, que me hace no sentir todo el gozo que poseo.

MELIBEA: Señor mío, pues me fié en tus manos, pues quise cumplir tu voluntad, no sea de peor condición por ser piadosa, que si fuera esquiva y sin misericordia. No quieras perderme por tan breve deleite y en tan poco espacio; que las mal hechas cosas, después de cometidas, más presto se pueden reprender que enmendar. Goza de lo que yo gozo, que es ver y llegar a tu persona; no pidas ni tomes aquello que, tomado, no será en tu mano volver. Guarte, señor, de dañar lo que con todos tesoros del mundo no se restaura.

CALISTO: Señora, pues por conseguir esta merced toda mi vida he gastado, ¿qué sería, cuando me la diesen, desecharla? Ni tú, señora, me lo mandarás, ni yo lo podría acabar conmigo. No me pidas tal cobardía. No es hacer tal cosa de ninguno que hombre sea, mayormente amando como yo. Nadando por este fuego de tu deseo toda mi vida, ¿no quieres que me arrime al dulce puerto a descansar de mis pasados trabajos?

MELIBEA: Por mi vida, que, aunque hable tu lengua cuanto quisiere, no obren las manos cuanto pueden. ¡Está quedo, señor mío! Bástete, pues ya soy tuya, gozar de lo exterior, de esto que es propio fruto de amadores; no me quieras robar el mayor don que la natura me ha dado. Cata que del buen pastor es propio tresquilar sus ovejas y ganado, pero no destruirlo y estragarlo.[677]

CALISTO: ¿Para qué, señora? ¿Para que no esté queda mi pasión? ¿Para penar de nuevo? ¿Para tornar el juego de comienzo?[678] Perdona, señora, a mis desvergonzadas manos que jamás pensaron de tocar tu ropa con su indignidad y poco merecer. Agora gozan de llegar a tu gentil cuerpo y lindas y delicadas carnes.

MELIBEA: Apártate allá, Lucrecia.

CALISTO: ¿Por qué, mi señora? Bien me huelgo que estén semejantes testigos de mi gloria.

MELIBEA: Yo no los quiero de mi yerro. Si pensara que tan

---

[677] *estragarlo*: dañarlo.

[678] *¿Para tornar el juego de comienzo?*: "¿Para volver a la burla (*juego*) del principio, de la noche anterior, cuando me hiciste creer que no me amabas?" (Bienvenido Morros).

desmesuradamente te habías de haber conmigo, no fiara mi persona de tu cruel conversación.

[Escena IV]

SOSIA: Tristán, bien oyes lo que pasa. ¿En qué términos anda el negocio?

TRISTÁN: Oigo tanto que juzgo a mi amo por el más bienaventurado hombre que nació; y por mi vida que, aunque soy mochacho, que diese tan buena cuenta como mi amo.

SOSIA: Para con tal joya quienquiera se tendría manos. Pero con su pan se la coma, que bien caro le cuesta. Dos mozos entraron en la salsa de estos amores.

TRISTÁN: Ya los tiene olvidados. ¡Dejaos morir sirviendo a ruines, haced locuras en confianza de su defensión! Viviendo con el conde, que no matase al hombre,[679] me daba mi madre por consejo. Veslos a ellos alegres y abrazados, y sus servidores con harta mengua degollados.

MELIBEA: ¡Oh mi vida y mi señor! ¿Cómo has querido que pierda el nombre y corona de virgen por tan breve deleite? ¡Oh pecadora de ti, mi madre, si de tal cosa fueses sabidora, cómo tomarías de grado tu muerte y me la darías a mí por fuerza! ¡Cómo serías cruel verdugo de tu propia sangre! ¡Cómo sería yo fin quejosa de tus días! ¡Oh mi padre honrado, cómo he dañado tu fama, y dado causa y lugar a quebrantar tu casa! ¡Oh traidora de mí! ¿Cómo no miré primero el gran yerro que se seguía de tu entrada, el gran peligro que esperaba?

---

[679] *Viviendo con el conde, que no matase al hombre*: refrán que viene a decir que gozar de la protección de alguien importante no garantiza la seguridad.

SOSIA: Ante quisiera yo oírte esos milagros.[680] Todas sabéis esa oración después que no puede dejar de ser hecho. ¡Y el bobo de Calisto que se lo escucha!

[Escena V]

CALISTO: Ya quiere amanecer. ¿Qué es esto? No parece que ha una hora que estamos aquí, y da el reloj las tres.

MELIBEA: Señor, por Dios, pues ya todo queda por ti, pues soy tu dueña,[681] pues ya no puedes negar mi amor, no me niegues tu vista. Y más, las noches que ordenares sea tu venida por este secreto lugar, a la mesma hora, por que siempre te espere apercebida del gozo con que quedo, esperando las venideras noches. Y por el presente vete con Dios, que no seas visto que hace muy escuro, ni yo en casa sentida, que aun no amanece.

CALISTO: Mozos, poned el escala.

SOSIA: Señor, vesla aquí, baja.

[Escena VI]

MELIBEA: Lucrecia, vente acá, que estoy sola; aquel señor mío es ido; conmigo deja su corazón, consigo lleva el mío. ¿Hasnos oído?

LUCRECIA: No, señora, que durmiendo he estado.[682]

---

[680] *milagros*: exclamaciones fingidas.
[681] *dueña*: mujer que ya no es doncella (virgen).
[682] A partir de aquí comienza la gran interpolación de la *Tragicomedia*.

[Escena VII]

SOSIA:	Tristán, debemos ir muy callando, porque suelen levantarse a esta hora los ricos, los codiciosos de temporales bienes, los devotos de templos, monesterios e iglesias, los enamorados, como nuestro amo, los trabajadores de los campos y labranzas, y los pastores, que en este tiempo traen las ovejas a estos apriscos a ordeñar, y podría ser que cogiesen de pasada alguna razón, por do toda su honra y la de Melibea se turbase.

TRISTÁN:	¡Oh simple rascacaballos![683] ¡Dices que callemos y nombras su nombre de ella! ¡Bueno eres para adalid o para regir gente en tierra de moros,[684] de noche! Así que, prohibiendo, permites; encubriendo, descubres; asegurando, ofendes; callando, voceas y pregonas; preguntando, respondes. Pues tan sotil y discreto eres, ¿no me dirás en qué mes cae Santa María de agosto, por que sepamos si hay harta paja en casa que comas hogaño?[685]

CALISTO:	Mis cuidados y los de vosotros no son todos unos. Entrad callando; no nos sientan en casa; cerrad esa puerta y vamos a reposar, que yo me quiero sobir solo a mi cámara. Yo me desarmaré. Id vosotros a vuestras camas.

---

[683] *rascacaballos*: mozo de caballos.

[684] *regir gente en tierra de moros*: guiar una expedición en tierra de moros.

[685] *¿no me dirás en qué mes cae Santa María de agosto, por que sepamos si hay harta paja en casa que comas hogaño?*: Tristán subraya la estulticia de Sosia haciéndole una pregunta de respuesta obvia y diciéndole que se alimenta de paja (como un burro).

[Escena VIII]

CALISTO: ¡Oh mezquino yo, cuánto me es agradable de
mi natural[686] la solicitud[687] y silencio y escuridad! No sé si
lo causa que me vino a la memoria la traición que hice en
despartir de aquella señora que tanto amo, hasta que más
fuera de día, o el dolor de mi deshonra. ¡Ay, ay, que esto es,
esta herida es la que siento agora que se ha resfriado, agora
que está helada la sangre que ayer hervía, agora que veo la
mengua de mi casa, la falta de mi servicio, la perdición de
mi patrimonio, la infamia que a mi persona de la muerte de
mis criados se ha seguido! ¿Qué hice? ¿En qué me detuve?
¿Cómo me pude sofrir[688] que no me mostré luego presente
como hombre injuriado, vengador soberbio y acelerado de
la manifiesta injusticia que me fue hecha? ¡Oh mísera sua-
vidad de esta brevísima vida! ¿Quién es de ti tan codicioso
que no quiera más morir luego que gozar un año de vida
denostado y prorrogarle con deshonra, corrompiendo la
buena fama de los pasados? Mayormente que no hay hora
cierta, ni limitada, ni aun un solo momento; deudores somos sin tiempo, contino estamos obligados a pagar luego.
¿Por qué no salí a inquirir siquiera la verdad de la secreta
causa de mi manifiesta perdición? ¡Oh breve deleite mundano, cómo duran poco y cuestan mucho tus dulzores! No se
compra tan caro el arrepentir. ¡Oh triste yo! ¿Cuándo se
restaurará tan grande pérdida? ¿Qué haré? ¿Qué consejo
tomaré? ¿A quién descobriré mi mengua? ¿Por qué lo celo
a los otros mis servidores y parientes? Tresquílanme en con-

---

[686] *de mi natural*: de forma innata.
[687] *solicitud*: inquietud.
[688] *sofrir*: tolerar.

sejo y no lo saben en mi casa.[689] Salir quiero; pero, si salgo para decir que he estado presente, es tarde; si ausente, es temprano. Y para proveer amigos y criados antiguos, parientes y allegados, es menester tiempo, y para buscar armas y otros aparejos de venganza.

¡Oh cruel juez, y qué mal pago me has dado del pan que de mi padre comiste! Yo pensaba que pudiera con tu favor matar mil hombres sin temor de castigo, inicuo falsario, perseguidor de verdad, hombre de bajo suelo, bien dirán por ti que te hizo alcalde mengua[690] de hombres buenos. Miraras que tú y los que mataste, en servir a mis pasados y a mí, érades compañeros. Mas cuando el vil está rico, ni tiene pariente, ni amigo. ¿Quién pensara que tú me habías de destruir? No hay, cierto, cosa más empecible[691] que el incogitado[692] enemigo. ¿Por qué quesiste que dijesen del monte sale con que se arde y que crié cuervo que me sacase el ojo?[693] Tú eres público delincuente y mataste a los que son privados. Y pues sabe que menor delito es el privado[694] que el público, menor su utilidad, según las leyes de Atenas disponen, las cuales no son escritas con sangre, antes muestran que es menos yerro no condenar los malhechores que punir[695] los inocentes. ¡Oh

---

[689] *Tresquílanme en consejo y no lo saben en mi casa*: es público y notorio, pero no se sabe en mi casa.

[690] *mengua*: falta, escasez.

[691] *empecible*: perniciosa.

[692] *incogitado*: insospechado.

[693] *que dijesen del monte sale con que se arde y que crié cuervo que me sacase el ojo*: ambos dichos vienen a decir que es fácil que uno sea traicionado por alguien cercano a él.

[694] Llama 'privado' al crimen de Sempronio y Pármeno porque fue cometido con un solo testigo, Elicia.

[695] *punir*: castigar.

cuán peligroso es seguir justa causa delante injusto juez! Cuanto más este exceso de mis criados, que no carecía de culpa. Pues mira, si mal has hecho, que hay sindicado[696] en el cielo y en la tierra. Así que a Dios y al rey serás reo, y a mí capital enemigo. ¿Qué pecó el uno por lo que hizo el otro, que, por sólo ser su compañero, los mataste a entrambos?

Pero, ¿qué digo? ¿Con quién hablo? ¿Estoy en mi seso? ¿Qué es esto, Calisto? ¿Soñabas? ¿Duermes o velas? ¿Estás en pie o acostado? Cata que estás en tu cámara. ¿No ves que el ofendedor no está presente? ¿Con quién lo has? Torna en ti. Mira que nunca los ausentes se hallaron justos, oye entrambas partes para sentenciar. ¿No ves que, por ejecutar la justicia, no había de mirar amistad, ni deudo, ni crianza? ¿No miras que la ley tiene que ser igual a todos? Mira que Rómulo, el primer cimentador de Roma, mató a su propio hermano, porque la ordenada ley traspasó.[697] Mira a Torcato romano cómo mató a su hijo porque excedió la tribunicia constitución.[698] Otros muchos hicieron lo mesmo. Considera que si aquí presente él estoviese, respondería que hacientes y consintientes merecen igual pena, aunque a entrambos matase por lo que el uno pecó, y que si aceleró en su muerte, que era crimen notorio, y no eran necesarias muchas pruebas, y que fueron tomados en el acto del matar, que ya estaba el uno muerto de la caída que dio. Y también se debe creer que aque-

---

[696] *sindicado*: tribunal.

[697] Calisto se refiere a Rómulo y Remo, fundadores de Roma, según la leyenda. Rómulo acabó con Remo porque éste traspasó el límite imaginario que se había establecido para la ciudad.

[698] El cónsul Manlio Torcuato mandó matar a su propio hijo por no acatar, durante una campaña bélica, un decreto de los tribunos que obligaba a enfrentarse a enemigos bajo el mando de los generales.

lla lloradera moza que Celestina tenía en su casa le dio recia priesa con su triste llanto, y él, por no hacer bullicio, por no me disfamar, por no esperar a que la gente se levantase y oyesen el pregón del cual gran infamia se me siguía, los mandó justiciar tan de mañana, pues era forzoso el verdugo voceador para la ejecución y su descargo. Lo cual, todo así como creo es hecho, antes le quedo deudor y obligado para cuanto viva, no como a criado de mi padre, pero como a verdadero hermano. Y puesto caso[699] que así no fuese, puesto caso que no echase lo pasado a la mejor parte, acuérdate, Calisto, del gran gozo pasado. Acuérdate de tu señora y tu bien todo, y pues tu vida no tienes en nada por su servicio, no has de tener las muertes de otros, pues ningún dolor igualará con el recebido placer.

¡Oh mi señora y mi vida! Que jamás pensé en ausencia ofenderte, que parece que tengo en poca estima la merced que me has hecho. No quiero pensar en enojo, no quiero tener ya con la tristeza amistad. ¡Oh bien sin comparación, oh insaciable contentamiento! ¿Y cuándo pidiera yo más a Dios por premio de mis méritos, si algunos son en esta vida, de lo que alcanzado tengo? ¿Por qué no estoy contento? Pues no es razón ser ingrato a quien tanto bien me ha dado. Quiérolo conocer,[700] no quiero con enojo perder mi seso, porque perdido no caiga de tan alta posesión. No quiero otra honra, otra gloria, no otras riquezas, no otro padre ni madre, no otros deudos, ni parientes. De día estaré en mi cámara; de noche, en aquel paraíso dulce, en aquel alegre vergel, entre aquellas suaves plantas y fresca verdura. ¡Oh noche de mi descanso, si fueses ya tornada! ¡Oh luciente Febo, date priesa a tu acostumbra-

[699] *puesto caso*: imaginando.
[700] *conocer*: admitir.

do camino![701] ¡Oh deleitosas estrellas, apareceos ante la continua orden![702] ¡Oh espacioso[703] reloj, aún te vea yo arder en vivo fuego de amor! Que si tú esperases lo que yo cuando des doce, jamás estarías arrendado a la voluntad del maestro que te compuso.[704] Pues vosotros, invernales meses, que agora estáis escondidos, ¡viniésedes con vuestras muy complidas noches a trocarlas por estos prolijos días! Ya me parece haber un año que no he visto aquel suave descanso, aquel deleitoso refrigerio de mis trabajos. Pero, ¿qué es lo que demando? ¿Qué pido, loco, sin sufrimiento?[705] Lo que jamás fue, ni puede ser. No aprenden los cursos naturales a rodearse[706] sin orden, que a todos es un igual curso, a todos un mesmo espacio para muerte y vida, un limitado término a los secretos movimientos del alto firmamento celestial de los planetas y norte, de los crecimientos y mengua de la menstrua[707] luna. Todo se rige con un freno igual, todo se mueve con igual espuela: cielo, tierra, mar, fuego, viento, calor, frío. ¿Qué me aprovecha a mí que dé doce horas el reloj de hierro si no las ha dado el del cielo? Pues por mucho que madrugue no amanece más aína. Pero tú, dulce imaginación, tú que puedes, me acorre; trae a mi fantasía la presencia angélica de aquella ima-

---

[701] *¡Oh luciente Febo, date priesa a tu acostumbrado camino!*: le pide al sol que se apresure, para que así llegue antes la noche.

[702] *ante la continua orden*: antes de lo establecido. Calisto lo que sueña es que llegue cuanto antes la noche y su cita con Melibea.

[703] *espacioso*: lento.

[704] *Que si tú esperases lo que yo cuando des doce, jamás estarías arrendado a la voluntad del maestro que te compuso*: "Nunca te regirías por el mecanismo del relojero que te fabricó, y te saltarías eslabones para llegar antes a las doce" (Bienvenido Morros).

[705] *sin sufrimiento*: que carece de paciencia.

[706] *rodearse*: girar.

[707] *menstrua*: mensual.

gen luciente; vuelve a mis oídos el suave son de sus palabras, aquellos desvíos sin gana, aquel "apártate allá, señor, no llegues a mí", aquel "no seas descortés", que con sus rubicundos[708] labrios vía sonar, aquel "no quieras mi perdición" que de rato en rato proponía; aquellos amorosos abrazos entre palabra y palabra; aquel soltarme y prenderme; aquel huir y llegarse; aquellos azucarados besos; aquella final salutación con que se me despidió, con cuánta pena salió por su boca, con cuántos desperezos, con cuántas lágrimas, que parecían granos de aljófar,[709] que sin sentir se le caían de aquellos claros y resplandecientes ojos.

[Escena IX]

SOSIA: Tristán, ¿qué te parece de Calisto, qué dormir ha hecho, que ya son las cuatro de la tarde y no nos ha llamado, ni ha comido?

TRISTÁN: Calla, que el dormir no quiere priesa. Demás de esto, aquéjale por una parte la tristeza de aquellos mozos; por otra, le alegra el muy gran placer de lo que con su Melibea ha alcanzado. Así que dos tan recios contrarios verás que tal pararán[710] un flaco sujeto donde estuvieren aposentados.

SOSIA: ¿Pensaste tú que le penan a él mucho los muertos? Si no le penase más aquella que desde esta ventana yo veo ir por la calle, no llevaría las tocas de tal color.

TRISTÁN: ¿Quién es, hermano?

---

[708] *rubicundos*: rojos.
[709] *aljófar*: literalmente, perlas, metáfora, claro está, de las lágrimas.
[710] *pararán*: dejarán.

SOSIA: Llégate acá y verla has antes que trasponga.[711]
Mira aquella lutosa que se limpia agora las lágrimas de los
ojos: aquélla es Elicia, criada de Celestina, y amiga de
Sempronio, una muy bonita moza, aunque queda agora perdida la pecadora porque tenía a Celestina por madre y a
Sempronio por el principal de sus amigos. Y aquella casa
donde entra, allí mora una hermosa mujer, muy graciosa y
fresca, enamorada,[712] medio ramera, pero no se tiene por poco
dichoso quien la alcanza tener por amiga sin grande escote,
llámase Areúsa. Por la cual sé yo que hobo el triste de
Pármeno más de tres noches malas y aun que no le place a ella
con su muerte.[713]

---

[711] *trasponga*: pase la esquina.
[712] *enamorada*: prostituta clandestina.
[713] *no le place a ella con su muerte*: le desagradará la idea de su muerte.

[XV]

Argumento del decimoquinto auto

Areúsa dice palabras injuriosas a un rufián llamado Centurio, el cual se despide de ella por la venida de Elicia, la cual cuenta a Areúsa las muertes que sobre los amores de Calisto y Melibea se habían ordenado; y conciertan Areúsa y Elicia que Centurio haya de vengar las muertes de los tres en los dos enamorados. En fin, despídese Elicia de Areúsa, no consintiendo en lo que le ruega, por no perder el buen tiempo que se daba estando en su asueta[714] casa.

AREÚSA   ELICIA
CENTURIO

---

[714] *asueta*: acostumbrada.

[Escena I]

ELICIA: ¿Qué vocear es este de mi prima? Si ha sabido las tristes nuevas que yo le traigo, no habré yo las albricias de dolor[715] que por tal mensaje se ganan. Llore, llore, vierta lágrimas, pues no se hallan tales hombres a cada rincón. Pláceme que así lo siente; mese aquellos cabellos[716] como yo, triste, he hecho; sepa que es perder buena vida más trabajo que la misma muerte. ¡Oh cuánto más la quiero que hasta aquí por el gran sentimiento que muestra!

[Escena II]

AREÚSA: ¡Vete de mi casa, rufián, bellaco, mentiroso, burlador, que me traes engañada, boba, con tus ofertas vanas, con tus ronces[717] y halagos; hasme robado cuanto tengo! Yo te di, bellaco, sayo y capa, espada y broquel, camisas de dos en dos a las mil maravillas labradas, yo te di armas y caballo, púsete con señor que no le merecías descalzar; agora una cosa que te pido que por mí hagas pónesme mil achaques.

---

[715] *las albricias de dolor*: las lágrimas.
[716] *mese aquellos cabellos*: tírese de los cabellos. Era señal de duelo.
[717] *ronces*: halagos.

CENTURIO: Hermana mía, mándame tú matar con diez hombres por tu servicio y no que ande una legua de camino a pie.

AREÚSA: ¿Por qué jugaste tú el caballo, tahúr, bellaco, que si por mí no hobiese sido, estarías tú ya ahorcado? Tres veces te he librado de la justicia; cuatro veces desempeñado en los tableros.[718] ¿Por qué lo hago? ¿Por qué soy loca? ¿Por qué tengo fe con este cobarde? ¿Por qué creo sus mentiras? ¿Por qué le consiento entrar por mis puertas? ¿Qué tiene bueno? Los cabellos crespos, la cara acuchillada, dos veces azotado, manco de la mano del espada, treinta mujeres en la putería.[719] ¡Salte luego de ahí, no te vea yo más; no me hables, ni digas que me conoces; si no, por los huesos del padre que me hizo y de la madre que me parió, yo te haga dar mil pasos en esas espaldas de molinero,[720] que ya sabes que tengo quien lo sepa hacer, y hecho, salirse con ello!

CENTURIO: Loquear,[721] bobilla, pues si yo me ensaño, alguna llorará. Mas quiero irme y sofrirte,[722] que no sé quién entra; no nos oigan.

[Escena III]

ELICIA: Quiero entrar, que no es son de buen llanto donde hay amenazas y denuestos.

---

[718] *desempeñado en los tableros*: librado de las deudas de los tableros de juego.

[719] *putería*: prostíbulo, aunque podría significar también prostitución. Es decir, 'treinta mujeres ejerciendo para ti la prostitución'.

[720] *espaldas de molinero*: anchas espaldas. Aunque podría entenderse también 'molinero' como rufián.

[721] *Loquear*: desvaría.

[722] *sofrirte*: aguantarte.

AREÚSA: ¡Ay, triste yo! ¿Eres tú mi Elicia? ¡Jesú, Jesú, no lo puedo creer! ¿Qué es esto? ¿Quién te me cubrió de dolor? ¿Qué manto de tristeza es éste? Cata que me espantas, hermana mía. Dime, presto, ¿qué cosa es? Que estoy sin tiento, ninguna gota de sangre has dejado en mi cuerpo.

ELICIA: ¡Gran dolor, gran pérdida; poco es lo que muestro con lo que siento y encubro! ¡Más negro traigo el corazón que el manto, las entrañas que las tocas. ¡Ay, hermana, hermana que no puedo hablar! No puedo, de ronca, sacar la voz del pecho.

AREÚSA: ¡Ay triste, que me tienes suspensa! Dímelo, no te meses, no te rascuñes, ni maltrates. ¿Es común de entrambas este mal? ¿Tócame a mí?

ELICIA: ¡Ay prima mía y mi amor! Sempronio y Pármeno ya no viven, ya no son en el mundo; sus ánimas ya están purgando su yerro; ya son libres de esta triste vida.

AREÚSA: ¿Qué me cuentas? No me lo digas; calla, por Dios, que me caeré muerta.

ELICIA: Pues más mal hay que suena. Oye a la triste, que te contará más quejas. Celestina, aquella que tú bien conociste, aquella que yo tenía por madre, aquella que me regalaba, aquella que me encubría, aquella con quien yo me honraba entre mis iguales, aquella por quien yo era conocida en toda la ciudad y arrabales, ya está dando cuenta de sus obras. Mil cuchilladas le vi dar a mis ojos; en mi regazo me la mataron.

AREÚSA: ¡Oh fuerte tribulación! ¡Oh dolorosas nuevas, dignas de mortal lloro! ¡Oh acelerados desastres! ¡Oh pérdida incurable! ¿Cómo ha rodeado[723] a tan presto[724] la Fortuna su rueda? ¿Quién los mató? ¿Cómo murieron? Que estoy

---

[723] *rodeado*: girado.
[724] *a tan presto*: tan rápido.

embelesada, sin tiento, como quien cosa imposible oye. ¿No ha ocho días que los vi vivos y ya podemos decir perdónelos Dios? Cuéntame, amiga mía, ¿cómo es acaecido tan cruel y desastrado caso?

ELICIA: Tú lo sabrás. Ya oíste decir, hermana, los amores de Calisto y la loca de Melibea. Bien verías cómo Celestina había tomado el cargo, por intercesión de Sempronio, de ser medianera, pagándole su trabajo. La cual puso tanta diligencia y solicitud, que a la segunda azadonada sacó agua.[725] Pues como Calisto tan presto vio buen concierto en cosa que jamás lo esperaba, a vueltas de otras cosas dio a la desdichada de mi tía una cadena de oro; y como sea de tal calidad aquel metal que, mientra más bebemos de ello, más sed nos pone, con sacrílega hambre, cuando se vio tan rica, alzóse con su ganancia y no quiso dar parte a Sempronio ni a Pármeno de ello, lo cual había dado entre ellos que partiesen lo que Calisto diese. Pues como ellos viniesen cansados una mañana de acompañar a su amo toda la noche, muy airados de no sé qué cuestiones que dicen que habían habido, pidieron su parte a Celestina de la cadena para remediarse. Ella púsose en negarles la convención[726] y promesa y decir que todo era suyo lo ganado, y aun descubriendo otras cosillas de secretos, que, como dicen, riñen las comadres...[727] Así que ellos, muy enojados, por una parte los aquejaba la necesidad que priva todo amor; por otra, el enojo grande y cansancio que traían, que acarrea alteración; por otra, habían la fe quebrada de su ma-

---

[725] *a la segunda azadonada sacó agua*: en la segunda visita se salió con la suya.

[726] *convención*: trato acordado.

[727] *riñen las comadres...*: el refrán completo es "Riñen las comadres y descúbrense las verdades".

yor esperanza; no sabían qué hacer. Estuvieron gran rato en palabras; al fin, viéndola tan codiciosa, perseverando en su negar, echaron mano a sus espadas y diéronle mil cuchilladas.

AREÚSA:　　¡Oh desdichada de mujer! ¿Y en esto había su vejez de fenecer? Y de ellos, ¿qué me dices? ¿En qué pararon?

ELICIA:　　Ellos, como hobieron hecho el delito, por huir de la justicia que acaso pasaba por allí, saltaron de las ventanas y casi muertos los prendieron, y sin más dilación, los degollaron.

AREÚSA:　　¡Oh mi Pármeno y mi amor, y cuánto dolor me pone su muerte! Pésame del grande amor que con él tan poco tiempo había puesto, pues no me había más de durar. Pero, pues ya este mal recaudo es hecho, pues ya esta desdicha es acaecida, pues ya no se pueden por lágrimas comprar, ni restaurar sus vidas, no te fatigues tú tanto, que cegarás llorando; que creo que poca ventaja me llevas en sentimiento y verás con cuánta paciencia lo sufro y paso.

ELICIA:　　¡Ay que rabio! ¡Ay mezquina, que salgo de seso! ¡Ay que no hallo quien lo sienta como yo! ¡No hay quien pierda lo que yo pierdo! ¡Oh cuánto mejores y más honestas fueran mis lágrimas en pasión ajena que en la propia mía! ¿Adónde iré, que pierdo madre, manto y abrigo; pierdo amigo y tal que nunca faltaba de mí marido? ¡Oh Celestina, sabia, honrada y autorizada,[728] cuántas faltas me encobrías con tu buen saber! ¡Tú trabajabas, yo holgaba; tú salías fuera, yo estaba encerrada; tú rota, yo vestida; tú entrabas contino como abeja por casa, yo destruía, que otra cosa no sabía hacer. ¡Oh bien y gozo mundano, que, mientra eres poseído, eres menospreciado, y jamás te consientes conocer hasta que te perdemos! ¡Oh Calisto y Melibea, causadores de tantas

---

[728] *autorizada*: "Que es respetada o digna de respeto por sus cualidades o circunstancias" (*DRAE*).

muertes, mal fin hayan vuestros amores; en mal sabor se conviertan vuestros dulces placeres; tórnese lloro vuestra gloria; trabajo, vuestro descanso; las hierbas deleitosas donde tomáis los hurtados solaces se conviertan en culebras; los cantares se os tornen lloro; los sombrosos árboles del huerto se sequen con vuestra vista; sus flores olorosas se tornen de negra color.

AREÚSA: Calla, por Dios, hermana. Pon silencio a tus quejas; ataja tus lágrimas; limpia tus ojos; torna sobre tu vida, que, cuando una puerta se cierra, otra suele abrir la fortuna; y este mal, aunque duro, se soldará;[729] y muchas cosas se pueden vengar, que es imposible remediar, y ésta tiene el remedio dudoso, y la venganza en la mano.

ELICIA: ¿De quién se ha de haber enmienda, que la muerta y los matadores me han acarreado esta cuita? No menos me fatiga[730] la punición[731] de los delincuentes que el yerro cometido. ¿Qué mandas que haga, que todo carga sobre mí? Pluguiera a Dios que fuera yo con ellos y no quedara para llorar a todos. Y de lo que más dolor siento es ver que por eso no deja aquel vil de poco sentimiento de ver y visitar festejando cada noche a su estiércol de Melibea, y ella muy ufana en ver sangre vertida por su servicio.

AREÚSA: Si eso es verdad, ¿de quién mejor se puede tomar venganza, de manera que quién lo comió, aquél lo escote?[732] Déjame tú, que si yo les caigo en el rastro,[733] cuándo se ven y cómo, por dónde y a qué hora, no me hayas tú por hija de la pastelera vieja, que bien conociste, si no hago que les amarguen los amores. Y si pongo en ello a aquel con quien me

---

[729] *se soldará*: tendrá cura.
[730] *fatiga*: preocupa.
[731] *punición*: castigo.
[732] *lo escote*: pague lo que debe.
[733] *le caigo en el rastro*: averiguo.

viste que reñía cuando entrabas, si no sea él peor verdugo para Calisto que Sempronio de Celestina. Pues qué gozo habría agora él en que le pusiese yo en algo por mi servicio, que se fue muy triste de verme que le traté mal; y vería él los cielos abiertos en tornarle yo a hablar y mandar. Por ende, hermana, dime tú de quién pueda yo saber el negocio cómo pasa, que yo le haré armar un lazo con que Melibea llore cuanto agora goza.

ELICIA: Yo conozco, amiga, otro compañero de Pármeno, mozo de caballos que se llama Sosia, que le acompaña cada noche. Quiero trabajar de se lo sacar todo el secreto, y éste será buen camino para lo que dices.

AREÚSA: Mas hazme este placer: que me envíes acá ese Sosia. Yo le halagaré y diré mil lisonjas y ofrecimientos, hasta que no le deje en el cuerpo cosa de lo hecho y por hacer. Después a él, y a su amo haré revesar[734] el placer comido. Y tú Elicia, alma mía, no recibas pena. Pasa a mi casa tu ropa y alhajas, y vente a mi compañía, que estarás muy sola, y la tristeza es amiga de la soledad. Con nuevo amor olvidarás los viejos. Un hijo que nace restaura la falta de tres finados; con nuevo sucesor se recupera la alegre memoria y placeres perdidos del pasado. De un pan que yo tenga, tendrás tú la meitad. Más lástima tengo de tu fatiga que de los que te la ponen. Verdad sea que, cierto, duele más la pérdida de lo que hombre tiene que da placer la esperanza de otro tal, aunque sea cierta. Pero ya lo hecho es sin remedio y los muertos irrecuperables. Y como dicen, mueran y vivamos. A los vivos me deja a cargo, que yo te les daré tan amargo jarope[735] a beber cual ellos a ti han dado. ¡Ay, prima, prima, cómo sé yo cuan-

---

[734] *revesar*: vomitar.
[735] *jarope*: jarabe.

do me ensaño, revolver estas tramas, aunque soy moza! Y de ál[736] me vengue Dios, que de Calisto, Centurio me vengará.

ELICIA: Cata que creo que, aunque llame el que mandas, no habrá efecto lo que quieres, porque la pena de los que murieron por descobrir el secreto pondrá silencio al vivo para guardarle. Lo que me dices de mi venida a tu casa te agradezco mucho, y Dios te ampare y alegre en tus necesidades, que bien muestras el parentesco y hermandad no servir de viento,[737] antes en las adversidades aprovechar. Pero, aunque lo quiera hacer por gozar de tu dulce compañía, no podrá ser por el daño que me vendría. La causa no es necesario decir, pues hablo con quien me entiende; que allí, hermana, soy conocida. Allí estoy aparrochada;[738] jamás perderá aquella casa el nombre de Celestina, que Dios haya. Siempre acuden allí mozas conocidas y allegadas,[739] medio parientas de las que ella crió. Allí hacen sus conciertos, de donde se me seguirá algún provecho. Y también esos pocos amigos que me quedan no me saben otra morada. Pues ya sabes cuán duro es dejar lo usado, y que mudar costumbre es a par de muerte, y piedra movediza que nunca moho la cobija.[740] Allí quiero estar, siquiera porque el alquilé[741] de la casa está pagado por hogaño, no se vaya en balde. Así que, aunque cada cosa no abastase por sí, juntas aprovechan y ayudan. Ya me parece que es hora de irme; de lo dicho me llevo el cargo;[742] Dios quede contigo, que me voy.

---

[736] *ál*: otra cosa.

[737] *no servir de viento*: no son vanos.

[738] *aparrochada*: aparroquiada; es decir, soy vecina de allí.

[739] *allegadas*: cercanas por amistad o parentesco.

[740] *piedra movediza que nunca moho la cobija*: refrán usado aquí para enfatizar la conveniencia de no mudarse de casa.

[741] *alquilé*: alquiler.

[742] *de lo dicho me llevo el cargo*: quedo encargada de lo dicho (mandar a Sosia a visitar a Areúsa).

[XVI]

Argumento del decimosexto auto

Pensando Pleberio y Alisa tener su hija Melibea el don de la virginidad conservado, lo cual según ha parecido está en contrario, están razonando sobre el casamiento de Melibea. Y en tan gran cantidad le dan pena las palabras que de sus padres oye, que envía a Lucrecia para que sea causa de su silencio en aquel propósito.

PLEBERIO	LUCRECIA
ALISA	MELIBEA

[Escena I]

PLEBERIO: Alisa, amiga, el tiempo, según me parece, se nos va, como dicen, entre las manos. Corren los días como agua de río; no hay cosa tan ligera para huir como la vida. La muerte nos sigue y rodea, de la cual somos vecinos y hacia su bandera[743] nos acostamos,[744] según natura. Esto vemos muy claro si miramos nuestros iguales, nuestros hermanos y parientes en derredor; todos los come ya la tierra; todos están en sus perpetuas moradas. Y pues somos inciertos cuándo habemos de ser llamados, viendo tan ciertas señales, debemos echar nuestras barbas en remojo y aparejar nuestros fardeles[745] para andar este forzoso camino; no nos tome improvisos, ni de salto aquella cruel voz de la muerte; ordenemos nuestras ánimas con tiempo; que más vale prevenir que ser prevenidos. Demos nuestra hacienda a dulce sucesor; acompañemos nuestra única hija con marido cual nuestro estado requiere, por que vamos descansados y sin dolor de este mundo, lo cual con mucha diligencia debemos poner desde agora por obra, y lo que otras veces habemos principiado en este caso, agora haya ejecución. No quede por nuestra negligencia nuestra hija en

---

[743] *bandera*: lado.
[744] *acostamos*: inclinamos.
[745] *fardeles*: equipaje.

manos de tutores, pues parecerá ya mejor en su propia casa que en la nuestra. Quitarla hemos de lenguas de vulgo, porque ninguna virtud hay tan perfecta que no tenga vituperadores y maldicientes. No hay cosa con que mejor se conserve la limpia fama en las vírgines que con temprano casamiento. ¿Quién rehuiría nuestro parentesco en toda la ciudad? ¿Quién no se hallara gozoso de tomar tal joya en su compañía, en quien caben las cuatro principales cosas que en los casamientos se demandan; conviene a saber: lo primero, discrición, honestidad y virginidad; segundo, hermosura; lo tercero, el alto origen y parientes; lo final, riqueza? De todo esto la dotó natura; cualquiera cosa que nos pidan hallarán bien complida.

ALISA: Dios la conserve, mi señor Pleberio, porque nuestros deseos veamos complidos en nuestra vida, que antes pienso que faltará igual a nuestra hija, según tu virtud y tu noble sangre; que no sobrarán muchos que la merezcan. Pero como esto sea oficio de los padres y muy ajeno a las mujeres, como tú lo ordenares, seré yo alegre y nuestra hija obedecerá, según su casto vivir y honesta vida y humildad.

[Escena II]

LUCRECIA   (*Aparte*): ¡Aun si bien lo supieses, reventarías! ¡Ya, ya, perdido es lo mejor; mal año seos apareja a la vejez! Lo mejor, Calisto lo lleva. No hay quien ponga virgos, que ya es muerta Celestina. ¡Tarde acordáis! ¡Más habíades de madrugar![746]

LUCRECIA: Escucha, escucha, señora Melibea.

---

[746] *habíades de madrugar*: tendríais que haber espabilado antes.

MELIBEA: ¿Qué haces ahí escondida, loca?

LUCRECIA: Llégate aquí, señora; oirás a tus padres la priesa que traen por te casar.

MELIBEA: Calla, por Dios, que te oirán. Déjalos parlar, déjalos devaneen. Un mes ha que otra cosa no hacen ni en otra cosa entienden, no parece sino que les dice el corazón el gran amor que a Calisto tengo, y todo lo que con él un mes ha he pasado. ¡No sé si me han sentido! ¡No sé qué se sea aquejarles más agora este cuidado que nunca! Pues mándoles yo trabajar en vano, que por demás es la cítola en el molino.[747] ¿Quién es el que me ha de quitar mi gloria, quién apartarme mis placeres? Calisto es mi ánima, mi vida, mi señor, en quien yo tengo toda mi esperanza. Conozco de él que no vivo engañada, pues él me ama, ¿con qué otra cosa le puedo pagar? Todas las deudas del mundo reciben compensación en diverso género; el amor no admite sino solo amor por paga; en pensar en él me alegro; en verlo me gozo; en oírlo me glorifico. Haga y ordene de mí a su voluntad. Si pasar quisiere la mar, con él iré; si rodear el mundo, lléveme consigo; si venderme en tierra de enemigos, no rehuiré su querer. Déjenme mis padres gozar de él, si ellos quieren gozar de mí. No piensen en estas vanidades, ni en estos casamientos, que más vale ser buena amiga que mala casada. Déjenme gozar mi mocedad alegre si quieren gozar su vejez cansada; si no, presto podrán aparejar mi perdición y su sepultura. No tengo otra lástima sino por el tiempo que perdí de no gozarlo, de no conocerlo, después que a mí me sé conocer. No quiero marido, no quiero ensuciar los ñudos del matrimonio, ni las maritales

---

[747] Con el refrán aludido, "Por demás es la cítola en el molino cuando el molinero es sordo", Melibea enfatiza que el interés de sus padres por casarla es en vano.

pisadas de ajeno hombre repisar, como muchas hallo en los antiguos libros que leí, o que hicieron, más discretas que yo, más subidas en estado y linaje. Las cuales algunas eran de la gentilidad tenidas por diosas, así como Venus, madre de Eneas y de Cupido, el dios del amor, que, siendo casada, corrompió la prometida fe marital.[748] Y aun otras, de mayores fuegos encendidas, cometieron nefarios e incestuosos yerros, como Mirra con su padre,[749] Semíramis con su hijo,[750] Cánasce con su hermano,[751] y aun aquella forzada Tamar, hija del rey David.[752] Otras aun más cruelmente traspasaron las leyes de natura, como Pasife, mujer del rey Minos, con el toro. Pues reinas eran y grandes señoras, debajo de cuyas culpas, la razonable mía podrá pasar sin denuesto. Mi amor fue con justa causa: requerida y rogada, cautivada de su merecimiento, aquejada por tan astuta maestra como Celestina, servida de muy peligrosas visitaciones antes que concediese por entero en su amor. Y después, un mes ha, como has visto, que jamás noche ha faltado sin ser nuestro huerto escalado como fortaleza, y muchas haber venido en balde, y por eso no me mostrar más pena ni trabajo; muertos por mí sus servidores, perdiéndose su hacienda, fingiendo ausencia con todos los de la ciudad, todos los días encerrado en casa con esperanza de verme a la noche. ¡Afuera, afuera la ingratitud,

---

[748] Alude al adulterio de Venus con Marte.

[749] Mirra, hija del rey de Chipre, tuvo relaciones incestuosas con su padre, sin advertirlo éste, pues se hacía pasar de noche por una de sus amantes. Descubierta por su progenitor, tuvo que huir, embarazada de Adonis. Fue convertida por los dioses en el árbol que lleva su nombre.

[750] Semíramis, reina de Babilonia, era conocida por haber sido amante de su propio hijo Nino.

[751] Cánasce, hija de Eolo, dio a luz un hijo de su propio hermano.

[752] Según se explica en la Biblia, Tamar fue violada por su hermano Amón.

afuera las lisonjas y el engaño con tan verdadero amador, que ni quiero marido, ni quiero padre, ni parientes! Faltándome Calisto, me falte la vida, la cual porque él de mi goce, me aplace.[753]

LUCRECIA: Calla, señora, escucha, que todavía perserveran.

[Escena III]

PLEBERIO: ¿Pues qué te parece, señora mujer, debemos hablarlo a nuestra hija? ¿Debemos darle parte de tantos como me la piden, para que de su voluntad venga, para que diga cuál le agrada? Pues en esto las leyes dan libertad a los hombres y mujeres, aunque estén so el paterno poder, para elegir.

ALISA: ¿Qué dices? ¿En qué gastas tiempo? ¿Quién ha de irle con tan grande novedad a nuestra Melibea que no la espante? ¿Cómo? ¿Y piensas que sabe ella qué cosa sean hombres, si se casan o qué es casar, o que del ayuntamiento de marido y mujer se procreen los hijos? ¿Piensas que su virginidad simple le acarrea torpe deseo de lo que no conoce ni ha entendido jamás? ¿Piensas que sabe errar, aun con el pensamiento? No lo creas, señor Pleberio, que si alto o bajo de sangre, o feo o gentil de gesto le mandáremos tomar, aquello será su placer, aquello habrá por bueno, que yo sé bien lo que tengo criado en mi guardada hija.

---

[753] *me aplace*: me place, me gusta.

[Escena IV]

MELIBEA: ¡Lucrecia, Lucrecia! Corre presto; entra por el postigo en la sala, y estórbales su hablar; interrúmpeles sus alabanzas con algún fingido mensaje, si no quieres que vaya yo dando voces como loca, según estoy enojada del concepto engañoso que tienen de mi ignorancia.

LUCRECIA: Ya voy, señora.

[XVII]

Argumento del decimoséptimo auto

Elicia, careciendo de la castimonia[754] de Penélope, determina de despedir el pesar y luto que por causa de los muertos trae, alabando el consejo de Areúsa en este propósito; la cual va a casa de Areúsa, adonde viene Sosia, al cual Areúsa, con palabras fictas,[755] saca todo el secreto que está entre Calisto y Melibea.

ELICIA   SOSIA
AREÚSA

---

[754] *castimonia*: castidad.
[755] *fictas*: fingidas.

[Escena I]

ELICIA: Mal me va con este luto; poco se visita mi casa, poco se pasea mi calle, ya no veo las músicas de la alborada;[756] ya no las canciones de mis amigos; ya no las cuchilladas ni ruidos de noche por mi causa; y lo que peor siento, que ni blanca, ni presente veo entrar por mi puerta. De todo esto me tengo yo la culpa; que si tomara el consejo de aquella que bien me quiere, de aquella verdadera hermana, cuando el otro día le llevé las nuevas de este triste negocio que esta mi mengua ha acarreado, no me viera agora entre dos paredes sola, que de asco ya no hay quien me vea. ¡El diablo me da tener dolor por quien no sé, si yo muerta,[757] lo tuviera! Aosadas que me dijo ella a mí lo cierto: "nunca, hermana, traigas, ni muestres pena por el mal ni muerte de otro que él hiciera por ti". Sempronio holgara, yo muerta. Pues, ¿por qué, loca, me peno yo por él degollado? ¿Y qué sé si me matara a mí, como era acelerado y loco, como hizo a aquella vieja que tenía yo por madre? Quiero en todo seguir su consejo de Areúsa, que sabe más del mundo que yo, y verla muchas veces, y traer materia[758] cómo viva. ¡Oh qué participación tan suave, qué con-

---

[756] *alborada*: amanecer.

[757] *yo muerta*: estando yo muerta.

[758] *traer materia*: aprender.

versación tan gozosa y dulce! No en balde se dice que vale más un día del hombre discreto que toda la vida del necio y simple. Quiero, pues, deponer el luto, dejar tristeza, despedir las lágrimas que tan aparejadas han estado a salir; pero como sea el primer oficio que en naciendo hacemos llorar, no me maravilla ser más ligero de comenzar y de dejar más duro. Mas para esto es el buen seso, viendo la pérdida al ojo, viendo que los atavíos hacen la mujer hermosa, aunque no lo sea, tornan de vieja moza y a la moza más. No es otra cosa la color y albayalde sino pegajosa liga en que se traban los hombres;[759] anden, pues, mi espejo y alcohol, que tengo dañados estos ojos; anden mis tocas blancas, mis gorgueras labradas, mis ropas de placer. Quiero aderezar lejía para estos cabellos que perdían ya la rubia color. Y esto hecho, contaré mis gallinas, haré mi cama, porque la limpieza alegra el corazón, barreré mi puerta, regaré la calle porque los que pasaren vean que es ya desterrado el dolor. Mas primero quiero ir a visitar mi prima por preguntarle si ha ido allá Sosia y lo que con él ha pasado, que no lo he visto después que le dije cómo le querría hablar Areúsa. Quiera Dios que la halle sola, que jamás está desacompañada de galanes, como buena taberna de borrachos. Cerrada está la puerta; no debe estar allá hombre. Quiero llamar. Ta, ta.

[Escena II]

AREÚSA: ¿Quién es?
ELICIA: Ábreme, amiga. Elicia soy.

---

[759] 'Color' y 'albayalde' eran dos tipos de cosméticos. 'Liga' es una masa pegajosa para cazar pájaros.

ARÉUSA: Entra, hermana mía, véate Dios, que tanto placer me haces en venir como vienes, mudado el hábito de tristeza. Agora nos gozaremos juntas. Agora te visitaré. Vernos hemos en mi casa y en la tuya; quizá por bien fue para entrambas la muerte de Celestina, que yo ya siento la mejoría más que antes. Por esto se dice que los muertos abren los ojos de los que viven, a unos con haciendas, a otros con libertad, como a ti.

ELICIA: A tu puerta llaman; poco espacio nos dan para hablar, que te querría preguntar si había venido acá Sosia.

AREÚSA: No ha venido; después hablaremos. ¡Qué porradas que dan! Quiero ir abrir, que o es loco o privado[760] quien llama.

SOSIA: Ábreme, señora. Sosia soy, criado de Calisto.

AREÚSA: Por los santos de Dios, el lobo es en la conseja;[761] escóndete, hermana, tras ese paramento,[762] y verás cuál te lo paro, lleno de viento de lisonjas, que piense, cuando se parta de mí, que es él y otro no. Y sacarle he lo suyo y lo ajeno del buche con halagos, como él saca el polvo con la almohaza[763] a los caballos.

[Escena III]

AREÚSA: ¿Es mi Sosia, mi secreto amigo, el que yo me quiero bien, sin que él lo sepa, el que deseo conocer por su

---

[760] *privado*: persona de mucha confianza. Areúsa evoca el refrán "O es loco o privado quien llama apresurado".

[761] *el lobo es en la conseja*: expresión popular utilizada para referirse a la persona que llega cuando se está hablando de ella.

[762] *paramento*: cortina, tapiz.

[763] *almohaza*: cepillo para los caballos.

buena fama, el fiel a su amo, el buen amigo de sus compañeros? Abrazarte quiero, amor, que agora que te veo creo que hay más virtudes en ti que todos me decían. Anda acá, entremos a asentarnos, que me gozo en mirarte, que me representas la figura del desdichado de Pármeno. Con esto hace hoy tan claro día, que habías tú de venir a verme. Dime, señor, ¿conocíasme antes de agora?

SOSIA: Señora, la fama de tu gentileza, de tus gracias y saber vuela tan alto por esta ciudad, que no debes tener en mucho ser de más conocida que conociente, porque ninguno habla en loor de hermosas que primero no se acuerde de ti que de cuantas son.

ELICIA   (*Aparte*): ¡Oh hideputa el pelón,[764] y cómo se desasna![765] ¡Quién le ve ir al agua con sus caballos en cerro[766] y sus piernas de fuera, en sayo, y agora en verse medrado con calzas y capa, sálenle alas y lengua!

AREÚSA: Ya me correría[767] con tu razón, si alguno estuviese delante, en oírte tanta burla como de mí haces. Pero como todos los hombres traigáis proveídas esas razones, esas engañosas alabanzas tan comunes, para todas hechas de molde, no me quiero de ti espantar. Pero hágote cierto, Sosia, que no tienes de ellas necesidad; sin que me alabes te amo y sin que me ganes de nuevo me tienes ganada. Para lo que te envié a rogar que me vieses, son dos cosas, las cuales, si más lisonja o engaño en ti conozco, te dejaré de decir, aunque sean de tu provecho.

SOSIA: Señora mía, no quiera Dios que yo te haga cau-

---

[764] *pelón*: pobre, sin recursos.
[765] *cómo se desasna*: cómo se vuelve elegante.
[766] *con sus caballos en cerro*: sin silla de montar.
[767] *correría*: avergonzaría.

tela;[768] muy seguro venía de la gran merced que me piensas hacer y haces. No me sentía digno para descalzarte, guía tú mi lengua; responde por mí a tus razones, que todo lo habré por rato[769] y firme.

AREÚSA: Amor mío, ya sabes cuánto quise a Pármeno y, como dicen, quien bien quiere a Beltrán, a todas sus cosas ama.[770] Todos sus amigos me agradaban; el buen servicio de su amo, como a él mismo, me placía; donde veía su daño de Calisto le apartaba. Pues como esto así sea, acordé decirte, lo uno, que conozcas el amor que te tengo y cuánto contigo y con tu visitación siempre me alegrarás, y que en esto no perderás nada si yo pudiere, antes te vendrá provecho. Lo otro y segundo, que pues yo pongo mis ojos en ti, y mi amor y querer, avisarte que te guardes de peligros y más de descobrir tu secreto a ninguno, pues ves cuánto daño vino a Pármeno y a Sempronio de lo que supo Celestina, porque no querría verte morir mal logrado como a tu compañero. Harto me basta haber llorado al uno. Porque has de saber que vino a mí una persona y me dijo que le habías tú descubierto los amores de Calisto y Melibea y cómo la había alcanzado y cómo ibas cada noche a le acompañar, y otras muchas cosas que no sabría relatar. Cata, amigo, que no guardar secreto es propio de las mujeres; no de todas, sino de las bajas y de los niños. Cata que te puede venir gran daño, que para esto te dio Dios dos oídos y dos ojos y no más de una lengua, por que sea doblado lo que vieres y oyeres, que no el hablar. Cata no

---

[768] *haga cautela*: engañe.

[769] *rato*: ratificado.

[770] *quien bien quiere a Beltrán, a todas sus cosas ama*: Areúsa modifica con ironía el refrán "Quien bien quiere a Beltrán, bien quiere a su can", con lo que está llamando perro a Sosia.

confíes que tu amigo te ha de tener secreto de lo que le dijeres, pues tú no le sabes a ti mismo tener. Cuando hobieres de ir con tu amo Calisto a casa de aquella señora, no hagas bullicio, no te sienta la tierra; que otros me dijeron que ibas cada noche dando voces como loco de placer.

SOSIA: ¡Oh cómo son sin tiento y personas desacordadas las que tales nuevas, señora, te acarrean! Quien te dijo que de mi boca lo había oído no dice verdad. Los otros, de verme ir con la luna de noche a dar agua a mis caballos, holgando y habiendo placer, diciendo cantares por olvidar el trabajo y desechar enojo, y esto antes de las diez, sospechan mal, y de la sospecha hacen certidumbre, afirman lo que barruntan. Sí, que no estaba Calisto loco, que a tal hora había de ir a negocio de tanta afrenta sin esperar que repose la gente, que descansen todos en el dulzor del primer sueño, ni menos había de ir cada noche, que aquel oficio no sufre cotidiana visitación. Y si más clara quieres, señora, ver su falsedad, como dicen que toman antes al mentiroso que al que cojea, en un mes no habemos ido ocho veces, y dicen los falsarios revolvedores[771] que cada noche.

AREÚSA: Pues por mi vida, amor mío, por que yo los acuse y tome en el lazo del falso testimonio, me dejes en la memoria los días que habéis concertado de salir, y si yerran, estaré segura de tu secreto y cierta de su levantar.[772] Porque no siendo su mensaje verdadero, será tu persona segura de peligro y yo sin sobresalto de tu vida; pues tengo esperanza de gozarme contigo largo tiempo.

SOSIA: Señora, no alarguemos los testigos. Para esta no-

---

[771] *revolvedores*: intrigantes.
[772] *levantar*: calumniar.

che, en dando el reloj las doce, está hecho el concierto de su visitación por el huerto; mañana preguntarás lo que han sabido; de lo cual, si alguno te diere señas, que me tresquilen a mí a cruces.[773]

AREÚSA: ¿Y por qué parte, alma mía, por que mejor los pueda contradecir, si anduvieren errados vacilando?

SOSIA: Por la calle del vicario gordo, a las espaldas de su casa.

ELICIA   (*Aparte*): ¡Tiénente,[774] don andrajoso, no es más menester! ¡Maldito sea el que en manos de tal acemilero se confía! ¡Qué desgoznarse hace el badajo![775]

AREÚSA: Hermano Sosia, esto hablado basta para que tome cargo de saber tu inocencia y la maldad de tus adversarios. Vete con Dios que estoy ocupada en otro negocio y heme detenido mucho contigo.

ELICIA   (*Aparte*): ¡Oh sabia mujer! ¡Oh despidiente propio,[776] cual le merece el asno que ha vaciado su secreto tan de ligero!

SOSIA: Graciosa y suave señora, perdóname si te he enojado con mi tardanza. Mientra holgares con mi servicio, jamás hallarás quien tan de grado aventure en él su vida. Y queden los ángeles contigo.

AREÚSA: Dios te guíe.

AREÚSA: ¡Allá irás, acemilero! ¡Muy ufano vas, por tu vida! Pues toma para tu ojo, bellaco, y perdona que te la doy de

---

[773] *me tresquilen a mí a cruces*: trasquilar es "cortar el pelo a trechos sin orden ni arte" (*DRAE*). La forma de trasquilar a la que alude Sosia era un castigo público infamante.

[774] *Tiénente*: te cacé.

[775] *¡Qué desgoznarse hace el badajo!*: ¡Cómo se va de la lengua!

[776] *despidiente propio*: apropiada despedid

espaldas.[777] ¿A quién digo? Hermana, sal acá. ¿Qué te parece cuál le envío? Así sé yo tratar los tales, así salen de mis manos los asnos; apaleados, como éste; y los locos, corridos; y los discretos, espantados; y los devotos, alterados; y los castos, encendidos. Pues, prima, aprende, que otra arte es ésta que la de Celestina, aunque ella me tenía por boba porque me quería yo serlo. Y pues ya tenemos de este hecho sabido cuanto deseábamos, debemos ir a casa de aquel otro cara de ahorcado, que el jueves eché delante de ti baldonado de mi casa, y haz tú como que nos quieres hacer amigos y que rogaste que fuese a verlo.

---

[777] *Pues toma para tu ojo, bellaco, y perdona que te la doy de espaldas*: "La que Areúsa le da a Sosia es una *higa*, gesto obsceno que solía hacerse con el puño cerrado, enseñando el dedo pulgar por entre el índice y el medio, y que se consideraba capaz de ahuyentar el mal de ojo [...], aunque el *para tu ojo* tiene aquí un sentido especialmente ofensivo, al dirigirse a un hombre de espaldas (de ahí que el *perdona* sea irónico)" (Lobera *et alii*).

[XVIII]

Argumento del decimooctavo auto

Elicia determina de hacer las amistades entre Areúsa y Centurio por precepto de Areúsa y van a casa de Centurio, onde ellas le ruegan que haya de vengar las muertes en Calisto y Melibea, el cual lo prometió delante de ellas. Y como sea natural a éstos no hacer lo que prometen, excúsase como en el proceso parece.

CENTURIO   AREÚSA
ELICIA

[Escena I]

ELICIA: ¿Quién está en su casa?

CENTURIO: Mochacho, corre, verás quién osa entrar sin llamar a la puerta. Torna, torna, acá, que ya he visto quién es.
No te cubras con el manto, señora; ya no te puedes esconder,
que cuando vi adelante entrar a Elicia, vi que no podía traer
consigo mala compañía, ni nuevas que me pesasen, sino que
me habían de dar placer.

AREÚSA: No entremos, por mi vida, más adentro, que se
extiende[778] ya el bellaco, pensando que le vengo a rogar; que
más holgara con la vista de otras como él que con la nuestra.
Volvamos, por Dios, que me fino de ver tan mal gesto.
¿Parécete, hermana, que me traes por buenas estaciones,[779] y
que es cosa justa venir de vísperas[780] y entrarnos a ver un
desuellacaras[781] que ahí está?

ELICIA: Torna, por mi amor, no te vayas; si no, en mis
manos dejarás el medio manto.

CENTURIO: Tenla, por Dios, señora; tenla no se te suelte.

---

[778] *se extiende*: se vuelve ufano.

[779] *que me traes por buenas estaciones*: se refiere a las estaciones de la Pasión de Cristo.

[780] *vísperas*: "Una de las horas del oficio divino que se dice después de la
nona, y que antiguamente solía cantarse hacia el anochecer" (*DRAE*).

[781] *desuellacaras*: persona de mala vida.

ELICIA: Maravillada estoy, prima, de tu buen seso. ¿Cuál hombre hay tan loco y fuera de razón que no huelgue de ser visitado, mayormente de mujeres? Llégate acá, señor Centurio, que en cargo de mi alma, por fuerza haga que te abrace, que yo pagaré la fruta.[782]

AREÚSA: Mejor lo vea yo en poder de justicia y morir a manos de sus enemigos que yo tal gozo le dé. Ya, ya, hecho ha conmigo para cuanto viva. ¿Y por cuál carga de agua[783] le tengo de abrazar ni ver a ese enemigo? ¿Porque le rogué ese otro día que fuese una jornada de aquí en que me iba la vida, y dijo de no?

CENTURIO: Mándame tú, señora, cosa que yo sepa hacer, cosa que sea de mi oficio. Un desafío con tres juntos, y si más vinieren, que no huya por tu amor, matar un hombre, cortar una pierna o brazo, arpar el gesto[784] de alguna que se haya igualado contigo; estas tales cosas antes serán hechas que encomendadas. No me pidas que ande camino, ni que te dé dinero, que bien sabes que no dura conmigo, que tres saltos daré sin que se me caiga blanca. Ninguno da lo que no tiene; en una casa vivo cual ves, que rodará el majadero[785] por toda ella sin que tropiece. Las alhajas que tengo es el ajuar de la frontera:[786] un jarro desbocado, un asador sin punta. La cama en que me acuesto está armada sobre aros de broqueles,[787] un rimero[788] de malla rota por colchones, una

---

[782] *yo pagaré la fruta*: yo saldaré las cuentas.

[783] *por cuál carga de agua*: por qué razón.

[784] *arpar el gesto*: arañar la cara.

[785] *majadero*: "Mano de almirez o mortero" (*DRAE*).

[786] *Las alhajas que tengo es el ajuar de la frontera*: Centurio alude al refrán "Tres estacas y una estera, el ajuar de la frontera".

[787] *La cama en que me acuesto está armada sobre aros de broqueles*: la cama está montada sobre los aros de escudos (broqueles).

[788] *rimero*: montón.

talega[789] de dados por almohada, que aunque quiera dar colación,[790] no tengo qué empeñar, sino esta capa arpada que traigo a cuestas.

ELICIA: Así goce, que sus razones me contentan a maravilla. Como un santo está obediente, como ángel te habla, a toda razón se allega, ¿qué más le pides? Por mi vida que le hables y pierdas enojo, pues tan de grado se te ofrece con su persona.

CENTURIO: ¿Ofrecer, dices? Señora, yo te juro por el santo martilogio[791] de pe a pa, el brazo me tiembla de lo que por ella entiendo hacer, que contino pienso cómo la tenga contenta y jamás acierto. La noche pasada soñaba que hacía armas en un desafío por su servicio con cuatro hombres que ella bien conoce, y maté al uno; y de los otros que huyeron, el que más sano se libró me dejó a los pies un brazo izquierdo. Pues muy mejor lo haré despierto de día, cuando alguno tocare en su chapín.

AREÚSA: Pues aquí te tengo; a tiempo somos. Yo te perdono con condición que me vengues de un caballero que se llama Calisto, que nos ha enojado a mí y a mi prima.

CENTURIO: ¡Oh, reniego de la condición! Dime luego si está confesado.

AREÚSA: No seas tú cura de su ánima.

CENTURIO: Pues sea así, enviémosle a comer al infierno sin confesión.

AREÚSA: Escucha, no atajes mi razón. Esta noche lo tomarás.

CENTURIO: No me digas más, al cabo estoy; todo el negocio

---

[789] *talega*: bolsa.
[790] *dar colación*: dar de comer.
[791] *martilogio*: martirologio, libro sobre los mártires.

de sus amores sé, y los que por su causa hay muertos, y lo que os tocaba a vosotras, por dónde va, y a qué hora y con quién es. Pero dime, ¿cuántos son los que le acompañan?

AREÚSA: Dos mozos.

CENTURIO: Pequeña presa es ésa; poco cebo tiene ahí mi espada. Mejor cebara ella en otra parte esta noche, que estaba concertada.

AREÚSA: Por excusarte lo haces. ¡A otro perro con ese hueso![792] No es para mí esa dilación. Aquí quiero ver si decir y hacer si comen juntos a tu mesa.

CENTURIO: Si mi espada dijese lo que hace, tiempo le faltaría para hablar. ¿Quién sino ella puebla los más cimenterios? ¿Quién hace ricos los cirujanos de esta tierra? ¿Quién da contino quehacer a los armeros? ¿Quién destroza la malla muy fina? ¿Quién hace riza[793] de los broqueles de Barcelona? ¿Quién rebana los capacetes[794] de Calatayud sino ella? Que los casquetes[795] de Almacén así los corta como si fuesen hechos de melón. Veinte años ha que me da de comer. Por ella soy temido de hombres y querido de mujeres, sino de ti. Por ella me dieron Centurio por nombre a mi abuelo y Centurio se llamó mi padre y Centurio me llamo yo.

ELICIA: Pues ¿qué hizo el espada por que ganó tu abuelo ese nombre? Dime, ¿por ventura fue por ella capitán de cien hombres?

CENTURIO: No, pero fue rufián de cien mujeres.

AREÚSA: No curemos de linaje, ni hazañas viejas. Si has de hacer lo que te digo, sin dilación determina, porque nos queremos ir.

---

[792] *¡A otro perro con ese hueso!*: ¡a mí no me engañas!
[793] *hace riza*: hace trizas.
[794] *capacetes*: cascos de hierro para la cabeza.
[795] *casquetes*: pieza de la armadura para la cabeza.

CENTURIO: Más deseo ya la noche por tenerte contenta que tú por verte vengada. Y por que más se haga todo a tu voluntad, escoge qué muerte quieres que le dé. Allí te mostraré un reportorio en que hay setecientas y setenta especies de muertes. Verás cuál más te agradare.

ELICIA: Areúsa, por mi amor, que no se ponga este hecho en manos de tan fiero hombre. Más vale que se quede por hacer que no escandalizar la ciudad, por donde nos venga más daño de lo pasado.

AREÚSA: Calla, hermana. Díganos alguna que no sea de mucho bullicio.

CENTURIO: Las que agora estos días yo uso y más traigo entre manos son espaldarazos sin sangre o porradas de pomo de espada, o revés mañoso;[796] a otros agujereo como harnero[797] a puñaladas, tajo largo, estocada temerosa, tiro mortal. Algún día doy palos por dejar holgar mi espada.

ELICIA: No pase, por Dios, adelante. Déle palos, por que quede castigado y no muerto.

CENTURIO: Juro por el cuerpo santo de la letanía,[798] no es más en mi brazo derecho dar palos sin matar que en el sol dejar de dar vueltas al cielo.

AREÚSA: Hermana, no seamos nosotras lastimeras. Haga lo que quisiere; mátele como se le antojare. Llore Melibea como tú has hecho; dejémosle. Centurio, da buena cuenta de lo encomendado; de cualquier muerte holgaremos. Mira que no se escape sin alguna paga de su yerro.

CENTURIO: Perdónele Dios si por pies no se me va. Muy alegre quedo, señora mía, que se ha ofrecido caso, aunque

---

796 *revés mañoso*: golpe hábil de espada.

797 *harnero*: criba.

798 *por el cuerpo santo de la letanía*: por todos los santos.

pequeño, en que conozcas lo que yo sé hacer por tu amor.

AREÚSA: Pues Dios te dé buena manderecha[799] y a él te encomiendo, que nos vamos.

CENTURIO: Él te guíe y te dé más paciencia con los tuyos.

[Escena II]

CENTURIO: ¡Allá irán estas putas atestadas de razones! Agora quiero pensar cómo me excusaré de lo prometido, de manera que piensen que puse diligencia con ánimo de ejecutar lo dicho, y no negligencia por no me poner en peligro. Quiérome hacer doliente; pero, ¿qué aprovecha, que no se apartarán de la demanda cuando sane? Pues si digo que fui allá y que les hice huir, pedirme han señas de quién eran y cuántos iban y en qué lugar los tomé y qué vestidos llevaban. Yo no las sabré dar; helo todo perdido. Pues ¿qué consejo tomaré que cumpla con mi seguridad y su demanda? Quiero enviar a llamar a Traso el Cojo y a sus dos compañeros, y decirles que porque yo estoy ocupado esta noche en otro negocio, vaya a dar un repiquete de broquel[800] a manera de levada[801] para ojear[802] unos garzones, que me fue encomendado, que todo esto es pasos seguros[803] y donde no conseguirán ningún daño más de hacerlos huir y volverse a dormir.

---

[799] *manderecha*: suerte.

[800] *repiquete de broquel*: golpes de escudo para hacer ruido.

[801] *a manera de levada*: imitando un ataque con espadas.

[802] *ojear*: hacer huir.

[803] *pasos seguros*: carece de riesgo.

[XIX]

Argumento del decimonono auto

Yendo Calisto con Sosia y Tristán al huerto de Pleberio a visitar a Melibea, que lo estaba esperando y con ella Lucrecia, cuenta Sosia lo que le aconteció con Areúsa. Estando Calisto dentro del huerto con Melibea, viene Traso y otros por mandado de Centurio a complir lo que había prometido a Areúsa y a Elicia, a los cuales sale Sosia. Y oyendo Calisto desde el huerto onde estaba con Melibea el ruido que traían, quiso salir fuera, la cual salida fue causa que sus días pereciesen, porque los tales este don reciben por galardón, y por esto han de saber desamar[804] los amadores.

SOSIA	MELIBEA
TRISTÁN	LUCRECIA
CALISTO	

---

[804] *desamar*: cesar de amar.

[Escena I]

SOSIA: Muy quedo, para que no seamos sentidos, desde aquí al huerto de Pleberio te contaré, hermano Tristán, lo que con Areúsa me ha pasado hoy, que estoy el más alegre hombre del mundo. Sabrás que ella, por las buenas nuevas que de mí había oído, estaba presa de amor, y envióme a Elicia, rogándome que la visitase. Y dejando aparte otras razones de buen consejo que pasamos, mostró al presente ser tanto mía cuanto algún tiempo fue de Pármeno. Rogóme que la visitase siempre, que ella pensaba gozar de mi amor por tiempo. Pero yo te juro por el peligroso camino en que vamos, hermano, y así goce de mí, que estuve dos o tres veces por me arremeter a ella, sino que me empachaba la vergüenza de verla tan hermosa y arreada,[805] y a mí con una capa vieja ratonada.[806] Echaba de sí en bulliendo un olor de almizque; yo hedía al estiércol que llevaba dentro en los zapatos; tenía unas manos como la nieve, que cuando las sacaba de rato en rato de un guante parecía que se derramaba azahar por casa. Así por esto como porque tenía un poco ella de hacer, se quedó mi atrever para otro día; y aun porque a la primera

---

[805] *arreada*: adornada, ataviada.
[806] *ratonada*: rota.

vista de todas las cosas no son bien tratables, y cuanto más se comunican mejor se entienden en su participación.

TRISTÁN: Sosia, amigo, otro seso más maduro y experimentado que no el mío era necesario para darte consejo en este negocio. Pero lo que con mi tierna edad y mediano natural alcanzo al presente te diré. Esta mujer es marcada ramera, según tú me dijiste. Cuanto con ella te pasó has de creer que no carece de engaño; sus ofrecimientos fueron falsos, y no sé yo a qué fin, porque, amarte por gentilhombre, ¿cuántos más tendrá ella desechados? Si por rico, bien sabe que no tienes más del polvo que se te pega del almohaza; si por hombre de linaje, ya sabrá que te llaman Sosia, y a tu padre llamaron Sosia, nacido y criado en una aldea quebrando terrones con un arado, para lo cual eres tú más dispuesto que para enamorado. Mira, Sosia, y acuérdate bien si te quería sacar algún punto del secreto de este camino que agora vamos, para con que lo supiese revolver[807] a Calisto y Pleberio, de envidia del placer de Melibea. Cata que la envidia es una incurable enfermedad donde asienta, huésped que fatiga la posada; en lugar de galardón, siempre goza del mal ajeno. Pues si esto es así, ¡oh cómo te quiere aquella malvada hembra engañar con su alto nombre, del cual todas se arrean! Con su vicio ponzoñoso quería condenar el ánima por complir su apetito, revolver tales casas por contentar su dañada voluntad. ¡Oh arrufianada mujer, y con qué blanco pan te daba zarazas! Querría vender su cuerpo a trueco de contienda. Óyeme, y si así presumes que sea, ármale trato doble, cual yo te diré, que quien engaña al engañador…[808] ya me entiendes; y si sabe

---

[807] *revolver*: enfrentar.

[808] *quien engaña al engañador…*: refrán: "Quien engaña al engañador cien días gana de perdón".

mucho la raposa, más el que la toma.[809] Contramínale[810] sus malos pensamientos, escala sus ruindades cuando más segura la tengas, y cantarás después en tu establo "uno piensa el bayo[811] y otro el que lo ensilla".

SOSIA: ¡Oh Tristán, discreto mancebo, mucho más has dicho que tu edad demanda! Astuta sospecha has remontado,[812] y creo que verdadera. Pero porque ya llegamos al huerto y nuestro amo se nos acerca, dejemos este cuento, que es muy largo, para otro día.

CALISTO: Poned, mozos, la escala y callad, que me parece que está hablando mi señora de dentro. Sobiré encima de la pared y en ella estaré escuchando, por ver si oiré alguna buena señal de mi amor en ausencia.

[Escena II]

MELIBEA: Canta más, por mi vida, Lucrecia, que me huelgo en oírte, mientras viene aquel señor, y muy paso entre estas verduricas, que no nos oirán los que pasaren.

LUCRECIA: ¡Oh quién fuese la hortelana
de aquestas viciosas flores
por prender cada mañana,
al partir, a tus amores![813]
Vístanse nuevas colores

---

[809] *toma*: caza.

[810] *Contramínale*: averigua.

[811] *bayo*: caballo.

[812] *remontado*: advertido.

[813] No hay unanimidad sobre el sentido exacto de estos versos. Bienvenido Morros interpreta: "¡Oh quién fuese la hortelana que cuidase de estas lozanas (*viciosas*) flores para detener cada mañana a tus amores cuando se marchan (*al partir*)!".

> los lirios y el azucena;
> derramen frescos olores,
> cuando entre, por estrena.[814]

MELIBEA: ¡Oh cuán dulce me es oírte! De gozo me deshago. No ceses, por mi amor.

LUCRECIA:
> Alegre es la fuente clara
> a quien con gran sed la vea,
> mas muy más dulce es la cara
> de Calisto a Melibea,
> pues aunque más noche sea,
> con su vista gozará.
> ¡Oh cuando saltar le vea,
> qué de abrazos le dará!
> Saltos de gozo infinitos
> da el lobo viendo ganado;
> con las tetas, los cabritos;
> Melibea, con su amado.
> Nunca fue más deseado
> amador de su amiga,
> ni huerto más visitado,
> ni noche más sin fatiga.

MELIBEA: Cuanto dices, amiga Lucrecia, se me representa delante; todo me parece que lo veo con mis ojos. Procede, que a muy buen son lo dices, y ayudarte he yo.

LUCRECIA Y MELIBEA:
> Dulces árboles sombrosos,
> humillaos cuando veáis
> aquellos ojos graciosos
> del que tanto deseáis.
> Estrellas que relumbráis,

---

[814] *estrena*: regalo.

Norte y Lucero del día,
¿por qué no le despertáis
si duerme mi alegría?

MELIBEA: ¡Óyeme tú, por mi vida, que yo quiero cantar
sola!

Papagayos, ruiseñores
que cantáis al alborada,
llevad nueva a mis amores
cómo espero aquí asentada.
La media noche es pasada
y no viene;
sabedme si hay otra amada
que lo detiene.

[Escena III]

CALISTO: Vencido me tiene el dulzor de tu suave canto; no
puedo más sufrir tu penado esperar. ¡Oh mi señora y mi bien
todo! ¿Cuál mujer podía haber nacida que deprivase tu gran
merecimiento? ¡Oh salteada⁸¹⁵ melodía, oh gozoso rato, oh
corazón mío! Y ¿cómo no podiste más tiempo sufrir sin
interrumper tu gozo y complir el deseo de entrambos?
MELIBEA: ¡Oh sabrosa traición, oh dulce sobresalto! ¿Es mi
señor de mi alma? ¿Es él? No lo puedo creer. ¿Dónde estabas,
luciente sol? ¿Dónde me tenías tu claridad escondida? ¿Había
rato que escuchabas? ¿Por qué me dejabas echar palabras sin
seso al aire con mi ronca voz de cisne? Todo se goza este huerto
con tu venida. Mira la luna cuán clara se nos muestra. Mira las
nubes cómo huyen. Oye la corriente agua de esta fontecica

---

⁸¹⁵ *salteada*: sorprendente.

cuánto más suave murmurio y zurrío[816] lleva por entre las frescas hierbas. Escucha los altos cipreses cómo se dan paz unos ramos con otros por intercesión de un templadico viento que los menea. Mira sus quietas sombras cuán escuras están y aparejadas para encobrir nuestro deleite. Lucrecia, ¿qué sientes amiga? ¿Tórnaste loca de placer? Déjamele, no me le despedaces, no le trabajes sus miembros con tus pesados abrazos. Déjame gozar lo que es mío; no me ocupes mi placer.

CALISTO: Pues, señora y gloria mía, si mi vida quieres, no cese tu suave canto; no sea de peor condición mi presencia con que te alegras, que mi ausencia que te fatiga.

MELIBEA: ¿Qué quieres que cante, amor mío? ¿Cómo cantaré, que tu deseo era el que regía mi son y hacía sonar mi canto? Pues conseguida tu venida, desaparecióse el deseo, destemplóse el tono de mi voz. Y pues tú, señor, eres el dechado de cortesía y buena crianza, ¿cómo mandas a mi lengua hablar y no a tus manos que estén quedas? ¿Por qué no olvidas estas mañas? Mándalas estar sosegadas y dejar su enojoso uso y conversación incomportable. Cata, ángel mío, que así como me es agradable tu vista sosegada, me es enojoso tu riguroso trato. Tus honestas burlas me dan placer, tus deshonestas manos me fatigan cuando pasan de la razón. Deja estar mis ropas en su lugar, y si quieres ver si es el hábito de encima de seda o de paño, ¿para qué me tocas en la camisa, pues cierto es de lienzo? Holguemos y burlemos de otros mil modos que yo te mostraré. No me destroces ni me maltrates como sueles. ¿Qué provecho te trae dañar mis vestiduras?

CALISTO: Señora, el que quiere comer el ave quita primero las plumas.

LUCRECIA   (*Aparte*): ¡Mala landre me mate si más los escu-

---

[816] *zurrío*: susurro.

cho! ¿Vida es ésta? ¡Que me esté yo deshaciendo de dentera, y ella esquivándose por que la rueguen! Ya, ya, apaciguado es el ruido; no hobieron menester departidores.[817] Pero también me lo haría yo si estos necios de sus criados me hablasen entre día, pero esperan que los tengo de ir a buscar.

MELIBEA: Señor mío, ¿quieres que mande a Lucrecia traer alguna colación?[818]

CALISTO: No hay otra colación para mí sino tener tu cuerpo y belleza en mi poder. Comer y beber dondequiera se da por dinero, en cada tiempo se puede haber y cualquiera lo puede alcanzar; pero lo no vendible, lo que en toda la tierra no hay igual que en este huerto, ¿cómo mandas que se me pase ningún momento que no goce?

LUCRECIA   (*Aparte*): Ya me duele a mí la cabeza de escuchar y no a ellos de hablar, ni los brazos de retozar, ni las bocas de besar. ¡Andar, ya callan! A tres me parece que va la vencida.

CALISTO: Jamás querría, señora, que amaneciese, según la gloria y descanso que mi sentido recibe de la noble conversación de tus delicados miembros.

MELIBEA: Señor, yo soy la que gozo, yo la que gano; tú, señor, el que me haces con tu visitación incomparable merced.

SOSIA: ¿Así bellacos, rufianes, veníades a asombrar a los que no os temen? ¡Pues yo juro que, si esperárades, que vos hiciera ir como merecíades!

CALISTO: Señora, Sosia es aquel que da voces. Déjame ir a valerle, no le maten, que no está sino un pajecico con él. Dame presto mi capa, que está debajo de ti.

MELIBEA: ¡Oh triste de mi ventura! ¡No vayas allá sin tus corazas, tórnate a armar!

---

[817] *no hobieron menester departidores*: no necesitaron quien los separara.
[818] *alguna colación*: algo de comer.

CALISTO: Señora, lo que no hace espada y capa y corazón no lo hacen corazas y capacete y cobardía.

SOSIA: ¿Aún tornáis? Esperadme; quizá venís por lana...

CALISTO: ¡Déjame, por Dios, señora, que puesta está el escala!

MELIBEA: ¡Oh desdichada yo! ¿Y cómo vas tan recio y con tanta priesa y desarmado a meterte entre quien no conoces? Lucrecia, ven presto acá, que es ido Calisto a un ruido; echémosle sus corazas por la pared, que se quedan acá.

[Escena IV]

TRISTÁN: Tente, señor, no bajes, que idos son, que no era sino Traso el Cojo y otros bellacos que pasaban voceando, que ya se torna Sosia. ¡Tente, tente, señor, con las manos al escala!

CALISTO: ¡Oh válame, Santa María! ¡Muerto soy! ¡Confesión!

TRISTÁN: Llégate presto, Sosia, que el triste de nuestro amo es caído del escala y no habla ni se bulle.

SOSIA: ¡Señor, señor! ¡A esa otra puerta! ¡Tan muerto es como mi abuelo! ¡Oh gran desventura![819]

[Escena V]

LUCRECIA: Escucha, escucha, gran mal es éste.

MELIBEA: ¿Qué es esto que oigo, amarga de mí?

TRISTÁN: ¡Oh mi señor y mi bien muerto, oh mi señor despeñado! ¡Oh triste muerte sin confesión! Coge, Sosia, esos

---

[819] Fin de la interpolación de la *Tragicomedia*.

sesos de esos cantos; júntalos con la cabeza del desdichado amo nuestro. ¡Oh día de aciago! ¡Oh arrebatado fin!

MELIBEA: ¡Oh desconsolada de mí! ¿Qué es esto? ¿Qué puede ser tan áspero acontecimiento como oigo? Ayúdame a sobir, Lucrecia, por estas paredes. Veré mi dolor; si no, hundiré con alaridos la casa de mi padre. ¡Mi bien y placer todo es ido en humo, mi alegría es perdida, consumióse mi gloria!

LUCRECIA: Tristán, ¿qué dices, mi amor? ¿Qué es eso que lloras tan sin mesura?

TRISTÁN: Lloro mi gran mal, lloro mis muchos dolores; cayó mi señor Calisto del escala y es muerto; su cabeza está en tres partes. Sin confesión pereció. Díselo a la triste y nueva amiga, que no espere más su penado amador. Toma tú Sosia de esos pies; llevemos el cuerpo de nuestro querido amo donde no padezca su honra detrimento, aunque sea muerto en este lugar. ¡Vaya con nosotros llanto, acompáñenos soledad, síganos desconsuelo, vístanos tristeza, cúbranos luto y dolorosa jerga!

MELIBEA: ¡Oh la más de las tristes, triste; tan poco tiempo poseído el placer, tan presto venido el dolor!

LUCRECIA: Señora, no rasgues tu cara, ni meses tus cabellos. Agora en placer, agora en tristeza. ¿Qué planeta hobo que tan presto contrarió su operación?[820] ¿Qué poco corazón es éste? Levanta, por Dios, no seas hallada de tu padre en tan sospechoso lugar, que serás sentida. ¡Señora, señora! ¿No me oyes? No te amortezcas, por Dios, ten esfuerzo para sofrir la pena, pues toviste osadía para el placer.

MELIBEA: ¿Oyes lo que aquellos mozos van hablando? ¿Oyes sus tristes cantares? ¡Rezando llevan con responso mi bien todo! ¡Muerta llevan mi alegría! No es tiempo de yo vi-

---

[820] *operación*: acción.

vir. ¿Cómo no gocé más del gozo? ¿Cómo tove en tan poco la gloria que entre mis manos tove? ¡Oh ingratos mortales, jamás conocéis vuestros bienes sino cuando de ellos carecéis!

LUCRECIA: ¡Avívate,[821] aviva! Que mayor mengua será hallarte en el huerto que placer sentiste con la venida ni pena con ver que es muerto. Entremos en la cámara, acostarte has; llamaré a tu padre y fingiremos otro mal, pues éste no es para se poder encobrir.

---

[821] *Avívate*: apresúrate.

[XX]

Argumento del veinteno auto

Lucrecia llama a la puerta de la cámara de Pleberio. Pregúnta-
le Pleberio lo que quiere. Lucrecia le da priesa que vaya a ver a
su hija Melibea. Levantado Pleberio, va a la cámara de Melibea.
Consuélala, preguntándole qué mal tiene. Finge Melibea dolor
del corazón. Envía Melibea a su padre por algunos instrumen-
tos músicos. Sube ella y Lucrecia en una torre. Envía de sí [822] *a*
Lucrecia; cierra tras ella la puerta. Llégase su padre al pie de la
torre. Descubrióle Melibea el negocio que había pasado. En fin
déjase caer de la torre abajo.

PLEBERIO   MELIBEA
LUCRECIA

---

[822] *Envía de sí*: manda que la deje sola.

[Escena I]

PLEBERIO: ¿Qué quieres, Lucrecia? ¿Qué quieres tan presurosa? ¿Qué pides con tanta importunidad y poco sosiego? ¿Qué es lo que mi hija ha sentido? ¿Qué mal tan arrebatado puede ser que no haya yo tiempo de me vestir ni me des aun espacio a me levantar?

LUCRECIA: Señor, apresúrate mucho si la quieres ver viva; que ni su mal conozco, de fuerte, ni a ella ya, de desfigurada.

PLEBERIO: Vamos presto; anda allá, entra adelante, alza esa antepuerta y abre bien esa ventana, por que le pueda ver el gesto con claridad.

[Escena II]

PLEBERIO: ¿Qué es esto, hija mía? ¿Qué dolor y sentimiento es el tuyo? ¿Qué novedad es ésta? ¿Qué poco esfuerzo es éste? Mírame, que soy tu padre. Háblame, por Dios. Dime la razón de tu dolor, por que presto sea remediado. No quieras enviarme con triste postrimería[823] al sepulcro. Ya sabes que no tengo otro bien sino a ti. Abre esos alegres ojos y mírame.

MELIBEA: ¡Ay dolor!

---

[823] *postrimería*: vejez.

PLEBERIO: ¿Qué dolor puede ser que iguale con ver yo el tuyo? Tu madre está sin seso en oír tu mal; no pudo venir a verte de turbada. Esfuerza tu fuerza, aviva tu corazón, arréciate[824] de manera que puedas tú conmigo ir a visitar a ella. Dime, ánima mía, la causa de tu sentimiento.

MELIBEA: Pereció mi remedio.

PLEBERIO: Hija, mi bien amada y querida del viejo padre, por Dios, no te ponga desesperación el cruel tormento de esta tu enfermedad y pasión, que a los flacos corazones el dolor los arguye.[825] Si tú me cuentas tu mal, luego será remediado, que ni faltarán medicinas, ni médicos, ni sirvientes para buscar tu salud, agora consista en hierbas o en piedras o palabras, o esté secreta en cuerpos de animales. Pues no me fatigues más, no me atormentes, no me hagas salir de mi seso, y dime qué sientes.

MELIBEA: Una mortal llaga en medio del corazón, que no me consiente hablar. No es igual a los otros males, menester es sacarla para ser curada, que está en lo más secreto de él.

PLEBERIO: Temprano cobraste los sentimientos de la vejez. La mocedad toda suele ser placer y alegría y enemiga de enojo. Levántate de ahí; vamos a ver los frescos aires de la ribera. Alegrarte has con tu madre; descansará tu pena. Cata, si huyes de placer, no hay cosa más contraria a tu mal.

MELIBEA: Vamos donde mandares. Subamos, señor, al azotea alta, por que desde allí goce de la deleitosa vista de los navíos; por ventura aflojará algo mi congoja.

PLEBERIO: Subamos, y Lucrecia con nosotros.

MELIBEA: Mas, si a ti placerá, padre mío, manda traer algún instrumento de cuerdas con que se sufra mi dolor o

---

[824] *arréciate*: anímate, esfuérzate.

[825] *arguye*: descubre.

tañiendo o cantando, de manera que, aunque aqueje por una parte la fuerza de su accidente, mitigarlo han por otra los dulces sones y alegre armonía.

PLEBERIO: Eso, hija mía, luego es hecho; yo lo voy a mandar aparejar.

[Escena III]

MELIBEA: Lucrecia, amiga, muy alto es esto. Ya me pesa por dejar la compañía de mi padre. Baja a él y dile que se pare al pie de esta torre, que le quiero decir una palabra que se me olvidó que hablase a mi madre

LUCRECIA: Ya voy, señora.

[Escena IV]

MELIBEA: De todos soy dejada; bien se ha aderezado la manera de mi morir. Algún alivio siento en ver que tan presto seremos juntos yo y aquel mi querido y amado Calisto. Quiero cerrar la puerta, por que ninguno suba a me estorbar mi muerte; no me impidan la partida; no me atajen el camino por el cual en breve tiempo podré visitar en este día al que me visitó la pasada noche. Todo se ha hecho a mi voluntad; buen tiempo tendré para contar a Pleberio mi señor la causa de mi ya acordado fin. Gran sinrazón hago a sus canas; gran ofensa a su vejez; gran fatiga le acarreo con mi falta; en gran soledad le dejo. Y caso que por mi morir a mis queridos padres sus días se diminuyesen, ¿quién duda que no haya habido otros más crueles contra sus padres? Bursia, rey de Bitinia, sin ninguna razón, no aquejándole pena como a mí, mató su propio padre;[826] Tolomeo, rey de Egipto, a su padre y madre y hermanos y mujer, por gozar de una manceba;[827] Orestes a su madre Clitemnestra;[828] el cruel emperador Nero, a su madre Agripina por sólo su placer hizo matar.[829] Éstos son dignos de culpa; éstos son verdaderos parricidas, que no yo, que con mi pena, con mi muerte, purgo la culpa, que de su dolor se me puede poner. Otros muchos crueles hobo que mataron hijos y hermanos, debajo de cuyos yerros el mío no parecerá grande: Filipo, rey de Macedonia;[830] Herodes, rey de Judea;[831] Constantino, emperador de Roma;[832] Laodice, reina de Capadocia[833] y Medea, la nigromantesa.[834] Todos éstos mataron hijos queridos y amados sin ninguna razón, quedando sus personas a salvo. Finalmente me ocurre aquella gran crueldad de Frates, rey de los Partos, que por que non quedase sucesor después de él, mató a Orode, su viejo padre, y a su único hijo y treinta hermanos suyos. Éstos fueron delitos dignos de culpable culpa, que, guardando sus personas de

---

[826] Parece que el texto está corrupto, como indica la mayor parte de los editores, y que el original leería 'Prusia'. Sin embargo, fue Nicomedes, el hijo del rey Prusia de Bitinia, quien mató a su propio padre.

[827] Tolomeo, rey de Egipto, asesinó a sus padres y hermanos.

[828] Orestes mató a su madre, Clitemnestra, para vengar la muerte de su padre Agamenón, asesinado por Clitemnestra y su amante, Egisto.

[829] El emperador romano Nerón ordenó, efectivamente, la muerte de su madre Agripina.

[830] Filipo V de Macedonia mandó envenenar a su hijo por traición.

[831] Se refiere a Herodes I rey de Judea, que mandó matar a su mujer e hijos, además de ordenar la Degollación de los Inocentes.

[832] Constantino I mató a su hijo Crispo.

[833] Laodice, tras haber sido abandonada por su marido Antíoco, acabó con él. Después mató a la mujer de su esposo, Berenice, y a un hijo de ésta.

[834] Medea, conocida por sus artes mágicas (de ahí, que Melibea la llame 'nigromantesa'), loca de amor por Jasón, le ayudó a hacerse con el vellocino de oro. Despechada cuando Jasón la abandonó, mató a los hijos que había tenido con él.

peligro, mataban sus mayores y descendientes y hermanos. Verdad es que, aunque todo esto así sea, no había de remedarlos[835] en lo que mal hicieron, pero no es más en mi mano. Tú, señor, que de mi habla eres testigo, ves mi poco poder, ves cuán cautiva tengo mi libertad, cuán presos mis sentidos de tan poderoso amor del muerto caballero, que priva al que tengo con los vivos padres.

[Escena V]

PLEBERIO: Hija mía Melibea, ¿qué haces sola? ¿Qué es tu voluntad decirme? ¿Quieres que suba allá?

MELIBEA: Padre mío, no pugnes, ni trabajes por venir adonde yo estoy, que estorbarás la presente habla que te quiero hacer. Lastimado serás brevemente con la muerte de tu única hija. Mi fin es llegado; llegado es mi descanso y tu pasión; llegado es mi alivio y tu pena; llegada es mi acompañada hora y tu tiempo de soledad. No habrás, honrado padre, menester instrumentos para aplacar mi dolor, sino campanas para sepultar mi cuerpo. Si me escuchas sin lágrimas oirás la causa desesperada de mi forzada y alegre partida. No la interrumpas con lloro, ni palabras; si no, quedarás más quejoso en no saber por qué me mato que doloroso por verme muerta. Ninguna cosa me preguntes ni respondas más de lo que de mi grado decirte quisiere, porque cuando el corazón está embargado de pasión, están cerrados los oídos al consejo; y en tal tiempo las fructuosas palabras, en lugar de amansar, acrecientan la saña. Oye, padre mío, mis últimas palabras; y si como yo espero las recibes, no culparás mi yerro. Bien ves y

---

[835] *remedarlos*: imitarlos.

oyes este triste y doloroso sentimiento que toda la ciudad hace. Bien oyes este clamor de campanas, este alarido de gentes, este aullido de canes, este estrépito de armas. De todo esto fui yo causa. Yo cobrí de luto y jergas en este día casi la mayor parte de la ciudadana caballería; yo dejé muchos sirvientes descubiertos de señor; yo quité muchas raciones y limosnas a pobres y envergonzantes.[836] Yo fui ocasión que los muertos toviesen compañía del más acabado hombre que en gracias nació. Yo quité a los vivos el dechado de gentileza, de invenciones galanas, de atavíos y bordaduras, de habla, de andar, de cortesía, de virtud. Yo fui causa que la tierra goce sin tiempo el más noble cuerpo y más fresca juventud que al mundo era en nuestra edad criada. Y porque estarás espantado con el son de mis no acostumbrados delitos, te quiero más aclarar el hecho. Muchos días son pasados, padre mío, que penaba por mi amor un caballero que se llamaba Calisto, el cual tú bien conociste. Conociste asimismo sus padres y claro linaje; sus virtudes y bondad a todos eran manifiestas. Era tanta su pena de amor y tan poco el lugar para hablarme, que descubrió su pasión a una astuta y sagaz mujer que llamaban Celestina, la cual, de su parte venida a mí, sacó mi secreto amor de mi pecho. Descubrí a ella lo que a mi querida madre encobría; tovo manera como ganó mi querer; ordenó cómo su deseo y el mío hobiesen efecto. Si él mucho me amaba, no vivió engañado. Concertó el triste concierto de la dulce y desdichada ejecución de su voluntad. Vencida de su amor, dile entrada en tu casa. Quebrantó con escalas las paredes de tu huerto, quebrantó mi propósito, perdí mi virginidad. Del cual deleitoso yerro de amor gozamos casi un mes. Y como esta pasada noche viniese según era acostumbrado, a

---

[836] *envergonzantes*: los que pedían limosna a escondidas por vergüenza.

la vuelta de su venida, como de la fortuna mudable estuviese dispuesto y ordenado según su desordenada costumbre, como las paredes eran altas, la noche escura, la escala delgada, los sirvientes que traía no diestros en aquel género de servicio, y él bajaba presuroso a ver un ruido que con sus criados sonaba en la calle, con el gran ímpetu que llevaba no vio bien los pasos, puso el pie en vacío y cayó, y de la triste caída sus más escondidos sesos quedaron repartidos por las piedras y paredes. Cortaron las hadas sus hilos; cortáronle sin confesión su vida; cortaron mi esperanza; cortaron mi gloria; cortaron mi compañía. Pues ¿qué crueldad sería, padre mío, muriendo él despeñado, que viviese yo penada? Su muerte convida a la mía. Convídame y fuerza que sea presto, sin dilación. Muéstrame que ha de ser despeñada por seguirle en todo. No digan por mí a muertos y a idos...[837] Y así contentarle he en la muerte, pues no tove tiempo en la vida. ¡Oh mi amor y señor Calisto, espérame; ya voy; detente si me esperas! ¡No me incuses[838] la tardanza que hago dando esta última cuenta a mi viejo padre, pues le debo mucho más! ¡Oh padre mío muy amado, ruégote, si amor en esta pasada y penosa vida me has tenido, que sean juntas nuestras sepulturas, juntas nos hagan nuestras obsequias![839] Algunas consolatorias palabras te diría antes de mi agradable fin, colegidas y sacadas de aquellos antiguos libros que, por más aclarar mi ingenio, me mandabas leer, sino que ya la dañada memoria con la gran turbación me las ha perdido, y aun porque veo tus lágrimas mal sofridas descender por tu arrugada faz. Salúdame a mi cara y amada madre; sepa de ti lar-

---

[837] *a muertos y a idos...*: el refrán completo es "A muertos y a idos, pocos amigos".

[838] *incuses*: eches en cara.

[839] *obsequias*: exequias fúnebres.

gamente la triste razón por que muero; gran placer llevo de no la ver presente. Toma, padre viejo, los dones de tu vejez, que en largos días largas se sufren tristezas. Recibe las arras de tu senectud antigua, recibe allá tu amada hija. Gran dolor llevo de mí, mayor de ti, muy mayor de mi vieja madre. Dios quede contigo y con ella; a Él ofrezco mi ánima. Pon tú en cobro[840] este cuerpo que allá baja.

---

[840] *en cobro*: en lugar seguro.

[XXI]

Argumento del veinte y un auto

Pleberio, tornado a su cámara con grandísimo llanto, preguntábale Alisa su mujer la causa de tan súpito mal. Cuéntale la muerte de su hija Melibea, mostrándole el cuerpo de ella todo hecho pedazos, y haciendo su planto, concluye.

PLEBERIO   ALISA

[Escena I]

ALISA: ¿Qué es esto, señor Pleberio? ¿Por qué son tus fuertes alaridos? Sin seso estaba, adormida del pesar que hobo cuando oí decir que sentía dolor nuestra hija. Agora, oyendo tus gemidos, tus voces tan altas, tus quejas no acostumbradas, tu llanto y congoja de tanto sentimiento, en tal manera penetraron mis entrañas, en tal manera traspasaron mi corazón, así avivaron mis turbados sentidos, que el ya recibido pesar alancé[841] de mí. Un dolor sacó otro, un sentimiento otro. Dime la causa de tus quejas. ¿Por qué maldices tu honrada vejez? ¿Por qué pides la muerte? ¿Por qué arrancas tus blancos cabellos? ¿Por qué hieres tu honrada cara? ¿Es algún mal de Melibea? Por Dios que me lo digas, porque si ella pena, no quiero yo vivir.

PLEBERIO: ¡Ay, ay, noble mujer, nuestro gozo en el pozo, nuestro bien todo es perdido! ¡No queramos más vivir! Y por que el incogitado[842] dolor te dé más pena todo junto sin pensarle, por que más presto vayas al sepulcro, por que no llore yo solo la pérdida dolorida de entrambos, ves allí a la que tú pariste y yo engendré hecha pedazos. La causa supe de ella, mas la he sabido por extenso de esta tu triste sirvienta. Ayú-

---

[841] *alancé*: alejé.
[842] *incogitado*: impensado.

dame a llorar nuestra llagada postrimería. ¡Oh gentes que venís a mi dolor, oh amigos y señores, ayudadme a sentir mi pena! ¡Oh mi hija y mi bien todo, crueldad sería que viva yo sobre ti! Más dignos eran mis sesenta años de la sepultura, que tus veinte. Turbóse la orden del morir con la tristeza que te aquejaba. ¡Oh mis canas, salidas para haber pesar, mejor gozara de vosotras la tierra que de aquellos rubios cabellos que presentes veo! Fuertes días me sobran para vivir; quejarme he de la muerte; incusarle he su dilación,[843] cuanto tiempo me dejare solo después de ti. Fálteme la vida, pues me faltó tu agradable compañía. ¡Oh mujer mía, levántate de sobre ella, y si alguna vida te queda, gástala conmigo en tristes gemidos, en quebrantamiento y sospirar! Y si por caso tu espíritu reposa con el suyo, si ya has dejado esta vida de dolor, ¿por qué quesiste que lo pase yo todo? En esto tenéis ventaja las hembras a los varones, que puede un gran dolor sacaros del mundo sin lo sentir, o a lo menos perdéis el sentido, que es parte de descanso. ¡Oh duro corazón de padre! ¿Cómo no te quiebras de dolor, que ya quedas sin tu amada heredera? ¿Para quién edifiqué torres? ¿Para quién adquirí honras? ¿Para quién planté árboles? ¿Para quién fabriqué navíos? ¡Oh tierra dura!, ¿cómo me sostienes? ¿Adónde hallará abrigo mi desconsolada vejez? ¡Oh fortuna variable, ministra y mayordoma de los temporales bienes! ¿Por qué no ejecutaste tu cruel ira, tus mudables ondas, en aquello que a ti es sujeto? ¿Por qué no destruiste mi patrimonio? ¿Por qué no quemaste mi morada? ¿Por qué no asolaste mis grandes heredamientos? Dejárasme aquella florida planta en quien tú poder no tenías; diérasme, Fortuna flutuosa,[844] triste la mocedad con vejez alegre; no

---

[843] *incursarle he su dilación*: he de denunciar su tardanza.
[844] *flutuosa*: fluctuante.

perviertas la orden. Mejor sufriera persecuciones de tus engaños en la recia y robusta edad que no en la flaca postremería.
¡Oh vida de congojas llena, de miserias acompañada! ¡Oh
mundo, mundo! Muchos mucho de ti dijeron, muchos en tus
cualidades metieron la mano, a diversas cosas por oídas te
compararon; yo por triste experiencia lo contaré, como a
quien las ventas y compras de tu engañosa feria no próspera-
mente sucedieron, como aquel que mucho ha hasta agora
callado tus falsas propiedades por no encender con odio tu ira,
por que no me secases sin tiempo esta flor que este día echaste
en tu poder. Pues agora, sin temor, como quien no tiene qué
perder, como aquel a quien tu compañía es ya enojosa, como
caminante pobre que sin temor de los crueles salteadores va
cantando en alta voz. Yo pensaba en mi más tierna edad que
eras y eran tus hechos regidos por alguna orden. Agora, visto el pro y la contra de tus bienandanzas, me pareces un laberinto de errores, un desierto espantable, una morada de
fieras, juego de hombres que andan en corro, laguna llena
de cieno, región llena de espinas, monte alto, campo pedre-
goso, prado lleno de serpientes, huerto florido y sin fruto,
fuente de cuidados, río de lágrimas, mar de miserias, trabajo
sin provecho, dulce ponzoña, vana esperanza, falsa alegría,
verdadero dolor. Cébasnos, mundo falso, con el manjar de
tus deleites; al mejor sabor nos descubres el anzuelo, no lo
podemos huir, que nos tiene ya cazadas las voluntades. Prometes mucho, nada no cumples. Échasnos de ti, por que no
te podamos pedir que mantengas tus vanos prometimientos.
Corremos por los prados de tus viciosos vicios muy descui-
dados a rienda suelta; descúbresnos la celada cuando ya no
hay lugar de volver. Muchos te dejaron con temor de tu
arrebatado dejar; bienaventurados se llamarán cuando vean
el galardón que a este triste viejo has dado en pago de tan

largo servicio. Quiébrasnos el ojo y úntasnos con consuelo el casco.[845] Haces mal a todos, por que ningún triste se halle solo en ninguna adversidad, diciendo que es alivio a los míseros, como yo, tener compañeros en la pena. Pues, desconsolado viejo, ¡qué solo estoy! Yo fui lastimado sin haber igual compañero de semejante dolor, aunque más en mi fatigada memoria revuelvo presentes y pasados. Que si aquella severidad y paciencia de Paulo Emilio me viniere a consolar con pérdida de dos hijos muertos en siete días, diciendo que su animosidad obró que consolase él al pueblo romano y no el pueblo a él, no me satisface, que otros dos le quedaban dados en adopción. ¿Qué compañía me tendrán en mi dolor aquel Pericles, capitán ateniense, ni el fuerte Jenofón, pues sus pérdidas fueron de hijos ausentes de sus tierras? Ni fue mucho no mudar su frente y tenerla serena, y el otro responder al mensajero que las tristes albricias de la muerte de su hijo le venía a pedir, que no recibiese él pena, que él no sentía pesar; que todo esto bien diferente es a mi mal. Pues menos podrás decir, mundo lleno de males, que fuimos semejantes en pérdida aquel Anaxágoras y yo, que seamos iguales en sentir y que responda yo, muerta mi amada hija, lo que él a su único hijo, que dijo: "como yo fuese mortal, sabía que había de morir el que yo engendraba".[846] Porque mi Melibea mató a sí misma de su voluntad a mis ojos con la gran fatiga de amor que le aquejaba; el otro matáronle en muy lícita batalla. ¡Oh incomparable pérdida, oh lastimado viejo, que cuanto más busco consuelos, menos razón hallo para me consolar!

---

[845] *Quiébrasnos el ojo y úntasnos con consuelo el casco*: el refrán se aplicaba a la persona que, tras causar un gran daño, intentaba repararlo de alguna forma sin verdadero convencimiento.

[846] Pleberio se compara con Emilio Paulo, Pericles, Jenofonte y Anaxágoras, personajes de la Antigüedad que también perdieron a hijos suyos.

Que si el profeta y rey David al hijo enfermo lloraba, muerto no quiso llorar, diciendo que era casi locura llorar lo irrecuperable, quedábanle otros muchos con que soldase[847] su llaga.[848] Y yo no lloro, triste, a ella muerta, pero la causa desastrada de su morir. Agora perderé contigo mi desdichada hija los miedos y temores que cada día me espavorecían. Sola tu muerte es la que a mí me hace seguro de sospecha.[849] ¿Qué haré cuando entre en tu cámara y retraimiento y la halle sola? ¿Qué haré de que no me respondas si te llamo? ¿Quién me podrá cobrir la gran falta que tú me haces? Ninguno perdió lo que yo el día de hoy, aunque algo conforme parecía la fuerte animosidad de Lambas de Auria, duque de los Atenienses, que a su hijo herido, con sus brazos desde la nao echó en la mar;[850] porque todas éstas son muertes que, si roban la vida, es forzado de complir con la fama. Pero ¿quién forzó a mi hija morir, sino la fuerte fuerza de amor? Pues, mundo halaguero, ¿qué remedio das a mi fatigada vejez? ¿Cómo me mandas quedar en ti conociendo tus falsías, tus lazos, tus cadenas y redes, con que pescas nuestras flacas voluntades? ¿Adó me pones mi hija? ¿Quién acompañará mi desacompañada morada? ¿Quién tendrá en regalos mis años que caducan?

¡Oh amor, amor, que no pensé que tenías fuerza ni poder de matar a tus sujetos! Herida fue de ti mi juventud, por medio de tus brasas pasé. ¿Cómo me soltaste para me dar la paga de la huida en mi vejez? Bien pensé que de tus lazos me

---

[847] *soldase*: curase.

[848] La Biblia cuenta, en efecto, que el rey David lloraba y se dolía de la enfermedad de su hijo, pero que dejó de hacerlo cuando falleció, pues aceptó su muerte.

[849] *seguro de sospecha*: libre de temor.

[850] Lambas de Auria echó al mar a su hijo herido de muerte en una batalla contra los venecianos.

había librado cuando los cuarenta años toqué, cuando fui contento con mi conyugal compañera, cuando me vi con el fruto que me cortaste el día de hoy. No pensé que tomabas en los hijos la venganza de los padres, ni sé si hieres con hierro, ni si quemas con fuego. Sana dejas la ropa; lastimas el corazón. Haces que feo amen y hermoso les parezca. ¿Quién te dio tanto poder? ¿Quién te puso nombre que no te conviene? Si amor fueses, amarías a tus sirvientes; si los amases, no les darías pena; si alegres viviesen, no se matarían como agora mi amada hija. ¿En qué pararon tus sirvientes y sus ministros? La falsa alcahueta Celestina murió a manos de los más fieles compañeros que ella para tu servicio emponzoñado jamás halló; ellos murieron degollados; Calisto despeñado; mi triste hija quiso tomar la misma muerte por seguirle. Esto todo causas. Dulce nombre te dieron, amargos hechos haces. No das iguales galardones; inicua[851] es la ley que a todos igual no es. Alegra tu sonido, entristece tu trato. Bienaventurados los que no conociste o de los que no te curaste. Dios te llamaron otros, no sé con qué error de tu sentido traídos. Cata que Dios mata los que crió; tú matas los que te siguen. Enemigo de toda razón, a los que menos te sirven das mayores dones, hasta tenerlos metidos en tu congojosa danza. Enemigo de amigos, amigo de enemigos, ¿por qué te riges sin orden, ni concierto? Ciego te pintan, pobre y mozo. Pónente un arco en la mano con que tires a tiento; más ciegos son tus ministros, que jamás sienten ni ven el desabrido galardón que se saca de tu servicio. Tu fuego es de ardiente rayo que jamás hace señal do llega. La leña que gasta tu llama son almas y vidas de humanas criaturas, las cuales son tantas que de quién comenzar pueda apenas me ocurre, no sólo de cristianos, mas

---

[851] *inicua*: injusta.

de gentiles y judíos, y todo en pago de buenos servicios. ¿Qué me dirás de aquel Macías de nuestro tiempo, cómo acabó amando, cuyo triste fin tú fuiste la causa? ¿Qué hizo por ti Paris? ¿Qué Elena?[852] ¿Qué hizo Clitemnestra? ¿Qué Egisto? Todo el mundo lo sabe. Pues a Safo,[853] Ariadna,[854] Leandro,[855] ¿qué pago les diste? Hasta David y Salomón no quisiste dejar sin pena. Por tu amistad, Sansón pagó lo que mereció por creerse de quien tú le forzaste a darle fe.[856] Otros muchos que callo porque tengo harto que contar en mi mal. Del mundo me quejo porque en sí me crió; porque, no me dando vida, no engendrara en él a Melibea; no nacida, no amara; no amando, cesara mi quejosa y desconsolada postremería. ¡Oh mi compañera buena! ¡Oh mi hija despedazada! ¿Por qué no quesiste que estorbase tu muerte? ¿Por qué no hobiste lástima de tu querida y amada madre? ¿Por qué te mostraste tan cruel con tu viejo padre? ¿Por qué me dejaste penado? ¿Por qué me dejaste triste y solo *in hac lachrymarum valle*?[857]

---

[852] Paris, hijo del rey de Troya, raptó a Elena, mujer de Menelao, rey de Esparta, lo que originó la guerra de Troya.

[853] Se recuerda la leyenda según la cual la poetisa griega Safo se suicidó arrojándose por un barranco por amor a Faón.

[854] Ariadna fue abandonada por su amante Teseo, a pesar de haberle ayudado a acabar con el Minotauro y escapar del Laberinto.

[855] Leandro cruzaba todas las noches el estrecho del Helesponto para reunirse con Hero quien le guiaba con su luz, hasta que un día Leandro murió ahogado. Deshecha de dolor, Hero puso fin a su vida.

[856] Sansón, personaje bíblico traicionado por su amada Dalila, quien lo entregó a los filisteos.

[857] *in hac lachrymarum valle*: en este valle de lágrimas. Son palabras de la *Salve*.

Concluye el autor, aplicando
la obra al propósito por que la acabó[858]

Pues aquí vemos cuán mal fenecieron
aquestos amantes, huyamos su danza.
Amemos a Aquel que espinas y lanza,
azotes y clavos su sangre vertieron.
Los falsos judíos su faz escupieron,
vinagre con hiel fue su potación;[859]
por que nos lleve con el buen ladrón
de dos que a sus santos lados pusieron.

No dudes ni hayas vergüenza, lector,
narrar lo lascivo[860] que aquí se te muestra,
que, siendo discreto, verás que es la muestra
por donde se vende la honesta labor;
de nuestra vil masa con tal lamedor
consiente cosquillas de alto consejo,[861]

---

[858] Estas coplas son un añadido de la *Tragicomedia*.

[859] *potación*: bebida.

[860] *lascivo*: divertido.

[861] "Acepta tú con este preparado agradable (*tal lamedor*) la sensación desagradable (*coxquillas*) que te producirá nuestra amarga medicina (*vil masa*) con elevadas moralidades (*alto consejo*)" (Lobera *et alii*).

con motes y trufas[862] del tiempo más viejo
escritas a vueltas le ponen sabor.

Y así no me juzgues por eso liviano,
mas antes celoso de limpio[863] vivir;
celoso de amar, temer, y servir
al alto Señor y Dios soberano.
Por ende, si vieres turbada mi mano,
turbias con claras mezclando razones,
deja las burlas, que es paja y granzones,[864]
sacando muy limpio de entre ellas el grano.

Alonso de Proaza, corrector de la impresión, al lector[865]

La arpa de Orfeo y dulce armonía
forzaba las piedras venir a su son,
abrié los palacios del triste Plutón,
las rápidas aguas parar las hacía;
ni ave volaba, ni bruto pacía;
ella asentaba en los muros troyanos
las piedras y froga[866] sin fuerza de manos,
según la dulzura con que se tañía.[867]

---

[862] Para Lobera *et alii*, '*motes*' aquí significa sentencias breves y graciosas, y '*trufas*', burlas.

[863] *limpio*: honrado.

[864] *granzones*: desechos de la paja cuando se criba.

[865] Estas estrofas figuran ya en la *Comedia de Calisto y Melibea*, aunque presentan notables variantes según las ediciones.

[866] *froga*: "Fábrica de albañilería, especialmente la hecha con ladrillos, a diferencia de la sillería" (*DRAE*).

[867] Orfeo destaca como personaje mitológico por los poderes mágicos de su música, de los que se sirvió para descender a los infiernos con la intención de rescatar a su amada Eurídice.

Prosigue y aplica

Pues mucho más puede tu lengua hacer,
lector, con la obra que aquí te refiero,
que a un corazón más duro que acero
bien la leyendo harás licuecer;[868]
harás al que ama amar no querer
harás no ser triste al triste penado
al que sin aviso, harás avisado;
así que no es tanto las piedras mover.

Prosigue

No debujó la cómica mano
de Nevio ni Plauto,[869] varones prudentes,
tan bien los engaños de falsos sirvientes
y malas mujeres en metro romano.
Cratino y Menandro y Magnes anciano[870]
esta materia supieron apenas
pintar en estilo primero de Atenas
como este poeta en su castellano.

Dice el modo que se ha de tener leyendo esta tragicomedia

Si amas y quieres a mucha atención
leyendo a *Calisto* mover los oyentes,
cumple que sepas hablar entre dientes:

---

[868] *licuecer*: ablandar.
[869] Dramaturgos romanos.
[870] Dramaturgos griegos.

a veces con gozo, esperanza y pasión,
a veces airado, con gran turbación.
Finge, leyendo, mil artes y modos;
pregunta y responde por boca de todos,
llorando y riendo en tiempo y sazón.

Declara un secreto que el autor encubrió en los metros que puso al principio del libro

Ni quiere mi pluma ni manda razón
que quede la fama de aqueste gran hombre
ni su digna gloria, ni su claro nombre
cubierto de olvido por nuestra ocasión;
por ende, juntemos de cada renglón
de sus once coplas la letra primera,
las cuales descubren por sabia manera
su nombre, su tierra, su clara nación.

Toca cómo se debía la obra llamar "Tragicomedia" y no "Comedia"

Penados amantes jamás conseguieron
de empresa tan alta tan pronta victoria,
como estos de quien recuenta la historia,
ni sus grandes penas tan bien sucedieron.
Mas, como firmeza nunca tovieron
los gozos de aqueste mundo traidor,
suplico que llores, discreto lector,
el trágico fin que todos hobieron.

Describe el tiempo y lugar en que la obra primeramente se imprimió acabada

El carro febeo,[871] después de haber dado,
mil y quinientas vueltas en rueda
ambos entonces los hijos de Leda
a Febo en su casa tenían posentado,
cuando este muy dulce y breve tratado,
después de revisto y bien corregido,
con gran vigilancia puntado y leído,
fue en Salamanca impreso acabado.[872]

---

[871] *carro febeo*: el sol.

[872] Se utiliza una metáfora astronómica para aludir a la fecha y el lugar de una impresión de la obra (Salamanca, abril-mayo 1500, cfr. Lobera *et alii*), anterior a la que aquí se publica, la cual añade, después de estos versos, el siguiente colofón en prosa: "Tragicomedia de Calisto y Melibea. Agora nuevamente revista y corregida con los argumentos de cada auto en principio. Acábase con diligencia, studio. Impresa en la insigna ciudad de Valencia por Juan Joffre a XXI de febrero de M y d. y XIIII [1514] años".

Actividades en torno a
la *Celestina*
(apoyos para la lectura)

1. Estudio y análisis

1.1. Género, relaciones e influencias

Aun cuando ha habido una considerable polémica sobre el género literario de la *Celestina* (no faltan quienes, a pesar de la forma dialogada, defienden su carácter esencialmente novelístico), la mayor parte de la crítica reconoce su deuda con la tradición dramática occidental, al margen de que, por supuesto, se admita que terminara influyendo en el desarrollo de la ficción narrativa. No deja de ser interesante notar que incluso el primer título que recibió la obra (*Comedia de Calisto y Melibea*) la vincula con la tradición teatral. En este sentido, se ha subrayado la huella que se percibe de la comedia romana, la comedia elegíaca y la comedia humanística, asunto que fue estudiado a fondo por María Rosa Lida de Malkiel.

Como la *Celestina*, la comedia romana trata de asuntos amorosos y da relevancia en la trama a siervos y prostitutas, que comparten protagonismo con los personajes de noble condición. Ciertas técnicas teatrales, la importancia de la ciudad, los nombres de algunos personajes (Pármeno, Sosia...) podrían derivar de la comedia latina clásica, especialmente del teatro de Terencio. Las figuras del *servus fallax* (o 'criado engañador') o el *servus fidelis* (o 'criado fiel') habrían p dido servir de inspiración de los personajes de Pármeno y Sempronio, respectivamente, aunque éstos se distinguen –y ahí radica una de las genialidades de la obra– porque no son tipos, como en la comedia romana, sino personajes individualizados. Se suele asegurar que hay en la *Celestina* una huella de la comedia elegíaca, etiqueta con la que se designa a un variado grupo de obras escritas, en su mayoría en el siglo XII, en latín en dísticos elegíacos. Esta huella se advierte, entre otras razones, en la importancia que se le asigna a la alcahueta y a la dama, que adquiere un papel más activo. Hay autores, sin embargo, que matizan estas afirmaciones y prefieren hablar de un influjo indirecto de la comedia romana y elegíaca, a través de la humanística. Y es que si existe una dependencia obvia de la *Celestina* respecto de algún género dramático, éste, sin duda, es la comedia humanística, la cual, derivada de las comedias romana y elegíaca, y escrita también en latín, normalmente en prosa, florece en los ambientes universitarios italianos en los siglos XIV y XV. Se ha considerado que, en gran medida, la *Celestina* es un intento en lengua vulgar de un género que se cultivaba en latín. En efecto, una larga serie de rasgos relaciona la *Celestina* con este tipo de textos: el uso de la prosa, la atención que se presta al diseño de todos los personajes, la introducción de la realidad contemporánea, las escenas escabrosas, la sátira anticlerical, la libertad en el tratamiento del espacio y el tiempo, el recurso al monólogo en los personajes bajos, el empleo del aparte, el mismo nombre de 'Calisto'... Aun cuando estos puntos de contacto parecen evidentes, para algunos críticos esta influencia resulta desconcertante, habida cuenta de que no está documentado un extendido arraigo de la comedia humanística en la Castilla del siglo XV.

Por otro lado, la *Celestina* presenta deudas evidentes

con textos narrativos castellanos de la época, y especialmente, con la obra maestra de la llamada ficción sentimental, *Cárcel de amor*, de Diego de San Pedro, donde se narra la pasión amorosa del joven Leriano por Laureola. La pasión del protagonista de estos textos se ajusta a las pautas del llamado 'amor cortés', que tan gran desarrollo tuvo en la poesía cancioneril castellana del siglo XV (divinización de la amada, cuya belleza y crueldad se exaltan hasta límites insospechados, sometimiento voluntario y absoluto del amante a su voluntad, complacencia en el rechazo, exclusión del matrimonio como salida...). Hay préstamos directos de la *Cárcel*, por ejemplo, en el parlamento final de Pleberio, que calca algunos pasajes de la lamentación de la madre de Leriano por su hijo, y no falta quien contempla a Calisto como una parodia del protagonista de la obra de Diego de San Pedro. Además, hay ecos del *Arcipreste de Talavera* (conocido también como *Reprobación del amor mundano* o *Corbacho*) de Alfonso Martínez de Toledo en las diatribas misóginas de Sempronio y en la descripción del laboratorio de Celestina, con esas largas enumeraciones de ungüentos y cosméticos, entre otros pasajes. Entre los textos poéticos castellanos que dejaron su impronta en la *Celestina*, sobresale el *Laberinto de Fortuna* de Juan de Mena, que el autor o los autores de la obra leyeron con la glosa de Hernán Núñez.

De las fuentes en latín destacan, en especial, algunos textos del humanista italiano Francesco Petrarca (1304-1374): el Índice temático de la edición de sus obras latinas en la edición de Basilea (1496), su tratado de filosofía moral sobre los remedios contra la próspera y adversa fortuna (*De remediis utriusque fortunae*), el conjunto epistolar titulado *De rebus familiaribus* y, en menor medida, el poema *Bucolicum carmen*. La *Celestina* demuestra igualmente un conocimiento de otras obras de temática amorosa como la *Fiammetta* de Boccaccio o la *Historia de duobus amantibus* de Eneas Silvio Piccolomini. En fecha reciente, Íñigo Ruiz Arzálluz ha demostrado que una fuente fundamental en la redacción del primer acto y el principio del segundo fue el compendio de citas titulado *Auctoritates Aristotelis*. Se trata de un florilegio del que se extrajeron sentencias de Boecio, Séneca y Aristóteles, y que tuvo una gran difusión en ambientes universitarios. El dato es de singular importancia, pues, aparte de corroborar una autoría distinta para el Acto I, confirma la idea de que la *Celestina* se gestó en un ambiente académico, según sugieren también, entre otras razones, la deuda con la comedia humanística, el eco de ciertos tratados filosóficos sobre materia amorosa, la parodia de los ejercicios académicos escolásticos (diálogo de Calisto y Sempronio del Acto I), o la relevancia del mundo de la prostitución, fenómeno de gran arraigo en ciudades universitarias, debido al considerable tamaño de la población masculina joven que en ellas vivía.

Al margen de estas consideraciones, no ha faltado quien ha visto un parentesco de la *Celestina* con la tradición literaria oriental. En concreto, Francisco Márquez Villanueva pone en conexión el personaje de Celestina con las alcahuetas de la literatura árabe, donde la tercera adquirió un importante desarrollo.

1.2. EL AUTOR EN EL TEXTO
   (véase Introducción)

1.3. Características generales (personajes, argumento, estructura, temas, ideas, técnicas dramáticas)

1.3.1. Personajes

Aunque en la *Celestina* no se haya intentado retratar una ciudad española concreta –por más que se han propuesto distintas posibilidades, como Salamanca o Sevilla–, sí parece claro que los personajes, hasta cierto punto y como ha estudiado Miguel Ángel Ladero Quesada, recuerdan a algunos sectores de la sociedad urbana castellana de fines del siglo XV: la aristocracia, la servidumbre, el mundo de la prostitución y de la delincuencia, y en menor medida, el clero. Así, por ejemplo, tanto Calisto como Melibea son descritos como miembros de la aristocracia de la ciudad (o patriciado urbano), y en ambos casos se pondera su linaje y sus riquezas, si bien la familia de Pleberio parece de posición más acomodada (y tal vez de más antigua nobleza) que la de Calisto. El valor que para este grupo tenía el patrimonio, de donde derivaban no sólo ingresos sino prestigio social, se comprueba claramente en la lamentación del padre de Melibea, cuando el desconsolado personaje se pregunta: "¿Para quién edifiqué torres? ¿Para quién adquirí honras? ¿Para quién planté árboles? ¿Para quién fabriqué navíos?" (Acto XXI). Los criados, por otro lado, estaban unidos a su señor por fuertes lazos de fidelidad. No se trataba, simplemente, de prestar un servicio. Pármeno mismo lo confiesa cuando dice: "amo a Calisto porque le debo fidelidad, por crianza, por beneficios, por ser de él honrado y bien tratado" (Acto I). Para algunos críticos, que interpretan al pie de la letra los preliminares, uno de los objetivos de la *Celestina* sería precisamente exponer los peligros de traicionar la fidelidad que los criados deben a sus señores. Por otro lado, el protagonismo que se da al mundo de la prostitución se ha relacionado con la importancia del fenómeno en ciudades universitarias, ámbito, como ya se ha señalado, donde surge la obra. Como Pármeno afirma, la vieja alcahueta, antigua ramera ella misma, "asaz era amiga de estudiantes" (Acto I). Además, la *Celestina* se compuso en un momento en que las autoridades trataban de controlar dicha actividad a través del establecimiento de mancebías públicas bajo su vigilancia, al tiempo que prohibían las casas de citas (como la de Celestina) o el ejercicio de la prostitución en domicilios particulares (como en el caso de Areúsa). En este sentido, Eukene Lacarra piensa que es posible que la obra sea un aviso de los peligros que conllevaba no reprimir la prostitución clandestina.

Aunque se haya partido de la tradición literaria y algunas de sus características se ajusten a los de ciertos grupos sociales de la época, en la creación de los personajes de la *Celestina* se han transcendido los modelos. Según ha señalado María Rosa Lida de Malkiel, hay algunos rasgos generales comunes a todos los personajes de la *Celestina*: "individualismo", "unidad orgánica y cambio", "vuelo imaginativo", "obscenidad" y "erudición". Pero lo que es verdaderamente llamativo es cómo se ha profundizado en la psicología de cada uno de ellos. Si Calisto es simple, egoísta, lascivo y violento, Melibea tiene una personalidad más compleja y un comportamiento más sutil, que evoluciona a lo largo de la obra, y que ha sido interpretado de forma muy distinta, en función del valor que se asigne a la magia. Por otro lado, aunque no faltan quienes ven en ella ciertas dosis de parodia, Melibea parece, para otros, el personaje más trágico de la obra, que nos sorprende por su decisión a la hora de afrontar su destino suicidándose. Diversas interpretaciones han merecido también los padres de Melibea, especialmente Pleberio, que sólo adquiere relevancia al final de la obra y que, para unos, es portavoz del autor, mientras que, para otros, muestra una conducta tan censurable como la del resto de los personajes.

Un cambio radical en la manera de ser es evidente también en el caso de Pármeno, personaje más rico en matices que Sempronio. Es ingenuo, pero no tonto; fiel en un principio, pero desleal hasta límites insospechados, después de la corrupción moral a la que le somete Celestina, quien sabe excitar su apetito sexual y su codicia, características, junto con la cobardía, que comparte con su compañero. También en los caracteres de las dos prostitutas hay coincidencias, pero ambas están plenamente individualizadas y cobran mayor protagonismo en los actos interpolados en la *Tragicomedia*, donde Areúsa, perdida esa aparente candidez que exhibe con Pármeno, toma la iniciativa de vengar la muerte de los criados. Pero en el mundo de la marginalidad la figura que sobresale, entre todas, es, sin duda, la de Celestina, el único personaje, junto con Pármeno, que tiene un pasado en la obra. Sagaz como nadie y de hábil dialéctica, es la artífice de la caída de Melibea y de la corrupción moral de Pármeno, al tiempo que maneja a Calisto, Elicia, Areúsa y Lucrecia a su antojo. Manifiesta una gran seguridad en sí misma, pero titubea temerosa la primera vez que se dirige a casa de Melibea, lo cual la hace más humana. Aunque vieja, no ha perdido el apetito sexual, según se comprueba cuando palpa el cuerpo de Areúsa, o cuando se excita viendo a Pármeno hacer el amor con la prostituta. Mentirosa y bebedora empedernida, será su codicia lo que la ciegue y le impida ver el peligro que supone no entregar la cadena a los criados.

1.3.2. Técnicas dramáticas

Empezando por su longitud, las dificultades para llevar la *Celestina* a escena son grandes. Esto no es impedimento para que en numerosos pasajes se advierta una notable intuición dramática de los autores. Hay escenas que resultan teatralmente muy cómicas, como es el caso de Elicia escondiendo a Crito apresuradamente en la camarilla de las escobas ante la llegada de Sempronio (Acto I) o cuando el diálogo de un par de personajes es contrapunto del que mantienen otros dos (Pármeno y Sempronio comentando lo que dicen Calisto y Celestina en el Acto VI). En este sentido, es especialmente logrado el uso del aparte, el comentario en voz baja que no oye –u oye de forma parcial– el personaje sobre el que se habla, pero que sí llega al público. La comicidad se acentúa si el personaje que ha pronunciado el aparte tiene que repetir lo que ha dicho porque se lo pide el personaje objeto del comentario. En este caso, se modifican las palabras para ocultar la burla.

Dos son los tipos de diálogo empleados en la *Celestina*. En primer lugar nos encontramos con un diálogo en el que los interlocutores emplean largos parlamentos y en los que se suele intentar persuadir al interlocutor. Se utilizan para tratar temas como la amistad, el amor, las mujeres, etc. Para ellos se recurre a abundantes figuras retóricas y es corriente que estén modelados sobre otros textos. En segundo lugar, hallamos diálogos rápidos, mucho más vivaces, que reproducen la lengua hablada y que hacen avanzar la acción. Los monólogos sirven para revelar la verdadera esencia del personaje y muchos de ellos constituyen momentos culminantes de la obra, como, por ejemplo, el de Melibea al inicio del Acto X. Por último, aun cuando en la *Celestina* no encontramos acotaciones explícitas (indicaciones específicas del autor para la puesta en escena), es frecuente hallar acotaciones implícitas, insertas en el propio diálogo, lo cual evidencia, una vez más, la teatralidad del texto.

1.3.3. TEMAS E IDEAS

Desde la declaración inicial de Calisto a Melibea, en las primeras líneas, hasta la terrible imprecación contra el poder del amor que pronuncia Pleberio en el lamento que cierra la obra, salta a la vista que el motivo fundamental de la *Celestina* es el amor. En los mismos preliminares se insiste de manera machacona en que el gran objetivo ha sido hacer ver a los amantes los peligros que encierra la pasión amorosa.

Según se ha estudiado, el personaje de Calisto es un reflejo fiel de lo que en la época se consideraba un enfermo de amor. Los tratados médicos medievales contemplaban, en efecto, la pasión erótica como una patología (se hablaba así de *amor hereos* o *amor heroico*), identificable por síntomas característicos (enajenación mental, pérdida del apetito, de la noción del tiempo y lugar...), y para la que proponían también algunos remedios, que iban desde usar la música como terapia hasta contratar a una alcahueta para obtener a la mujer deseada. Pero, por otro lado, Calisto es una parodia de un modelo literario, el amante cortés. El llamado 'amor cortés' era una convención literaria medieval en la forma de entender el sentimiento amoroso, consistente en una sumisión total del amante a la amada, que es constantemente divinizada y exaltada entre las demás mujeres por su belleza, por su distinción y por su honra, la cual se trata de proteger a toda costa. En la literatura castellana del siglo XV el motivo del 'amor cortés' fue cultivadísimo en la poesía de cancionero y en la ficción sentimental. Es cierto que, como los poetas de cancionero, Calisto diviniza a su dama y se complace en el dolor autodestructivo, pero más parece un bobo que un enamorado ejemplar. Es paródico también por su impaciencia, porque no respeta los códigos establecidos y no le preocupa lo más mínimo la honra de Melibea, que pone en peligro desde el momento en que descubre su pasión a Sempronio (Acto I). Independientemente de que Calisto sea, en concreto, una parodia de Leriano, el protagonista de *Cárcel de amor* –según defiende Dorothy Severin–, lo importante es que esta ridiculización del amor cortés se hace patente en toda la obra. Contribuye a enfatizar su relevancia el hecho de que los amores de Calisto y Melibea se equiparen a las relaciones de los dos criados con las dos prostitutas. Nótese, por ejemplo, que los tratamientos que emplean Pármeno y Areúsa antes y después de su primer encuentro (actos VII y VIII) son propios de los personajes nobles. Por otro lado, el que la relación de Calisto y Melibea se haya diseñado dentro de los cánones del amor cortés (aunque sea de una forma paródica) explica que la posibilidad del matrimonio nunca sea planteada por los dos amantes.

Caracteriza a la *Celestina* el que detrás de esta idealización del sentimiento amoroso se esconda un descarado apetito sexual, que no es exclusivo de los protagonistas, sino que está presente en todos los personajes de la obra, exceptuando a Alisa y Pleberio. Uno de los aspectos que más sorprenden de esta obra, que se presenta, aparentemente, con fines didáctico-morales, es su obscenidad. Es el deseo de poseer físicamente a Melibea lo que obsesiona a Calisto. Se lo dice a Sempronio en el Acto I y a la propia Melibea, cuando la manosea, antes de acostarse con ella por última vez ("Señora, el que quiere comer el ave quita primero las plumas", Acto XIX) y es el placer sexual lo que la protagonista lamenta haber perdido tras la muerte de Calisto, cuando se pregunta: "¿Cómo no gocé más del gozo?" (Acto XIX). Es el sexo lo que, de una forma u otra, condiciona el comportamiento de Sempronio, Pármeno, Elicia, Areúsa y, por supuesto, de la propia Celestina, quien, aunque vieja, no sólo disfruta hablando del asunto, sino también viendo cómo Pármeno hace el amor con Areúsa (Acto VII). Esta complacencia en la sexualidad ha sido interpretada por algunos críticos como un aspecto subversivo de la obra o como consecuencia del pesimismo materialista del autor. Sin necesidad de ir tan lejos, sí hay que vincularla con el realismo y el apego a la vida que distingue a la *Tragicomedia de Calisto y Melibea*. El planteamiento del motivo, en fin, constituye un elemento de modernidad, y es uno de los aspectos que hace a los personajes más humanos. Esto resulta evidente en el caso de Melibea, de quien Salvador de Madariaga decía que no es ni un "ángel" ni un "demonio", sino una "mujer", una mujer que –habría que añadir– reivindica su propia sexualidad. Por otro lado, la obscenidad en la *Celestina* es un recurso constante para el humor. Los juegos de palabras y los chistes lascivos son frecuentísimos, y no cabe duda de que debió de ser uno de los factores que contribuyeron a la popularidad del libro. De hecho, la inclinación a lo procaz fue explotada por las continuaciones e imitaciones, aunque sin la sutileza que tiene en la *Celestina*.

Otros motivos: la honra y la magia

No es sólo el amor el motor de la obra. Muchos otros motivos se entretejen y hacen de la *Celestina* una obra enormemente compleja y de múltiples significados. Sólo nos fijaremos en dos más. Indudablemente, uno de los factores que sostiene la tensión dramática es el motivo de la honra. Téngase en cuenta que en la *Celestina* nos hallamos siempre ante un concepto de honra fundamentado en la opinión ajena. En este sentido, la *Tragicomedia de Calisto y Melibea* anuncia lo que será uno de los grandes temas de la literatura española del Siglo de Oro. Esa importancia que dan los personajes a la honra la vemos, por caso, en la queja de Calisto ante el deshonor que le produce la muerte vergonzosa de sus criados (Acto XIII); la preocupación de Tristán y Sosia por llevarse cuanto antes el cuerpo de su amo de la calle para que "no padezca su honra detrimento" (Acto XIX); o en los comentarios hirientes que Celestina espeta a Pármeno sobre los castigos públicos padecidos por su madre (Acto VIII). Y es que la preocupación por la estimación de los demás es vital en el personaje de la alcahueta, quien le explica a Lucrecia cómo añora los tiempos en los que era conocida por la prosperidad del negocio de prostitutas que regentaba y reclamada en toda la ciudad por su habilidad como alcahueta y su competencia en los demás oficios, incluido –hemos de pensar– el de remendar virgos. Su honra, dice, en aquella época "llegó a su cumbre" (Acto IX). Para los lectores coetáneos resultaría asombroso el asedio al que Calisto y Celestina someten la reputación de Melibea, personaje que evoluciona desde el recato del principio hasta el suicidio final, que afronta sin importarle, no ya su condenación eterna, sino el terrible estigma que marcará a su familia. A mi modo de ver, esta importancia creciente de la honra en la *Celestina* culmina en el suicidio de Melibea y en la infamia que el acto acarreaba. Téngase en cuenta que en la época no sólo se prohibía enterrar en sagrado al que ponía fin a su vida, sino que muchas veces se confiscaban los bienes del suicida como castigo. Creo que para muchos lectores el drama de Pleberio comenzaba donde terminaba su lamento. Aunque en su desolación no lo comente, su futuro no es sólo el de un padre que ha perdido a su hija, sino el de un personaje de alta condición que va a tener que seguir viviendo en una sociedad que lo ha marcado con la infamia.

Aspecto polémico donde los haya es la función de la

magia y la hechicería en la *Celestina*. La vieja alcahueta es descrita, desde el primer momento, como hechicera y no duda en recurrir a la magia para seducir a Melibea: realiza un conjuro diabólico y unta con aceite serpentino el hilado que luego presenta a la doncella (Acto III). Para Peter Russell y muchos otros críticos, la *Celestina* es un fiel reflejo del gran arraigo de las creencias en la magia que había en la época. De esta manera, no dudan de que es, precisamente, la magia lo que hace cambiar el comportamiento de Melibea. En otras palabras, la protagonista sería una víctima de las prácticas hechiceriles de Celestina. El problema de esta lectura es que reduce de manera considerable la complejidad psicológica de Melibea y simplifica demasiado su cambio de actitud, además de restar valor a lo que ella misma parece confesar antes de suicidarse: desde antes de conocer a Celestina se sentía atraída por Calisto. "[Celestina] sacó mi secreto amor de mi pecho. Descubrí a ella lo que a mi querida madre encubría", le dice a su padre (Acto XX). Reduciendo la importancia de la magia, cabe, de todas maneras, la postura intermedia de admitir la fe ciega que la alcahueta parece dar a la magia (es decir, Celestina no duda de que su hechizo ha funcionado), sin que esto signifique que Melibea sea, en efecto, víctima de su conjuro o que los autores creyeran en el poder de las hechiceras.

Humor

Como decía Dorothy Severin, es característico de la *Celestina* que lo trágico esté indisolublemente unido a lo cómico. El humor, sin duda, es una de las claves de la obra que más cuesta entender al lector actual, al haber perdido muchos referentes culturales. Hay incluso críticos que son partidarios de considerar la *Celestina* como una obra, ante todo, cómica y niegan su presunto pesimismo. Sin llegar a ese extremo, pero reconociendo que el humor es un ingrediente esencial, hay que destacar que son innumerables los chistes obscenos, la mayoría de ellos basados en frases de doble sentido. Otras veces se recurre a bromas a partir de cambios de registro (Areúsa hablando como si fuera una noble doncella), burlas del lenguaje académico o la manipulación de refranes o sentencias. Según se explicó, la parodia sistemática a la que es sometido Calisto es un recurso constante para producir risa, y en ella se percibe una mofa clarísima de ciertos modelos literarios. Una demoledora ironía es la que se emplea en la dura sátira de algunos pasajes, dirigida a veces contra el clero. Recordemos el comentario de Celestina a Sempronio sobre la moza que le encomendó el fraile gordo (Acto I) o cuando Elicia menciona el caso del racionero que celebró el Domingo de Resurrección acostándose con una joven desposada, cuya virginidad la alcahueta había remendado siete veces (Acto VII). La sátira, en otras ocasiones, se torna en un ataque misógino, como cuando Sempronio expone a Calisto los vicios de las mujeres y enumera, para sorpresa e hilaridad de los lectores, diversos ejemplos de zoofilia, incluido el desconcertante encuentro de la abuela de su amo con un mono (Acto I).

1.4. Forma y estilo

A simple vista, uno de los aspectos que más llama la atención de la obra –y más con la distancia del lector de hoy– es su fuerte carga retórica y su estilo latinizante. Se recurre al hipérbaton, a los cultismos sintácticos y léxicos, y muchos pasajes, especialmente los largos parlamentos, se distinguen por un ornato retórico que a veces deriva de la fuente latina que se sigue y que, en cualquier caso, revela la formación académica de los autores. En este sentido, no todo es realismo en la *Celestina*, pues no es extraño que criados y prostitutas hablen de una manera que no les corresponde. Es lo que ocurre a menudo con Celestina, cuya erudición y recursos dialécticos son más propios de un letrado. El empleo generalizado del 'tú', un caso más de latinismo, conecta la obra con la comedia humanística. Sin embargo, al lado del estilo latinizante, se da cabida al habla cotidiana y se desciende incluso a lo vulgar. La utilización de sentencias, por un lado, y de refranes populares, por otro, se corresponde con estos dos tipos de lenguaje que conviven en la *Celestina*.

1.5. COMUNICACIÓN Y SOCIEDAD. INTERPRETACIONES DE LA *CELESTINA*

Con mucho, el aspecto más polémico de la *Celestina* es el de su significado. Para unos, se trata de una obra de un pesimismo demoledor, que anticipa el pensamiento nihilista contemporáneo, pesimismo que es fruto de la condición de converso de Fernando de Rojas. Es una lectura que gozó de gran aceptación después haber sido formulada por Stephen Gilman en un importante libro, *La España de Fernando de Rojas*, donde analiza la lamentación de Pleberio como la respuesta de un intelectual ante un mundo y una sociedad que lo acosa. Las tesis de Gilman han sido contestadas por muchos críticos que niegan que el hecho de que Fernando de Rojas sea converso pueda explicar algún aspecto de la *Celestina*. Con todo, siguen siendo válidas para estudiosos como Julio Rodríguez Puértolas o Francisco Márquez Villanueva, quien, en fecha reciente, ha profundizado en el pensamiento de la *Celestina* en relación con la condición de converso de Rojas, y ha situado la obra dentro del llamado averroísmo popular, una corriente de pensamiento heterodoxo, de gran arraigo en el mundo converso del siglo XV, caracterizada por su materialismo, la exaltación del amor carnal y la negación de la inmortalidad del alma o de la vida ultraterrena.

Frente a estos planteamientos, la opinión más extendida hoy día es que la *Celestina* es una obra moral, de acuerdo con lo que se afirma en los preliminares y en las coplas finales que añade el autor en la versión de veintiún actos. El objetivo sería mostrar a los amantes las funestas consecuencias del loco amor y los peligros de fiarse de criados y alcahuetas; es decir, estaríamos ante un *exemplum a contrariis*. Las bromas subidas de tono servirían para hacer más amena esta *reprobatio amoris*. De acuerdo con esta interpretación, la muertes de Celestina, Sempronio, Pármeno, Calisto y Melibea serían un castigo por las vidas que llevan. Las frecuentes premoniciones que anuncian un trágico desenlace contribuirían, por otro lado, a subrayar la intención didáctica. El autor, como explica Eukene Lacarra, se distanciaría enormemente de sus personajes y, desde luego, Pleberio no sería, ni mucho menos, su portavoz; el pesimismo sería inherente al plano interno de la obra, no al externo del lector, que sería capaz de identificar los errores en los que caen los personajes. Uno de los problemas que plantea esta interpretación es que no se entiende tanta complacencia en lo carnal y lo obsceno si la intención era reprobarla; y de hecho, muchos moralistas de la época negaron esa intencionalidad edificante y condenaron el libro. En este sentido, Ottavio Di Camillo ha afirmado que lo que caracteriza a la *Celestina* es una "insidiosa libertad moral", al tiempo que destaca la parodia que para él existe de ciertas doctrinas éticas. No falta tampoco quien considera que hay que entender el texto, sobre todo, en clave cómica. Al margen de la polémica, lo que es indudable es que la *Celestina* tiene la ambigüedad y el valor plurisignificativo de cualquier obra maestra y que las múltiples lecturas que hoy suscita también debió de tenerlas en su tiempo.

2. Trabajos para la exposición oral y escrita

2.1. Cuestiones* fundamentales sobre la obra

2.2. Temas para exposición y debate

—Análisis de los preliminares. ¿Cuáles son las ideas básicas de la carta, las octavas acrósticas y el prólogo?

—¿Cuáles son las ideas fundamentales de las coplas finales del autor y de Alonso de Proaza?

—Comente las diferencias más significativas entre el Acto I y el resto de la obra.

—Analícese el personaje de Calisto como parodia del amante cortés. Señálense los pasajes en los que, por su conducta o por lo que dice, Calisto parece un personaje ridículo.

—El amor está visto como enfermedad no sólo en el caso de Calisto, sino también en el de Melibea. Coméntese, en este sentido, la conversación que la doncella mantiene con Celestina en el Acto X y las imágenes utilizadas para describir la pasión de la joven.

---

* Las cuestiones que se formulan en este apartado pueden servir para una respuesta breve, para exposición y debate en clase e incluso algunas pueden sumarse a las que se indican después en el apartado 2.3.: Motivos para redacciones escritas, a juicio de profesores y alumnos.

Entiéndase que no se pretende que se desarrollen todas las cuestiones y propuestas en los distintos apartados, sino que se haga una elección, según los casos, circunstancias e intereses. Se ofrecen numerosas opciones para facilitar la elección.

–Localice las referencias a la magia en la obra. Reflexione sobre los comentarios de Celestina que revelen la confianza que tiene ella en su conjuro. ¿Qué importancia dan a la condición de hechicera de Celestina otros personajes de la obra?

–¿Qué importancia dan los personajes a la honra? Señale los pasajes del texto que le parezcan más significativos en este sentido.

–Otros motivos importantes en la obra son la muerte, la fortuna, la codicia y la religión. Comente los pasajes en los que se trata de ellos.

–¿Qué alusiones al espacio urbano hay en el texto?

–Comente cómo evoluciona la relación de Calisto y Melibea.

–¿Qué argumentos utiliza Celestina para seducir a Melibea?

–¿Cómo es la relación de Melibea con sus padres?

–¿Qué sabemos de la belleza de Melibea? Aparte de lo que dice Calisto, ¿en qué otro momento hallamos una descripción física de la protagonista?

–Comente las ideas principales y la estructuración del lamento final de Pleberio (Acto XXI).

–Características fundamentales del carácter de Celestina.

–Pármeno es uno de los personajes de mayor riqueza psicológica en la *Celestina*. Basándose en el texto, señale los rasgos que lo distinguen de Sempronio y las causas de su cambio de forma de ser y de comportamiento. ¿Hasta qué punto Calisto es una de las razones que conducen a Pármeno a serle infiel?

—¿Cómo es la relación de Sempronio con Pármeno?

—¿Qué personaje del pasado une a Celestina y Pármeno? ¿Qué sabemos de ese personaje?

—Características y semejanzas entre Elicia y Areúsa. ¿Cómo son las relaciones que mantienen con los criados de Calisto?

—¿Qué función tiene Lucrecia en la obra?

—¿Qué diferencias encuentra entre la pareja formada por Pármeno y Sempronio por un lado, y Tristán y Sosia, por otro?

—¿Qué función tiene Centurio en la trama?

—¿Qué concepto tienen del paso del tiempo los personajes?

—Explique las situaciones que teatralmente le parezcan más cómicas de la obra.

—¿Qué aspectos de la obra, a su juicio, dificultarían su representación?

—¿Qué personajes emplean más apartes? ¿En qué momentos lo hacen?

—Mencione algún ejemplo de chiste obsceno en la *Celestina*.

—En el estudio anterior se han distinguido dos tipos fundamentales de diálogo en la *Celestina*. Por un lado, un diálogo de largos parlamentos y otro más vivaz y rápido. Busque ejemplos de uno y otro tipo.

—Señale los monólogos más sobresalientes de la obra y explique la función que cumplen.

—M.ª Rosa Lida de Malkiel señala que una característica de la *Celestina* son los paralelismos de personajes, dichos o situaciones. Hay, por ejemplo, dos criados (Pármeno y Sempronio), de la misma forma que dos prostitutas (Areúsa y Elicia) son sus correspondientes amantes. Señale otros ejemplos de paralelismos en el texto.

—Localice y comente las referencias mitológicas del texto.

—Busque los refranes del texto y comente el uso que de ellos hacen los personajes. ¿Qué personajes usan más refranes? ¿Se emplean siempre en el recto sentido?

2.3. MOTIVOS PARA REDACCIONES ESCRITAS

—¿Qué personaje de la obra le resulta más atractivo? ¿Por qué?

—¿Qué personaje de la obra le resulta más ridículo? ¿Por qué?

—Compare las muertes de los personajes en la obra. ¿Qué diferencias encuentra entre ellas?

—¿Cuáles son las razones que menciona Melibea para explicar su suicidio?

—Reflexione sobre las alusiones que hay a Dios y a la religión cristiana en la *Celestina*.

—¿Cuál es la actitud de Melibea ante el matrimonio? Compárela con los comentarios de sus padres sobre el asunto.

—¿Qué referencias hay al dinero en la obra? ¿Para qué personajes es importante? ¿Cabría considerar el dinero como uno de los motores de la obra?

–Localice y comente los pocos pasajes de la obra en los que se recurre al verso.

–La *Celestina* termina en un momento culminante, el lamento de Pleberio ante su hija muerta. Amplíe este final describiendo en qué cambiaría la vida de Pleberio en los días posteriores a la tragedia.

–Amplíe el final de la *Celestina* describiendo las razones que le llevan a proponerlo.

–Sugiera un nuevo título para la obra y especifique las razones que le llevan a proponerlo.

–¿Hasta qué punto le parece posible que la *Celestina* sea una obra escrita con una finalidad moral?

2.4. Sugerencias para trabajos en grupo

–Selecciónense algunos pasajes de la obra para su escenificación en clase. Para ello, será necesario adaptar el texto con el fin de que la representación sea más sencilla. Debátase, en primer lugar, sobre la supresión de ciertas frases, la modernización de la lengua, etc. Reflexiónese, en segundo lugar, sobre la puesta en escena. ¿Hay en los textos elegidos indicaciones útiles para la puesta en escena (acotaciones implícitas)?

–Debátase sobre estas representaciones que ha hecho cada uno de estos grupos; sobre las dificultades que ha planteado y sobre cómo la interpretación ha conseguido transmitir la comicidad o el carácter trágico de cada pasaje.

—Trabájese en grupo sobre los motivos de redacción escrita antes sugeridos.

2.5. Trabajos interdisciplinares

—El libro de Joseph Pérez, *Isabel y Fernando. Los Reyes Católicos* (Madrid, Nerea, 1988) presenta un panorama claro del contexto histórico, político y social en el que se compuso la obra. Trabajando en grupos, háganse exposiciones orales que profundicen en los aspectos señalados en nuestra introducción.

—El artículo de Peter Russell, "La magia, tema integral de *La Celestina*" (en S. López-Ríos [ed.], *Estudios sobre la 'Celestina'*, Madrid, Istmo, 2001, pp. 281-311) aporta interesante información sobre la magia, hechicería y brujería en los siglos XV y XVI. Resuma las conclusiones más importantes.

—Un dato precioso para conocer las impresiones que causó la *Celestina* a los lectores de la época es analizar los grabados de las primeras ediciones de la obra. En el artículo de Joseph Snow, "La iconografía de tres *Celestinas* tempranas (Burgos, 1499; Sevilla, 1518 y Valencia, 1514): unas observaciones" (en S. López-Ríos [ed.], *Estudios sobre la 'Celestina'*, Madrid, Istmo, 2001, pp. 56-82) se reproducen los grabados de tres ediciones. Identifique las escenas que tienen ilustraciones y trate de extraer conclusiones sobre este hecho.

—Selecciónense algunos pasajes de la obra para su escenificación en clase, adaptando el texto para que la representación sea más sencilla. ¿Hay en los textos elegidos indicaciones útiles para la puesta en escena (acotaciones implícitas)?

—La *Celestina* ha sido objeto de adaptaciones teatrales, musicales y cinematográficas. Entre estas últimas, se encuentra la película dirigida por Gerardo Vera (1996) e interpretada por Terele Pávez, Penélope Cruz, Maribel Verdú, Juan Diego Botto y Jordi Mollà. Véase la cinta y debátase sobre la adaptación realizada.

2.6. Búsqueda bibliográfica en Internet y otros recursos electrónicos

–En 2000 se celebró en el monasterio de San Juan de Burgos una exposición titulada *El Jardín de Melibea*. Examínese el catálogo de dicha exposición (*El Jardín de Melibea*, s.l., Sociedad Estatal para la Conmemoración de los Centenarios de Felipe II y Carlos V, 2000), que recoge abundantes láminas de portadas de ediciones antiguas de la *Celestina* u otras obras coetáneas, así como objetos de época o cuadros de tema celestinesco.

–La *Celestina* ha sido objeto de adaptaciones teatrales, musicales y cinematográficas. Entre estas últimas, se encuentra la película dirigida por Gerardo Vera (1996) e interpretada por Terele Pávez, Penélope Cruz, Maribel Verdú, Juan Diego Botto y Jordi Mollá. Véase la cinta y debátase sobre la adaptación realizada.

–Desde hace algunos años es accesible una edición electrónica de la *Celestina* en Internet. Se puede consultar en una página gestionada por el profesor Miguel García Gómez: http://www.duke.edu/web/cibertextos.

–La revista *Celestinesca*, fundada por el profesor Joseph Snow, tiene también una página en Internet: http://rom18.cal.msu.edu/celestinesca.html.

–Visítese la siguiente página en la Biblioteca Virtual Miguel de Cervantes Saavedra sobre la época de los Reyes Católicos: http://cervantesvirtual.com/historia/catolicos.html.

3. Comentario de textos. Acto IV de la *Celestina*

Después de haber realizado un conjuro en el que invoca al diablo para que cambie la voluntad de Melibea, y llevando Celestina el hilado que ella considera embrujado, la tercera se dirige a casa de la joven. La primera escena es de singular importancia, pues nos descubre un aspecto inédito de la alcahueta. Celestina habla consigo misma y manifiesta temor de que su entrevista con Melibea tenga un resultado desastroso. La sinceridad de sus palabras es total, pues no hay ningún personaje escuchándola. Se angustia también pensando en la furia de Calisto si no le lleva buenas noticias. La alteración de su ánimo está muy bien retratada: se hace constantes preguntas, le preocupa lo que otros puedan decir de ella, imagina situaciones desagradables, insultos y palabras de reproche. Es de los pocos momentos de la obra en que Celestina manifiesta una indudable falta de seguridad en sí misma, que la hace más compleja y más humana. Se anima, sin embargo, al darse cuenta de que en el camino se le han mostrado agüeros favorables –lo cual subraya su carácter supersticioso– y de que Lucrecia, la prima de Elicia, está en la puerta de la casa. Sus primeras palabras con la criada son de una amabilidad extraordinaria, al tiempo que trata de inspirarle lástima explicándole que la razón de su visita es vender un poco de hilado para hacer frente a sus necesidades económicas. La combinación de tácticas y argumentos será un elemento recurrente en las conversaciones que en este acto Celestina mantiene con Lucrecia, Alisa y Melibea. La madre de la dama recibe a la vieja, pero intercambia pocas palabras con ella, pues tiene que ausentarse rápidamente para ir a visitar a su hermana enferma. Alisa se muestra confiada en Celestina, la llama "mujer honrada" y no sospecha que haya una intención taimada detrás de la venta del hilado que le propone la alcahueta. Es cierto que Celestina sigue pensando en el conjuro mágico; en un aparte se dirige al diablo y le pide que haga que Alisa se ausente ("¡Ea, buen amigo, tener recio! Agora es mi tiempo, o nunca; no la dejes, llévamela de aquí a quien digo!"), pero no parece que la marcha apresurada de la madre de Melibea se deba a una intervención demoníaca. La enfermedad de la hermana de Alisa y las visitas que ésta le hace son anteriores a la aparición de la alcahueta.

La escena más importante del acto es la conversación de Celestina con Melibea, en la que la vieja despliega todas sus argucias retóricas y dialécticas para, primero, desvelarle a la joven el motivo de su visita; calmarla, después, cuando ésta se indigna; y finalmente, obtener de ella su cordón para llevárselo a Calisto. Es una conversación que prueba la maestría artística de la obra en el diseño de los personajes. Celestina comienza alabando la juventud de Melibea, lo que le da pie para denostar la vejez e introducir el concepto de *carpe diem*; es decir, la conveniencia de gozar de los placeres de la vida, y en especial de la "florida mocedad", antes de que el paso del tiempo destruya las posibilidades de ser felices, táctica con la que Celestina se empieza a ganar la confianza de Melibea, y prepara el terreno para mencionar el nombre de Calisto. La vieja alcahueta guía la conversación y trata incluso de abrumar a la doncella con argumentos insistentes, que ilustra con sentencias y refranes, para reforzar la autoridad de lo que está diciendo. Las intervenciones de Celestina son más largas que las de Melibea, que se suele limitar, por ahora, a breves respuestas.

Un momento crucial en la charla es cuando Melibea le da a Celestina el dinero del hilado y la despide: "Celestina, amiga, yo he holgado mucho en verte y conocerte, también hasme dado placer con tus razones. Toma tu dinero y vete con Dios, que me parece que no debes haber comido". La alcahueta se vuelve a deshacer en alabanzas hacia Melibea y le descubre que hay otro motivo en su visita, aunque sagazmente evita de momento especificarlo, por más que la otra mujer se lo pide. Celestina alarga la respuesta hablando de sus necesidades, lo que de paso le sirve para explayarse sobre su afición al vino o sobre su triste condición de viuda. La compañía del hombre siempre –le asegura– es preferible. Como le dice, usando un refrán al que le da un claro sentido erótico, "donde no hay varón, todo bien fallece. Con mal está el huso cuando la barba no anda de suso". La segunda vez que Melibea le pregunta a Celestina de quién está hablando, ésta le confiesa que se trata de un enfermo que necesita "sola una palabra" de su boca. La intención evidente es moverla a compasión, con el pretexto de la caridad y piedad cristianas. No es hasta la tercera vez que Melibea le pregunta de quién se trata cuando Celestina menciona a Calisto y, al hacerlo, lo presenta como un mancebo de noble linaje. Al oír el nombre, Melibea se enfurece, insulta y maldice a Celestina. Es un momento importante en la obra, pues ocurre algo poco frecuente. Celestina se siente, de pronto, superada por Melibea, según confiesa en un aparte en el que se dirige al diablo, rogándole su ayuda para que funcione el conjuro: "En hora mala acá vine si me falta mi conjuro. ¡Ea, pues, bien sé a quien digo! ¡Ce, hermano, que se va todo a perder!". El diálogo se encamina entonces por otros derroteros; es la joven quien parece llevar la iniciativa y la alcahueta se esfuerza, en primer lugar, por calmarla. Por eso, lo primero que hace es dejar que la doncella se desahogue. Melibea se indigna porque se ha dado cuenta de las intenciones de Celestina, que suponen una amenaza para su honra:

¿Querrías condenar mi honestidad por dar vida a un loco, dejar a mí triste por alegrar a él y llevar tú el provecho de mi perdición, el galardón de mi yerro? ¿Perder y destruir la casa y honra de mi padre por ganar la de una vieja maldita como tú? ¿Piensas que no tengo sentidas tus pisadas, y entendido tu dañado mensaje?

Y es que va a ser precisamente la honra de Melibea el obstáculo que va a tener que vencer la alcahueta. Es entonces cuando Celestina hace gala de su ingenio, inventándose una nueva excusa. Le asegura que no le ha dejado terminar y que la enfermedad de Calisto es un dolor de muelas. Por eso, necesita una oración para Santa Polonia que sabía Melibea y su cordón, de presuntas propiedades curativas por haber tocado reliquias en Roma y Jerusalén. El pasaje contiene veladas alusiones que no deberían de escapar a los lectores de la época. El dolor de muelas se asociaba a la pasión sexual, era un eufemismo para referirse al deseo erótico. Así, la vieja vuelve a echar mano de esa ambigüedad con la que se ha venido expresando desde el principio de la conversación. No hay que considerar a Melibea como una ingenua que no capta en absoluto lo que está diciendo Celestina. Las palabras de la joven demuestran su inteligencia y que está perfectamente al tanto de que la vieja es una mujer peligrosa. Le pregunta primero a Celestina por qué se anduvo con tantos rodeos (luego se ha dado cuenta de que la otra trataba de enredarla con circunloquios) y le dice sin empacho que la considera una hipócrita. A una joven tan perspicaz las connotaciones del dolor de muelas de Calisto le resultarían obvias. La conversación sigue adelante cuando, escudándose en el pretexto de la piedad cristiana, Melibea parece calmarse. Celestina aprovecha entonces para continuar hablando de Calisto y de sus atributos. La sutileza de Celestina es inigualable y hace incluso sonreír. Cuando se le pregunta cuánto tiempo lleva Calisto en esa condición, ella contesta diciéndole la edad del muchacho: veintitrés años. Además, le menciona que la terapia empleada para aplacar el dolor es tocar música, con lo cual, de nuevo, Celestina desliza un detalle significativo para recordarle a la muchacha que Calisto sufre mal de amores. Y es en este preciso instante cuando Melibea le ofrece su cordón a Celestina, aunque ésta no se lo ha pedido. El dato es de gran relevancia, y tiene, igual que el dolor de muelas, un enorme valor simbólico. Innumerables textos medievales avalan que la entrega por parte de una dama del ceñidor o cinturón equivalía a una promesa de entregar la virginidad. Parece que a Melibea no se le escapa que está haciendo algo que va en contra de la norma, pues le pide a Celestina que vuelva otro día, "*muy secretamente*" dado que no va a haber tiempo de escribir la oración antes de que regrese su madre. Es ahora Melibea la que pone un pretexto para que Celestina regrese. Y lo que es más llamativo es que de las dos cosas que Celestina le ha pedido, una plegaria y su ceñidor (en este orden), Melibea le entrega, antes de nada, la segunda. Lucrecia, que ha estado observando la conversación, en un revelador aparte comenta que la entrega del cordón no tiene nada de inocente: "Ya, ya, perdida es mi ama. Secretamente quiere que venga Celestina; fraude hay; más le querrá dar que lo dicho".

La gran preocupación de Melibea, que parece ya interesada en Calisto antes de esta escena, es su honra; por eso le ruega a Celestina que no cuente al joven mancebo la conversación que han mantenido para evitar que la tenga "por cruel o arrebatada o deshonesta". Un último obstáculo tiene que vencer Celestina en casa de Melibea. Es Lucrecia, quien con sus apartes demuestra estar al tanto de la peligrosa aventura en la que se está embarcando su ama. Celestina trata de ganársela para su causa prometiéndole unos cosméticos y unos polvos para quitarle el mal aliento, ofrecimiento que entusiasma a la criada. La antipatía que, en un principio, manifiesta Lucrecia hacia Celestina recuerda el comportamiento de Pármeno cuando habla la alcahueta con Calisto (Acto I) y constituye un ejemplo de los paralelismos de la obra de los que habla M.ª Rosa Lida de Malkiel. El acto concluye con la salida de Celestina de casa de Melibea, antes de que regrese su madre. En gran medida, la tensión dramática de la obra de aquí en adelante se centrará en cómo se consuma la entrega de Melibea a Calisto que en estas escenas se ha anunciado.